너의
목소리를
기억해

너의 목소리를 기억해

초판 1쇄 찍은 날 │ 2016년 7월 18일
초판 1쇄 펴낸 날 │ 2016년 7월 26일

지은이 │ 정예인
펴낸이 │ 서경석

편 집 책 임 │ 조윤희
편   집 │ 이은주
          최고은
디 자 인 │ 신현아

펴 낸 곳 │ 도서출판 청어람
등록번호 │ 제387-1999-000006호
등록일자 │ 1999. 5. 31
어람번호 │ 제5-449호

주소 │ 경기도 부천시 원미구 부일로 483번길 40 서경B/D 3F
       (우) 14640
전화 │ 032-656-4452 팩스 │ 032-656-4453
http://www.chungeoram.com
E—mail │ chungeorambook@daum.net

ⓒ 정예인, 2016

ISBN 979-11-04-90864-4   03810

Chungeoram romance novel

One in a million

너의
목소리를
기억해

정예인 장편소설

도서출판 청어람

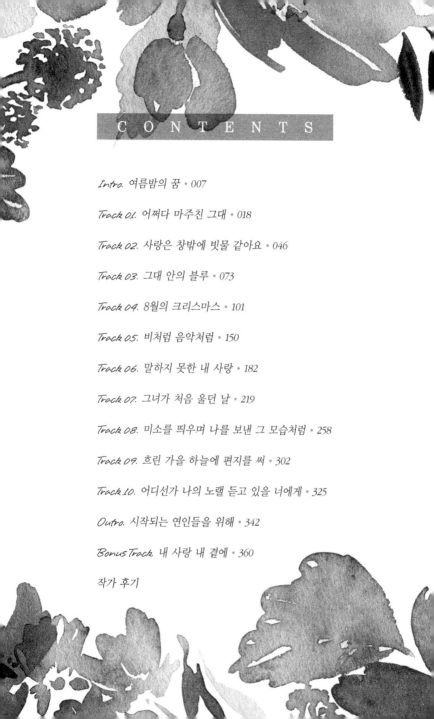

C O N T E N T S

여름밤의 꿈

"와! 서울이다!"

백팩을 메고 한 손에는 커다란 캐리어를, 다른 손에는 제 키만한 기타 케이스를 든 채 기차에서 내린 유주가 제자리에서 팔짝 팔짝 뛰며 환호성을 질렀다. 동대구역에서 KTX를 탄 지 약 두 시간 반 만에 서울 입성이었다.

"야, 넌 진짜 촌스럽게 꼭 그래야겠냐."

뒤이어 내린 원호가 창피한 듯 인상을 쓰며 핀잔을 줬지만 그녀는 조금도 아랑곳하지 않았다. 잠시 숨을 깊이 들이마시며 서울의 공기를 만끽하던 유주는 이내 짐을 들고 낑낑대며 계단을 오르기 시작했다.

"와, 정말 지하철이 9호선까지 있네."

"촌티 나게 방금 막 상경한 티 좀 내지 말라니까."

두 사람의 고향인 대구에도 지하철이 있긴 하지만 서울의 지하철은 비교도 할 수 없을 만큼 복잡했다. 이미 서울에 와본 적이 있는 원호는 고개를 절레절레 저으며 그런 유주를 지켜보다 그녀를 데리고 4호선 열차에 올라탔다.

오늘 난생처음 서울에 발을 들인 유주의 목적지는 이태원이었다. 6호선 환승까지 성공적으로 해낸 그들은 목적지에 도착하는 데 성공했다. 2번 출구로 나오자 원호의 누나인 미연이 보였고 잠시 제자리에 멈춰 선 유주는 비장한 표정으로 핸드폰을 꺼내 들었다.

"엄마, 미안. 나 꼭 오디션 합격해서 연락할게."

엄마와 함께 찍은 사진을 한참이나 바라보던 유주가 그렇게 중얼거렸다. 아직은 잠잠하지만 미리 써놓고 온 장문의 편지가 발견되는 날이면 핸드폰에 불이 날 게 뻔했다. 하지만 그녀는 이제 집과의 유일한 연락 수단인 핸드폰을 정지시킬 예정이었다. 어렸을 때부터 오랜 꿈이었던 가수가 되겠다는 일념으로 오디션에 합격하기 전까지는 집에 돌아가지 않겠다는 굳건한 의지였다. 옆에서 지켜보던 원호가 못 말리겠다는 듯 고개를 설레설레 저었다.

"아무리 그래도 그렇지 생일에 집 나오는 건 무슨 패기냐. 부모님 걱정하시게."

"나도 이제 어른이야. 나도 할 수 있다는 걸 보여줄 거야. 난 이미 서울에 왔고, 칼을 뽑았으면 무라도 썰어야지."

"어련하시겠어요."

"너 진짜 우리 엄마 아빠한테 나 여기 있다고 말하면 안 돼. 약속 지켜, 알겠지?"

아이처럼 새끼손가락부터 내미는 유주를 본 원호가 피식 웃으며 손가락을 걸었다. 인디 밴드 보컬인 그가 누나를 따라 서울에 정착하기로 했다는 말을 듣고 원호를 졸라 무작정 대구에서 서울로 올라온 유주였다. 당분간은 원호와 미연의 집에서 지내며 그동안 각종 노래 대회에 나가 탔던 상금들과 틈틈이 아르바이트를 하며 모아놓은 돈을 탈탈 털어 생활하겠다는 게 그녀의 계획이었다.

"어린애 데리고 내가 뭐 하는 짓인지 모르겠다."

"뭐 하는 짓이긴. 노래하자고 하는 짓이지. 나 연습 완전 열심히 했어. 그런데 떨려 죽겠어. 내가 이태원에서 공연이라니!"

"너 거창한 거 기대하면 안 돼. 우린 연예인도 아니고, 관객이라고는 열 명도 안 될지도 모르니까."

저러다 실망해 봐야 정신 차리지. 혀를 차는 원호의 말에도 잔뜩 들뜬 유주는 경쾌한 발걸음으로 원호와 함께 미연을 따라가기 시작했다.

조금 덥긴 하지만 하늘도 화창하고 삼시 지나가는 바람 한 점마저 완벽한 날이었다. 오늘 저녁에 이태원의 한 작은 클럽에서 열릴 공연이 그녀의 첫 행보였고 유주는 서울의 분위기에 적응할 겨를도 없이 남은 시간 내내 공연 준비에 매진했다. 하늘에 조금씩 어스름이 깔릴 무렵 드디어 공연이 시작되었다.

"뭐야, 다 거짓말이었잖아. 사람이 없긴 뭐가 없어. 이렇게나 많이 왔는데……."

원호의 말과는 달리 꽤 많은 사람들이 모여들었고, 오프닝을 맡은 원호와 미연의 동료들을 아래에서 지켜보며 순서를 기다리는 유주의 마음은 초조하기만 했다. 노래 대회야 많이 나가봤지만 관객들과 직접 교감할 수 있는 공연은 처음이었다. 제자리에서 발만 동동 구르던 그녀는 어느새 들려오기 시작한 원호의 장난기 가득한 소개 멘트에 그대로 얼어붙었다.

"이제부터는 다른 친구가 계속 노래를 이어갈 예정입니다. 대구에서는 이미 노래 잘하기로 소문이 자자한 분이죠?"

"네. 그렇지만 서울에 올라온 지는 한나절도 안 된 아주 귀여운 친구예요. 생긴 것만 보고 작고 귀엽다고 오해하시면 안 돼요. 오늘이 생일인데 노래하겠다고 단숨에 서울까지 올라온 대단한 친구거든요. 그 정도 의지면 이 친구 꿈대로 머지않아 TV에서 보게 되지 않을까 싶습니다. 이유주 양을 소개합니다."

많은 사람들 앞에서 불린 제 이름에 눈을 동그랗게 뜬 유주가 떠밀리듯 무대 위로 올라갔다. 무대라고 부르기도 뭐한 작은 공간이었지만 그 순간 그녀에게는 드넓은 도쿄돔이나 마찬가지였다.

"안녕하세요. 이유주라고 합니다."

간신히 내뱉은 첫 인사에 떨고 있는 그녀를 응원하기라도 하듯 환호성과 박수갈채가 터져 나왔다. 그 소리에 오히려 긴장이 풀리기 시작했고 조금 더 용기를 낸 유주는 멘트를 이어갔다.

"오늘이 생일이라 엄마가 아침에 미역국을 끓여주셨는데 그것도 못 먹고 집을 나왔어요."

그 말에 여기저기에서 웃음소리가 터져 나왔다. 무대 위의 그녀도 스스로가 황당한지 따라서 피식 웃었다.

"두려움 반 설렘 반으로 올라왔는데 이렇게나 많은, 처음 뵙는 분들의 응원을 받아 노래를 할 수 있게 돼서 참 행복합니다. 보답으로 오늘 좋은 노래 들려 드릴게요. 제가 처음으로 들려 드릴 곡은 이은하 선생님의 '미소를 띄우며 나를 보낸 그 모습처럼'입니다."

말을 마친 유주가 꾸벅 고개를 숙여 관객에게 인사를 했다. 다시 한 번 커다란 함성이 들려왔고 어쿠스틱한 느낌으로 편곡된 반주가 흘러나오기 시작했다. 잔잔한 선율에 이번에는 완전히 긴장이 사라지는 느낌이 들었고 유주는 편안한 미소를 띤 채 노래를 부르기 시작했다.

첫 곡을 실수 없이 마친 유주는 소울 가득한 미디움 템포의 R&B와 빠른 리듬으로 흘러가는 댄스곡까지 두 곡을 연달아 불렀다. 세 곡 모두 전혀 다른 느낌이었지만 흘러나오는 선율에 따라 자유자재로 음색과 감정을 변화시키는 그녀의 노랫소리에 모두가 흠뻑 빠져들었다. 정작 마지막 곡까지 성공적으로 끝내고 무대를 내려온 유주의 표정은 얼떨떨했지만.

"원호야."

"왜."

"나 너무 못했지, 맞지."

무대에서 내려오자마자 벽에 딱 붙어서 머리를 콩콩 찧던 유주가 절망적으로 중얼거렸다. 무대에서 내려온 다음에야 오히려 더 떨고 있는 그녀를 본 원호가 어처구니없는지 짧게 웃었다. 평소에는 똑 부러지게 당찬 것 같으면서도 이럴 때 보면 꼭 한참이나 어린 여동생 같다.

"못한 거 알긴 알아?"

"실은 너무 떨려서 내가 뭘 어떻게 했는지 아무것도 기억이 안 나."

"잘했어."

"진짜?"

"넌 천생 가수야. 볼 때마다 놀란다니까."

늘 장난스럽게 틱틱대는 원호지만, 지금만큼은 진심으로 하는 말이었다. 대구에서 열린 노래 대회에서 처음 유주를 봤을 때부터 미스터리라고 생각했다. 이 조그만 몸에서 어떻게 그런 가창력이 나오는지 언제 봐도 놀랍기만 했으니까.

원호의 칭찬에 빨갛게 상기된 유주의 볼 위로 웃음꽃이 피어났다. 어디에선가 나타나 그런 유주를 잡아끈 미연이 한층 들뜬 목소리로 말했다.

"가자! 이런 날에는 삼겹살에 소주 한 잔 꺾어줘야지!"

각자의 악기와 장비를 챙겨 든 그들은 근처의 고깃집으로 가벼운 발걸음을 옮기기 시작했다. 이미 술을 한 잔 걸친 것처럼 들떠서 거리를 활보하는 밴드 멤버들과는 달리 유주는 조용히 뒤처져 걸었다. 아직까지도 무대 위에서 느낀 떨림과 설렘이 가시지 않아 벅차기만 했다. 그 감정을 가슴 가득 안고 천천히 걷던 유주가 불현듯 걸음을 멈춘 건 인적이 드문 골목 앞을 지날 때였다.

"무슨 소리지?"

불안정한 숨소리 같기도 하고 신음 같기도 한 거슬리는 소리가 유달리 청각이 예민한 그녀의 귓가를 파고들었다. 소리가 난 쪽으로 휙 고개를 돌렸지만 깜깜한 어둠 속에서는 아무것도 보이지 않았다.

"분명히 무슨 소리가 들렸는데."

일행은 어느새 저 멀리 앞서가고 있었고 주위를 둘러보아도 지나가는 사람은 없었다. 혼자라면 위험할 수도 있는 상황이었지만 유주는 용감하게도 어두운 골목 속으로 한 걸음 한 걸음 들어가기 시작했다.

"거기…… 누구 있어요?"

벽을 짚고 조심스레 앞으로 나아가던 유주가 잠시 멈춰 선 채 불안과 두려움이 섞인 목소리로 입을 열었다. 하지만 돌아오는 답 같은 건 없었다.

무서운 마음에 멈칫한 그녀는 이내 다시 마음을 굳게 먹고는 골목 깊숙이 걸음을 옮겼다. 귀에 거슬리는 소리는 점점 분명해져 갔다. 그리고 마침내 희미한 빛이 새어 나오는 깨진 가로등 밑에 다다랐을 때였다.

"사람?"

누군가가 쓰러지듯 벽에 기대 있었다. 순간적으로 겁도 없이 달려 나간 유주가 그 사람 앞에 섰다. 취객인가 싶어 뒤늦게 덜컥 겁이 났지만 거친 숨소리를 뱉어내고 있는 사람은 젊은 남자였다. 취한 것처럼 보이지도 않았다. 발작을 일으킨 사람을 처음 보는 그녀의 얼굴에 얼핏 두려움이 스쳐 지나갔으나 유주는 이내 걱정스러운 표정으로 입을 열었다.

"제 말 들리세요?"

무슨 말을 해도 답이 없는 걸 보니 그런 것 같지는 않았다. 황급히 이곳저곳을 살폈지만 어딜 다친 것 같지도 않았다. 하지만 나지막이 신음을 흘리며 괴로워하는 그 모습이 너무나도 고통스러워 보여서, 자기도 모르게 그를 따라 미간을 찡그린 유주는 그 앞에 무릎을 굽히고 앉았다.

"어떡해……. 119, 119 불러야 되나?"

떨리는 손으로 곧바로 핸드폰을 꺼냈지만 그 순간 유주는 탄식을 내뱉었다.

"아, 핸드폰 정지시켰지."

서울에 도착하자마자 제일 먼저 핸드폰을 정지시켰다는 사실이 뒤늦게야 떠올랐다. 어찌할 수 없어 답답함에 스스로의 머리를 콩 쥐어박은 그녀가 중얼거렸다.

"이유주, 생각이라는 걸 하자, 생각……. 이런 상황에서는 어떻게 해야 되는 거지?"

혼자 이 남자를 부축하기에는 무리가 있었다. 아무래도 다른 사람들에게 도움을 요청해야 할 것 같았고 유주는 다시 몸을 일으켰다. 잠깐이라도 이 남자를 혼자 두고 간다는 게 마음에 걸렸지만 어쩔 수 없는 노릇이었다.

"다른 사람들 불러올게요. 그러니까 잠깐만……."

하지만 유주는 하던 말을 다 끝맺지 못했다. 계속해서 과호흡으로 헐떡이며 괴로워하던 남자가 그녀의 팔을 잡고 끌어당긴 탓이었다. 반동에 의해 그 작은 몸으로 넘어질 듯 휘청거리다 엉겁결에 다시 제자리에 주저앉은 유주가 눈을 크게 뜨고 남자를 쳐다보았다. 하지만 그는 여전히 눈도 제대로 뜨지 못하고 있었다. 의식적으로 그녀를 붙잡았다기보다는 의지하고 기댈 무언가가 필요했던 모양이었다.

"도와줄 사람…… 불러와야 되는데……."

이러지도 저러지도 못한 채 당혹스러워하던 유주의 눈에 이내 안쓰러움이 스쳤다. 누군가가 아프고 힘들어하는 걸 가만히 손놓고 보지 못하는 게 그녀의 천성이었다.

가로등 불빛에 비친, 핏줄이 튀어나오고 새하얗게 질린 남자의 손을 쳐다본 유주가 다시 그의 얼굴로 시선을 고정시켰다. 식은땀이 흐르는 남자의 얼굴은 원래의 생김새를 알아보기 힘들 정도로 고통으로 인해 일그러져 있었다. 그 얼굴을 걱정스럽게 들여다보던 유주가 이내 놀란 목소리로 입을 열었다.

"울어…… 요?"

남자의 눈가에 눈물이 맺혀 있었다. 그걸 본 순간 마음이 더욱 초조해졌다. 처음 보는 낯선 사람, 낯선 남자였다. 낯선 이를 조심해야 된다는 말을 어렸을 때부터 귀에 못이 박히도록 들어왔지만 제 눈앞에서 힘겨워하는 남자를 보니 못 본 척 물러나 달아날 수가 없었다.

그에게서 시선을 떼지 못한 채 유주는 결국 힘없이 축 늘어져 있는 그의 손을 잡았다. 봄도 다 지나고 여름이 코앞인데 남자의 손은 얼음장 같았다.

"괜찮아요."

"……."

"다 괜찮아요."

한 손으로는 남자의 손을 잡고, 다른 손으로는 서투르게 그의 어깨를 토닥여 주었다. 무슨 말을 해줘야 좋을지 몰라 그저 같은 말만 되풀이했다. 꼭 잡은 손끝에서 손끝으로 따뜻한 마음과 온기가 전해졌다. 그녀도 모르는 사이 입술 끝에서 흘러나온 나지막한 멜로디가 무거운 밤공기를 따뜻하게 에워쌌다.

"조용한 밤하늘에 아름다운 별빛이 멀리 있는 창가에도 소리 없이 비추고, 한낮의 기억들은 어디론가 사라져……."

거칠게 숨을 몰아쉬던 남자의 호흡이 점차 편안해지는 것도 깨닫지 못한 채 유주는 한참이나 자그마한 손으로 그의 어깨를 다독여 주었다. 작지만 힘 있는 목소리가 꿈처럼 아득하게 울렸다.

"부드러운 노랫소리에 내 마음은 아이처럼 파란 추억의 바다로 뛰어가고 있네요, 깊은 밤 아름다운 그 시간은……."

이렇게 찾아와 마음을 물들이고, 영원한 여름밤의 꿈을 기억하고 있어요…….

따뜻한 노랫소리는 그 후로도 한참이나 둘만 아는 밤하늘로

퍼져 나갔다. 생일, 처음 온 서울, 낯선 남자. 봄이 끝날 무렵, 뜻밖의 마법이 아무도 모르게 두 사람 사이에 피어난 어느 초여름 밤의 기억이었다.

어쩌다 마주친 그대

　태양은 높은 곳에 떠 있고 불볕더위가 기승을 부리는 한여름이었다. 시원한 에어컨 바람을 쐬면서도 헥헥거리는 소리가 절로 나오는 날씨였지만 대한민국에서 가장 더운 곳이라는 대구에서 어린 시절을 보낸 유주에게는 어림도 없었다.

　"어서 오세요. 해날입니다."

　혈혈단신으로 무작정 상경한 그녀가 이태원 경리단길의 브런치 카페 해날에서 일자리를 구한 지도 어느덧 한 달이 지났다. 생글생글 웃으며 들어오는 손님들을 맞이하는 유주의 모습은 이제 이곳의 자연스러운 풍경들 중 하나가 되어 있었다. 그러나 해날의 익숙한 그림은 또 있었다.

　"올 때가 됐는데."

벽에 걸려 있는 시계를 무심코 쳐다본 유주가 중얼거렸다. 시곗바늘은 방금 막 오전 10시 59분 24초를 지나쳐 달리고 있었다. 그녀의 계산이 정확하다면, 아니 지구가 뒤집히지 않았다면 앞으로 30초 안에 그 남자가 등장할 게 분명했다.

"하나, 둘, 셋."

시계를 올려다보며 숫자를 센 순간 딸랑거리는 풍경 소리와 함께 출입문이 열렸다. 반사적으로 그쪽을 향해 고개를 돌렸을 때 눈에 들어온 건 기다렸던 무심한 얼굴이었다.

"예상 적중."

이태원의 브런치 카페 해날, 그곳에는 수상한 손님이 있다.

아르바이트를 시작한 지 일주일 만에 유주는 그의 존재를 깨달았다. 그 첫 번째 원인은 그 손님의 정확한 시간 개념이었다. 처음에는 그저 평범한 단골인 줄 알았지만 그는 하루도 빼먹지 않고 정확히 오전 열한 시가 되면 이곳에 나타났다. 비가 와도, 날씨가 맑아도 언제나 정확히 열한 시 정각이었다.

덕분에 유주는 시계를 확인할 필요가 없어졌다. 그 남자가 등장하는 시각이 곧 열한 시니까. 그를 보고 그녀는 까마득한 중학생 시절 도덕 교과서에서 읽었던 이야기를 떠올렸다. 이웃 사람들이 칸트가 산책하는 걸 보고 지금이 몇 시인지 알 수 있었다던데 그 일화가 이제야 비로소 완벽히 이해되는 기분이었다. 그래서 유주가 남몰래 마음속으로 그 남자에게 붙여준 첫 번째 별명이 바로 칸트였다.

"안녕하세요. 해날입니다. 주문 도와드릴까요?"

"라임 모히토. 무알콜."

이 수상한 손님이 그녀의 레이더망에 포착된 두 번째 원인. 바로 언제나 한결같은 특이한 메뉴 선택이었다. 그에게는 메뉴판이 필요 없었다. 이곳에서 해가 중천에 뜨기도 전에, 메뉴에도 없는, 무알콜 모히토'만' 주문하는 손님은 이 남자가 유일무이했으니까.

"무알콜 라임 모히토 한 잔 주문 받았습니다. 금방 준비해 드리겠습니다."

처음 일을 시작했을 때는 이 주문에 어리둥절했던 유주였다. 그러나 그가 이곳의 유명 인사가 된 지 이미 오래인지, 이 특이한 주문은 주방 직원들의 머릿속에 각인되어 있었다. 그래서 열한 시 무렵이 되면 그들은 자동적으로 투명한 각얼음 위에 초록빛 민트 잎사귀와 라임 조각을 띄운 모히토를 준비하곤 했다.

주문을 받자마자 나온 모히토를 가져다주면 그는 간간이 잔을 들어 모히토의 향을 음미하며 하던 일에 몰두했다. 그 광경을 지켜보고 있노라면 유주는 꼭 이곳이 21세기 대한민국의 브런치 카페가 아니라 1900년대 중반 쿠바의 수도 어딘가, 대문호 어니스트 헤밍웨이가 모히토를 마시며 작품을 구상했다던 술집이 된 것 같은 기분이 들었다. 그래서 그녀가 그 손님에게 붙이게 된 두 번째 별명이 바로 헤밍웨이였다.

그러나 정작 그가 눈에 들어온 궁극적인 원인은 따로 있었다. 그건 바로 이 특이한 손님이 눈에 띄는 외모의 소유자라는 점이었다.

"어떻게 사람이 저렇게 생겼지."

유주의 표현을 빌리자면, 그는 잘생긴 것 같기도 하고 아닌 것 같기도 했다. 언뜻 보면 남자다운 생김새였지만 자세히 뜯어보면 의외로 여자처럼 섬세하고 고운 이목구비를 발견할 수 있었다. 거의 입을 열지 않는 탓에 그의 목소리를 들을 수 있는 때는 주문을 받는 짧은 순간뿐이었지만, 목소리조차 훌륭했다. 게다가 왠지 모르게 우수에 찬 듯한 분위기는 덤이었다.

간혹 다른 손님들조차 그를 흘끔거리고는 했지만 그는 다른 곳에는 조금도 눈길을 주지 않았다. 나이도, 이름도 그에 대해 아는 게 아무것도 없었지만 그 모습이 너무나도 근사해 보여서, 유주는 가게가 한적할 때면 카운터 위에 턱을 괴고 그에게로 시선을 고정시킨 채 혼자 상상의 나래를 펼치곤 했다.

"뭐 하는 사람일까."

좁은 테이블 위에 노트북을 올려놓은 채 헤드폰을 쓰고 잔뜩 인상을 찌푸린 모습을 몇 번 봤으나 도대체 뭘 하는 건지는 짐작조차 할 수 없었다. 어쨌거나, 매일 같은 시간에 이곳에 나타나는 걸 보니 평범한 회사원은 아닌 것 같았다.

"학생…… 이라고 하기에는 어딘가 프로페셔널한 느낌이고."

더운 바람 때문에 이마에 달라붙은 잔머리를 후 불어 넘기며 중얼거리는 유주의 시선 끝에는 여전히 그 수상한 손님이 있었다. 그는 늘 같은 자리에 앉았다. 햇볕이 잘 들지 않는 구석의 테이블이 그의 지정석 아닌 지정석이었다. 땡볕에도 더위를 피할 수 있는 명당을 차지한 덕분인지 그는 남자치고는 희고 고운 피부를 지니고 있었다. 그게 나이 짐작을 더욱 어렵게 만들었다.

"옷 입는 거 보면 삼십대까지는 아닌 것 같은데. 그런데 또 왠지 모르게 노련함이 느껴진단 말이지."

이 특이한 손님은 나이를 어림하는 것조차 어려웠다. 동행이 없으니 누군가가 그의 이름을 부르는 걸 엿들을 기회조차 허락되지 않았다. 이름도 모르고, 나이도 모르고, 직업도 모른다. 아무도 못 말리는 호기심이 발동한 지 무려 한 달이나 됐는데 영 소득이 없었다.

"그래, 유주야. 그런 거 알아내서 뭐 어쩌려고. 일이나 열심히 하자, 일이나."

마침 점심때라 손님들이 한꺼번에 들이닥치는 시간이었다. 정신없이 주문을 받고 준비된 음식을 서빙하다 보니 두 시간이 쏜살같이 흘러갔다. 피크 타임이 지나고 카운터 바로 앞 테이블에서 수다를 떨던 여자 손님 두 명이 계산을 끝내고 나가자 이제 가게 안에 남아 있는 손님은 열한 시부터 자리를 지키고 있는 그 남자뿐이었다.

"자, 이제 카운터 정리나 해볼까."

시원한 에어컨 바람을 쐬며 쉬던 것도 잠시, 부지런히 카운터의 먼지를 닦아내기 시작한 유주의 입가에는 미소가 걸려 있었다. 마침 스피커에서 흘러나오는 노래도 제 취향대로 선곡해 놓은 플레이리스트에서 가장 좋아하는 곡이었다.

노래가 들리면 무의식적으로 멜로디를 따라 부르는 게 그녀의 오랜 버릇이었고 유주는 가사를 모르는 부분은 허밍으로 메꿔가며 멜로디를 흥얼거렸다. 카운터 정리를 끝내고 한창 노래에 심취한 채 손님들이 한바탕 휩쓸고 간 테이블의 세팅을 바로잡고 있었을 때였다.

"이봐요."

스피커에서 흘러나오는 노래 사이로 다른 사람의 목소리가 끼어들었다. 무의식적으로 흥얼거리던 노랫소리가 뚝 끊겼다.

'그 남자다!'

뒤를 돌아보자 문제의 손님이 이쪽으로 다가오는 게 보였다. 그리고 유주는 순간적으로 제자리에 얼어붙었다.

"저…… 부르셨어요?"

왠지 모르게 두근대는 마음을 누르며 되물었지만 그 남자는 대답 대신 뚜벅뚜벅 걸어오더니 코앞에 와서야 멈춰 섰다. 키가 고작 그의 가슴팍에 닿을까 말까 하기에 유주는 까치발을 들어 간신히 그의 어깨 너머로 시계를 쳐다보았다. 어느덧 오후 세 시, 그가 퇴근할 시간이었다.

"뭐 필요하신 거 있으세요?"

재차 물었지만 남자에게서는 여전히 아무 말이 없었다. 하루 온종일 변함없는 예의 그 무심한 표정으로 그는 지그시 유주를 쳐다보았다. 아, 꽤 괜찮게 생긴 남자가 저렇게 뚫어져라 쳐다보고 있으니 어쩐지 기분이 묘하다.

그 마음을 아는지 모르는지 그는 이내 어떠한 말 대신 손에 쥐고 있던 쪽지를 곧바로 유주에게 건넸다. 얼떨결에 쪽지를 받아 들자 남자는 그대로 방향을 우회해 휙 가게를 나섰다. 가게 안에는 이제 그녀 혼자뿐이었다.

"뭐지? 연락처인가? 저 남자도 그동안 날 지켜보고 있었나?"

괜한 설레발을 부리며 곱게 접힌 하얀색 쪽지를 이리저리 돌려 보던 유주는 마침내 쪽지를 펼쳐 들었다. 제일 먼저 눈에 들어온 건 여자보다 더 고운 필체였다. 그러나 그 필체에 감탄하기도 전에 눈에 띈 몇몇 단어들이 거슬려서, 유주는 눈을 가늘게 뜬 채 쪽지를 읽기 시작했다.

"사람 대신 기계가 노래하는 아이돌 노래 금지. 가사도 못 알아듣는 주제에 팝송 틀어놓는 거 금지. 알바생이 같잖은 실력으로 노래 따라 부르는 건 더 금지?"

심장이 이제 다른 의미로 쿵쾅거렸다. 쪽지를 든 손이 부들부들 떨려왔다. 믿을 수 없다는 눈으로 짧은 쪽지를 세 번이나 정독한 유주는 마침내 눈을 감았다 떴다. 하지만 내용에 변화가 있을 리 없었다.

"하, 이게 뭐야!"

정갈하고 세밀한 필체로 아무렇지도 않게 날린 악담에 자존심이 상처 입은 순간, 유주는 조그마한 주먹을 꽉 쥐며 외쳤다.

"이, 씨! 복수할 거야!"

❋

태양은 붉게 이글거리고 살인적인 폭염이 며칠째 계속되는 한여름이었다. 가뭄에 콩 나듯 잠시 스쳐 가는 바람만으로는 만족

할 수 없는 날씨였지만 태양을 피하는 방법을 귀신같이 터득한 정우는 끄떡없었다.

"어서 오세요. 해날입니다."

요즘 핫 플레이스라는 이태원에 정착한 그가 경리단길의 브런치 카페 해날을 작업 장소로 삼은 지도 어느덧 1년이 지났다. 구석의 테이블에서 모히토를 마시며 곡 작업에 몰두하는 정우의 모습은 이제 이곳의 일상적인 풍경들 중 하나가 되어 있었다. 그러나 해날의 거슬리는 그림은 따로 있었다.

"또 시작이군."

헤드폰을 썼는데도 섞여 들려오는 목소리에 인상을 쓴 정우가 중얼거렸다. 음악의 볼륨을 5단계나 높였는데도 여전히 그 목소리는 메아리처럼 울려 퍼지고 있었다. 그의 청각이 정확하다면, 아니 지구가 뒤집히지 않았다면 이 목소리의 주인공은 그 여자가 분명했다.

"아, 시끄러워."

신경질적으로 헤드폰을 벗은 순간 눈앞에 보이던 색채가 더욱 짙어졌다. 반사적으로 소리의 근원을 향해 고개를 돌렸을 때 눈에 들어온 건 예상했던 생글거리는 얼굴이었다.

"그럼 그렇지."

이태원의 브런치 카페 해날, 그곳에는 요상한 알바생이 있다.

그녀가 나타난 지 딱 하루 만에 정우는 그녀의 존재를 눈치챘다. 그 첫 번째 원인은 시원함을 넘어서 거의 호탕하기까지 한 웃음소리였다. 처음에는 그날따라 기분이 좋은가 보다 했지만 그녀는 한시도 빼먹지 않고 생글생글 웃으며 들어오는 손님들을 맞이했다. 비가 오나, 날씨가 맑으나 항상 활짝 웃는 얼굴이었다.

"웃음이 뭐 저렇게 헤퍼."

덕분에 이 브런치 카페에는 전보다 한결 활기가 넘쳤다. 그녀의 명랑함은 전염성이라도 있는 것처럼 빠르게 퍼져 나갔으니까. 하지만 우울한 영혼의 소유자에게 이 활달한 에너지는 그리 달갑지 않은 것이었다. 그래서 타인에게 기본적으로 무관심한 정우는 이 새로운 알바생에게 눈길을 주기 시작했다. 물론, 거슬린다는 뜻으로.

"안녕하세요. 해날입니다. 혹시 처음 오셨어요?"

"네. 여기는 뭐가 맛있어요? 메뉴 선택 좀 도와주실래요?"

"그럼요! 저희 매장에서 제일 잘나가는 메뉴부터 소개해 드릴게요."

이 요상한 알바생이 그의 신경을 건드린 두 번째 원인. 바로 언제나 한결같은 빵빵한 성량이었다. 이곳에서 이른 아침부터, 또랑또랑한 목소리로, 때로는 남자가 아닌가 싶은 생각이 절로 들 정도의 호탕한 웃음소리를 쏟아내는 알바생은 이 여자가 유일무이했다.

"주방장님! 피시 앤 칩스 하나 비스트로 버거 하나요!"

"피시 하나 비스트로 하나? 오케이!"

"잘생긴 주방장님이 직접 만든다고 동네방네 광고했으니까 완전 신경 써주셔야 해요!"

처음 들었을 때는 자그마한 체구에서 뿜어져 나오는 거라고는 믿기지 않는 큰 목소리에 깜짝 놀랐던 정우였다. 그러나 이 애교 섞인 쾌활한 음성은 이제 주방으로 날아들지 않아도 직원들의 머릿속에 각인되어 있었다. 그래서 그 목소리가 들려오면 그들은 반사적으로 입가에 흐뭇한 미소를 띤 채 주문 받은 음식을 준비하곤 했다.

"주문하신 음식 나왔습니다. 맛있게 드세요!"

완성된 음식이 나오면 그녀는 날아갈 듯 가벼운 걸음으로 음식을 손님에게 가져다주고 명랑한 인사를 덧붙였다. 그 소리에 귀를 기울이고 있노라면 정우는 꼭 이태원의 한적한 브런치 카페가 아니라 무중력 상태의 우주 어딘가, 온갖 색의 빛까지도 빨아들인다는 블랙홀 한가운데를 실감하는 기분이었다. 소리의 색을 볼 수 있는 정우에게 그녀의 목소리는 늘 눈앞에 떠 있는 먼지 구름이나 마찬가지였다.

그러나 정작 그가 가장 치를 떠는 궁극적인 원인은 따로 있었다. 바로 이 요란스러운 알바생이 도저히 참아낼 수 없는 버릇의 소유자라는 점이었다.

"어떻게 사람이 저렇게 시끄러울 수 있는 거냐."

정우의 표현을 빌리자면, 그녀는 고장 난 오르골 같았다. 무슨 흥이 그리 넘치는지 어떤 멜로디만 들리면, 심지어는 문에 달아 놓은 풍경이 딸랑거리기만 해도 그대로 그 소리를 복제해 흥얼대는 통에 도무지 일에 집중을 할 수가 없었다. 헤드폰을 써도 어김없이 귓가에 울리는 그놈의 성량은 덤이었다. 나이도, 이름도 그녀에 대해 아는 게 요만큼도 없었지만 그 노랫소리가 너무나도 거슬려서, 정우는 가게가 한창 바쁠 때면 이리저리 뛰어다니느라 정신이 없는 알바생에게로 시선을 고정시킨 채 혼자 그녀를 노려보았다.

"쟨 정체가 뭐야, 대체."

계속해서 들려오는 허밍으로 인해 눈앞에서 사라질 생각을 안 하는 색채를 몰아내려 애쓰며 중얼거리는 정우의 눈길의 끝에는 여전히 그 요상한 알바생이 있었다. 그녀는 일할 때면 긴 머리를 높이 올려 묶었다. 작은 키에 비해 너무 긴 것 같은 결 좋은 생머리를 포니테일로 묶고 나면 하얀 이마가 고스란히 드러났다. 무더위에도 사그라지지 않는 무한 에너지 덕분인지 그녀는 여자치고도 동글동글 귀여운 이목구비를 지니고 있었다. 그게 나이 짐작을 한층 어렵게 만들었다.

"이건 뭐, 뭐 하나 요망하지 않은 게 없구만."

이 요망한 알바생은 나이를 어림하는 것조차 힘들었다. 타인보다 유독 예민한 감각을 총동원해 한참을 날카로운 눈으로 그녀를 관찰하던 정우는 다음 순간 화들짝 놀라며 중얼거렸다.

"내가 왜 이따위 일에 시간 낭비를."

앞으로 한 달을 더 마주한다 해도 그와는 아무 관계도 없는 타인일 뿐이었다. 그런데 이렇게 신경 쓰이게 하는 걸 보니 저 여자는 역시 요망하다.

"무슨 시답잖은 딴생각이냐. 정신 차리고 일이나 하자, 일이나."

그래서 정우는 요주의 인물에게서 눈을 떼고 미완성 악보 위에 음표를 그려넣기 시작했다. 다시 헤드폰을 뒤집어쓰고 좋아하는 클래식 음악을 틀어 볼륨을 높였다. 눈앞에 보이던 형형색색의 구름이 조금씩 사라지고 그의 세상은 다시 무채색 속에 잠들기 시작했다.

오선지 위의 코드와 리듬에 몰두하다 보니 어느새 두 시간이 훌쩍 지나갔다. 헤드폰을 벗고 시계를 확인하니 오후 세 시, 퇴근할 시간이었다. 어느덧 가게 안에 남아 있는 사람이라고는 그와 요상한 알바생뿐이었다.

"그럼 이제……."

그러나 다음 순간 그의 미간은 한없이 구겨졌다. 카페 안에 흐르고 있는 음악 때문이었다. 사람들이 많은 곳은 무조건 질색하는 그가 이곳을 작업 장소로 택한 건 한적한 분위기와 선곡 센스 때문이었다. 그런데 요상한 알바생이 나타난 이후로 선곡 권한도 넘어갔는지 이제 스피커에서는 나른한 재즈 음악 대신 장르 불명의 시끄러운 노래들이 흘러나왔다.

"어제 분명히 경고했을 텐데."

다른 사람들보다 발달한 감각들 중에서도 그는 유난히 청각이 예민했다. 날씨도 무더운 데다가 요 며칠 기분이 최악이었기에 더는 참지 못한 정우는 결국 어제 일바생에게 분노의 쪽지를 남겼다. 그런데도 여전히 버릇을 못 고치고 DJ라도 된 것처럼 흘러나오는 노래를 무의식적으로 따라 부르고 있는 알바생을 노려보았을 때였다.

"저기요."

스피커에서 흘러나오는 노래 사이로 두 사람의 시선이 마주쳤다. 내내 들려오던 허밍 소리가 뚝 끊겼다.

'뭐야, 이건 또?'

무시하고 짐을 챙겨 일어나자 문제의 알바생이 이쪽으로 다가오는 소리가 들렸다. 그리고 정우는 순간적으로 표정을 구겼다.

"뭡니까?"

짜증스러움을 숨기지 않고 되물었지만 그 여자는 대답 대신 아장아장 걸어오더니 코앞에 와서 그를 가로막았다. 키가 고작 그의 가슴팍에 닿을까 말까 하기에 정우는 잔뜩 고개를 숙여 그녀를 내려다보아야 했다.

"바쁜 사람 붙잡았으면 말을 하죠."

다시 물었지만 여자에게서는 여전히 아무 말이 없었다. 하루 온종일 변함없는 그 웃는 낯은 어디로 갔는지 입은 꼭 다물고 눈은 크게 뜬 품이 어딘가 화가 나 보였다. 이윽고 그녀는 어떠한 말 대신 손에 쥐고 있던 쪽지를 옆에 있는 테이블에 탁, 내려놓았다.

얼떨결에 쪽지로 시선을 돌리자 여자는 이제 허리에 손을 얹고 고개를 잔뜩 뒤로 젖혀 그를 쏘아보았다. 그는 금세 자신의 필체를 알아보았다. 하지만 종이는 어제와 다르게 잔뜩 주름이 져 있었다. 확 구겼다가 다시 편 것 같았다. 어쩌라는 거냐는 눈빛으로 다시 눈앞의 여자를 향해 시선을 돌리자 여자는 기다렸다는 듯 다다다 쏘아붙이기 시작했다.

"저기요. 기계가 부르든 사람이 부르든 아이돌 노래도 엄연한 수요가 존재하거든요? 음악이란 원래 언어의 장벽을 넘어서 통하는 거고요. 그리고, 저 어렸을 때부터 노래 좀 한다는 소리 많이 들었거든요? 그러니까 마지막 말은 당장 취소하세요!"

그 조수미 뺨치는 성량으로 쏟아져 나오는 말에 정우는 한동안 벙한 얼굴로 서 있었다. 그 목소리를 들은 순간 이번에는 눈앞으로 강렬한 붉은 색채가 활화산처럼 쏟아졌다.

말을 끝낸 그녀가 새침한 태도로 뒤돌아서서 카운터로 향했다. 다시 쪽지로 시선을 돌리자 그가 쓴 글씨 밑으로 아까는 미처 보지 못했던 무언가가 눈에 들어왔다.

— 취소 안 하기만 해봐요!

그 문장의 끝에는 삐죽빼죽 심술궂어 보이는 악마 그림이 그려져 있었다. 그 그림을 본 순간, 정우는 어처구니없는 웃음을 터뜨렸다.

"아, 쟤 진짜 뭐 하는 애야?"

✤

요상한, 아니, 정정한다. 요망한 알바생은 뒤끝까지 있는 게 분명했다. 다음 날 정우가 그곳에 나타났을 때, 그를 발견한 그녀는 얼른 웃음기를 지워내고 그 동그란 눈을 새치름하게 뜨며 다가왔다.

"라임 모히토. 무알콜로. 맞으시죠?"

늘 트레이드마크처럼 건네던 인사가 생략된 걸, 그는 금세 눈치챘다. 고개를 치켜들고 또렷한 눈을 크게 뜬 폼이 꽤 도도하다. 주문의 내용은 정확했지만 정우는 대답 대신 삐딱하게 알바생을 올려다보았다.

'빨리 그 말 취소하시라니까요?'

새침한 표정이 그렇게 말하고 있었다. 내가 왜 그래야 되느냐고 받아치려다가 그는 코웃음을 쳤다. 이 꼬꼬마랑 무슨 되지도 않는 기싸움인지.

대신 그는 주문 확인했으면 가지 왜 버티고 서 있느냐는 눈빛으로 그녀를 째려보았다. 그러자 알바생은 그 커다란 눈에 더욱 힘을 주고는 입을 다물었다.

'끝까지 해보자는 거죠?'

정우가 그 눈에 담긴 생각을 읽어내자마자 그녀는 찬바람을 일으키며 휙 돌아섰다. 귀찮다는 표정으로 헤드폰을 뒤집어쓴 그는 노트북을 켰다. 요 며칠 저 잔망스러운 알바생을 향해 신경을 곤두세우느라 작업에 도무지 진척이 없었다.

며칠째 미완 상태인 미디 트랙에 한창 드럼 사운드를 씌우고 있었을 때였다. 테이블 바깥쪽을 향해 있던 손등에 예고 없이 차가운 무언가와 따뜻한 무언가가 동시에 와 닿았다. 순간적으로 미간을 찡그린 그가 고개를 들기도 전에 뾰로통한 목소리가 들려왔다.

"주문하신 무알콜 라임 모히토 나왔습니다."

차가운 건 물방울이 송골송골 맺혀 있는 유리잔이고 따뜻한 건 그 잔을 내려놓던 알바생의 손인 모양이었다. 그러나 잔뜩 인상을 쓴 정우는 곧바로 물티슈를 꺼내 손을 닦아냈다. 정확히 그녀의 손이 닿았던 부분이었다.

안 그래도 새침하던 유주의 눈빛이 그 광경을 목격한 순간 더욱 어이없다는 듯 변했다. 이건 모욕이다.

"저기요, 제가 진짜 가만히 있으려고 했는데 이건 진짜 너무하신 거 아니에요?"

"뭐가 어쨌다는 겁니까."

"제 손 안 더럽거든요?"

"그건 본인 생각이죠."

"와, 진짜. 저 손 완전 깨끗이 씻거든요! 핸드크림도 꼬박꼬박 챙겨 바른다고요!"

"아, 이 유치한 향이 핸드크림입니까?"

아랑곳하지 않고 제 손만 쳐다보며 물티슈로 꼼꼼히, 아주 꼼꼼히 손을 닦아낸 그가 그제야 고개를 들었다. 다른 사람과 피부가 닿는 걸 병적으로 싫어하는 결벽증 환자인 그에게 이 상황은 도저히 용납이 되지 않았다.

그러나 이 사태를 받아들일 수 없는 건 그녀도 마찬가지였다.

"얼마 전부터 느낀 건데 취향 존중이 안 되시나 봐요? 유치하다니요!"

하지만 정우는 더 이상 들은 척도 하지 않은 채 다시 하던 일에 집중하기 시작했다. 알바생의 신분이라 차마 큰 목소리를 내지 못하던 유주가 부들부들 몸을 떨더니 이내 휙 몸을 돌렸다. 일단은 그의 승리였다.

바쁜 시간이 찾아왔고 그들은 잠시 암묵적으로 휴전에 동의했다. 그러자 이 작은 브런치 카페에는 금세 평화가 깃들었다. 그러나 세 살 버릇 여든까지 간다고 했던가. 그 클래식하기 이를 데 없는 속담을, 정우는 이제야 실감했다.

"네 목소리에 내 세상은 물들어, 여름 밤바다 위 은하수처럼 겨울 밤하늘의 오로라처럼."

이젠 익숙하기까지 한 노랫소리가 들려온 순간 열려 있는 창문 너머로 보이는 쨍한 하늘 위로 청량한 민트색 빛이 번졌다. 고개를 돌리자 카운터에 턱을 괴고 앉아 흘러나오는 음악에 맞춰 고개를 이리저리 까딱거리는 알바생이 보였다.

"또, 또, 또 저런다."

그의 쪽지 경고는 일말의 효과도 없었던 게 분명했다. 마지막 남은 모히토를 마신 정우가 한숨을 내쉬며 고개를 절레절레 저었다.

"그렇지 않고서야 저렇게 한결같을 수는 없지."

쪽지로 전한 말을 당장 취소하라며, 타인의 취향을 존중하라며 씩씩댈 때가 언제였나. 그런데 그새 그 일들을 다 잊었는지 참으로 행복해 보이는 얼굴이었다.

"저렇게 해맑고 뇌까지 맑으니 이거 원."

혀를 차는 사이 가방 속에 넣어 둔 핸드폰이 울렸다. 무심한 표정으로 핸드폰을 꺼낸 그는 발신자를 확인하고는 이내 피식 웃었다. 자리에서 일어난 그가 가게 밖에 마련된 테라스로 나가며 먼저 말문을 열었다.

"바쁘신 분께서 어쩐 일이야?"

[통 연락이 없어서. 목마른 자가 우물을 판다고, 아쉬운 사람이 먼저 연락해야지 어쩌겠어. 잘 지내는 거야?]

뚜벅뚜벅 걷던 그가 테라스 난간 앞에서 멈춰 섰다. 습관처럼 나무로 된 난간 위에 팔꿈치를 기대려다가 쌓여 있는 먼지를 본 정우는 표정을 찌푸렸다.

"노래 흥얼거릴 시간에 청소나 좀 하든가."

송화기를 막고는 그렇게 중얼거린 그가 쏟아지는 햇살에 더욱 인상을 쓰며 손을 들어 이마를 가렸다. 안에 있을 때는 몰랐는데 탁 트여 있는 테라스에는 햇볕이 뜨겁게 내리쬐고 있었다.

"아, 날씨 한번 끝내 주네. 어떻게 이렇게 더울 수가 있냐."

[요즘도 회사 앞 카페에 틀어박혀 있는 거야? 날씨도 좋은데 외출도 좀 하고 그래.]

"농담이지? 이렇게 쪄 죽는 날씨에 어딜 돌아다니라는 거야."

[내 얼굴 좀 보러 와.]

"유명하신 분께서 스캔들이라도 나면 어쩌시려고."

[음, 난 좋은데.]

"좋긴 뭐가 좋아. 너 죽고 나 죽는 길이야, 그거."

[가끔 보면 참 헷갈린다니까? 이건 원래 천성이 무심한 사람인 건지, 일부러 무심한 말투로 사람 애타게 만드는 건지.]

시원시원하게 건너온 목소리에 정우도 피식 웃었다. 편안해 보이는 얼굴이었다.

[오빠도 알지? 목마른 자가 우물을 판다는 게 내 신조인 거. 데뷔한 다음에는 다른 걸로 바꿔도 되겠지 했는데 오빠 때문에 내 신조는 여전히 그거야. 나한테 곡 안 줄 거야?]

"요즘 완성한 곡이 없어. 작업에 진전이 없거든."

[있어도 안 줄 거면서. 또 까네. 오빠가 다른 사람한테도 그러지 않았으면 난 정말 질투 나서 미쳐 버렸을 거야.]

"미칠 일도 많다."

[난 참 궁금해. 왜 오빠는 그렇게 대단한 곡들을 쌓아두고 풀 생각을 안 하는 건지. 그래도 두고 봐. 작곡가 한정우의 데뷔작은 꼭 내가 가져갈 거니까.]

"그래. 어디 두고 보자."

[그런데, 왜 작업에 진전이 없다는 거야? 요즘 컨디션 안 좋아? 또 어디 아픈 거야?]

"아, 그게……."

말꼬리를 흐린 정우가 뒤를 돌아보았다. 이제 가게 안에서는 에이프런을 맨 요망한 알바생이 숲속을 헤집고 다니는 다람쥐처럼 음악에 맞춰 춤을 추듯 돌아다니며 테이블을 정리하고 있었다.

"신경 쓰이는 다람쥐가 하나 있어서."

[다람쥐? 웬 다람쥐야?]

"그런 게 있어."

[작업실은 아직도 그 카페? 불편하지도 않아? 그냥 대표님한

테 회사 안에 스튜디오 하나 내달라고 하지. 그럼 얼굴도 자주 보고 좋잖아.]

"대표님한테, 스튜디오?"

그 말에 정우는 길 건너편에 위치한 에이엔 엔터테인먼트 건물을 쳐다보았다. 늘 가까운 곳에 있지만 그에게는 멀게만 느껴지는 곳이었다.

"자식한테 마음 한 조각 내줄 여유도 없는 분한테 스튜디오는 무슨. 회사 들어갈 생각 없어. 여기가 편해. 그래도…… 이제는 좀 옮겨야 하는 건가 싶네."

씁쓸하게 웃은 그가 말을 이었다. 다시 유리벽 너머의 알바생에게로 시선을 고정시킨 채였다.

색청(色聽). 어떤 소리를 들을 때에 본래의 청각 외에 특정한 색채 감각이 일어나는 공감각적 현상이자 정우가 세상 그 누구에게도 말하지 않은 비밀이었다. 색청을 앓고 있는 그에게 저 알바생은 신경에 거슬리는 존재였다. 보통 한 사람의 목소리는 하나의 색을 띠기 마련인데, 저 요망한 알바생은 어떤 멜로디를 흥얼거리고 있느냐에 따라 서로 다른 색이 보였다. 그게 곡 작업을 제대로 방해하고 있었다.

[오빠가 웬일이야? 늘 딱 잘라서 옮길 생각 없다고 하더니. 뭐, 잘됐네. 이참에 진지하게 고민해 봐.]

"그래. 그래야겠다."

[아, 더 얘기하고 싶은데 안 되겠다. 나 이제 생방 들어가.]

"너 지금 촬영 중이었어?"

[잠깐 짬 내서 전화했어. 지금 아니면 오빠가 전화 받을 것 같지도 않아서. 시간 개념이 어지간히 철저하셔야 말이지.]

"조만간 얼굴 한번 보자."

[매번 말은. 먼저 전화 한 통 하는 법이 없으면서. 또 연락할게.]

통화를 마치고 다시 안으로 들어가려던 정우가 제자리에 멈춰 섰다. 잔망스럽기 짝이 없는 알바생은 이제 다시 카운터 앞에 앉아 두 손바닥 위에 턱을 괸 채 고개를 좌우로 까딱거리고 있었다. 소리는 들리지 않지만 입 모양을 보니 또 노래를 따라 부르고 있는 게 틀림없었다. 해맑기 그지없는 그 모습에 정우는 결국 저도 모르게 웃고 말았다.

"저 정도 수준이면 혼자 있어도 심심하지는 않겠네."

딸랑거리는 풍경 소리와 함께 문을 통과한 순간 다시 민트색 빛이 별똥별처럼 우수수 눈앞에 쏟아졌다. 한낮에도 별이 보이는 어느 청명한 여름이었다.

❊

수상한, 아니, 정정한다. 괴상한 손님은 결벽증까지 있는 게 확실했다. 어제까지와는 다른 눈으로 관찰한 바에 의거하면, 그 남자의 미친 예민함은 비단 청각에만 국한된 게 아니었다.

"도대체 손을 몇 번이나 씻는 거야."

왜 그동안 눈치채지 못했나 싶을 정도로 그의 행동거지는 괴상하기 짝이 없었다. 그는 수시로 옆에 놓여 있는 물티슈를 뽑아 손과 테이블을 닦았다. 특별히 더러운 걸 만진 것도 아니고, 음식을 먹기 전도 아니었다. 그냥 자기 자신도 의식하지 못하는 습관인 것 같았다.

"보면 볼수록 수상해."

매달 둘째 주 토요일마다 열리는 에이엔 엔터테인먼트 공개 오디션이 코앞이었다. 서울로 올라온 후 처음 보게 된 오디션 준비에 매진해도 모자랄 판에 이 수상한 손님에 대한 유주의 호기심은 점점 커져만 갔다. 오디션에서 부를 곡에 대해 생각하며 손을 씻던 그녀는 이내 입을 앙다물며 울상을 지었다.

"생각할수록 열 받아."

자꾸만 그 남자가 했던 악담들이 떠올랐다. 겨우 마음을 진정시키고 물기가 남아 있는 손에 핸드크림을 바르려던 유주는 또다시 몸을 부르르 떨었다.

"유치하긴 뭐가 유치하다는 거야."

제일 좋아하는 복숭아 향 핸드크림에 대해 그런 악평을 들으니 자존심에 금이 가는 기분이었다. 한참을 부들부들 떨던 그녀는 핸드크림을 평소보다 많이 덜어 손에 문지르며 중얼거렸다.

"좋아. 누가 이기나 어디 한번 해보자."

동그란 눈에 확 불길이 일었다. 분하다는 표정으로 손을 탁탁 맞부딪친 유주는 가게 안에 틀어놓을 음악을 선곡하기 시작했다. 그가 싫어할 만한 곡들만 쏙쏙 뽑아 리스트를 채우고 있는데, 문득 스피커에서 흘러나오는 노래가 귀를 사로잡았다.

"아, 이 노래 진짜 좋은데."

조금 전까지 복수하겠다며 열을 냈던 것도 순식간에 잊은 채 그녀는 턱을 괴고 노래 가사에 맞춰 고개를 까딱거렸다. 열려 있는 창문 너머에 걸린 쨍쨍한 하늘마저 아름다워 보였다.

그 순간 자리에서 일어나는 수상한 손님의 모습이 시야에 포착됐고 유주는 다시 눈을 가늘게 떴다.

"한번 앉으면 집에 갈 때까지 일어나는 법이 없으면서 웬일이래?"

핸드폰을 귓가에 가져다 대며 나가는 걸 보니 전화가 온 모양이었다. 그 뒷모습을 바라보며 유주는 입을 삐쭉거렸다.

"저런 까칠 대마왕한테도 전화해 주는 사람이 있나 보네."

그러나 그녀는 금세 풀죽은 표정을 했다. 핸드폰을 정지시킨 탓에 그녀에게는 연락을 해줄 사람이 없었다. 단 한 명도.

"엄마 보고 싶다."

하지만 그것도 잠시, 가게 안으로 들어온 누군가를 발견한 유주는 벌떡 자리에서 일어났다. 낮으면서도 장난스러운, 익숙한 목소리가 들려왔다.

"하라는 일은 안 하고 농땡이 부리고 있네, 또."

원호와 미연을 비롯한 그들의 동료들이었다. 반가운 기색을 감추지 못하고 폴짝폴짝 뛰어오는 유주를 본 그들이 동시에 미소를 지었다.

"어쩐 일이야?"

"연습하다가 점심때를 놓쳐서. 대충 때울까 하다가 네가 너희 가게 짱이라고 놀러 오라고 한 게 생각나서 얼굴도 볼 겸 와봤어."

"오랜만이에요, 유주 씨. 요새도 길 가다 갑자기 사라져 버리고 그러는 거 아니죠?"

"그래, 말 잘 꺼냈어. 서울 처음 올라온 애가 회식하러 가다 말고 갑자기 증발해 버려서 다들 얼마나 놀랐는지 알아? 오던 길 되돌아가면서 찾아다니다 발견했으니 망정이지 너 어쩔 뻔했어? 얘가 세상 무서운 줄 모른다니까."

처음 서울에 온 날 밤에 있었던 일에 대한 이야기였다. 배시시 웃음으로 무마하려는 유주의 태도에 어림없다는 표정을 지은 원호가 다시 화제의 초점을 옮겼다.

"너 서울 오자마자 큰일 날 뻔한 거 너희 어머니께서 아시기라도 하면 어떻겠어, 어?"

"그건 안 돼. 우리 엄마 걱정한단 말이야."

온실 속 화초처럼 쥐면 꺼질까 불면 날아갈까 금지옥엽으로 키운 건 아니었으나 유독 딸의 신변에 관한 문제에는 예민하던 엄마의 모습이 떠올랐다. 유주가 조금이라도 다치거나 아프기라도 하면 그녀의 엄마가 더 애달파 하곤 했다. 엄마를 떠올린 유주가 시부룩한 표정을 지었지만 원호는 그런 사람이 말 한마디 없이 가출을 하느냐는 듯 혀를 차며 또 다른 질문을 건넸다.

"그날 이후로 그 남자 다시 본 적 있어?"

"없지. 서로 얼굴이라도 알면 모를까, 나도 그 사람 얼굴 잘 기억 안 나는데. 그 사람은 더더욱 내 얼굴 못 봤을걸? 이젠 괜찮으려나. 그때 많이 안 좋아 보였는데."

요새도 문득문득 생각나는 남자였다. 그날 뒤늦게야 유주가 없어진 걸 안 원호는 오던 길을 돌아와 유주를 찾으러 다녔다. 목청 높여 제 이름을 부르며 저를 찾는 소리를 들은 유주가 잠시 남자의 손을 놓고 골목을 나왔고, 원호에게 간략히 사정을 설명하고는 남자가 있던 자리로 되돌아갔다. 하지만 그는 이미 사라지고 없었다. 정말로 여름밤의 꿈이었던 것처럼.

"걱정 같은 소리 한다. 걱정은 내가 너를 두고 한 게 걱정이지. 네가 그 남자 걱정을 왜 해? 그 남자가 누구인 줄 알고, 너한테 무슨 짓을 하려고 했을 줄 알고."

"나쁜 사람 아니었어."

"그걸 네가 어떻게 장담하는데? 넌 나쁜 놈이 자기 얼굴에 나쁜 놈이라고 써놓고 다니는 거 봤냐? 오빠가 이만큼이나 말했으면 이제 정신 좀 차려라. 너 진짜 까딱하면 서울 오자마자 험한 꼴 당했을지도 모른다고."

"오빠는 누가 오빠라는 거야. 나보다 생일도 늦으면서."

원호의 일장연설에 입술을 삐죽이면서도 유주는 입을 다물었다. 그 남자는 왜 그렇게 갑자기 사라져 버렸을까. 혼자 생각에 잠겨 있는데, 이번에는 미연이 끼어들었다.

"공황장애, 뭐 그런 건가? 드라마에서 비슷한 거 본 것 같은데. 나야 그 남자 보지도 못했으니까 잘 모르겠다만."

"모르겠어. 사실, 나도 그때 좀 무서웠거든. 그 사람 이제 괜찮을까? 그랬으면 좋겠는데."

"뭐, 살 만하니까 그렇게 혼자 사라져 버렸겠지. 아무튼, 맛있는 메뉴나 추천해 줘. 새벽부터 연습했더니 배고프다."

"어? 아, 알겠어."

그제야 밝게 웃은 유주가 고개를 끄덕였다. 주문을 받아 주방에 전달한 그녀는 이리저리 돌아다니며 테이블 세팅을 가지런히 정리하기 시작했다. 일을 하는 중에도 본능적으로 음악에 맞춰 몸을 흔들거리는 유주를 계속 지켜보던 원호가 물었다.

"오디션 준비는 잘되고 있어? 얼마 안 남았다고 하지 않았나?"

"응. 그런데…… 망한 것 같아."

"너 또 혼자 삽질하지. 아직 오디션은 보지도 않았는데 무슨 소리야. 망하긴 왜 망해?"

"왜냐하면……."

말꼬리를 흐린 유주가 고개를 틀어 가게 밖을 쳐다보았다. 테라스에서는 그 남자가 이쪽에 등을 보인 채 숲속의 커다란 나무처럼 우뚝 서서 누군가와 통화를 하고 있었다.

"원호야."

"왜."

"내 실력이 같잖아?"

"같잖아? 그건 또 무슨 소리야, 뜬금없이."

"나 이제 여기 그만둬야 되는 건가."

"갈수록 태산이네. 여기 취직한 것도 바로 앞에 에이엔 건물 있어서 그런 거면서. 언제는 사장님도 잘생기고 친절해서 좋다며."

"그냥, 좀 신경 쓰여서."

여전히 수상한 손님에게로 시선을 고정시킨 채 그녀가 답했다. 그의 모습 너머로 커다란 건물이 하나 보였다. 유주가 그렇게 들어가고 싶어 하는 에이엔 엔터테인먼트 본사 건물이었다. 자나 깨나 에이엔 엔터테인먼트에 들어가고야 말겠다는 생각만 했는데, 저 남자가 했던 말을 생각하니 어쩐지 의기소침해졌다.

"아니야. 그런 말은 생각하지 말자. 엄마가 기다리고 있는데 꼭 성공해서 돌아가야지."

그렇게 굳게 다짐하며 다시 카운터 앞에 앉아 흘러나오는 노래를 무의식적으로 흥얼거리던 유주가 갑자기 믿을 수 없다는 듯 눈을 크게 떴다.

"어, 엄마?"

오늘따라 자꾸 엄마가 생각난다 싶더니 눈앞에 엄마의 모습이 보였다. 헛것을 보는 건가 싶어 고개를 흔들어 봤지만 분명 엄마였다. 문을 밀고 안으로 들어온 그녀의 엄마도 유주와 똑같은 표정을 하고 딸을 쳐다보았다.

"엄마가 여긴 어떻게……."

"이유주 너! 핸드폰도 정지시키고 어디 숨어서 뭘 하나 했더니!"

카운터에서 나온 유주가 엄마 앞으로 달려 나왔지만 그건 실수였다. 딸보다 먼저 사태 파악을 마친 그녀의 엄마가 이내 사정없이 딸의 등짝을 때리기 시작했다.

"뭐? 꼭 오디션 합격해서 돌아올 테니까 그때까지 찾지 마?"

"아! 아! 엄마!"

"생일에 달랑 편지 한 장 써놓고 집을 나가? 세상 무서운 줄 모르고!"

"아 엄마! 여기 나 일하는 데란 말이야!"

"너 원호 아니었으면 어쩔 뻔했어? 네가 철이 덜 들었지?"

"엄마 내가 다 설명했잖아! 오디션 붙으면 연락한다고! 아!"

어떻게 해서든 덜 맞으려고 엄마의 손길을 요리조리 피해 다니고 있는데 문득 언제 들어왔는지 다시 자리에 앉아 있는 남자와 눈이 마주쳤다. 그 순간 유주는 아픔도 잊은 채 분노로 눈을 크게 떴다.

'꼴좋네, 꼴좋아.'

비웃듯 한쪽이 살짝 올라간 입술, 그리고 고소하다는 눈빛. 남자의 표정이 분명 그렇게 말하고 있었다. 제 처지를 비웃고 있는 남자에게 분개하던 순간 다시 강력한 손길이 등으로 날아왔고 유주는 비명을 질렀다.

"아! 아파 죽겠어, 엄마! 그만 때려!"

그 매서운 강타에 아찔한 빛이 별똥별처럼 눈앞에 우수수 쏟아졌다. 아닌 밤중에 별이 보이는 어느 푸릇한 여름이었다.

Track 02.
사랑은 창밖에 빗물 같아요

　같잖은 실력, 유치한 향의 핸드크림, 그리고 대놓고 비웃는 눈길!

　"어떻게 복수하지?"

　하루하루가 갈수록 그 남자에게 갚아줘야 할 것들만 늘어나고 있었다. 이건 전쟁이다.

　적을 알고 나를 알면 반드시 이긴다. 유주는 그 말을 한번 믿어보기로 했다. 이제 그녀에게는 이 까칠 짜증 예민 대마왕 결벽증 환자의 정체를 밝혀내는 게 급선무였다. 그래서 유주는 가게 안이 한산할 때면 그 남자에게 시선을 고정시킨 채 촉각을 곤두세웠다.

　"아, 아직도 아픈 것 같아."

복수심에 활활 불타오르던 것도 잠시, 카운터를 정리하다 말고 등을 매만진 유주는 인상을 찌푸리며 볼에 빵빵하게 바람을 넣었다. 엄마에게 맞았던 등이 여전히 얼얼한 것 같았다.

"그래도 이제는 정식으로 허락받았으니까."

가출까지 감행하며 벌인 서울 상경기가 첫 오디션을 보기도 전에 막을 내리는 건가 싶었지만 결과부터 말하자면 해피엔딩이었다. 유주가 주중에는 착실하게 아르바이트를 하고 있고, 그녀가 머무르고 있는 미연의 집도 안전하다는 걸 직접 확인하고 나자 엄마의 반응은 한층 누그러졌다.

'하지만 딱 올해까지야. 더는 못 봐줘!'

긴긴 대화와 약간의 눈물 바람 끝에 모녀는 반년의 기한에 대해 합의를 보았다. 나이가 나이이니 만큼 유주도 이루어지지 않는 꿈으로 몇 년을 더 끌어볼 생각은 없었다. 무엇보다 그녀는 오디션에 합격할 자신이 있었다.

"얼른 성공해서 우리 엄마 그만 고생시켜야지."

애초에 맞을 짓을 한 건 저인데 오히려 때려서 미안하다며 울던 엄마를 생각하니 금세 두 눈에 눈물이 글썽해졌다. 매가 아니라 늘 사랑만 듬뿍 주고 키워준 엄마였다. 유주는 다시금 결의를 다졌다.

"좋아. 할 수 있다!"

주먹을 불끈 쥐며 다짐한 그녀는 다시 일에 열중하기 시작했다. 빈 접시를 치워야 하는 곳이 없나 둘러보다 보니 한 테이블 위에 비어 있는 잔이 포착되었다. 바로 그 문제의 손님의 자리였다.

"다 드신 거 맞죠?"

가까이 다가가 물었지만 역시나 돌아오는 대꾸는 없었다. 사람이 말하는데 쳐다보기는커녕 들은 척도 하지 않는 그 태도에 유주는 눈을 세모꼴로 뜨고 그의 잘생긴 정수리를 노려보았다. 그러다 다시 그가 옆으로 밀어놓은 빈 잔과 받침 접시로 시선을 돌렸을 때였다.

"어?"

받침 접시로 살짝 눌러놓은 무언가에 시선이 닿았다. 노래를 하는 유주에게도 익숙한 그것은 바로 악보였다. 인쇄를 한 게 아니라 손으로 직접 채워넣은 음표들이 눈에 들어온 순간 그녀는 자동적으로 오선지 위에 그려진 선율을 따라가기 시작했다.

"와, 노래 진짜 좋다."

무작위로 눈에 들어온 몇 마디를 훑었을 뿐인데 그 짧은 멜로디는 금세 마음을 사로잡았다. 그러나 그녀의 감상은 그리 오래가지 못했다. 저도 모르게 내뱉은 감탄사를 들은 정우가 그제야 고개를 들어 그녀를 쳐다본 탓이었다.

유주가 제 악보를 보고 있다는 걸 깨달은 그가 신경질적으로 오선지를 잡아당겼다. 다른 때 같았다면 그 찬바람 이는 태도에 뾰로통해질 법도 했으나 호기심이 발동한 유주는 대놓고 그를 쳐다보며 물었다.

"이 노래, 뭐예요?"

"그거나 치우죠."

"직접 작곡하신 거예요?"

"그게 그쪽이랑 무슨 상관입니까."

"혹시 작곡가세요?"

아랑곳하지 않고 이어지는 질문에 어금니를 꽉 깨문 그가 눈에 불을 켜고 유주를 올려다보더니 이내 귀찮으니 썩 물러가라는 듯 고개를 휙 저었다. 그제야 꼬리를 내린 유주는 입술을 삐죽거리며 빈 잔을 들고 그의 곁을 떠났다.

"좀 말해주면 어디가 덧나나. 예, 아니오. 그 대답이 그렇게 어려운 것도 아니고."

그 남자의 태도는 불만스러웠지만 눈앞에는 자꾸만 정갈한 필체로 채워넣은 오선지 속 음표들이 아른거렸다. 음악과 이 수상한 손님이라니. 상상조차 하지 못한 조합이었다. 어쩐지 그가 다시 보이는 기분에 유주는 몽롱한 눈으로 그가 앉아 있는 쪽을 쳐다보았다.

"음악 하는 사람인가."

그렇다면 상상을 초월하는 그 예민함도 어느 정도 이해가 갔다. 예술가들은 대개 평균 이상으로 섬세하고 민감한 영혼의 소유자인 법이니까.

"아니, 아니야. 넘어가지 말자, 넘어가지 말자."

칸트? 헤밍웨이? 베토벤? 그 남자는 그냥 까칠 짜증 예민 대마왕일 뿐이었다. 하지만 유주의 상상력은 어느새 새로 알게 된 사실에 날개를 달고 훨훨 날아가기 시작했다.

"악보 좀 더 보고 싶은데."

훔쳐본 부분은 아주 짧았지만 눈과 마음을 사로잡기에는 충분했다. 완곡의 느낌은 어떨까 궁금했지만 앙숙 아닌 앙숙이 되어버린 그와의 사이를 고려해 볼 때 악보를 다시 보는 건 죽었다 깨어나도 불가능한 일이었다.

어떻게 하면 그를 살살 구슬려 악보를 볼 수 있을까 한참을 궁리하던 차였다. 맑게 울리는 풍경 소리와 함께 문이 열렸고 유주는 자동적으로 그쪽을 향해 시선을 돌렸다.

"어서 오세요. 해날입니다."

안으로 들어온 사람은 키가 크고 호리호리한 여자 한 명이었다. 얼굴의 반을 가리는 선글라스를 쓴 탓에 생김새를 확인할 수는 없었지만 유주는 그녀에게서 한동안 눈을 떼지 못했다. 흰 티에 평범한 스키니진을 입고 군모를 눌러쓴 편한 옷차림에서도 느껴지는, 이른바 연예인 포스 때문이었다. 그러나 유주를 더 놀라게 한 건 따로 있었다.

"어? 저 자리는……. 설마?"

가게 안으로 들어온 여자가 일말의 망설임도 없이 직진한 곳은 수상한 손님의 지정석이었다. 자세를 낮추고 살금살금 발소리를 죽여 다가간 여자가 이윽고 그의 건너편에 털썩 주저앉았다. 일에 집중하고 있다가 인기척에 짜증스럽게 고개를 든 정우가 그녀를 보고는 놀란 얼굴을 했다.

"야, 너……."

"짠. 서프라이즈."

장난스러운 말투로 그렇게 말한 여자가 선글라스를 벗자 그도 이내 피식 웃었다. 멀찌감치 떨어진 곳에서 그 광경을 지켜보던 유주는 경악스러운 표정을 지었다.

"와, 웃을 줄도 알았어?"

맹세하건대, 그 남자가 싱겁게나마 웃는 건 처음 보는 모습이었다. 두 눈으로 똑똑히 보고 있으면서도 믿기지 않았다.

"여자친구인가?"

이 까칠 짜증 예민 대마왕에게 여자친구가 있다니. 실로 충격적인 소식이었다. 더욱 호기심이 동한 유주는 그쪽을 향해 쫑긋 귀를 세웠다.

"어떻게 온 거야? 미리 연락도 없이 갑자기."

"목마른 김에 우물 좀 확실히 파볼까 해서."

"그놈의 우물론은."

"우리 사이에서는 내가 늘 을이잖아."

바람을 타고 날아온 마지막 단어에, 유주는 다시금 믿을 수 없다는 듯 눈을 크게 떴다.

"세상에, 심지어 여자가 매달리는 쪽이야?"

상상은 잘 되지 않지만 남자가 여자에게 목을 맨다고 해도 이상할 게 없는 한 쌍이었다. 그런데 저렇게 멋진 여자가 저렇게 불친절한 남자에게 매달린다니. 그것도 대놓고!

"역시, 콩깍지의 힘은 위대한 거였어."

유주는 자기도 모르게 고개를 설레설레 저었다. 게다가 여자는 스스로 쿨하게 그 사실을 인정하고 있었다.

"오늘밤에 출국하는 사람 이렇게 달려오게 만드는 건 오빠밖에 없어."

"오늘밤에, 출국?"

"응. 쇼케이스 일정 때문에 일본 가. 요새 연습에 인터뷰에 전쟁이야, 전쟁. 오늘도 비행기 뜨기 직전까지 스케줄 꽉 차 있어. 그 와중에 일본어도 공부해야 되지, 정신이 하나도 없다니까."

"그렇게 바쁘면서 여긴 왜 와? 밥은 먹었어? 점심때 다 지났는데."

"당연히 못 먹었지. 사옥에서 인터뷰 마치고 다음 일정까지 시간이 좀 남아서 바로 건너왔어. 밥 사줄 거야?"

"그럼 그 정도 능력도 안 될까 봐? 시간 날 때 뭐라도 먹어."

"아, 눈물 나게 고맙네. 요새는 너무 바빠서 틈날 때 미친 듯이 먹어도 오히려 살이 빠지는 거 있지. 나 메뉴판 보고 먹고 싶은 거 다 주문할 거야."

"얼마든지."

"놀랄 텐데. 각오해. 여기요!"

두리번거리며 알바생을 찾던 여자가 유주를 발견하고는 손을 들었다. 멍하니 그쪽을 바라보고 있다가 화들짝 놀란 유주는 황급히 그들에게로 다가갔다.

"안녕하세요. 주문 도와드릴……."

유주가 건네는 메뉴판을 받아 들기 위해 여자가 고개를 든 순간 유주는 자기도 모르게 입을 딱 벌렸다. 얼굴은 여전히 모자로 반쯤 가려져 있었지만 가까이에서 마주하니 알아볼 수 있었다.

'진짜 연예인이었어?'

수상한 남자를 찾아온 첫 번째 손님의 정체. 에이엔 엔터테인먼트 소속의 톱스타, 구해라였다.

메뉴판을 넘겨받은 해라가 자연스럽게 메뉴를 살피기 시작했다. 그러나 유주의 시선은 내내 뚫어져라 해라에게 고정되어 있었다.

"음, 리코타 치즈 샐러드랑…… 크로크 마담. 이거 괜찮아 보이네. 이렇게 주세요."

"……."

"저기요. 주문 안 받아요?"

"네? 아, 죄송합니다. 다시 말씀해 주시겠어요?"

"리코타 치즈 샐러드랑 크로크 마담. 아, 소금이랑 설탕은 적게, 우유는 저지방으로 부탁할게요."

"감사합니다. 금방 준비해 드리겠습니다."

한동안 얼떨떨하게 해라를 쳐다보던 유주가 주문을 받고 물러가고, 정우는 그에게서 좀처럼 찾아보기 힘든 편한 표정으로 해라와 마주했다. 오래전부터 친남매처럼 지내온 두 사람이었다.

"배고픈 와중에도 식단 관리는 철저히 하시네."

"습관이지 뭐."

"정신없이 바쁘다면서 여긴 왜 왔어."

"정신없이 바쁜데도 오빠 얼굴은 보고 싶으니까."

"뭐?"

"오빠가 내 얼굴 보러 안 오니까 내가 와야지 어쩌겠어. 이럴 때 보면 여자고 남자고, 바쁘고 한가하고 다 상관없이 더 많이 보고 싶어 하는 사람이 약자라는 걸 실감한다니까."

"인마, 너랑 내가 연애하냐?"

해라의 푸념 아닌 푸념을, 그는 가볍게 웃어넘겼다. 그 말에 해라의 표정이 얼핏 굳어졌지만 그녀는 곧 아무렇지 않은 척 웃으며 화제를 돌렸다.

"그래도, 반겨주니 고맙네."

"그럼 여기까지 찾아온 사람 문전박대할까 봐?"

"이왕 반겨줄 거 관심도 조금만 더 가져 주지? 나 지난주에 컴백한 건 아시나? 거의 1년 만에 나온 새 앨범인데. 내가 처음으로 쓴……. 아니, 아니다. 내가 바랄 걸 바라야지. 타이틀곡 제목이라도 들어봤어? 하긴, 오빠가 그런 거에 관심을 가질 사람이 아니……."

"3번 트랙 좋더라. 훅이 한 번에 귀에 꽂히던데. 그렇다고 너무 뻔한 진행도 아니고. 그런데 가사는 그냥 프로들한테 맡기는 게 어때. 네 가사는 너무 직설적이라 별로거든."

횡설수설하는 해라의 말꼬리를 자른 정우가 특유의 무심한 어조로 말했다. 그녀의 표정이 미묘하게 변했다.

"설마, 알고 있었던 거야?"

그가 언급한 3번 트랙은 해라의 이번 앨범에 실린 그녀의 첫 자작곡이었다. 그가 그 곡을 들어보기는커녕 제가 곡을 썼다는 사실조차 모를 거라고 생각했기에 그녀는 한동안 멍하니 정우의 얼굴만 쳐다보았다. 그 표정을 보고는 한 번 씩 웃은 그가 변함없이 무심한 투로 말을 받았다.

"얼굴 닳아. 뭘 그렇게 감동받은 눈으로 쳐다봐?"

"그럼 감동받지 안 받아? 내가 제일 존경하는 사부님이 내가 처음으로 작사 작곡에 이름 올리고 발표한 곡 말하기도 전에 찾아서 들어주고 칭찬까지 해줬는데."

"인마, 내가 너한테 언제 뭘 가르쳤다고 사부님은 사부님이야."

"오빠가 처음 나한테 독설 날린 순간부터 나한테 오빠는 사부님이야."

"독설?"

"시치미 떼시긴. 오빠 독설의 대가잖아. 나 아직도 내가 처음 회사 들어갔을 때 오빠가 했던 말 기억하거든?"

"고작 이따위 실력 가지고 가수? 너 정도 되는 애들 깔리고 깔렸어."

"그것도 모자라서 얘 누가 뽑은 거냐, 그 수많은 애들 중에서 가리고 가려서 뽑은 게 이따위면 도대체 안목이 얼마나 형편없는 거냐면서 민 실장님까지 싸잡아서 욕했잖아."

"그땐 그럴 만했지. 너도, 영찬이 형도."

"그 그럴 만하다는 구해라하고 민영찬이 지금 오빠네 회사 먹여 살리고 있거든요? 요새도 실장님 나랑 술만 마시면 그때 얘기 꺼내는 거 알아? 감히 천하의 민영찬 앞에서 그런 독설을 날린 사람이 한정우만 아니었어도 당장 멱살 잡았을 거다, 그 말을 대체 몇 번을 듣는 건지."

"너 많이 컸다. 민영찬이랑 대작을 다 하고. 그나저나 그 형은 여전하네."

"나도 실장님도 인정할 수밖에 없는 거지. 좀 재수 없어도 한정우 때문에 지금의 구해라가 있다는 걸."

"재수 없어?"

해라의 솔직한 표현에 정우가 어처구니없다는 듯 웃었다. 그러는 사이 주문한 음식들이 나왔고 해라는 배고파 죽겠다는 얼굴로 음식들에 달려들었다.

"누가 보면 너 며칠 굶긴 줄 알겠다. 에이엔이 소속 연예인 막굴리는 악덕 회사라고 생각하겠어."

"아니라고는 못 하지."

"말은. 안 뺏어 먹으니까 천천히 먹어. 이미지 관리 안 해? 너 여자 연예인이야, 인마."

"요즘은 신비주의보다 털털하고 친근한 콘셉트가 더 잘 먹히거든요. 그리고, 오빠부터가 나 여자 연예인 대접 안 해주면서 뭘. 인마가 뭐야, 인마가. 이렇게 예쁘고 착한 동생한테."

"얼씨구. 자기 입으로 그런 말 하는 것도 재주다, 재주야."

"그래도, 나 오늘 진짜 기분 좋다. 스케줄만 없었어도 한잔했을 텐데. 다른 사람도 아니고 한정우가 처음으로 내 음악에 대해 칭찬해 준 역사적인 날이잖아."

"그게 그렇게 좋아?"

"당연하지. 데뷔했을 때보다, 처음 1위 했을 때보다 더 좋아. 이제 내 목표는 딱 하나야. 오빠가 쓴 곡 받는 거."

"줄 생각도 없는데 김칫국 마시기는. 발표할 생각 없다니까."

"그러니까 대체 왜? 그 실력에 그 좋은 곡들을 쌓아두고 왜 그러는 건데. 나 같으면 내가 이런 곡 썼다고 동네방네, 아니, 전 세계적으로 자랑하고 다니겠어."

먹는 일에 집중하다 말고 투덜댄 해라가 은근슬쩍 정우를 설득하려 들었을 때였다. 본격적으로 열변을 토하려는데 핸드폰이 울렸고 발신자를 확인한 그녀는 김샜다는 듯 고개를 설레설레 저었다. 그러더니 이내 어쩔 수 없다는 얼굴로 전화를 받았다.

"네, 실장님."

[너 지금 한정우랑 있지.]

"와, 귀신 다 되셨네. 맞아요."

[스캔들이라도 나면 어쩌려고 그래? 이 중요한 시기에.]

"스캔들? 이제 그런 거 나도 별로 타격 없는 연차 아니에요?"

[구해라!]

"아, 귀 따가워. 농담이에요, 농담."

[당장 튀어와.]

"알았어요. 지금 갈게요."

[그리고 한정우한테 전해.]

"전할 말요?"

그 말에 정우를 쳐다본 해라가 눈을 크게 떴다. 영문을 모르는 그가 살짝 미간을 찡그렸고 한동안 수화기 너머에 귀를 기울이던 그녀는 이윽고 웃음을 터뜨렸다.

"네. 알겠어요. 금방 가요."

전화를 끊은 해라가 이맛살을 찌푸리고 있는 정우를 보고는 또다시 웃었다. 다시 선글라스를 쓰며 곧장 자리에서 일어난 그녀가 말했다.

"민 실장님이, 오빠한테 좀 전해 달라는데?"

"뭘?"

"조만간 잘빠진 곡 들고 회사 안 들르면 납치도 불사하겠다. 참고로, 나도 실장님이랑 같은 생각이야."

"이건 뭐, 날강도가 따로 없네."

"내가 실장님 못지않을걸? 밥 잘 먹었어. 이 빚은 조만간 갚을게. 그리고, 나 말고 다른 사람한테 절대로 곡 주지 마!"

끝까지 곡 타령을 하던 해라가 손을 흔들며 멀어졌다. 그녀가 무사히 가게를 나서서 멀어지는 걸 확인하고 나서야 정우는 다시 엉망이 된 테이블로 눈을 돌렸다. 작업을 재개하려면 먼저 자리를 치워야 할 형편이었다. 그래서 알바생을 부르려는데, 이건 대체 무슨 텔레파시일까?

"다 드셨어요? 접시 치워 드릴게요!"

미처 입을 열기도 전에 벌써 이쪽으로 다가온 유주가 웬일로 상냥하게 웃었다. 그러고는 재빨리 커다란 트레이에 빈 접시들을 담으며 붙임성 좋게 말을 붙였다.

"방금 나가신 분 가수 헤라(HERA) 맞죠? 구해라!"

"……."

"어떻게 아는 사이세요? 되게 친해 보이던데. 작곡가 맞으시구나! 아니면 에이엔 엔터테인먼트 관계자세요?"

이 꼬꼬마는 혹시 금붕어인가. 들뜬 목소리로 재잘재잘 떠드는 알바생을 보며 정우가 한 생각은 이거였다. 아까 면박을 당한 건 그새 잊어버린 건지 참으로 해맑기 그지없는 얼굴이었다.

아까처럼 말 대신 행동으로 귀찮음을 표시할까 하다가 그는 마음을 바꿔먹었는지 갑자기 사악하게 씩 웃었다. 그러고는 거만하기 짝이 없는 자세로 긴 다리를 꼬고는 턱짓으로 접시들을 가리키며 입을 열었다.

"일단, 이것부터 치우죠."

"아. 네!"

초롱초롱한 눈으로 그에게서 시선을 떼지 않던 유주가 그의 말 한마디에 날쌔게 접시들이 가득 들어찬 트레이를 들고 사라졌다. 그 뒷모습을 바라보며, 정우는 어이없음 반 귀여움 반으로 웃고 말았다.

"완전 푼수네."

어제 저 꼬꼬마가 엄마로 추정되는 여자에게 등짝을 맞으며 오디션 어쩌고 했던 기억이 떠올랐다. 거기에다가 그동안 그가 학을 뗐던 답 없는 버릇으로 추정컨대, 아마도 저 알바생은 가수 지망생인 모양이었다.

그가 그런 결론을 내리는 사이 트레이를 치우고 온 유주가 다시 정우의 앞으로 쪼르르 달려왔다. 그리고 그는 무심한 말투로 운을 뗐다.

"가수 지망생?"

"네!"

그럼 그렇지. 한 치도 망설이지 않고 나온 해맑은 대답에 정우는 속으로 회심의 미소를 지었다.

"그리고 에이엔 엔터테인먼트를 특별히 선호하고."

"맞아요!"

"그럼 매월 둘째 주 토요일에 에이엔 공개 오디션 열리는 것도 알겠네요."

"당연하죠!"

"그때마다 지원자들이 몇 명이나 몰리는 줄 알아요?"

뜬금없는 질문에 유주는 잠시 당황했다. 고개를 갸우뚱하며 잠시 고민하던 그녀가 이내 자신 없는 태도로 답을 내놓았다.

"잘은 모르지만 아마…… 몇백 명?"

"너무 과소평가하는 거 아닌가? 0을 하나 더 붙이는 게 맞죠."

"아…… 생각보다 많네요."

"그렇죠. 그런데 그 수많은 지원자들 중에서 본인이 가장 돋보일 수 있다고 믿어요?"

"네?"

물 흐르듯 흘러가는 문답에 저도 모르게 말려들던 그녀가 화들짝 놀라며 되물었다. 소리 없이 한쪽 입꼬리를 올려 웃은 그가 덧붙였다.

"제 발로 회사에 찾아 들어오는 가수 지망생들 중에서 그쪽 정도 되는 실력, 음색, 외모. 널리고 널렸다고."

5초 후에야 그 말뜻을 이해한 유주가 저도 모르게 조그만 주먹을 꽉 쥐었다.

너 같은 꼬맹이를 받아줄 곳은 없다. 독설의 대가의 두 눈이 그렇게 말하고 있었다.

✳

"사장님 사장님. 사장님도 저분 아시죠?"

창밖으로 주룩주룩 이슬비가 내리는 월요일. 해날의 사장인 준수가 가게에 나와 있는 날이었다. 손님에게 내갈 커피를 직접 내리는 그의 옆에 서 있던 유주는 내내 망설이던 말을 꺼냈다.

"저분? 누구요?"

"저 손님 있잖아요. 맨날 똑같은 시간에 똑같은 자리에 앉아서 모히토만 마시는. 주방장님도 아시던데."

다 내린 커피 위에 스팀 밀크를 붓던 준수가 잠시 고개를 틀어 유주가 가리킨 곳을 쳐다보았다. 그 끝에 있는 사람은 물론 정우였다. 다시 이쪽을 바라보자 어딘가 심통이 난 얼굴로 그럴 줄 알았다는 표정을 짓는 유주가 눈에 들어왔고 그는 웃으며 되물었다.

"저분은 왜요? 유주 씨 마음에 들어요?"

"네? 아니요! 절대 아니에요! 그 반대라면 모를까!"

유주가 거의 제자리에서 팔짝팔짝 뛰며 고개를 저었다. 눈을 크게 뜨고 온몸으로 열심히 부정하는 그녀의 모습에서, 준수는 심상치 않은 일이 있었음을 직감했다. 여전히 소녀 같고 늘 활짝 웃는 이 고용인이 거의 치를 떠는 걸 보니 까다로운 손님이 그녀의 심기를 단단히 건드린 모양이었다.

"무슨 일 있었어요?"

대답 대신 그의 손에서 완성된 커피를 받아 든 유주가 손님에게로 향했다. 그 와중에도 손님에게 웃으며 인사하는 걸 잊지 않았으나 통통거리며 카운터로 돌아오는 그녀의 얼굴은 금세 다시 시무룩해져 있었다. 주의 깊게 그녀의 표정을 살핀 준수가 슬쩍 물었다.

"유주 씨 일하면서 뭐 힘든 점 있어요?"

"저 손님이 자꾸 괴롭혀요."

"괴롭혀요?"

"이상한 노래 틀지 말라고 화내고, 잔 내려놓다가 잠깐 손 좀 닿았다고 막 인상 쓰고, 제가 바르는 핸드크림 유치하다고 하고, 또 같잖은 실력으로 노래 흥얼거리지 말라고……. 그래요 그건 제가 잘못한 거 맞는데, 그래도 너 같은 애 깔리고 깔렸다는 말은 너무했죠!"

옆에서 재잘재잘 불만을 토로하는 유주의 모습에 준수는 저도 모르게 희미하게 미소 지었다. 거의 울 것 같은 얼굴을 하고 있는 사람 앞에서 웃는 건 안 될 일이지만 상황이 어떻게 돌아간 건지 눈에 훤했다.

"그랬어요? 속상했겠네. 그래도 너무 마음에 담아두지 마요. 내가 뭐라고 한마디 할게요."

"네? 아니에요 그러지 마세요! 그런 거 바라고 드린 말씀은 아니에요. 그래도 손님이신데……."

"아무리 손님이라고 해도 직원들을 함부로 대할 수는 없죠."

단호하게 대답한 준수가 재빨리 커피 한 잔을 내려 그 위에 초콜릿 시럽을 뿌리고 스팀 밀크로 곰돌이 모양을 그려 그녀에게 건넸다. 달콤하고 부드러운 모카 라떼였다.

"유주 씨 모카 라떼 좋아하죠? 이거 마시고 있어요. 기분 풀고."

그렇게 말한 그가 카운터에서 나와 괴짜 손님에게로 성큼성큼 다가갔다. 늘 웃고 누구에게나 친절한 사람이 한번 화가 나면 그 누구보다 무서운 법이다. 그랬기에 이 예상하지 못한 상황 앞에서 유주는 조마조마한 마음으로 그들을 지켜보았다.

그런데, 뭔가 이상하다.

"컴플레인 들어왔는데."

"컴플레인? 그런 건 내가 걸어야 되는 거 아닌가."

"이번에는 또 무슨 악담을 한 거야?"

"저 요망한 알바생이 그래? 내가 자기한테 악담을 퍼부었다고?"

손님 앞에 다가간 젊은 사장이 곧장 건너편에 앉으며 입을 열었다. 낯선 이를 대면하고도 손님은 전혀 놀라지 않았다.

"뭐야, 원래 아는 사이인가?"

두 사람 다 낮은 목소리로 말한 탓에 대화의 내용은 들리지 않았으나 분위기는 예상만큼 살벌하지 않았다. 괴짜 손님도 살짝 짜증이 난 듯 특유의 귀찮은 표정을 지었지만 편한 말투로 대화를 이어가고 있었다.

"도대체 어딜 가면 저렇게 잔망스러운 알바생을 구할 수 있는 거냐."

"같잖은 실력으로 노래 따라 부르지 말라고 했어?"

"시끄러워 죽겠으니까."

"너 정도 되는 애들은 널리고 널렸다고도 했고?"

"사실이잖아. 내가 뭐 틀린 말 했어?"

"너답다, 너다워. 그래도 어린 마음에 상처 주는 건 너무했지."

"어려? 몇 살인데?"

"스무 살이에요, 왜요!"

갑작스럽게 끼어든 목소리에 두 사람 모두 동시에 옆을 돌아보았다. 언제 왔는지 유주가 테이블 앞에서 심통 난 얼굴을 하고 서 있었다. 그 때문에 방금 전에 들은 정보가 뒤늦게야 머릿속에 입력됐고 정우는 경악스럽다는 듯 중얼거렸다.

"꼬꼬마 꼬꼬마 했더니 진짜 꼬맹이였네."

"꼬꼬마 아니거든요? 이렇게 큰 꼬꼬마 봤어요?"

"뭐?"

"사장님! 이분이랑 아는 사이세요?"

자그마한 손가락으로 그를 척 가리킨 유주가 준수에게 물었다. 이에 질세라 정우도 어디다 대고 삿대질이냐는 표정으로 응수했고, 두 사람 사이에는 강렬한 스파크가 튀었다. 졸지에 고래 싸움에 새우등 터지게 된 처지에 놓인 준수가 난처한 듯 웃더니 이내 천천히 대답했다.

"친구예요. 고등학교 동창."

"동창이면…… 이분이랑 사장님이랑 동갑이에요?"

믿을 수 없다는 질문에 준수는 대답 대신 고개를 끄덕였다. 어떤 말을 듣더라도 놀라지 않으려고 했는데, 유주는 저도 모르게 두 손을 입에 갖다 댔다. 그녀가 알기로 젊은 사장은 이제 막 서른 살이 된 사람이었다. 준수도 동안인 편이기는 하지만 기껏해야 스물다섯쯤 됐을 줄 알았던 괴짜 손님이 저보다 열 살이나 많다니.

"완전 아저씨네."

"아저씨?"

"그래요! 그것도 완전 심술맞고 못된 아저씨!"

어디에서 그런 말을 내뱉을 용기가 나왔을까. 그를 향해 빽 소리를 지른 유주가 찬바람을 일으키며 휙 돌아섰다. 그 남자가 만든 멜로디에 행복해했던 기억을 떠올리니 더욱 열이 받았다.

"그렇게 마법 같은 노래를 만드는 남자가 어떻게 성격은 그 모양이야?"

카운터까지 와서 그쪽을 돌아보자 어처구니없다는 표정을 한 그 남자와 그런 그에게 무어라 말을 하고 있는 사장이 나란히 시야에 들어왔다. 한참 어린 직원에게도 깍듯이 경어를 사용하는 친절한 고용주와 초면에도 사정없이 독설을 날리는 괴팍한 남자가 친구라니. 이건 사장을 다시 봐야 하는 걸까, 손님을 다시 봐야 하는 걸까.

"진짜 저분이랑 친하세요?"

다시 카운터로 돌아온 준수에게 유주가 물었다. 이 두 남자 사이의 간극은 아무리 봐도 믿을 수가 없다. 그런 유주를 따뜻하게 바라보던 준수가 입을 열었다.

"저 친구한테 많이 상처받았어요?"

"그렇다기보다는…… 저분이 어떻게 사장님처럼 친절하고 좋은 분이랑 친구인지 모르겠어요."

"고마워요. 나를 그렇게 좋은 사람으로 봐줘서. 그런데, 유주 씨도 보이는 게 전부라고 믿어요?"

그 말에 유주가 무슨 뜻이냐는 듯 고개를 갸웃거리며 준수를 올려다보았다. 참 순수하고 선한 눈망울이었다. 소리 없이 미소를 지은 그가 계속 말을 이었다.

"내면과 외면이 일치하면 참 좋겠지만 좋은 사람처럼 보여도 뒤에서는 남몰래 나쁜 짓을 저지르는 사람들이 있어요. 또, 겉으로는 차갑고 자기밖에 모르는 것 같지만 알고 보면 정 많고 따뜻한 사람도 있고."

"맞아요."

"상처가 많아서 감추고 싶어 하는 사람들이 대개 그래요. 내가 유주 씨 생각만큼 좋은 사람이 아닐 수 있는 것처럼 저 친구도 보이는 것만큼 본성이 나쁜 사람은 아니에요. 내가 저 친구랑 어떻게 친해졌는지 알아요?"

준수의 물음에 유주는 궁금하다는 표정으로 고개를 가로저었다. 하기 쉽지 않은 말을 하려는지 잠시 말을 길게 끌던 준수가 이내 천천히 이야기를 시작했다.

"어…… 유주 씨가 이제 스무 살이죠? 내가 지금의 유주 씨보다 어렸을 때, 갑자기 부모님께서 돌아가셨어요."

뜻밖의 이야기에 놀란 유주가 눈을 크게 떴다. 무언가 말을 해야 할 것 같은데 갑작스러워서 어떤 말이 좋을지 얼른 생각이 나지 않았다. 그러나 준수는 다 안다는 듯 괜찮다는 뜻으로 한 번 웃고는 말을 계속했다.

"갑작스러운 사고라 정신이 없었어요. 가까운 친척도 없어서 나 혼자 우왕좌왕하고 있었는데, 소식 듣고 제일 먼저 찾아온 사람이 저 친구였어요."

"정말요?"

"그때는 친하지도 않았고 그냥 같은 반 친구들 중 하나일 뿐이었는데, 저 친구가 제일 먼저 달려와서 장례식 끝날 때까지 곁에 있어줬어요. 난 아직도 저 친구가 그때 해줬던 위로들이 기억에 남아요. 물론 낯을 가려서 가깝지 않은 사람들에게 날을 세운다는 게 변명이 될 수는 없겠지만, 그래서 독한 말들이 저 친구의 전부는 아니라는 걸 아는 거고."

그 말에 유주는 저도 모르게 고개를 돌려 구석의 테이블에 앉아 있는 남자를 쳐다보았다. 그 위로 같은 반 친구 부모님의 장례식에 제일 먼저 달려와 준 소년의 모습을 그려보았다. 잘 상상이 되지 않아 고개를 갸웃하면서도 유주는 한참이나 그에게서 눈을 떼지 못했다.

보이는 게 전부가 아닌 남자. 그렇다면 보이지 않는 건 무엇인지, 저도 모르게 궁금해졌다.

"심술맞고 못된 아저씨라. 틀린 말은 아니네."

빽 소리를 지르고 돌아선 유주가 멀어져 가고 준수는 픽 웃음을 터뜨렸다. 천하의 한정우에게 그렇게 말할 수 있는 사람은 아마 저 귀여운 알바생이 유일할 것 같았다.

"좋냐? 좋아? 내가 아저씨면 너도 아저씨야, 인마."

"굳이 부정할 생각 없는데."

"이 가게는 컴플레인을 손님이 아니라 직원이 거냐?"

"고용주로서 고용인의 애로 사항에 귀를 기울일 필요가 있으니까."

"말은. 그럼 손님의 불만 사항은 어떻게 해결할 건데?"

"사과해."

"뭘 해?"

"다른 건 몰라도 같잖은 실력이라는 말이랑 너 같은 애 깔리고 깔렸다는 말은 사과해. 그럼 유주 씨가 너한테 못된 아저씨라고 할 일도 없어질 거고, 네 불만도 해결되는 거 아닌가?"

사과라는 말에 정우는 헛웃음을 터뜨렸다. 그런 꼬맹이에게 사과라니. 가당치도 않다.

"절대 못 해."

"그럼 내가 널 출입 금지시킬 수밖에 없지."

"무슨 권리로?"

"주인의 권한으로. 이런 식으로 계속 부딪치면 영업에 방해돼서 곤란하거든."

"그럼 직원을 쫓아내면 되잖아! 왜 손님을 쫓아내? 손님은 왕이다, 몰라? 장사한다는 놈이."

"유주 씨처럼 싹싹하고 붙임성 좋은 직원 구하기가 얼마나 힘든 줄 알아? 유주 씨 여기에서 일하기 시작한 이후로 손님들한테 서비스 훌륭하다는 말 듣는 일이 몇 배로 늘었어. 그런 직원을 왜 잘라? 월급을 올려줘야지."

"와……."

"그러니까 잘 생각해."

그렇게 말하고는 웃은 준수가 자리에서 일어나 멀어졌다. 그가 무르고 만만해 보이지만 사실은 전혀 그렇지 않다는 걸, 정우는 잘 알고 있었다.

"졸지에 길바닥에 나앉게 생겼네."

이대로라면 간신히 정착한 작업 공간을 한순간에 잃을 판이었다. 건성으로라도 사과해야 하는 건가 싶었지만 사과라는 말은 역시 낯간지럽기 짝이 없다.

"그나저나 스물다섯은 됐을 줄 알았는데, 스무 살? 그런 꼬맹이랑 여태까지 뭘 한 거냐."

저보다 열 살이나 어린 꼬맹이랑 유치한 기 싸움을 했으니 그것도 그것대로 어처구니가 없었다. 또 한편으로는 준수 말대로 어린 마음에 상처를 준 것 같아 마음에 걸렸다. 생각날 때마다 손으로 써놓은 오선지 위의 음표들을 시퀀싱 프로그램에 입력하기 시작했지만 이런 상황에서 작업이 제대로 될 리 없었다.

"내가 좀 심했나."

헤드폰을 썼지만 귓가에 흐르는 익숙한 선율 사이로 그는 딴 생각을 했다. 한마디로, 싱숭생숭했다. 도무지 집중이 되지를 않았다. 한참을 그러고 있다 결국 짜증을 내며 헤드폰을 벗어 던졌을 때였다.

"뭐야, 이거."

갑자기 눈앞에 옅은 파스텔의 색조가 번졌다. 몽글몽글한 분홍색 솜사탕 같은 색감이었다. 하지만 그런 시각적 색채들이 머릿속에 입력된 건 나중의 일이었다. 색채보다 앞서 익숙한 멜로디가 감각을 사로잡은 탓이었다. 눈앞에 보이는 색이 거슬려 눈을 감고 신경을 집중하자 소리는 더욱 또렷하게 들려왔다.

"이게 어떻게 된……."

그건 세상에서 오직 그만이 알고 있어야 하는 선율이었다. 그걸 깨달은 순간 미간을 구기고 확 눈을 뜬 그가 소리의 근원으로 시선을 돌리자 근처 테이블을 닦으며 허밍으로 노래를 부르고 있는 알바생이 시야에 들어왔다. 하지만 그녀가 흥얼거리는 멜로디는 지금 카페 안에 흐르고 있는 음악이 아니었다.

"대체 언제 훔쳐본 거냐."

곧바로 아래를 내려다본 정우가 한숨을 내쉬며 미간을 찡그렸다. 유주가 무의식적으로 흥얼거린 멜로디는 며칠째 미완성으로 그의 앞에 펼쳐져 있는 오선지 속의 선율이었다. 그걸 아는지 모르는지 유주는 여전히 행복한 얼굴로 테이블을 닦으며 노래를 부르고 있었다. 그런 그녀를 지켜보는 정우의 심기는 점점 더 불편해져만 갔다.

"이 소름 돋는 핑크색은 또 뭐야."

게다가 눈앞에 보이는 솜사탕 같은 분홍색 구름의 색채는 더욱 짙어지고 있었다. 그런다고 없어질 리 없다는 걸 알면서도 이를 꽉 깨문 그는 손을 휘휘 내저어 그 구름을 쫓아버리려 애를 썼다. 정우가 처음 이 곡을 떠올렸을 때 상상한 그림은 청량한 여름을 고스란히 담은 듯한 푸른 숲이었다. 그런데 애들이나 먹을 법한 싸구려 솜사탕이라니.

"역시, 꼬맹이는 꼬맹이였어."

고개를 설레설레 저으면서도 그의 시선은 무심코 유주가 부르고 있는 선율을 따라갔다. 곡을 완성하지 못한 탓에 오선지 위의 음표들은 길을 잃고 중간에 끊어져 있었다. 그러나 다음 순간 정우는 또 한 번 놀라며 고개를 쳐들었다.

비어 있는 오선 위로 물감이 번지듯 까만색 음표들이 그려지기 시작했다. 그의 기대와는 달리 허밍은 끊기지 않았고, 이제 유주는 그의 악보 위에는 없는 음들을 흥얼거리고 있었다. 그가 이미 만들어놓은 것과 자연스럽게 이어지는 선율이었다. 하지만 그녀는 제가 뭘 부르고 있다는 것조차 의식하지 못하는 것 같았다.

정신을 차리고 보니 어느새 그는 저도 모르게 펜을 쥐고 유주에게서 흘러나온 음표들을 오선지 위에 그려넣고 있었다. 오랫동안 막다른 골목에 갇혀 있던 멜로디는 이제 온전히 끝을 만났지만 정우는 복잡한 심경으로 완성된 악보를 내려다보았다. 초록 나무 숲 위에 걸린 분홍빛 뭉게구름처럼 어딘가 낯설었지만, 꽤 그럴듯하다는 게 더 거슬렸다.

"이건 아니야."

그가 의도하지 않은 사이, 그녀가 의식하지 못한 사이 공동 작곡이 되어버린 곡을 한참이나 바라보다 정우는 충동적으로 악보를 구겨 버렸다. 하지만 그것도 잠시 그는 이내 심란한 얼굴로 꾸깃꾸깃해진 종이를 펼쳐 들었다.

"쟨 도대체 정체가 뭐야."

아무것도 모르는 얄미운 알바생은 이제 노래를 흥얼거리는 걸 멈추고 웃으며 다른 손님의 주문을 받고 있었다. 그 모습을 쳐다보며 정우는 저도 모르게 중얼거렸다.

"아, 신경 쓰여."

어쩌면 쫓아낸다고 할 때 나가는 게 맞는 일일지도 몰랐다.

그날은 13일의 금요일이었다. 그런 미신 따위에는 관심도 없었으나 간밤 내내 귓전을 때리며 부슬부슬 내린 비로 인해 잠을 설친 정우는 오전부터 심기가 불편했다. 비가 왔으니 날이라도 덜 덥지 않을까 하는 작은 기대를 걸어봤지만 비가 그치고 해가 구름 밖으로 고개를 내밀자마자 살인적으로 습한 더위가 시작됐다.

"날씨 한번 환상적이네."

이런 날이면 그는 더 비뚤어지고 우울해지곤 했다. 그런 제 습성을 잘 아는지라 그는 이런 날에는 더더욱 사람들을 피하고 싶었다. 특히 더는 부딪치고 싶지 않은 그 요주의 알바생이 문제였다.

"또 아무것도 모르고 해맑게 들이대다가 제대로 다쳐 봐야 정신 차리지."

고슴도치처럼 잔뜩 가시를 세우는 저도 문제지만 경계심이라고는 도저히 찾아볼 수 없는 그 순진무구한 성격도 문제라면 문제였다. 오늘도 변함없이 생글거리며 손님들을 맞이하는 유주를 보며, 그는 그렇게 생각했다.

날씨 탓인지 오늘따라 떠오르는 악상들도 죄다 우중충하고 괴팍하기 짝이 없었다. 까다로운 성격과는 달리 의외로 평온하고 서정적인 음악을 추구하는 정우에게는 어울리지 않는 분위기였다. 꾸역꾸역 메모는 해놓으면서도 홀로 잔뜩 인상을 쓰고 있는데, 기습적으로 핸드폰이 울렸다.

"아, 핸드폰을 없애 버리든가 해야지."

귀찮은 연락은 딱 질색이었다. 하지만 발신자에 찍힌 사람은 자주 만나지는 않아도 간혹 연락을 하고 지내는 작곡가 친구였고 정우는 마지못해 전화를 받았다.

"여보세요."

[한정우. 너 요새도 이태원 카페에 죽치고 있냐?]

"내가 길바닥에서 작업하든 다방에서 작업하든 쓸데없이 관심 갖는 사람들이 왜 이렇게 많아. 왜, 무슨 일인데."

[너 작업실 얻을 생각 없냐?]

"요즘 돈이 궁하지? 네 작업실은 공짜로 준다고 해도 안 가져. 끊어."

[아, 이 자식 성격 더러운 건 여전하네. 좀 들어봐, 인마.]

“1분 줄게. 용건만 간단히 해라.”

[재영이 형 미국 간대.]

“그게 나랑 무슨 상관⋯⋯.”

[스튜디오 처분한단다.]

“뭐?”

등받이에 몸을 늘어뜨리듯 기댄 채 건성으로 전화를 받고 있던 정우가 저도 모르게 허리를 세우며 자세를 고쳤다. 보이지 않는 수화기 너머에서도 그 반응을 알아챘는지 묘하게 웃음기 띤 목소리가 흘러나왔다.

[구미가 당기지? 역시, 그럴 줄 알았다니까.]

“쓸데없는 사족 붙이지 말고 자세히 말해봐. 그래서?”

[이번에 가면 꽤 오래 안 들어올 생각인가 봐. 그래서 스튜디오도 아예 팔려는 거고.]

“그래서?”

[너 예전부터 그 형 작업실 탐냈잖아. 거기 아니면 다른 데도 안 들어간다고. 그래서 내가 얼른 재영이 형한테 네 얘기 꺼냈지.]

지금 화제에 오른 작업실은 정우가 오래전부터 눈독을 들이던 곳이었다. 한국에서는 찾아보기 힘든 최고급 음향 기기들과 스튜디오, 게다가 그에게 안성맞춤인 조용하고 고립된 환경까지. 그가 이태원 카페를 떠도는 건 그 작업실을 보고 나니 다른 어떤 곳도 눈에 차지 않아서였다.

“재영이 형은 뭐라는데?”

[출국 일정이 빡빡해서 형은 되도록 빨리 처분하고 싶어 하거든. 그런데 너도 알잖냐, 그 형 너 못지않게 까다로운 거.]

"그래서? 빨리 좀 말해. 답답해 죽겠네."

[넘겨받고 싶어 하는 사람은 많은데 성에 안 차나 봐. 제대로 관리 못할 것 같다고. 그런데 네 얘기 하니까 너라면 괜찮을 것 같다고 하더라고. 가기 전에 얼굴도 볼 겸 작업실 구경하러 오라는데?]

"그래? 언제?"

[되도록 빨리. 지금 시간 빈다니까 지금 올 수 있으면 더 좋고.]

"지금?"

잠시 핸드폰을 귀에서 떼고 시간을 확인하자 이제 고작 한 시였다. 하루에 정해진 작업 시간까지는 두 시간 가량이 남아 있었다. 시간관념이 철저한 그이기에 미리 계획을 세우지 않고 움직인다는 건 그리 내키지 않는 일이었다.

"꼭 지금이어야 돼?"

[뭐 그건 네 마음대로. 그런데 이 형도 출국 직전이라 바쁘다는 것만 알아둬라. 작업실 입주하고 싶어 하는 사람 많다는 것도.]

경쟁률이 높다는 소리를 들으니 마음이 조급해졌다. 마침 이곳을 떠날 마음도 먹었겠다, 게다가 최적의 작업실을 얻을 수 있다니 이건 하늘이 내린 기회였다. 오늘따라 컨디션도 좋지 않아 작업이 제대로 되는 형편도 아니니 하루쯤은 정해진 궤도에서 벗어나는 것도 나쁘지 않을 것 같았다.

"알았어. 지금 갈게."

결국 수락의 대답을 건넨 정우는 전화를 끊고 이른 퇴근 준비를 시작했다. 또다시 핸드폰이 울렸지만 작업물 정리에 정신이 팔린 그는 전화를 받지 못했다. 짐을 다 챙겼을 무렵 다시 한 번 전화가 걸려왔고 정우는 그제야 액정 화면을 확인했다.

"무슨 번호가 이렇게 길어. 해외 전화인가?"

그의 전화번호를 알고 있는 사람은 극소수였다. 외국에서는 더더욱 그에게 전화를 걸 만한 사람이 없었다. 핸드폰이 한참이나 진동했지만 정우는 전화를 받지 않았고 유유히 자리에서 일어났다. 그러나 전화는 끊기자마자 곧바로 다시 울리기 시작했다.

"누군데 이렇게 끈질겨."

결국 짜증을 낸 그는 카페 출입문을 나서면서 통화 버튼을 눌러 핸드폰을 귓가에 가져다 댔다. 미처 '여보세요'라는 말을 하기도 전에 다급한 목소리가 수화기 저편에서 튀어나왔다.

[오빠!]

저를 그렇게 부르는 사람이 거의 없어 순간 당황했지만 그는 곧 해라의 목소리를 알아들었다. 웬 낯선 번호인가 했더니 뒤늦게야 일본에 간다던 그녀의 말이 떠올랐다.

"해라냐? 너 일본이라며 또 어쩐 일로……."

[왜 이렇게 전화를 안 받아? 속 타서 죽는 줄 알았잖아!]

해라의 목소리는 평소답지 않게 잔뜩 긴장해 있었다. 택시를 잡으러 대로변을 향해 걷다 말고 사태의 심각성을 알아차린 정우가 제자리에 멈춰 섰다.

"무슨 일이야."

[오빠 지금 카페지? 거기 있는 거지? 절대 나오지 마!]

"좀 알아들을 수 있게 얘기해 봐. 무슨 소리를 하는 거야, 너."

[민 실장님 가실 거야. 거기 꼼짝 말고 있어!]

"지금 밖이야, 인마."

[뭐? 왜? 아직 거기 있을 시간이잖아!]

"약속 있어서 방금 나왔어. 무슨 일인데 그래? 영찬이 형이 여길 왜 와?"

[우리, 스캔들 터졌어.]

"뭐?"

[그 카페에서 오빠랑 나랑 같이 찍힌 사진이 인터넷에 퍼졌나 봐. 오늘은 열애설 단독 보도까지 나와서 회사에서는 전화기에 불나지, 극성 기자들은 사옥까지 찾아와서 난리지, 난 지금 일본에 있는데 이게 무슨……. 회사 앞 카페인 건 어떻게 알았는지 SNS에 카페 위치 알려져서 난리도 아니래. 지금 실장님이 최대한 막으려고…….]

머리보다 몸이 먼저 위험을 알아차렸다. 해라의 다급한 음성이 확성기를 갖다 댄 것처럼 귓가에서 왕왕대며 울렸다. 식은땀이 나고 맥박이 빨라지는데, 문득 하나의 목소리가 귀를 파고들었다.

"이거 다 소용없는 짓이라니까. 이미 단독 보도 나온 판에 뒷북이라고, 뒷북. 그리고 구해라도 지금 한국에 없다며?"

카메라를 비롯한 각종 취재 장비들을 짊어진 한 무리의 사람들이 두리번거리며 다가왔다. 정우의 근처에서 멈춰 선 이들이 제각기 한마디씩 했다.

　"뭐라도 건지려고 온 거니까 그만 입 좀 다물어. 아, 저기 위에 저 건물 아닌가?"

　"에이엔 사옥 건너편이라고 했지? 그럼 맞는 것 같은데?"

　"아니, 상식적으로 생각해 봐. 이미 인터넷에 사진 다 퍼졌고, 거기가 어딘지도 알려졌고, 기사까지 터진 마당에 미쳤다고 이 근처에서 얼쩡……."

　하품을 하며 계속해서 투덜대던 남자가 무심코 옆을 돌아보았다. 동상처럼 서 있는 정우를 발견한 남자의 표정이 미묘하게 변했다. 그가 지루함이 싹 가신 얼굴로 일행에게 무언가 귀띔을 하자 그들은 곧 핸드폰 속 사진과 정우의 얼굴을 번갈아 쳐다보기 시작했다. 그 모습에 본능적으로 위기를 느낀 정우가 한 걸음 물러섰을 때였다.

　"말씀 좀 묻겠습니다."

　남자가 히죽거리며 다가왔다. 다 안다는 듯 웃는 그 얼굴이 정우의 시야 속에서 기묘하게 일그러졌다.

　"가수 헤라, 아시죠?"

　정우의 머릿속에서 이태원의 한적한 골목은 순식간에 아수라장이 되어 있었다. 그는 불안에 물든 눈으로 주위를 두리번거렸다. 눈앞의 낯선 이들이 모두 저를 공격하려 드는 것만 같았다. 저도 모르게 꼭 쥔 손에 어느새 식은땀이 잔뜩 배어들었고 비틀거리며 뒷걸음질 치던 그는 이내 기자들을 피해 도망치기 시작했다.

"어!"

"쫓아가!"

이미 심장은 쾅쾅쾅 세게 울리고 있었지만 멈출 수 없었다. 대낮의 추격전은, 그렇게 시작되었다.

✳

그날은 13일의 금요일이었다. 그 사실조차 알지 못했으나 지난밤의 사나운 꿈자리 탓인지 유주는 오전부터 뒤숭숭한 기분이었다. 꿈은 반대라는 말이 있으니 좋은 일이 생기지 않을까 하는 한 가닥 기대를 걸어봤지만 가게 분위기조차 평소와는 조금 다르게 어딘가 묘했다.

"오늘따라 수상한 손님들이 왜 이렇게 많지?"

오늘따라 유독 가게를 찾는 손님들이 수상쩍다는 걸, 그녀는 영리하게 알아차렸다. 날씨가 이런 날이면 손님이 없는 편인데, 평소보다도 더 사람들이 바글대는 통에 가게는 이미 만석이었다. 그런데 평범한 손님들은 또 아닌 것 같은 느낌이었다.

"내가 모르는 사이에 여기에서 무슨 일이 있었던 거지."

들어오는 사람들마다 핸드폰으로 가게 안의 사진을 찍기에 여념이 없었다. 이태원에는 다른 곳들에 비해 독특하고 개성 있는 상점들이 많으니 이상할 일은 아니었으나 오늘은 유독 그 정도가 심했다. 해날의 주요 고객층은 한가로운 오후에 브런치를 즐기러 이태원을 찾는 사람들이었다. 그런데 오늘 이곳의 분위기는 뭐랄까, 꼭 방과 후 학교 앞 같았다.

"뭐지, 진짜."

유주의 호기심은 점점 더 커져만 갔다. 하지만 손님들과 달리 그녀는 핸드폰을 가지고 있지 않으니 무슨 일인지 알아낼 방도가 없었다. 결국 혼자 상상의 나래를 펼치고 있는데, 문득 한 테이블에서 손짓으로 그녀를 불렀다.

"주문 도와드릴까요?"

그녀는 알바생의 본분을 다해 물었으나 여대생 손님들은 여전히 각자의 핸드폰 화면에만 시선을 고정시키고 있었다. 그러더니 그중 한 명이 뒤늦게야 유주를 올려다보며 물었다.

"여기에 헤라 온 적 있죠?"

"네? 누구요?"

"가수 헤라 몰라요? 구해라. 저 앞에 있는 에이엔 소속 연예인."

그제야 사태를 파악하기 시작한 유주가 빠르게 머리를 굴렸다. 이 수많은 손님들의 타깃이 바로 구해라인 모양이었다. 그런데 그녀를 왜 여기에서 찾는 걸까.

"네. 오신 적은 있는데……."

"있는데?"

"저도 딱 한 번밖에 못 봤는데요. 구해라 씨 단골 가게를 찾으시려면 저희 가게 말고 다른 데로 가시는 게……."

"진짜 구해라 봤어요? 예뻐요?"

"여기 와서 뭐 먹었어요? 잘 먹어요?"

"그렇게 날씬한데 이런 데 와서 먹을 게 있나."

"실물 어때요? 여기 자주 와요?"

구해라를 봤다는 말 한마디에 봇물 터지듯 질문이 쏟아졌다. 열렬한 반응에 깜짝 놀란 유주가 눈만 깜빡거리는 사이 들려온 마지막 질문이 당황한 그녀를 일깨웠다.

"구해라랑 같이 왔던 사람 누구예요?"

"네?"

"한 번 봤다면서. 일행 있었죠?"

그 물음에 유주는 곁눈질로 정우의 자리를 살폈다. 아무래도 예감이 불길했다.

"어…… 글쎄요. 저는 일개 알바생이라……. 제 기억에는 혼자 오셨던 것 같은데요."

먼저 이곳에 와 있던 정우를 구해라가 일방적으로 찾아왔으니 틀린 말은 아니었다. 하지만 불행하게도 그녀의 말은 먹히지 않았다.

"에이, 거짓말."

"에이엔에서 입 다물고 있으라고 시켰나 봐."

자기들끼리 키득거리던 여대생들이 핸드폰 화면을 유주에게 보여주었다. 영문도 모르고 그쪽을 향해 시선을 돌렸다가 화면에 떠 있는 사진과 헤드라인을 본 순간, 유주는 경악했다.

'여신의 은밀한 데이트 장소는 소속사 앞 브런치 카페? 이거,

그때 사진이잖아?'

"이 사진 속 장소, 여기 맞잖아요."

해라가 이곳에 왔을 때 누군가가 몰래 촬영한 듯한 사진이었다. 문제는 얼굴이 흐릿하긴 하지만 그 사진에 정우도 함께 찍혀 있다는 것이었다. 모르는 사람이 보면 오해하기 딱 좋을 정도로 두 사람은 화기애애해 보였다.

"여기 이 남자, 혹시 구해라랑 사귀는 사이예요? 남자친구?"

"글쎄요, 저는 처음 뵙는 분인 것 같은데. 제가…… 안면 인식 장애가 좀 있어서요. 하하."

웃음으로 말을 얼버무린 유주는 다시 한 번 곁눈질로 정우의 동향을 살폈다. 지금 무슨 일이 벌어지고 있는지도 모른 채 그는 누군가와 통화 중이었다. 바로 어제 인테리어 문제로 테이블 배치를 살짝 바꾼 게 신의 한 수였다. 정우의 지정석이 한층 구석진 곳에 위치하게 된 덕분에 사람들도 아직 그의 존재를 눈치채지 못한 것 같았다.

"잘 좀 봐요. 정말 본 적 없어요?"

"없다니까요. 저기요, 자꾸 이러시면 영업에 방해돼서 곤란하거든요."

"아, 거 참……."

"계속 이러실 거면 나가세요. 얼른요."

그렇게 사람들을 쫓아내던 순간 자리에서 일어난 정우가 짐을 챙겨 먼저 밖으로 나갔다. 아직 퇴근 시간 전이라 의아할 법도 했지만, 상황이 상황인지라 유주는 안도했다. 그가 무사히 이 가게를 나가면 굶주린 하이에나들을 따돌리는 데 성공하는 셈이었으니까. 나가면서 또다시 누군가와 통화를 시작한 정우가 마침내 가게 밖으로 사라졌고 그녀는 안도의 한숨을 내쉬었다.

"아, 심장 떨려서 죽는 줄 알았네."

손에 식은땀이 다 배어 있었다. 비록 그 괴짜 손님은 그녀가 저를 구하기 위해 홀로 고군분투했다는 걸 꿈에도 모르겠지만, 이제야 안심이었다.

"어디 보자……. 쓰레기 버릴 때가 됐네."

다시 알바생의 본분으로 돌아와 낑낑대며 제 몸의 3분의 2 가까이 되는 커다란 쓰레기봉투를 든 그녀가 가게를 나섰다. 가게 뒤쪽으로 돌아가면 보이는 좁은 골목이 정해진 쓰레기 투기장이었고 유주는 힘겹게 그쪽으로 걸음을 옮겼다. 내리쬐는 땡볕 때문인지 쓰레기봉투가 더욱 무겁게 느껴졌다. 그렇게 마침내 외진 골목에 도착했을 때였다.

"어?"

막다른 골목 안에 누군가가 있었다. 게다가, 아주 익숙하게 느껴지는 실루엣이었다. 자기도 모르게 양손에 들고 있던 쓰레기봉투를 떨어뜨린 유주는 그 사람에게 달려갔다.

"아저씨! 괜찮아요?"

그 사람은 분명히 아까 멀쩡하게 가게를 나섰던 정우였다. 하지만 무슨 일이 있었는지 그는 지금 온통 새하얗게 질린 얼굴로 간신히 벽돌담을 짚은 채 숨을 몰아쉬고 있었다.

"어…… 어떻해……."

얼마나 절박했는지 주변 벽돌들이 전부 손톱에 하얗게 긁혀 있었다. 유주의 머릿속도 새하얗게 변했다. 입을 가린 채 어쩔 줄 몰라 하고 있던 유주가 이내 그의 앞에 주저앉아 팔을 흔들며 물었다.

"아저씨! 내 말 들려요?"

그의 이마에서 식은땀이 뚝뚝 떨어지고 있었다. 담장에 의지하던 정우가 눈도 제대로 뜨지 못하면서도 유주의 팔을 붙잡고 늘어졌다. 그 반동에 작은 몸을 가누지 못하고 휘청거리면서도 유주는 초조한 눈으로 그에게서 시선을 떼지 못했다. 착각인지 현실인지 그의 심장 박동 소리가 제 귓가에까지 울리는 것 같았다. 숨을 헐떡이며 괴로워하는 그를 보니 유주의 눈에도 순식간에 눈물이 차올랐다.

"괜찮아요, 아저씨. 이제 아무도 없어요. 그러니까……."

조그만 손으로 바들바들 떨리는 차가운 손을 꼭 잡은 순간 정우가 무너지듯 유주의 품에 쓰러졌다. 처음에는 당황했으나 이내 팔을 뻗어 저보다 훨씬 큰 그를 안은 유주는 그의 어깨를 토닥여주기 시작했다. 그가 열에 들뜬 불분명한 발음으로 하나의 단어를 뱉어냈고 그녀는 본능적으로 그 목소리에 귀를 기울였다.

"엄마……."

그건 세상에서 가장 따뜻하고도 아픈 이름이었다. 왠지 모르게 마음이 찡해져 유주는 엄마처럼 따스한 손길로 그를 보듬어주었다.

"괜찮아, 다 괜찮아."

작게 속삭이는 목소리는 위로가 되어 어지럽게 빙빙 도는 그의 비현실적인 세상을 차분히 가라앉혔다. 그럼에도 불구하고 여전히 오한으로 몸을 떠는 정우를 위해 유주는 버릇처럼 가장 좋아하는 노래를 작은 목소리로 부르기 시작했다.

"조용한 밤하늘에 아름다운 별빛이 멀리 있는 창가에도 소리 없이 비추고, 한낮의 기억들은 어디론가 사라져……."

의식이 혼미해진 가운데에도 정우의 눈앞에 따뜻한 파란색의 바다가 펼쳐졌다. 아주 오랜 기억 속에 묻혀 있던, 그러나 최근에도 꺼내진 적이 있는 그림이었다. 그 순간, 유주도 정우도 깨달았다.

'그 사람이다.'

우연히 서로를 본 늦은 봄의 어느 밤, 그리고 뒤늦게야 서로를 알아본 초여름의 한낮. 마법은 계절을 뛰어넘어 계속되고 있었다.

❊

"이건 말도 안 되는 일이야."

울상을 지은 유주가 그렇게 중얼거렸다. 드디어 둘째 주 토요일, 에이엔 엔터테인먼트 공개 오디션이 열리는 날이었다. 그러나 유주는 오디션 준비에 조금도 전력을 다하지 못하고 있었다.

"집중해야 되는데 왜 자꾸 그 아저씨 생각이 나는 거야."

이게 다 한정우 그 남자 때문이다. 어제 발작이 멎고 안정을 되찾은 그는 뒤늦게야 유주를 알아봤는지 손을 뿌리치고 말 한마디 없이 사라져 버렸다. 그 이후로 유주는 내내 정우에 대한 생각에 사로잡혀 있었다.

"이제 괜찮은 건가."

그렇게 걱정이 되다가도,

"아니, 무슨 사람이 고맙다는 말 한마디 없이 그렇게 가버릴 수가 있어?"

괘씸죄는 역시 용서가 되지 않았다.

"못됐어, 진짜."

운동화 끈을 고쳐 매며 유주는 그렇게 중얼거렸다. 에이엔 사옥으로 향하는 발걸음은 가볍지 못했다. 오디션을 앞두고 긴장되는 게 아니라 정우가 걱정되어서였다.

불러야 할 노래 가사가 아니라 빈틈없이 그로 채워진 머리를 안고 터덜터덜 걷던 그녀는 문득 걸음을 멈춰 세웠다. 에이엔 엔터테인먼트 건물 건너편, 그녀가 일하는 브런치 카페 앞이었다.

"괜찮아 보이는지 얼굴만 확인하고 갈까."

하지만 생각보다 행동이 앞서서 유주는 이미 창가에 딱 달라붙은 채 가게 안을 기웃거리고 있었다. 그러나 그의 지정석은 밖에서 보이지 않는 구석에 있었기 때문에 그녀가 서 있는 위치에서는 보이지 않았다. 들어갈까 말까 한참이나 고민하던 유주는 결국 눈을 질끈 감고 가게 안으로 들어섰다.

"어? 유주 씨, 오늘 일하는 날도 아닌데 어쩐 일이에요?"

카운터에 나와 있던 준수가 그녀를 발견하고는 의아한 듯 물었다. 하지만 그의 질문이 귀에 들어온 건 나중 일이었다.

"없어."

제일 먼저 수상한 손님의 지정석을 살폈지만 그 자리는 텅 비어 있었다. 나오지 않은 게 분명했다. 그걸 깨달은 순간 걱정이 먼지 구름처럼 마음을 뒤덮었다.

"유주 씨?"

"사장님. 없어요."

"없어요? 뭐가?"

"그분요."

"그분?"

"사장님 친구분요."

앞뒤 없는 유주의 말에 의아한 표정을 짓고 있던 준수가 이내 그 의미를 알아차리고는 피식 웃었다. 하지만 그녀의 얼굴은 한없이 진지하기만 했다.

"오늘 안 나오셨어요?"

"안 나왔어요."

"왜요?"

"아까 통화했는데, 몸이 좀 안 좋나 봐요."

역시, 괜찮지 않은 게 분명했다. 표정이 흐려진 유주가 중얼거렸다.

"그럴 줄 알았어."

"유주 씨가요? 어떻게?"

"네? 아, 그게……."

어떻게 설명해야 하나 고민하던 유주는 이내 말꼬리를 흐렸다.

친절한 사장님과 수상한 손님이 오랜 친구 사이라고는 했지만, 어쩐지 자신이 어제 본 것에 대해 함부로 떠들어서는 안 될 것 같았다.

"그게…… 어제 일하면서 보니까 좀 아프신 것 같아서."

"그래요? 그럼 많이 안 좋은 건가. 목소리가 평소보다 가라앉아 있긴 했는데."

준수의 말에 또 걱정이 마음으로 쿵 떨어졌다. 주인의 걱정을 먹고 산다는 걱정 인형이라도 된 것 같은 기분이었다.

"그런데, 그게 궁금해서 들른 거예요?"

"네? 아, 아니요! 저는 그냥…… 오디션 보러 가는 길에 지나가다가…… 그분이 안 보이시는 것 같아서요."

"걱정하지 마요. 내가 죽이랑 먹을 것 좀 챙겨서 이따 가볼 거니까."

하지만 그의 따뜻한 말에도 유주는 어쩐지 안심이 되지 않았다. 가게를 비울 수 없으니 그가 시간을 낼 수 있는 건 아마도 가게 문을 닫은 후일 터였고, 그럼 너무 늦을 것 같았다. 준수가 못 미더운 것도 아니고 제가 정우와 특별한 사이인 것도 아닌데 아무래도 당장 제 눈으로 직접 그의 상태를 확인해야 마음이 놓일 것만 같은 기분이었다.

"왜요, 또 무슨 할 말 있어요?"

여전히 밝지 못한 표정으로 입을 꾹 다물고 저를 쳐다보는 유주의 시선을 마주하던 준수가 다시 물었다. 그 앞에서 한참을 머뭇거리던 유주는 결국 주저하던 말을 꺼냈다.

"사장님 가게 보셔야 되잖아요."

"봐서 문 조금 일찍 닫고 가볼 생각이에요."

"오늘 토요일이라 손님도 많을 텐데. 괜찮으시면, 제가 대신 가면 안 될까요?"

"유주 씨가요?"

준수가 조금 뜻밖이라는 얼굴로 유주를 쳐다보았다. 그것도 잠시 그는 이내 곤란한 표정을 지었다. 뜻은 가상하지만 아무리 그래도 남자가 사는 집에 여자를 혼자 보낼 수는 없다. 게다가, 가뜩이나 예민한 성격에 아프기까지 한 상황에서 마뜩잖게 여기는 유주를 본다면 정우가 어떤 식으로 나올지도 모르는 일이었다.

"유주 씨. 생각해 주는 마음은 고맙지만 그건 좀, 곤란할 것 같은데."

"왜요? 저 진짜 아무 짓도 안 할게요. 귀찮게 하지도 않고, 먹을 것만 내려놓고 바로 나올게요. 진짜로요!"

"그래서 그런 게 아니라……."

"아파서 꼼짝도 하기 싫은데 밥 한 끼 챙겨줄 사람도 없으면 너무 서럽잖아요. 안 될까요?"

이 순진한 아가씨를 어쩌면 좋을까. 준수는 난처한 눈으로 자신의 고용인을 바라보았다. 한참을 갈등하던 그는 결국 한 번 더 딴죽을 걸었다.

"유주 씨 오디션은요? 오디션 보러 가는 길이라고 하지 않았어요?"

"아, 오디션······."

유주도 그제야 제 본분을 떠올렸다. 오늘은 서울에 올라와서 처음 있는 오디션 날이었다. 순간적으로 갈등하던 그녀는 금세 마음을 정하고는 준수에게 대답을 건넸다.

"괜찮아요. 들렀다가 가면 되고, 늦으면 다음에 보죠 뭐."

"유주 씨."

"저 진짜 가고 싶어요. 보내주세요, 네?"

이 이상한 줄다리기 끝에 결국 진 쪽은 준수였다. 어쩔 수 없다는 표정으로 두 손을 든 그가 미리 따로 챙겨두었던 죽과 과일 등을 유주에게 건네며 당부의 말을 남겼다.

"이거 집 주소랑 약도예요. 여기서 멀지 않으니까 금방 찾을 거예요. 그 친구 성격 까칠한 건 잘 알죠?"

"알아요. 괜찮아요."

"아파서 더 예민해진 상태일 수 있으니까 다른 말 하지 말고 내가 시켜서 이것만 전해주러 왔다고 해요. 나쁜 말 좀 해도 유주 씨가 너그럽게 이해해 줘요. 그리고 유주 씨."

"네?"

"그럴 일은 있으면 안 되겠지만······ 그리고 그럴 일은 없겠지만, 무슨 일 생기면 나한테 바로 전화해요."

"무슨 일요?"

눈을 동그랗게 뜨고 천진난만하게 되묻는 유주의 모습에 준수는 그만 말문이 막혔다. 그런 그녀에게 구구절절 신신당부를 하는 게 더 우스울 것 같았고 그는 대신 마지막으로 물었다.

"내가 같이 안 가줘도 되겠어요?"

"괜찮아요. 사장님 바쁘시잖아요. 다녀와서 연락드릴게요!"

준수의 걱정을 아는지 모르는지 유주는 그가 챙겨준 것들을 들고 팔랑거리며 가게를 나섰다. 아직 정우의 안부는 확인하지 못했지만 그를 보러 간다는 생각을 하니 이제야 조금 마음이 가벼워지는 것 같았다.

가는 길에 조그마한 카드를 산 유주는 앳된 글씨로 그에게 남기는 편지도 썼다. 왼쪽 면에는 쾌유를 비는 메시지를 쓰고 오른쪽에는 그에게 불러줬던 노래 가사를 적어 넣었다. 어렸을 적 엄마가 자장가로 불러주던 노래였다. 들을 때면 늘 마음이 편안해지는 그 노래의 마법이 그에게도 통하기를 바랐다.

"여기인가?"

준수의 말대로 정우의 집은 가까운 곳에 위치해 있었다. 엘리베이터를 타고 올라와서 문에 붙어 있는 호수와 쪽지에 적힌 호수가 일치하는지 확인한 유주는 초인종을 눌렀다. 하지만 몇 번이나 눌렀음에도 돌아오는 응답은 없었다.

"아무도 없나? 아니야, 아픈 사람이 어딜 가. 그럼 잘못 찾아왔나?"

하지만 이곳은 분명 준수가 쪽지에 적어준 주소 그대로였다. 꼼꼼한 성격의 그가 잘못 알려줬을 리도 없을 것 같았다. 고개를 갸웃하던 유주는 결국 직접 문을 두드리기 시작했다.

"아저씨. 저 해날 알바생이에요. 사장님 심부름으로 왔어요."

그러나 아무리 큰 소리로 불러봐도 여전히 인기척은 들리지 않았다.

 "많이 아픈 거예요? 먹을 것만 두고 갈게요. 문 좀 열어주세요."

 한참을 문을 두드리며 소리치다 제풀에 지친 유주가 자리에 주저앉으려 했을 때, 문 안쪽에서 잠금이 해제되는 소리가 들렸다. 놀란 그녀가 눈을 동그랗게 뜨고 시선을 고정시킨 순간 드디어 문이 열렸다.

✻

 발작을 일으킬 때면 정우는 자리에 누워서 꼼짝도 하지 못한 채 꼬박 하루를 앓았다. 어디가 특별히 아프거나 한 것도 아닌데 죽은 듯이 누워 잠만 자곤 했다. 의사가 그랬다. 그건 몸이 세상에서 도망치고 싶어 하는 증거라고. 그 말이 맞았다. 평소에도 타인을 기피하는 그였지만, 발작이 일어나고 나면 정말로 아무도 없는 저만의 세계로 도망쳐 숨고 싶었으니까.

 [해라랑 너 스캔들, 괜한 뒷말 안 나오게 깔끔하게 해명해서 보도 자료 돌렸어. 이제 너한테 더 피해 가는 일은 없을 거야. 그런데, 너를 위해서도 해라를 위해서도 두 번 다시 이런 일 만들지 말자. 해라한테 근신 처분 내릴 거야. 혹시나 해라가 너 찾아가더라도 절대로 만나주지 마. 지금이야 이 정도로 끝나지만 한 번만 더 이런 일 생기면 그땐 너 죽고 나 죽고 걔도 죽어, 어?]

 영찬이 평소와 사뭇 다른 진지한 어조로 전화를 걸어왔으나 정우는 통화가 끝날 때까지 내내 한마디도 하지 못했다. 영찬의 이야기가 하나도 귀에 들어오지 않았다. 아무 말도 듣기 싫고 하기 싫었다. 그러나 그를 찾는 전화벨은 또다시 울렸다.

[오늘은 왜 안 나타나? 무슨 일 있어?]

준수였다. 정우가 늘 나타나던 시간에 모습을 드러내지 않자 걱정이 된 모양이었다. 준수는 정우의 병에 대해 알고 있는 몇 안 되는 사람 중 하나였으나, 그런 그에게 구구절절 사정을 설명한다는 게 오늘따라 유난히 구차하고 나약하게 느껴졌다. 그래서 정우는 나오지 않는 목소리를 억지로 쥐어짜내 대충 둘러댔다.

"몸이 안 좋아. 쉴 거야."

[뭐 좀 먹었어? 챙겨다 줘?]

"됐어."

[목소리 들으니까 많이 안 좋은 것 같은데.]

"필요 없으니까 신경 꺼."

아플 때 신경 써주는 사람이 아무도 없으면 서럽다지만, 그는 이런 걱정과 관심이 그리 달갑지 않았다. 그 성격을 뻔히 아는 준수는 화를 내지 않았으나 괜히 더 있는 대로 신경질을 낸 정우는 멋대로 전화를 끊고 아예 핸드폰을 던져 버렸다. 그러나 괜한 심술을 부리고 나니 그도 마음이 좋지는 않았다.

"없던 기운까지 모조리 빠져나가겠네."

어제 오후부터 아무것도 먹지 않고 내리 잠만 잤다. 다시 잠을 청하려 눈을 감았으나 도통 잠이 오지 않았다. 평소보다 괜히 더 성질을 부린 건, 실은 지금의 상태가 보통 때와는 많이 다르기 때문이었다.

열 시간이 넘게 죽은 듯이 잠만 자던 때와는 달리, 어제 오늘은 끝없이 깼다 잠들었다를 반복했다. 머릿속에서 끊임없이 반복된 기억들의 중심에, 유주가 있었다.

"괜찮아요, 아저씨. 이제 아무도 없어요."

조그맣고 따뜻한 손으로 제 손을 꼭 잡으며 속삭이던 목소리가 떠오르자 잇새로 나지막한 신음이 새어 나왔다. 그 위로 누군가의 목소리가 겹쳐 들렸다.

"괜찮아, 정우야. 엄마가 있잖아."

악몽 같았던 순간 유일한 안식처가 되어주었던 노랫소리도 같이 들려왔다.

왜 하필 그 노래였을까. 사고가 나고 의식을 잃기 전 들었던 어머니의 노래를 다시 듣게 된 건 한 달 전 늦은 봄밤이었다. 그리고 어제에야 비로소 알았다. 잊을 수 없는 그 봄날 밤 저를 구해주고는 그 노래를 불러주던 낯선 여자가 바로 그 요상한 알바생이었다는 걸.

"왜 하필 걔야."

그 노래를 듣던 순간 눈앞에 차올랐던 푸른 바다는 말로 표현할 수 없는 감정들을 불러일으켰다. 이제는 까마득한 어린 시절

이후로 처음 보는 것이었기에. 다시는 볼 수 없을 줄 알았다. 그 그림을 눈앞에 펼쳐 주던 이가 오래전 곁을 떠났기에. 그 사실을 새삼 자각하자 속이 쓰려왔고, 그는 입술을 깨물며 다시 눈을 감았다.

한참을 뒤척이다 어렴풋이 잠이 든 정우를 다시 깨운 건 초인종 소리였다. 타인보다 유달리 예민한 감각 탓에 곧장 눈을 떴지만 그는 일어날 생각을 하지 않았다. 지금은 그게 누구든지 간에 이 기분으로 마주할 생각이 없었다. 하지만 정체 모를 방문객은 그의 예상보다 더 끈질겼다.

"초인종 부서지겠네."

짜증스럽게 중얼대기가 무섭게 드디어 초인종 소리가 뚝 끊겼다. 이제야 포기한 건가 싶었지만 이번에는 직접 문을 두드리는 소리와 함께 익숙한 음성이 들려온 순간, 그는 저도 모르게 벌떡 자리에서 일어났다.

"아저씨."

꼬박 하루 동안 그의 머릿속을 복잡하게 만든 목소리의 주인공이었다. 꿈인가 싶었지만 분명 현실이었다.

"저 해날 알바생이에요. 사장님 심부름으로 왔어요."

준수가 보낸 모양이었다. 시키지도 않았는데 귀찮은 짓을 한다는 생각을 하며, 정우는 머리카락을 마구 헝클어놓았다. 그가 아는 바로는 저 알바생은 은근히 집요한 구석이 있었다. 계속되는 무응답에도 꿋꿋하기 그지없는 저 태도가 증명해 주었다.

"많이 아픈 거예요?"

그 물음에는 그를 향한 걱정이 담겨 있었다. 무감각한 정우도 충분히 느낄 수 있을 만큼. 그래서 그는 더 삐딱해졌다.

어제 제가 그녀를 알아본 순간 유주 역시 저를 알아봤다는 걸 안다. 그래서 그녀가 자신을 동정하는 것 같아 기분이 좋지 않았다. 게다가, 이제는 더는 그녀를 마주하고 싶지 않았다. 오랜 시간 동안 잊으려 노력했던 누군가가 자꾸만 떠올라서.

"먹을 것만 놓고 갈게요. 문 좀 열어주세요."

하지만 그녀가 저대로 쉽사리 돌아갈 것 같지 않았고 그는 결단을 내려야 했다. 짧은 순간 망설이던 정우는 결국 완전히 침대에서 내려와 현관으로 걸어갔다. 화질이 좋지 않은 인터폰 화면 속에서도 그녀가 걱정스러운 얼굴을 하고 있다는 게 보였다.

"자기가 날 언제 봤다고 걱정이야."

쓰게 웃으며 중얼거린 그가 마음을 정하고는 문손잡이에 손을 가져갔다. 문이 열리자 놀란 눈을 크게 뜨고 그를 쳐다보는 유주가 눈앞에 나타났다.

"아저씨! 괜찮아요? 많이 아파요?"

양손 가득 짐을 들고 있던 그녀가 까치발을 들고 그의 얼굴을 살폈다. 그녀의 낯빛이 단번에 흐려졌지만, 정우는 표정 변화 하나 없는 무덤덤한 눈으로 유주를 내려다보았다.

"많이 아프구나. 얼굴 안 좋아요. 걱정 많이 했는데."

"걱정? 네가 뭔데."

"네?"

"네가 뭔데 내 걱정을 하냐고."

삐딱선을 탄 그 물음에 유주는 당황한 듯 잠시 동안 아무런 대꾸도 하지 못했다. 그 틈을 타 정우는 앞뒤 가리지 않고 가시가 잔뜩 박힌 말들을 쏘아붙이기 시작했다.

"넌 네가 좀 특별해진 것 같지? 아니면 내가 너한테 도움 좀 받았다고 내가 우스워 보여?"

"그게 무슨……."

"넓은 길바닥에서 두 번 우연히 만난 거? 세상엔 그보다 더한 인연도 있어. 그따위 별것도 아닌 우연으로 내가 빌빌대고 있는 꼴 좀 봤다고 내가 불쌍해?"

"……."

"네가 나에 대해 알면 얼마나 알아. 뭘 언제 봤다고 걱정……."

"그런 거 아니에요."

이상하게 떨리는 목소리가 그를 가로막았다. 무언가에 홀린 것처럼 가시 돋친 말들을 내뱉던 정우가 그제야 말을 멈췄다.

그때가 되어서야 제 앞에서 그 험한 말들을 모두 듣고 있는 유주의 표정이 눈에 들어왔다. 처음 보는 얼굴이었다. 애써 덤덤한 체하지만 금방이라도 울 것 같은 얼굴에, 처음으로 말문이 막혔다.

"우스워 보인 적 없어요. 불쌍하다고 생각한 적도 없고, 만만해 보이지도 않아요. 나는 그냥, 걱정되는 것뿐이에요."

"……."

"아저씨는 고등학교도 안 나왔어요? 공자님인지 맹자님인지가 그랬어요. 사람한테는 누구나 측은지심이 있다고. 사람이 사람을 걱정하는 건 당연한 거예요. 아저씨 눈에 보이는 세상은 안 그런지 모르겠지만, 적어도 나한테는 그래요. 언제 봤다고 걱정? 가본 적도 없는 나라에 비행기 추락 사고가 일어나도, 사람들은 걱정해요. 얼굴도 모르는 사람들이 죽었을까 봐, 다쳤을까 봐."

비행기 추락 사고라는 표현에 정우의 얼굴 위로 동요가 일었다. 하지만 유주는 눈물이 그렁그렁한 눈을 하고 그를 쳐다본 채 계속 말을 이었다.

"이 넓은 세상에서 두 번이나 우연히 만난 거, 조금은 특별한 인연이라고 생각했어요. 그래요 그건 아저씨 말이 맞아요. 그런데요, 우리 사이가 특별하다고 믿어서 걱정한 건 아니에요. 어제 아저씨를 처음 봤어도, 그리고 그게 아저씨가 아니라 생판 모르는 다른 사람이었어도 나는 똑같이 걱정했을 거예요. 왜냐하면 그건 당연한 거니까."

금방 울 것 같은 눈을 하고도 또박또박 말을 마친 유주가 허리를 숙여 양손 가득 들고 있던 짐을 그의 앞에 내려놓았다. 그러고는 다시 고개를 들어 그를 쳐다보았다.

"갈게요. 아픈데 갑자기 찾아와서 시끄럽게 군 건 죄송해요. 그런데 이건 그냥 놓고 갈게요. 사장님께서 챙겨주신 거니까."

그렇게 말하고는 돌아서려던 유주가 문득 멈춰 섰다. 잠시 망설이던 그녀가 다시 그를 돌아보고는 덧붙였다.

"방금 전까지는 아저씨가 불쌍하다고 생각한 적 없어요. 그런데 지금은 불쌍해 보여요. 순수하게 걱정해 주는 사람 호의도 호의로 못 받아들일 정도로 마음이 아픈 사람 같아서."

그렇게 말한 유주가 그대로 돌아서서 계단을 내려가기 시작했고 정우는 멍하니 그 뒷모습만 바라보았다. 그녀의 모습이 완전히 사라지고도 한참이 지나서야 그는 유주가 가져온 짐들을 들어 올리고 문을 닫았다.

방심하는 사이 아주 무거운 무언가가 심장을 내려친 기분이었다. 무심코 도시락 가방을 열자 카드 한 장이 손에 잡혔고 그는 그걸 열어 보았다.

— 아저씨. 아프지 말고 빨리 나으세요.

앳된 필체로 적혀 있는 글귀와 노랫말에 알 수 없는 통증은 점점 심해져 갔다. 닫힌 문에 기댄 채 한참이나 그 카드를 읽던 정우는 저도 모르게 쓴웃음을 지었다.

"지금은 불쌍해 보여요. 순수하게 걱정해 주는 사람 호의도 호의로 못 받아들일 정도로 마음이 아픈 사람 같아서."

"틀린 말…… 하나도 없네."
그녀가 마지막으로 두고 간 말이 오랫동안 귓가를 맴돌았다.

Track 04.
8월의 크리스마스

한마디로, 최악의 주말이었다. 첫 오디션 기회는 도전도 못 해 보고 날렸고, 속상해서 좀 울다 잠들었더니 눈꺼풀까지 퉁퉁 부었다. 겨우 잠을 청하고 나자 꿈에서는 발작으로 괴로워하던 정우가 나와 또다시 마음을 심란하게 만들었다.

"그러게 왜 그렇게 아파서 다 죽어가는 얼굴을 하고 있는 거냐고."

그의 앞에서 저도 모르게 눈물이 고였던 건 정우의 말에 상처받아서라기보다는 그의 얼굴이 생각보다 훨씬 더 좋지 않아 보였기 때문이었다. 그런 얼굴을 하고서 가시 같은 말을 툭툭 내뱉는 걸 보니 그 순간만큼은 그가 진심으로 안쓰럽게 느껴졌다.

"이것도 병이야, 병."

정우의 앞에서는 사람이 사람을 걱정하는 건 당연한 거라고 쏘아붙였지만, 이쯤 되니 그의 말대로 오지랖이 아닌가 싶다. 면전에서 그런 모진 말을 듣고도 그가 걱정되는 마음은 멈출 수가 없으니 이건 정말 병이다.

"아, 마지막에 불쌍해 보인다는 말은 왜 해가지고. 그냥 좀 참을걸."

그 말에 아무 대꾸도 못 하고 멍하니 저만 쳐다보던 정우의 얼굴이 떠올랐다. 동정하지 말라던 사람에게 대놓고 불쌍하다는 말을 한 건 스스로 생각하기에도 좀 너무했던 것 같다. 그 얼굴을 떠올리니 또 눈물이 핑 돌았다.

"와, 진짜. 이유주 너 우냐? 또 울어? 그렇게 못된 말만 골라서 하는 사람이 뭐가 예쁘다고."

마음이 오락가락할 때마다 침대 위를 굴러다니던 유주가 벌떡 자리에서 일어나더니 그렇게 중얼거렸다. 그의 앞에서는 간신히 참았지만, 돌아오는 길에 그녀는 결국 울고 말았다. 왜 우는지 이유도 모르고 울었다.

"그 앞에서 공자님 맹자님 찾은 것도 너무 갔지."

원체 못되긴 해도 어쨌거나 아파서 신경이 날카로워진 사람 앞에서 한바탕 설교를 늘어놨으니. 맨 정신으로 그 순간을 회상하고 있자니 어쩐지 좀 창피해졌다. 부엌으로 나와 혼자 벌컥벌컥 물을 들이키며 생각에 잠겨 있는데 예고 없이 어디에선가 무심한 목소리가 날아와 귓가에 꽂혔다.

"공자님 맹자님? 혼자서 뭘 그렇게 중얼거리고 있······. 아, 깜짝이야."

하품을 하며 방에서 나오던 원호가 유주의 얼굴을 보고는 흠칫하며 한 걸음 물러섰다. 멀찌감치 떨어져 서서 한참이나 그녀를 살피던 그가 이내 딱하다는 표정을 하고는 손끝으로 자신의 눈을 가리키며 말문을 뗐다.

"아, 내가 오늘 눈 뜨자마자 본 얼굴이 이런 얼굴이라니. 난 무슨 내가 키우던 금붕어가 사람으로 환생한 줄 알았다."

"뭐? 붕어?"

"안 그래도 물고기 닮았는데 눈 부으니까 딱이네. 붕어가 친구 하자고 하겠다."

박수까지 치며 약을 올리는 그의 말에 유주는 분한 듯 눈을 크게 떴다. 그 표정을 보고 웃으며 다가온 원호가 유주가 마시던 물컵을 뺏어 들어 물을 한 모금 마시고는 다시 입을 열었다.

"그래서 우리 붕어, 왜 울었는데?"

"어?"

"너 울었잖아."

생각지도 못한 물음에 말문이 막혔다. 방심한 사이 기습 공격을 당한 기분이었다. 울 이유가 하나도 없었는데 도대체 왜 울었던 걸까. 대답할 말을 찾지 못해 머리를 굴리고 있는데 장난스럽게 웃은 원호가 덧붙였다.

"누가 울렸어. 오빠가 혼내줄게."

"그게 있잖아……."

"그래, 누군데. 얼른 말해."

"만약에, 만약에 말인데. 네가 엄청 아픈데 하루 종일 혼자 있었어."

"뭐? 왜 울었냐니까 갑자기 무슨 딴소리야."

"그런데 갑자기 잘 알지도 못하는 사람이 집까지 찾아와서 걱정하면…… 넌 기분이 어떨 것 같아?"

"잘 알지도 못하는 사람? 흠, 그래도 걱정해 주면 고맙지. 그것도 아픈데 혼자 있는 상황에서."

"혹시, 화가 날 수도 있을까?"

"화를 내? 자기를 걱정해 주는데? 그런 성격 파탄자도 있냐."

성격 파탄자라는 말에 뜬금없이 쿡 하고 웃음이 나왔다. 하지만 그것도 잠시 유주는 금세 시무룩한 얼굴을 했다. 말 그대로 그런 성격 파탄자 같은 남자한테 이리도 신경이 쓰이는 걸 보니 대체 이건 무슨 조화일까.

"그래서, 무슨 일인데?"

"아무것도 아니야. 고마워."

대충 둘러대고는 그를 지나쳐 나가려는데 원호가 말없이 다리를 뻗어 길을 막아섰다. 왜 그러느냐는 표정으로 올려다보자 이번에는 냉장고 냉동실을 열어 무언가를 꺼낸 그가 그걸 그대로 휙 던졌다. 얼떨결에 받아 들고 나서야 유주는 그게 무엇인지 알아볼 수 있었다. 얼음 팩이었다.

"붕어 같은 눈으로 무슨 아르바이트를 하겠다고. 그거 가져가. 그리고."

"그리고?"

"그 성격 파탄자한테 전해. 또 한 번 멀쩡한 사람 하루아침에 붕어로 만들어 버리면 가만히 안 있는다고."

눈치는 백단이다. 손에 쥔 얼음 팩을 한참이나 바라보다가, 덧붙은 말에 유주는 결국 웃고 말았다. 원호에게 고맙다는 말을 전한 그녀는 이내 집을 나섰다.

"별로 티 안 날 줄 알았는데……. 붕어가 뭐야, 붕어가."

길을 지나가다 진열장 유리에 비친 모습을 본 유주가 손거울을 꺼내 자신의 얼굴을 확인했다. 거울을 집어넣고 다시 가던 길을 가려는데 또다시 정우가 떠올랐다.

"내가 누구 때문에 오디션도 포기했는데. 됐어. 이제 신경도 안 쓸 거야. 아는 척도 안 할 거야."

머릿속에 떠오른 그의 얼굴을 얼른 지워 버리며 주머니 속에 넣은 두 손으로 주먹을 불끈 쥔 그녀가 중얼거렸다. 그러나 그 목소리에는 여전히 걱정이 묻어나 있었다.

결국 유주는 끝까지 정우에 대한 생각을 놓지 못한 채 출근해야 했다. 가게에 나와 있던 준수가 평소보다 조금 가라앉은 얼굴로 들어오는 그녀를 발견하고는 먼저 인사를 건넸다.

"유주 씨 왔어요? 주말은 잘 보냈어요? 오디션은?"

출근하자마자 던져진 난감한 질문에 그녀는 선뜻 대답을 하지 못했다. 심부름을 하느라 오디션을 못 봤다는 말을 하면 이 친절한 남자가 또 걱정할 것 같았다. 그렇다고 거짓말을 하기도 뭐해서 유주는 결국 대답 대신 멋쩍게 웃고 말았다.

"아, 맞다. 그날 연락드린다고 해놓고 그냥 넘어가서 죄송해요. 경황이 없어서 깜빡했어요. 그래도 잘 전해 드렸으니까 걱정하지 마세요."

"별일 없었어요?"

"무슨 일요?"

"유주 씨 얼굴이 안 좋아 보여서 그래요."

아, 저 매의 눈. 안 그러게 생겨서 은근히 눈치가 빠른 그였다. 여기저기 온통 눈치 빠른 남자들뿐인데 그 남자만 대체 왜 그 모양일까. 쉽게 대답하지 못하는 유주의 얼굴을 유심히 살핀 준수가 다시 물었다.

"오디션은 잘 봤어요?"

"그냥……. 처음부터 잘될 거라고 애초에 기대도 안 했는데요, 뭐."

준수의 눈빛이 꼭 제 마음을 꿰뚫어 보는 것 같았다. 그러나 이번에도 유주는 아무 일도 없었던 척 밝게 웃어 보였다.

"오디션도 끝났는데 이제 열심히 일해야죠. 뭐부터 할까요?"

오픈 준비를 하고 첫 손님을 받다 보니 금세 열한 시가 다 되어 갔다. 정우에게 신경 쓰지 않겠다고 해놓고 늘 그가 나타나는 시간이 가까워지니 자동적으로 자꾸만 시계로 눈이 갔다.

"오긴 오려나."

칼 같은 그의 성격을 생각해 보면 올 것 같기도 하고, 토요일에 있었던 일을 떠올려 보면 안 올 것 같기도 했다. 그리고 드디어 정각 열한 시가 됐을 때, 문에 달아놓은 풍경이 울리는 소리에 유주는 반사적으로 출입문을 향해 시선을 돌렸다.

막 안으로 들어온 사람과 눈이 마주친 순간, 유주는 시선을 피해야 한다는 사실도 잊고 한참이나 그를 쳐다보았다. 그 남자였다. 여전히 해쓱하긴 했지만 그날처럼 아파 보이지는 않았다.

"이제 괜찮은 건가."

오래 못 가 먼저 시선을 피하고 자리로 가 앉는 정우를 보고는 무심코 그렇게 중얼거리다 유주는 팍 인상을 썼다. 그러지 않으려고 해도 모든 생각이 자꾸만 그를 중심으로 돌아가는 게 못마땅했다.

"신경 쓰지 말자니까."

혼자 입술을 삐죽댄 유주는 정우가 앉아 있는 테이블로 다가갔다. 상대하고 싶지 않지만 어쨌거나 그는 손님이었고 저는 알바생이었다. 늘 같은 주문이라도 확인은 해야 했다.

"라임 모히토. 무알콜. 맞으시죠?"

화가 난 걸 굳이 숨기지 않겠다는 듯 평소의 그녀답지 않게 딱딱거리는 말투였다. 마찬가지로 평소였다면 거들떠보지도 않고 고개만 까닥했을 그가 웬일로 고개를 들어 유주를 쳐다보았다.

'또 째려본다, 또.'

속으로 불만스럽게 중얼거린 그녀가 피하지 않고 정우의 시선을 받아쳤다. 약간의 원망과 약간의 얄미움이 담긴 눈빛이었다. 그러나 정우는 그 의미를 알면서도 평소처럼 인상을 쓰거나 유주를 노려보지 않았다.

그저 말없이 물끄러미 저를 바라보는 시선에 오히려 당황한 건 유주였다. 사람이 안 하던 짓을 하면 괜스레 무섭게 느껴진다더니 딱 그 짝이었다. 적반하장으로 화를 내면 차라리 같이 대들기라도 할 텐데 계속되는 의미 모를 시선 공격에 저절로 몸이 움츠러들었다.

"왜, 왜요?"

그 반문에도 어떠한 대꾸 대신 계속 쳐다보기만 하던 정우가 획 무언가를 집어 들어 유주에게 건넸다. 엉겁결에 받아 든 그 무언가는 종이 몇 장이었다. 그걸 깨달은 순간 유주가 다시 미간을 찡그리며 물었다.

"뭐요, 버려 달라고요?"

그 퉁명스러운 말에 놀랍게도 그가 이번에는 피식 웃었다.

"그러든가."

예상과는 조금 다른 반응에 유주는 그제야 그가 건넨 종이를 자세히 들여다보았다. 쓸모없어진 이면지인 줄 알았더니 그건 손으로 직접 그려넣은 악보였다. 본능적으로 악보 속의 선율을 눈으로 따라가던 유주가 이윽고 놀란 얼굴을 하고 고개를 들었다.

"이거…… 그건데."

언젠가 이 자리에서 얼핏 훔쳐봤던 바로 그 선율이었다. 하지만 그때와는 달랐다. 그때는 미완성에다 되는 대로 찍찍 그었다 다시 쓴 흔적도 있었는데 지금의 악보는 새로 옮겨 쓴 듯 깨끗하고 정갈한 필체로 온전히 완성되어 있었다.

"이거, 뭐 어떡하라고요?"

내가 이렇게 잘난 사람이다, 뭐 그런 건가? 그러나 다음 나온 그의 말은 뜻밖이었다.

"너 가져."

"네?"

화들짝 놀라는 모습에 그가 또다시 웃었다. 소리조차 없는 미소였지만, 이상하게도 마음에 남았다.

"너 가지라고."

"제가 왜요?"

"네가 완성한 곡이니까."

"제가요?"

이건 또 무슨 봉창 두드리는 소리인가. 저는 이 곡에 손도 댄 적이 없는데 뭔가 착오가 있는 게 분명했다.

"저기요, 뭔가 착각하신……."

"나한테는 그 곡 완성할 능력 없었어. 그런데 네가 했어. 그러니까 그 곡은 이제 네 거야."

뜻 모를 말에 어리둥절해 머리를 굴리면서도 유주는 정우를 빤히 쳐다보았다. 토요일에 있었던 일에 대해 언급하지는 않았지만 저를 보는 그의 시선은 어딘가 많이 변해 있었다. 어쩌면 혼자만의 착각일 수도 있지만, 조금 미안해하는 것 같기도 했다.

'그럼, 사과의 뜻이라고 봐도 되는 건가?'

이번에는 다시 악보를 들여다보았다. 여전히 그가 한 말의 의미는 이해가 가지 않았지만 속으로 멜로디를 따라가고 있으니 저도 모르게 행복해졌다. 얼핏 훔쳐봤을 때도 느낀 거지만, 파란 여름이 절로 떠오르는 예쁜 선율이었다. 이 까칠한 남자의 머릿속에서 나왔다고는 믿을 수 없을 정도로. 누군가에게 곡을 선물 받는다는 상상만으로도 참 로맨틱했는데, 비록 상대가 이 까다롭고 까칠한 남자이기는 했지만 유주의 입가에는 어느새 미소가 번지기 시작했다.

"진짜 저 가져도 돼요?"

작곡가는 아니지만 곡을 만드는 사람이 아무 대가도 받지 않고 누군가에게 그냥 곡을 넘긴다는 게 꽤 큰일이라는 건 어렴풋이 짐작할 수 있었다. 더군다나, 분명히 '네 거'라고 했다. 정우가 고개를 끄덕였지만 유주는 미심쩍은 얼굴로 재차 확답을 얻어냈다.

"나중에 딴말하기 없기예요?"

그가 무심한 표정으로 다시 한 번 고개를 까딱했다. 그제야 활짝 웃은 유주가 감사 인사를 건넸다.

"고맙습니다!"

정우 때문에 주말 내내 속상했던 것도, 더는 그를 아는 체하지 않기로 했던 것도 어느새 잊은 채였다. 그렇게 말하고는 악보를 손에 꼭 쥔 채 팔랑거리며 멀어지는 유주의 뒷모습을 보며 저도 모르게 웃은 정우는 생각했다. 초록 나무 숲 위에 걸린 분홍색 뭉게구름도, 생각만큼 나쁘진 않을 것 같다고.

이제야 조금 가벼워진 마음으로 작업을 시작하려는데 이번에는 또 다른 누군가가 은근슬쩍 다가와 건너편에 앉았다. 준수였다. 토요일에 통화했을 때 들었던 까칠한 음성과는 달리 평온해 보이는 친구의 얼굴에 그가 먼저 운을 뗐다.

"이제 몸은 좀 괜찮아진 거야?"

"모르는 사람이 들으면 죽을 병 걸렸던 줄 알겠다."

준수를 힐끗 쳐다본 정우가 다시 시선을 돌리며 대답했다. 평소와 다를 게 없는 시니컬한 말투로 그렇게 대꾸하는 걸 보니 괜찮긴 괜찮은 모양이었다. 소리 없이 웃은 준수가 다시 물었다.

"토요일에 별일 없었어?"

그 물음에 정우는 잠시 멈칫했다. 사실은, 지난 주말 내내 몸이 아픈 것보다는 유주 때문에 마음이 심란했다. 그녀가 했던 말이 머릿속을 떠나지를 않았고, 결국 유주의 말이 옳다는 걸 인정하지 않을 수 없었다. 하지만 사과의 말을 건네기는 조금 쑥스러워 한참을 고민하다 사과 대신 곡을 선물한 그였다. 그러나 그 모든 걸 준수에게 들키고 싶지는 않아서 정우는 짐짓 태연한 척 반문했다.

"왜."

"넌 별일 없어 보이는데, 유주 씨는 별일 있어 보여서."

준수는 웃으며 별거 아닌 듯 말했지만 정우는 그 말에 다시금 뜨끔해졌다. 금방이라도 울 것 같은 얼굴로 저를 쳐다보던 유주의 모습이 금세 다시 눈앞에 그려졌다.

"왜, 걔가…… 뭐래? 나 욕해?"

"그러니까, 욕 들을 만한 짓을 하긴 했나 보네."

"핵심만 해라, 핵심만."

"유주 씨야 아무 말 안 하지. 그런데 내 눈에는 그래 보이거든."

"이참에 아주 돗자리를 깔지 그래? 그러게 왜 걔를 보내? 올 거면 네가 직접 올 것이지 나랑 아무 관계도 없는 걔를 보내, 왜."

"내가 설마 처음부터 유주 씨 보내려고 했겠어? 네 성격 뻔히 아는데."

"그럼 왜……."

"유주 씨가 자기가 가겠다고 끝까지 고집을 부려서."

"뭐?"

뜻밖의 말이었다. 놀라는 정우의 표정을 유심히 살피던 준수가 말을 이었다.

"유주 씨 그날 가게 나오는 날도 아니었어. 그런데 일부러 들러서 너 있는지 확인하는 것 같던데. 걱정 많이 하더라."

"걔는 왜 시키지도 않은 짓을……."

다시 한 번 양심의 가책이 느껴졌다. 자기가 굳이 하지 않아도 될 일을 자처해서 한 사람에게 고맙다는 인사는커녕 모진 말만 쏟아놓은 꼴이었다.

"오디션은 봤으려나. 어떻게 됐냐고 물어보니까 그냥 얼버무리면서 웃던데."

"오디션?"

그러고 보니 지난 토요일은 에이엔 엔터테인먼트 공개 오디션이 있었던 날이었다. 머릿속으로 빠르게 시간 계산을 한 정우가 인상을 찌푸렸다. 유주가 집에 온 시각은 오디션이 한창 진행되고 있을 때였다. 분신술을 쓰지 않는 이상 그녀가 오디션을 봤을 가능성은 없었다. 그러니까, 그 요상한 알바생은 그날 저 때문에 오디션 기회도 놓치고 애꿎은 독설만 잔뜩 뒤집어쓴 거다.

"아, 완전 지뢰 밟았다고 생각하겠네."

고작 악보 하나 가지고 해결될 일이 아니라는 결론이 나오자 잇새로 나지막한 신음이 새어 나왔다. 그 요망한 알바생은 그에게 제대로 죄책감을 느끼게끔 하려고 작정한 게 틀림없었다.

"왜 그런 얼굴이야?"

"이게 다 너 때문이야, 이 자식아."

"남 탓하긴."

가볍게 웃어넘긴 준수가 자리에서 일어나 멀어져 갔다. 하지만 정우는 패닉이었다. 고작 노래 하나 선물한 것으로 구렁이 담 넘어가듯 넘어갈 일이 아니라는 건 알았지만 상황은 생각보다 더 심각했다.

"아니, 내가 뭐라고 오디션까지 안 봐, 안 보기를."

유주에 대해 모든 걸 다 아는 건 아니었지만 그녀에게 오디션이 어떤 의미인지쯤은 충분히 알 수 있었다. 그런데 오디션을 못 봤단다. 다른 누구도 아닌 그 때문에.

"아, 진짜 여러모로 신경 쓰이게 하네."

어느새 곡 작업은 뒷전이 되어 있었다. 한참을 멍하니 허공만 쳐다보며 고민 아닌 고민에 빠져 있는데, 예고 없이 시야로 유주의 얼굴이 나타났다. 깜짝 놀라 뒤로 물러나자 그녀가 고개를 갸웃하며 물었다.

"다 안 드셨네요? 원래 이때쯤이면 거의 다 드시던데."

그녀의 말대로 유주가 가리킨 모히토 잔은 반도 채 안 비워져 있었다. 하지만 잔은 거들떠보지도 않고 유주의 얼굴만 쳐다보던 정우는 불쑥 입을 열어 말했다.

"앉아봐."

저도 모르게 나온 말이라 그도 놀라고, 그 말을 들은 유주도 놀랐다. 그녀가 영문을 모르는 얼굴로 건너편에 앉았으나 정우는 한동안 유주의 얼굴만 빤히 쳐다보았다. 먼저 앉으라고 하긴 했으나 무슨 말을 꺼내야 할지 몰라서였다.

"너 왜……."

"저 뭐요?"

"왜…… 그렇게 오늘따라 못생겼냐고."

한참을 끌다 입 밖으로 나온 말에 그녀가 어이없다는 표정을 지었다. 생각과 다르게 튀어나온 말에 그 역시 미간을 찌푸렸다.

'너 왜 오디션 안 봤어?'

실은 그렇게 묻고 싶었으나 제가 토요일에 내뱉었던 말이 떠올라 관두었다. 스스로 생각해 봐도 이건 분명 걱정이다. 언제 봤다고 걱정이냐고 쏘아붙여 놓고 그렇게 묻는 건 언행 불일치 같았다. 하지만 그렇다고 미안하다는 말을 하기에는 여전히 쑥스러웠다.

"눈 부어서 그렇거든요? 설마 그 말 하려고 앉으라고 한 거예요?"

"아니야."

"그럼?"

솔직하지 못한 제 모습이 짜증스러워진 정우가 푹 한숨을 내쉬었다. 멀뚱멀뚱 그를 쳐다보던 유주가 다시 물었다.

"왜 그러는데요?"

지금은 해맑은 얼굴로 웃고 있으나 그날 현관 앞에서 돌아섰을 때는 결국 울어버렸을지도 모른다는 생각을 하니 마음이 좋지 않았다. 부어버린 눈이 자꾸만 마음에 걸려서, 결국 정우는 눈 딱 감고 그 순간 떠오른 말을 입 밖으로 냈다.

"소원 들어줄게."

"네?"

"소원, 들어준다고."

이건 무슨 뚱딴지같은 소리일까. 자기가 램프의 요정 지니가 아니고서야 갑자기 소원을 들어주겠다니. 아까는 악보를 주더니, 지금은 또 뜬금없이 소원을 들어주겠다는 정우를 유주는 미심쩍 은 눈으로 쳐다보았다. 아프더니 머리가 좀 어떻게 된 걸까?

"소원요? 갑자기 왜요?"

"들어준다고 할 때 그냥 말하지, 좀."

성질대로 그렇게 내뱉어 놓고 아차 싶었다. 이건 도저히 미안 해하는 사람의 태도라고 볼 수가 없다. 마음을 가라앉히려 다시 한 번 후 한숨을 내쉰 정우가 다정하게 말하기 위해 노력하며 입 을 열었다.

"다 들어준다니까. 말해."

"뭘 말할 줄 알고 다 들어준다고 해요?"

그 못지않게 여전히 퉁명스러움이 묻어나긴 했지만, 그렇게 물 으면서도 유주의 입가에는 이제 은근한 미소가 떠올라 있었다.

이제야 알 것 같았다. 미안해서 이러는구나. 뻔히 알면서도 유주는 모른 척 그의 얼굴을 가까이에서 빤히 쳐다보며 되물었다.

"그런데 진짜 왜 그러는데요? 응?"

"아, 그냥 좀 말하라니까."

차마 미안하다는 말은 못 하고 살짝 미간을 찡그린 채 계속 소원을 들어주겠다고만 하는 그를 보고 있으니 저절로 웃음이 나왔다. 까칠하기만 한 줄 알았더니 은근히 귀여운 면도 있는 남자였다. 그를 쳐다보면서 계속 웃기만 하던 유주가 곰곰이 생각하더니 대답을 건넸다.

"음…… 서울 구경하고 싶어요."

"서울 구경?"

"아저씨는 뼛속까지 서울 남자죠? 그런데 난 태어나서 20년 만에 서울 처음 온 거거든요? 그런데 오자마자 이 동네 들어와서 한 번도 밖에 못 나가봤어요. 그러니까 서울 구경시켜 주세요."

그리 어려운 부탁은 아닐 줄 알았는데 그 말을 듣고 있던 정우의 표정은 오히려 전보다 더욱 심각해졌다. 오래 고민하지 않은 그가 단박에 손을 내저으며 답했다.

"안 돼."

그 대답에 이번에는 유주의 표정이 변했다.

"안 돼요? 왜요? 그게 그렇게 어려운 거예요?"

"어, 어려워. 갖고 싶은 거 없어? 아니면 먹고 싶은 거라든가."

"없어요."

"아무튼, 그건 안 되니까 다른 거 말해."

"그런 게 어디 있어요. 언제는 말하면 다 들어준다면서!"

뽀로통한 표정을 지어봤지만 그는 단호했다. 입술을 삐죽이며 자리에서 일어난 유주가 말했다.

"그럴 거면 처음부터 말을 하지를 말지. 난 그거 말고 소원 없어요."

완전 실망. 그렇게 덧붙인 유주가 멀어져 갔다. 멍한 얼굴로 그 뒷모습을 쳐다보던 정우는 곧 제 머리카락을 헝클어뜨리며 중얼거렸다.

"아니, 왜 하고많은 소원 중에 하필 그거야."

사람이 많은 곳에 가지 못하는 그에게 서울 구경을 시켜 달라니. 게다가 함정은 또 있었다.

"나도 이 동네 아니면 서울을 잘 모르는데 누구보고 서울 구경을 시켜 달래."

차라리 관광차 서울에 온 지 사흘 된 외국인이 그보다 가본 곳이 더 많을 거다. 생각지도 못한 소원에 눈앞이 깜깜해졌다.

❆

"내가 미쳤지, 미쳤어."

여느 때와 다름없는 날이었다. 평소처럼 열한 시에 카페에 나왔고, 평소처럼 날씨는 무덥기 짝이 없었다. 그러나 정우는 평소와 다르게 테이블 위에 태블릿 PC와 종이, 펜을 올려놓은 채 고민에 빠져 있었다.

"내가 지금 뭘 하고 있는 거냐."

어제 저녁부터 써 내려간 종이는 어느새 **빽빽**하게 채워져 있었다. 입력한 검색어가 띄워져 있는 태블릿 화면을 쳐다보던 그는 허탈하게 웃고 말았다.

"안 된다고 했을 땐 언제고…… 어이가 없다, 어이가."

이건 있을 수가 없는 일이다. 검색 결과들을 열심히 받아 적던 것도 잠시, 이내 그는 화면에서 눈을 떼고 몸을 뒤로 젖혔다. 곡 작업이 뒷전이 된 지는 이미 오래였다. 완전 실망이라고 말하며 입술을 삐죽이던 유주의 모습이 자꾸만 눈에 밟혀 무언가에 홀린 것처럼 서울 구경 플랜을 짜기 시작한 탓이었다.

"서울 가볼 만한 곳, 서울 구경거리, 서울 관광 명소……. 잘하는 짓이다, 한정우."

어젯밤부터 검색해 본 검색어들만 해도 화려하기 짝이 없었다. 그 결과 이미 종이 위에는 여러 가지 서울 투어 코스들이 짜여 있었다. 여태까지 작성한 내용들을 훑던 그가 하나하나 짚으며 혼잣말을 했다.

"경복궁, 광화문, 북촌 한옥 마을, 인사동, 숭례문, 국립 중앙 박물관……. 무슨 외국인 관광 코스도 아니고."

공들여 짠 첫 번째 코스에 망설임 없이 찍찍 취소 선을 그은 정우가 심각한 표정을 지었다.

"홍대 놀이터, 신사동 가로수길, 코엑스, 삼청동 카페 골목, 압구정 로데오……. 이건 너무 놀자는 건가."

한참을 고민하다 결국 두 번째 코스는 남겨놓은 그가 마지막

줄로 시선을 옮겼다.

"남산 타워, 청계천, 명동, 대학로, 63빌딩……. 이건 뭐 재미도 없고 감동도 없고. 아, 모르겠다."

결국 성질을 이기지 못한 정우는 펜을 내던지고 말았다. 날씨는 덥고 만족스러운 결과는 나오지 않고, 여러모로 짜증만 치밀었다. 그러다 문득 벌떡 몸을 일으킨 그가 방금 떠오른 생각을 입 밖에 냈다.

"놀이공원?"

그것도 잠시 그는 고개를 절레절레 저으며 다시 등받이에 몸을 기댔다.

"내가 진짜 정신이 나갔구나."

가본 데가 없다고 하니 어딜 가도 신기해할지도 모르겠지만, 어째 정우의 눈에는 모든 게 시원치 않아 보였다. 그렇게 애꿎은 종이들만 노려보고 있었을 때였다. 갑자기 머리 위로 사람의 그림자가 드리워졌다.

"오빠."

익숙하지만 알고 있는 것과 다르게 축 처진 목소리였다. 놀란 얼굴로 고개를 들자 모자를 푹 눌러쓰고 선글라스와 마스크를 한 여자가 눈에 들어왔다. 얼굴이 전혀 보이지 않았지만, 그래서 오히려 누구인지 쉽게 알 수 있었다.

"구해라. 너 여긴 또 왜……."

조용히 하라는 뜻으로 검지를 들어 입술에 가져다 댄 해라가 그의 건너편에 앉았다. 짙은 선글라스 너머로 이리저리 주위를 살핀 그녀가 이내 마스크를 벗었다. 그런 그녀를 보고는 가볍게 한숨을 쉰 정우가 타이르듯 말했다.

"어떻게든 눈에 안 띄겠다고 그러고 온 모양인데, 실패다. 그렇게 변장하는 게 더 수상해 보여. 그냥 내가 구해라라고 얼굴에 써놓고 다니지 그래?"

"그렇다고 그냥 올 수는 없잖아."

"그냥 안 오면 되지."

"……."

"너 어쩌려고 여길 또 와. 듣자 하니까 외출 금지까지 당했다면서."

"아무리 그래도, 사과는 해야 할 거 아니야."

"사과?"

"미안해, 오빠. 진짜 미안해."

해라의 말에 잠시 두 사람 사이에는 침묵이 흘렀다. 백 퍼센트 그녀의 잘못이라고 할 수는 없지만, 기자들에게 쫓기다 발작까지 일으켰던 순간을 떠올리니 괜찮다는 말은 쉽사리 나오지 않았다. 그걸 알았는지 해라는 오래 기다리지 않고 조급하게 말을 이었다.

"실장님한테 들었어? 해명 기사 봤지? 처음 나온 기사들도 다 내려 달라고 요청했어. 하필이면 나 한국에 없을 때 그런 기사 터질 게 뭐야. 아니, 내 말은 그러니까 그게 아니라……."

"……."

"미안해. 진심이야. 나한테 화 많이 났다고 해도 할 말 없어.

내가 너무 안일했어. 내 잘못인데 나는 외국에 있고 여기 있는 오빠한테만 다 뒤집어씌운 것 같아서, 내가 미안해 오빠."

선글라스를 통해 보이는 그의 얼굴은, 화가 난 건지 아닌 건지 알 수가 없다. 해라는 평소답지 않게 시무룩한 얼굴로 고개를 숙인 채 정우의 답을 기다렸다.

"고개 들어, 인마. 죄지었냐. 네 잘못 아니야."

"화…… 안 났어?"

"안 났어. 그런데, 너 이제는 여기 오지 마라."

"오빠."

"한 번 터진 거 두 번은 못 터지겠어? 처음에는 완강히 부인해서 그럭저럭 넘어갈 수 있었다 치더라도, 두 번은 안 돼. 너도 감당 못 해."

저를 위한 말이라는 걸 알면서도 해라는 선뜻 알겠다는 대답을 건네지 못했다. 그 이유를 알았는지 그가 다시 덧붙였다.

"영찬이 형한테 연락 왔어."

"뭐라고?"

"네가 찾아와도 절대로 만나주지 말라고. 한 번만 더 만났다가는 자기도 죽고 너도 죽고 나도 죽는다고."

"아, 실장님 진짜……."

"네가 불만 토로할 문제 아니야, 인마. 다 너 위해서 그러는 거니까."

"알아, 아는데…… 그래도 속상한 건 어쩔 수 없네."

한탄하듯 그렇게 중얼거린 그녀의 시선이 문득 테이블 위 종이에 닿았다. 그가 쓴 정갈한 글씨들을 무의식적으로 읽어 내리던 해라가 놀란 듯 고개를 들어 정우를 쳐다보았다.

"가로수길 맛집, 숨겨진 고궁의 명소, 서울 시티투어버스……. 이게 다 뭐야?"

"아, 별거 아니야."

"오빠 뭐 외국에서 아는 사람이라도 놀러 와? 웬 서울 구경?"

헛기침을 하며 말을 얼버무리는 정우의 모습은, 오랫동안 그를 봐온 해라에게도 낯선 것이었다. 그는 밖을 돌아다니는 것도 싫어했고, 자신이 아닌 타인을 위해 무언가를 하는 것에도 익숙하지 않았다. 그런 한정우가 다른 사람을 위해 서울 투어 계획을 짜고 있다니.

"누군데?"

"뭐가?"

"오빠 혼자 뜬금없이 서울 구경할 생각은 아닐 거고, 같이 갈 사람 있는 거 아니야?"

"……."

"맞구나. 누구야?"

늘 그랬던 것처럼 아무렇지도 않게 툭 답을 던지지 못하는 그의 모습도 충격적이었다. 생전 안 하던 짓을 하는 정우가 낯설게만 느껴졌다. 저에게는 먼저 뭘 하자고 하든가, 뭐 보고 싶은 게 있느냐는 말을 한다든가, 그런 일은 단 한 번도 없었는데.

"설마, 여자야?"

"구해라."

"오빠 여자친구 생겼어?"

그 꼬맹이가 여자친구라니. 유주가 이 말을 들었으면 어떤 표정을 지었을지 눈앞에 선했다. 그 생각을 하며 저도 모르게 피식 웃은 정우는 황급히 표정을 고쳤다. 아니, 이게 아니라.

"무슨 소리를 하는 거야. 그런 거 아니야."

"그런 게 아니면 뭐야? 오빠가 이렇게까지 할 사람이 대체 누가 있는 건데."

"너 왜 이렇게 예민하게 굴어, 인마."

대수롭지 않게 대꾸하는 정우의 태도에, 해라는 한숨을 내쉬었다. 이 눈치라고는 약에 쓰려고 해도 없는 남자를 어쩌면 좋을까.

"낯설어서 그러지."

"낯설어? 뭐가?"

"오빠가 원래 그런 사람이 아니니까."

못 본 사이에 그와 한참이나 멀어진 기분에, 해라는 입술만 깨물었다. 스캔들 문제로 정우가 화가 났을지도 모른다는 생각에 내내 불안했는데 정작 함정은 다른 곳에 있었을 줄이야. 타인에게 완전히 무관심한 정우가 저만은 편한 동생처럼 대해준다는 사실이 특별하게 여겨졌던 때도 있었지만, 벌써 몇 년째 그게 전부였다. 마주하면 편안하게 웃고 떠들지만 그에게서 먼저 연락이 오거나 그가 그녀를 찾는 법은 절대로 없었다.

그녀만 멀어지면 그대로 끝이 날 사이. 그게 한정우와 구해라의 관계의 전부였다. 그 생각을 하고 나니 들어올 때보다 더 기분이 좋지 않아져서, 해라는 자리에서 일어났다.

"갈게. 오빠 괜찮은 것도 확인했고, 몰래 빠져나온 거라 빨리 들어가 봐야 되거든."

"다시는 그렇게 하지 마. 고작 나한테 사과하는 게 뭐 그리 중요……."

"오빠. 오빠한테 나는 뭐야?"

끝까지 동생으로만 저를 걱정하는 소리에, 해라는 결국 불쑥 그렇게 물었다. 하지만 돌아올 대답을 듣는 게 더 두려워져서 그녀는 그의 답을 듣기도 전에 고개를 저었다.

"아니야. 말하지 마. 나 혼자 아는 거랑 오빠한테 직접 듣는 건 또 다르니까. 진짜 갈게."

한 걸음씩 그에게서 멀어질수록 경계심은 더욱 강해져만 갔다. 도대체 한정우를 이렇게나 바꿔놓은 사람이 누굴까. 알지도 못하는 그 누군가를 향해, 해라는 자기도 모르게 중얼거렸다.

"절대 안 뺏겨."

오늘은 정우를 찾아온 손님이 있었다. 이번에도 구해라였다. 지난번보다 더한 무장을 하고 나타났지만, 유주가 보기에는 하나도 소용없는 짓이었다.

"저러면 오히려 더 눈에 띄는 거 모르나."

얼굴은 하나도 보이지 않았으나 그래서 오히려 더 튀었다. 주위의 사람들을 의식했는지 목소리를 잔뜩 낮춘 탓에 두 사람의 대화 소리는 조금도 들리지 않았지만, 유주는 걱정스러운 눈으로 계속해서 두 사람을 살폈다.

"저러다 또 건수 잡히면 어떡하려고."

저는 일개 알바생일 뿐이니 구해라가 이곳에 오든 말든 상관할 바는 아니었지만 걱정되는 건 정우였다. 그가 발작을 일으킨 모습을 벌써 두 번이나 봤다. 그때마다 지켜보는 자신이 더 아파서 견디기가 힘들었는데, 그런 일이 한 번 더 벌어지지 말라는 법은 없었다.

"그런데, 정말 무슨 병이라도 있는 건가."

궁금했으나 선뜻 물어볼 수는 없었다. 그렇게 섣불리 접근할 주제는 아니었으니까. 하지만 단순히 호기심 많은 성격 탓이라고 하기에는 이제는 그에 대해 너무 많은 걸 알고 싶어진 유주였다.

"생각하지 말자, 생각하지 말자."

언제부터인가 감정의 기복이 심해졌다. 해라의 방문 때문에 급격히 시무룩해진 유주는 기분 전환을 위해 어제 정우가 준 노래를 떠올렸다. 몰래 훔쳐본 한 소절만으로도 반했는데, 집에 가서 찬찬히 뜯어본 악보는 정말이지 마음에 쏙 들었다. 보고만 있어도 웃음이 절로 나오는 그런 곡이었다.

그 멜로디를 떠올리자 금세 기분이 좋아져서, 유주의 입가에는 어느새 예쁜 미소가 그려졌다. 꼭 오랫동안 그려온 꿈을 타고 하늘로 날아오르는 기분이었다.

"너 지금 자는 거지."

분명히 머릿속으로 노래를 그리고 있었던 것 같은데, 아득히 들려온 목소리에 유주는 번쩍 눈을 떴다. 멜로디가 꼭 꿈속을 건는 것 같다 싶더니 진짜로 깜빡 졸았던 모양이다. 잠이 확 달아나서 눈을 크게 뜨니 카운터 앞에 서 있는 정우가 보였다.

"알바생이 빠져 가지고. 너 이거 근무 태만이야."

대꾸도 못 하고 그의 자리를 돌아보니 해라는 그새 갔는지 보이지 않았다. 그 사실을 확인하고 나자 유주는 이번에는 정우의 표정을 살폈다. 굳이 카운터 앞까지 와서 장난조로 시비를 거는 걸 보니 기분이 나쁜 것 같지는 않았지만 그 너머의 눈빛은 살짝 가라앉아 있었다.

"갔어요?"

"누가?"

"아저씨 손님 말이에요."

"넌 하라는 일은 안 하고 나만 감시하고 있냐."

그녀의 이마로 손을 뻗은 정우가 가볍게 꿀밤을 때렸다. 아프지도 않은데, 유주는 괜히 이마를 매만졌다. 장난스러운 행동에 마음이 묘하게 움직이는 걸 보니 이건 잠이 덜 깨서 그런 건가.

"왜 때려요!"

"근무 시간에 졸고 있으니까. 손님이 나가는지도 모르고."

"아저씨가 사장님도 아니면서."

"사장 친구다, 인마."

"그래서, 이를 거예요?"

"내가 손해 보는 장사를 왜 해? 서준수 그 자식은 무조건 네 편인데."

별 웃기지도 않는 소리를 한다는 듯한 그의 시큰둥한 대꾸에,

유주는 소리 내 웃고 말았다. 처음엔 당황스럽고 짜증나기 그지 없던 그의 화법이 어느새 익숙해져 있었다.

"왜 웃어?"

"좋아서요."

"좋긴 뭐가 좋아. 졸다가 방금 깼으면서."

"어젯밤에 한숨도 못 잤어요."

"못 자? 왜?"

"좋아서요."

한숨도 못 잤다면서 좋아 죽겠단다. 반복된 의미 모를 대답에 정우가 눈썹을 치켜세웠다. 그 얼굴을 보고도 그저 배시시 웃은 유주는 가만히 주위를 살폈다. 마침 가게 안에 손님이 하나도 없는 한적한 시간이었다. 쥐 죽은 듯한 고요함에 그녀는 충동적으로 정우의 팔을 잡아당겼다.

"야, 뭐 하는 거야."

"앉아봐요."

좋은 곡을 선물 받았으니 저도 기분이 좋지 않아 보이는 그를 위해 무언가를 선물해 주고 싶었다. 정우의 자리까지 와서 그를 의자에 앉힌 유주가 잠깐만 기다리라는 말을 남기고는 어딘가로 사라졌다. 쪼르르 멀어지는 뒷모습을 보며 어처구니없다는 듯 웃은 그가 혼잣말로 중얼거렸다.

"또 뭘 하려고 저래."

어디로 튈지 감이 잡히지 않았다. 그래도, 그 알 듯 모를 듯 한 기분이 꼭 나쁘지만은 않았다. 다리를 꼬고 앉아 그녀를 기다리는데, 금세 다시 모습을 드러낸 유주가 거의 제 키만 한 기타를 들고 나타났다.

"기타는 뭐 하려고."

"아저씨. 약속해요."

"무슨 약속."

"별로여도 끝날 때까지 아무 말도 안 하기."

"뭐?"

뜬금없는 말에 위로 올라간 그의 눈썹은 제자리를 찾아올 기미가 보이지 않았다. 그러는 사이 자세를 잡고 기타 줄을 고른 유주가 마지막으로 정우와 눈을 맞추고는 멋쩍게 웃었다.

"아, 떨린다."

"도대체 뭘 하려고……."

"같잖은 실력인 거 이미 잘 아니까 그냥 듣기만 해요. 아무 말도 하지 말고."

그렇게 말한 유주가 이내 연주를 시작했다. 둘만 있는 공간에 잔잔한 기타 선율이 흐르자 무심코 전주에 귀를 기울이던 그의 표정이 곧 놀랍다는 듯 변했다. 그걸 아는지 모르는지 이미 멜로디에 흠뻑 빠진 유주는 반주에 맞춰 맑은 목소리로 노래를 부르기 시작했다.

눈을 감으면 코끝에 네가 불어와 따뜻한 바람
한낮의 태양은 뜨겁고 마주 잡은 손을 붉게 물들여
같이 걸을까 푸른 숲속 그 길로 늘 꿈꿔온 이 시간

둘만 아는 노랫소리 흐르고 나는 너를 꼭 안아

보랏빛 꽃향기 눈앞의 여름 살며시 우릴 감싸 안으면

초록 비 쏟아지고 내 마음에 네가 네 안에 내가

이 비가 그치지 않게 네 손 꼭 잡을게

네가 온 눈부신 여름이 언제까지나 곁에 있도록

짧은 공연이었지만 두 사람에게는 기나긴 시간이었다. 반쯤 눈을 감고 노래를 부르던 유주가 연주를 끝내고는 살짝 실눈을 떠 정우의 얼굴을 살폈다. 그는 입을 꾹 다문 채 알 수 없는 표정을 하고 있었다. 아주 찰나의 시간 동안 살핀 그 표정에 안 그래도 없던 자신감이 눈 녹듯 사라져서, 유주는 다시 눈을 질끈 감으며 중얼거렸다.

"아, 창피해."

그 혼잣말을 들었을 것도 같은데 그는 여전히 묵묵부답이었다. 아무 말도 하지 말고 듣기만 하라고 한 건 분명 저였는데, 끝나고 나서도 입을 꾹 닫고 있는 그를 보니 괜한 말을 한 건가 싶었다. 기분 좋아지라고 벌인 짓인데 공연히 기분이 더 나빠진 건 아닌지 모르겠다. 도저히 정우의 얼굴을 정면으로 마주할 용기가 나지 않아서 유주는 묘하게 그의 시선을 피한 채 쭈뼛쭈뼛 변명을 시작했다.

"어제 밤새워서 아저씨가 준 곡에 가사 붙이고 연습했어요. 그런데, 시간이 없어서 2절은 못 했어요. 노래가 진짜 진짜 좋아서 가사도 함부로 지으면 안 될 것 같아서."

"……."

"노래 못하는 거 알아요. 작사도 처음 해봐서 엉망일 거고. 훌륭한 곡 나 때문에 망쳐서 미안해요. 그런데, 그냥 들려주고 싶어서……. 아저씨한테 이 노래 받고 얼마나 좋았는지 보여주고 싶었어요."

여전히 대답이 없는 그의 모습에 마침내 용기를 내 눈을 크게 뜨고 정우를 쳐다보았다가 유주는 흠칫 놀라고 말았다. 그가 처음 보는 표정으로 저를 바라보고 있었다. 믿을 순 없지만 다정한 것 같기도 하고, 따뜻한 것 같기도 한 눈빛으로 뚫어져라 쳐다보는 시선이 처음에는 낯설었다가 나중에는 부끄러워져서 두 손 뒤에 얼굴을 숨겼다.

"왜 자꾸 그렇게 쳐다봐요. 부끄럽게. 내 얼굴 닳아요."

이제는 정우의 눈빛이 손바닥에 가려져 보이지 않는데도 자꾸만 마음이 쿵쿵 떨려왔다. 아, 그럼 아까 느꼈던 그 묘한 떨림이 아무래도 착각이 아니었나 보다. 이제는 잠이 다 깼는데도 여전히 마음 한편이 이상하게 움직이는 걸 보니. 기분이 묘해서 고개를 푹 숙이고 애꿎은 기타만 만지작거리는데, 그제야 정우의 목소리가 들려왔다.

"그래서, 2절은 언제쯤 완성되는 건데?"

겨우 용기를 내 고개를 들자 그는 여전히 유주에게 시선을 고정시킨 채 옅은 미소를 띠고 있었다. 그 두 눈에, 보일 듯 말 듯한 웃음에 자꾸만 기분이 이상해지는 걸 그가 눈치챌까 봐 얼른 아무렇지 않은 척 딴청을 피웠다.

"아저씨…… 하는 거 봐서요."

"까분다."

그렇게 말하면서도 그는 또 웃었다. 아, 오늘따라 자꾸 왜 저러는 걸까. 멍하니 그의 얼굴을 쳐다보면서 유주는 생각했다. 내가 지금 이러는 건 그가 평소와 다르기 때문이라고, 그래서 마음이 평소 같지 않게 움직이는 거라고. 그러니까 이 모든 건 다, 그녀 자신 때문이 아니라 한정우 이 남자 때문이라고.

"제법이네."

하지만 그것도 보람 없이 정우의 한마디에 또 마음이 살랑거렸다. 칭찬 같지도 않은 그 말에 어쩔 줄을 몰라서 볼이 빨갛게 달아올랐다. 아, 이유주 미쳤다 넌.

"아, 덥다 더워. 날씨가…… 너무 덥지 않아요? 머리에 열나는 것 같네."

지금 이 변화를 들키고 싶지 않아서 유주는 무더운 날씨 탓인 척 괜스레 손부채질을 하며 말을 돌리려 애썼다. 평소의 무덤덤한 표정으로 돌아온 정우는 건성으로 맞장구를 치며 모히토 잔을 집어 들었다.

"덥지. 더워 죽지. 그래서, 토요일에는 그냥 집에 있게?"

"토요일요?"

어떻게 하면 화제가 거기로 튈 수 있는 거지. 정신이 없는 와중에도 그 물음이 당황스러워져 그를 올려다보았다. 그러나 정우는 스트로로 얼음을 휘저으며 특유의 그 무심한 제스처로 고개를 끄덕였다.

"토요일에 집에 있을 건데, 왜요?"

"집에만 틀어박혀 있지 말고 나오라고."

"나와요? 어딜?"

얼른 알아듣지 못하고 눈만 동그랗게 뜨는 유주의 모습에 그는 피식 웃었다. 사람이 사람을 걱정하는 건 당연한 거라며 또박또박 말할 땐 어른 같더니, 이럴 때 보면 아직 영락없는 애다. 어쨌거나, 뜻밖에도 아주 근사한 선물을 받았으니 보답을 해야 할 것 같았다.

"소원 들어주겠다고 했잖아."

"소원요? 설마⋯⋯."

"가자. 서울 구경."

멋이라고는 요만큼도 찾아볼 수 없는 그 말에, 유주는 여름 햇살만큼이나 환하게 웃으며 고개를 끄덕였다.

※

토요일의 햇빛은 그 어느 때보다도 맹렬했다. 외출 준비를 하던 정우는 투명하고 쨍한 햇살이 그대로 비쳐 들어오는 창문을 쳐다보며 한숨을 쉬었다.

"내가 미쳤지, 진짜."

이렇게 무더운 날에 자발적으로 약속을 잡은 걸 보니 낯설다는 해라의 말이 맞긴 맞았다. 최대한 간편한 차림으로 핸드폰과 지갑만 챙겨 든 그는 고개를 설레설레 저으며 집을 나섰다.

밖으로 나오니 햇볕이 더욱 뜨겁게 느껴졌다. 싱그러운 초록 잎사귀 사이로 보이는 하늘은 구름 한 점 없이 맑은 파란색이었다.

"사람이나 좀 없었으면 좋겠는데."

사람이 많은 곳에 가는 건 언제나 그에게 최악의 상황이었다. 핸드폰을 쥔 손을 들어 이마를 가린 정우는 미간을 찡그린 채 최대한 걸음을 빨리해 약속 장소인 버스 정류장으로 향했다.

"아저씨!"

발장난을 하며 기다리고 있던 유주가 멀리에서부터 정우를 발견하고는 반갑게 손을 흔들었다. 약속 시간보다 약간 이르게 나온 탓에 꼼짝없이 땡볕에서 기다려야겠구나 싶었는데 그녀가 더 먼저 도착한 모양이었다. 저에게 달려오느라 하나로 높이 올려 질끈 묶은 머리가 살랑살랑 흔들리는 모습을 바라보며, 그는 저도 모르게 찌푸려져 있던 인상을 폈다.

"넌 지치지도 않냐. 더워 죽겠는데 뛰어오게."

"안 지쳐요. 완전 신나요!"

아직 본격적인 하루가 시작되지도 않았는데 재잘재잘 떠드는 폼이 벌써부터 즐거워 보였다. 정우는 그제야 찬찬히 유주를 뜯어보았다. 하얀색 블라우스에 분홍색 플레어스커트, 그리고 하얀색 운동화. 그 위로 작은 크로스백을 맨 걸 보니 왠지 모르게 유치원생이 떠올랐다. 그래도 놀러 간다고 예쁘게 차려입은 모양이라고, 그는 속으로 생각하며 웃었다.

"넌 어떻게 뭘 입어도 이렇게 애 같냐."

"동안이라고요? 칭찬이구나."

뻔히 알면서도 그녀는 짐짓 모른 척 너스레를 떨었다. 뭐가 그리 좋은지 계속해서 헤실헤실 웃던 유주가 까치발을 들어 고개를 갸웃거리며 정우의 얼굴을 살폈다.

"아저씨."

"왜."

"선크림 발랐어요?"

"선크림?"

자외선 폭탄이 떨어진다 해도 밖에 아예 안 나가면 안 나갔지 그런 걸 챙겨 바를 한정우가 아니었다. 그는 대답을 하지 않았지만 유주는 다 알겠다는 듯 혀를 찼다.

"이렇게 햇볕이 쨍쨍한데 선크림도 안 바르고 나오면 어떡해요. 피부 다 망가져요."

그렇게 말한 유주가 크로스백에서 선크림을 꺼냈다. 그녀가 뭘 하려는지 알아차린 정우가 인상을 쓰며 손을 내저었다.

"아, 됐어. 그런 거 안 발라."

"안 바르긴. 지금까지야 운 좋아서 좋은 피부 유지하고 살았지만 관리 안 하면 금방 훅 가거든요?"

"됐고, 안 바른다니까."

"바른다고 당장 달라지는 거 없는 것 같죠? 그렇지만 지금 관리하는 게 10년 후에 나타나는 거라고요. 지금부터 10년 후면 아저씨가 마흔…… 마흔?"

그가 투덜대거나 말거나 튜브를 꾹 눌러 선크림을 짜내면서 재잘재잘 말을 잇던 유주가 무심코 나온 숫자에 놀란 듯 손을 입가에 가져다 댔다. 정우도 덩달아 미간을 찡그렸다. 그 자신에게도 까마득하게 느껴지는 숫자였다. 민망했는지 헛기침을 하고는 다시 손을 내린 그녀가 말을 계속했다.

"아무튼, 나이 사십에 할아버지 같다는 소리 듣고 싶어요? 그건 아니죠? 그러니까 잔말 말고 그냥 있어요."

뚜껑을 닫은 유주가 정우의 얼굴에 선크림을 발라주기 위해 까치발을 들었다. 하지만 키 차이가 너무 많이 나는 탓에 어림도 없었고 그는 가소롭다는 듯이 손을 뻗으려 낑낑대는 그녀를 내려다보았다.

"너 대체 언제 크냐."

"다 큰 거예요!"

"그게?"

"초등학교 때는 키 순서로 서면 맨 뒤였거든요! 그 이후로 안 자라서 그때나 지금이나 키가 똑같아서 그렇지."

왜 남의 콤플렉스를 건드리고 그래요. 시무룩한 표정을 짓는 유주의 모습에 그가 짧게 웃었다. 그러고 보니 이글거리는 무더위는 어느새 느껴지지 않은 지 오래였다.

"계속 그렇게 꼿꼿하게 서 있을 거예요? 허리 좀 숙여봐요."

정우가 선심 쓴다는 듯 살짝 무릎을 굽혔다. 하지만 그녀는 여전히 눈을 가늘게 뜬 채 고개를 저었다.

"더요."

"자, 됐지?"

"더."

귀찮다는 표정을 지은 그가 이번에는 허리를 살짝 숙였다. 그제야 마음에 들었는지 다시 얼굴 가득 웃음을 띤 유주가 정우의 얼굴에 꼼꼼히 선크림을 발라주기 시작했다. 눈만 굴려 곁눈질로 주위를 살피던 그가 투덜거렸다.

"사람들 다 있는 데에서 이게 무슨……."

"그러게 집에서 챙겨 바르고 왔으면 좋았잖아요."

결벽증 탓에 다른 사람의 피부가 닿는 건 질색인데, 이상하게도 지금은 잠시 움찔했을 뿐 별다른 거부 반응이 일어나지 않았다. 그럼에도 불구하고 낯선 건 낯선 거라, 차가운 크림이 피부에 와 닿자 그는 인상을 찌푸렸다. 그러나 곧바로 찌그러진 미간을 자그마한 손가락 끝으로 꾹 눌러서 편 유주가 핀잔을 줬다.

"자꾸 인상 쓰면 주름 생겨요. 참 나쁜 습관이 많으시네."

"조그만 게 자꾸 잔소리는."

"그나저나 아저씨 키 진짜 크다. 아저씨는 뭘 먹고 이렇게 컸어요?"

"난 태어났을 때부터 컸어."

"말투 봐. 솔직히 재수 없다는 말 많이 들어봤죠?"

"넌 무슨 말이 그렇게 많아. 그나저나, 이거 바르면 하얗게 뜨는 거 아니야?"

"이거 하얘지는 선크림 아니에요. 그래도 걱정되면 다 바른 다음에 거울 보여줄게요. 그럼 됐죠?"

스스로 생각해 봐도 쓸데없는 말들이 자꾸만 입술 밖으로 튀어나왔다. 바로 눈앞에서 제 얼굴을 들여다보고 있는 그녀를 보니 기분이 묘해진 탓이었다. 정작 유주는 선크림을 바르는 데 정신이 팔려 있었으나, 코앞에서 움직이는 그녀의 얼굴을 무심코 뜯어보던 정우는 괜스레 민망해져 헛기침을 했다.

"아이, 참. 움직이지 말고 얌전히 좀 있어봐요."

"아, 언제 끝나는데 이거."

"이왕 바르는 거 꼼꼼히 해주려고 그러는 거거든요? 아저씨가 자꾸 시비 거니까 늦어지잖아요."

"시비?"

"피부 좋은 줄은 알았는데, 가까이에서 보니까 더 좋네. 이렇게 고운 피부 안 망가지려면 꼬박꼬박 선크림 발라줘야 해요."

선크림을 바르는 내내 유주는 재잘거리며 선크림 예찬을 늘어놓았다. 쨍쨍한 햇볕에도 늘 이마를 훤히 드러내고 다니면서 무슨 피부가 저렇게 찹쌀떡처럼 하얗고 부드러운가 했더니, 선크림이 바로 그 비결인 모양이었다.

불평만 늘어놓던 정우는 어느새 입을 다물었다. 바로 코앞에서 움직이는 오밀조밀한 이목구비에 자꾸만 시선이 갔다. 깜빡이는 눈꺼풀도, 입술을 삐죽이는 모양도 하나하나 고스란히 눈에 들어왔다. 저도 모르게 멍하니 그녀의 얼굴만 바라보고 있는데, 손을 뗀 유주가 웃으며 그의 양쪽 뺨을 붙잡고는 눈을 맞추며 말했다.

"다 됐어요."

"야, 너 이게 무슨 짓……."

"나쁜 습관만 있는데 피부는 멀쩡한 거 보니까 아저씨 부모님이 예쁘게 낳아주셨나 봐요. 부모님한테 감사하게 생각해요."

얼굴에 닿은 유주의 손 때문에 그녀가 뭐라고 말하는지는 하나도 귀에 들어오지 않았다. 그걸 아는지 모르는지 유주가 그제야 손을 뗐고, 정우는 얼떨떨한 기분으로 굽혔던 몸을 폈다. 약속대로 가방에서 작은 손거울을 꺼낸 그녀가 거울을 그의 얼굴 앞에 들이밀었다.

"봐요, 하나도 안 하얗죠?"

주먹만 한 손거울로 뭘 보라는 건지. 어쨌든 대충 이리저리 비춰 보니 얼굴은 선크림을 바르기 전과 별로 다를 게 없어 보였다. 그 순간 타야 하는 버스가 정류장에 도착했고 정우는 저도 모르게 유주의 팔을 잡아 끌어당겨 버스에 올라탔다. 타고 보니 그제야 제가 움켜쥔 그녀의 팔이 보여 놀란 그가 얼른 손을 놓고는 휘적휘적 빈자리로 향했다.

"아저씨, 그런데 오늘 우리 어디 가요?"

아무것도 모르면서 그저 해맑게 웃으며 그의 옆에 붙어 앉은 유주가 물었다. 그런 그녀의 얼굴을 빤히 쳐다보다 왠지 모르게 기분이 이상해져서, 그는 창가로 확 시선을 돌리며 무뚝뚝하게 대답했다.

"명동."

"명동? TV에서 보니까 크리스마스 같은 때에는 발 디딜 틈도 없던데. 평소에도 그 정도예요? 그건 아니겠죠?"

그도 그게 걱정이었다. 유주 때문에 나오긴 했으나 사람이 많은 곳에서 무사히 버틸 수 있을지 자신이 없었다.

대답 대신 창가만 쳐다보다, 문득 너무 조용하다는 생각에 정우는 유주를 돌아보았다. 명동에 가서 뭘 할 건지, 또 어디에 갈 건지 재잘재잘 떠들 줄 알았는데 의외로 조용한 모습에 결국 그가 먼저 물었다.

"안 물어봐? 오늘 뭐 할 건지, 어디 갈 건지."

"아저씨가 다 알아서 할 거잖아요."

"그래도 가고 싶은 데 없어?"

"지니가 그렇게 물어보는 거 봤어요? 그런 건 알아서 해주는 거예요."

"지니?"

"소원 들어주는 램프의 요정 있잖아요. 알라딘에 나오는."

엉뚱한 대답을 건넨 유주가 창가로 손을 뻗었다. 창문을 조금 열고 살짝 손을 뻗자 투명하게 부서지는 햇살이 뽀얀 손등 위로 쏟아졌다.

"덥지도 않냐."

"대구 사람한테 이 정도 더위는 아무것도 아니에요. 제 고향이 대구거든요? 대프리카라는 말 알죠? 대구에서는요, 한여름에 진짜 더우면 고무 대야가 막 녹아요. 옥상에 칠한 페인트도 녹아서 흘러내리고."

고향 얘기가 나오니 또 신이 나서 한참을 떠드는 유주의 모습을, 그는 말없이 지켜보았다. 오늘 그녀의 목소리는 뜨거운 여름날 아스팔트 위로 쏟아지는 금빛 햇살 물결 같다. 늘 눈앞에 떠다니는 쨍한 소리의 색도 오늘만큼은 그리 거슬리지 않았다.

얼마 지나지 않아 남산 3호 터널이 나타났다. 여전히 창가로 뻗어 있는 그녀의 손을 잡아 내린 정우가 창문을 닫으며 말했다.

"이제 터널이야. 먼지 들어와."

노래한다는 애가 무슨 목 관리를 이렇게 해. 사소한 것도 그냥 넘어가지 않고 핀잔을 주는데도, 유주는 그저 배시시 웃었다.

"금방 내릴 거야."

"벌써 다 왔어요? 와, 몰랐는데 되게 가깝구나."

터널을 지나자 버스는 금세 명동 입구에 도착했다. 버스에서 내리는 순간부터 유주는 신기한 눈으로 주위를 두리번거렸다. 토요일이라 그런지 거리 입구부터 온통 사람들이 바글거렸다.

충분히 각오한 일인데도 새까맣게 깔린 인파를 보니 눈앞이 아찔해져서, 정우는 잠시 제자리에 멈춰 섰다. 식은땀이 흐르고 어지러웠다. 분명하지 않은 소음이 알아볼 수 없는 색의 소용돌이가 되어 눈앞을 떠돌았다. 꼭 맑은 하늘에 난데없이 번개가 치는 것 같았다. 결국 끊임없이 시야를 스쳐 지나가는 사람들의 틈바구니에서 눈을 꼭 감고 고개를 숙였을 때였다.

"아저씨. 어디 아파요?"

아무것도 모르는 유주가 옆에서 걱정스럽게 물어왔다. 그제야 다시 눈을 뜬 그가 천천히 그녀를 돌아보았다.

"그래도, 오늘은 괜찮을 거예요. 혼자가 아니니까."

그렇게 말한 유주가 눈을 맞추며 웃었다. 그러고는 조그마한 손으로 정우의 손을 꼭 잡으며 말했다.

"내가 옆에 있잖아요."

"그게 그렇게 맛있냐."

"완전 맛있어요."

거리에 들어서자마자 두 사람은 점심을 먹으러 갔다. 유주가 정우를 '끌고' 간 곳은 명동이 본점인 유명한 칼국수집이었다. 가게 밖으로 길게 늘어선 줄을 본 그가 질색하며 다른 곳에 가자고 했지만 그녀는 꼭 먹어보고 싶었다며 정우를 데리고 줄 끝으로 향했다.

긴 기다림 끝에 그들 앞에 놓인 건 투박한 칼국수와 만두가 전부였지만, 그녀는 참 맛있게 먹었다. 그의 입맛에는 아무리 생각해도 땡볕에 몇십 분씩 기다려서 먹을 정도로 맛있는 건 아닌 것 같은데, 맛있다는 말을 연발하며 잘만 먹는 유주 때문에 세뇌라도 당할 지경이었다.

"천천히 먹어. 체하겠다."

커다란 만두를 한입에 넣자 양 볼이 빵빵해졌고 정우는 피식 웃었다. 체구가 자그마해서 조금 깨작거리다 말 줄 알았는데, 저 조그만 입으로 열심히 먹는 걸 보니 보고만 있어도 배가 부른 기분이었다. 그는 언제부터인가 젓가락을 놓고 유주만 쳐다보고 있었다.

"아저씨는 왜 안 먹어요?"

"너 먹는 거 무서워서 어디 먹겠냐. 너나 많이 먹어."

"많이 먹고 있어요. 그러니까 아저씨도 많이 먹어요."

"많이 먹는 건 좋은데 천천히 좀 먹으라니까. 안 뺏어 먹어."

그의 편잔에도 유주는 또다시 만두를 한입 가득 넣고는 눈이 휘어지게 웃어 보였다. 그 모습이 이상하게도 밉지 않아서, 그도 결국에는 피식 웃고 말았다.

점심을 먹고 명동 거리를 구경하던 두 사람은 광교 쪽으로 내려갔다. 저도 모르는 사이 정우의 손을 꼭 붙잡은 유주의 반대쪽 손에는 요즘 유행이라는 딸기 찹쌀떡이 들려 있었다. 배부르다면서 또 먹냐, 그렇게 투덜거리면서도 먹어보고 싶다는 유주의 말에 그가 사준 것이었다.

유주는 걸으면서도 딸기 찹쌀떡을 오물거리며 주위를 두리번 거리는 데 여념이 없었지만, 정우의 신경은 온통 제 손에 들어와 있는 그녀의 손에 집중되어 있었다. 슬며시 놓을까 하다가, 그냥 두었다. 다른 사람의 피부가 닿는 건 늘 질색이었는데 지금은 이 무더위에도 누군가와 손을 마주 잡고 있다는 게 기분 나쁘게 느껴지지 않았다.

"청계천이다! 맞죠?"

광교에서 옆으로 방향을 꺾은 두 사람은 이제 청계천을 따라 걷기 시작했다. 태양이 뜨겁게 이글거리는 대낮인데도 많은 사람들이 더위를 피하기 위해 물가에 나와 있었다. 햇빛 때문에 인상을 쓴 정우는 시원한 물줄기 사이를 요리조리 뛰어다니는 아이들을 쳐다보다 고개를 절레절레 저으며 말했다.

"딱 쟤네들 수준이다, 네가."

"자기는 어린 시절 없었나, 뭐."

"혼잣말인 척하지 마. 다 들린다."

무심하게 대꾸하자 열심히 걷기만 하던 유주가 갑자기 손을 놓고 제자리에 멈춰 섰다. 전부터 느낀 거지만 정색한 표정은 웃는 낯과 다르게 꽤 차갑다. 말실수를 한 건가 싶어 뜨끔한 눈으로 그녀를 쳐다보는데, 그 표정을 본 유주가 씩 웃었다.

"잘못한 거 알긴 아네."

새침한 어조로 그렇게 말한 유주가 통통거리며 앞서갔다. 멍한 눈으로 멀어지는 뒷모습을 좇던 정우가 황당한 듯 중얼거렸다.

"이젠 막 가지고 노네, 나를."

굳이 따라잡을 생각도 하지 않은 채 그는 느긋하게 그녀의 뒤를 따랐다. 이렇게 뒤에서 보니 정말로 애들 틈에 섞여 누가 애고 누가 어른인지 구분이 되지 않는 것 같다.

홀로 남은 정우는 낯선 눈으로 주위의 풍경을 따라가기 시작했다. 사실 그에게도 처음인 나들이였다. 하지만 더 이상한 건, 이렇게나 사람이 많은 곳에서도 생각보다 멀쩡한 그 자신의 모습이었다. 아무것도 모르면서 그저 제가 있으니 괜찮을 거라고 하던 유주의 말이 정말 맞는 모양이었다.

생각에 잠겨 걷는 사이 어느덧 청계천 끝에 다다랐다. 앞서 계단을 뛰어 올라가던 것도 잠시, 지상으로 올라온 유주는 다시 뒤를 돌아 쪼르르 그에게로 달려왔다.

"아저씨! 이제 어디로 가요?"

표정을 보아하니 눈앞에 펼쳐진 드넓은 교차로에 당황한 것 같았다. 그럴 줄 알았다는 듯 승리의 표정을 지은 정우가 아프지 않게 꿀밤을 때렸다.

"길도 모르면서 까불긴."

다시 손을 마주 잡고 나란히 걷자 이번에는 광화문이 나타났다. 넓은 대로를 신기한 눈으로 쳐다보던 유주는 이내 버릇대로 노래를 흥얼거리기 시작했다. 갓 스무 살에게는 어울리지 않는 처연한 음색이었다. 그 목소리에 이번에는 노랫말처럼 광화문 네거리 위로 함박눈이 내리기 시작했다. 저에게만 보이는 한여름의 새하얀 눈을 말없이 바라보다, 정우는 불쑥 물었다.

"넌 어떻게 옛날 노래를 그렇게 잘 아냐. 너 태어나기도 전에 나온 노래들인데."

"엄마가 노래를 좋아해요. 엄마가 맨날 그랬거든요. 결혼만 안 했어도 가수 했을 거라고. 어릴 때부터 엄마가 불러주고 들려주는 노래 많이 듣고 자랐어요."

엄마라는 말에 정우는 저도 모르게 쓴웃음을 지었다. 그에게는 참 그립고도 낯선 단어였다. 그 마음을 알지 못할 유주는 그저 웃으며 빨리 가자는 듯 그의 손을 잡아 이끌었지만.

광화문을 지난 그들은 삼청동으로 올라갔다. 카페 골목을 제 세상처럼 누비고 다니던 유주가 길 위에서 무언가를 발견하고는 눈을 빛냈다. 그 시선이 닿는 곳을 알아차린 정우가 못 말리겠다는 듯 고개를 저었다.

"또 군것질이냐."

"아저씨, 나 이거 완전 잘해요!"

유주가 발견한 건 국자에 설탕과 베이킹소다를 넣어 녹이고 구워 모양 틀로 찍어내는 뽑기였다. 멀리에서부터 달콤한 설탕 냄새가 코를 찔렀다.

노점상 앞에 무릎을 굽히고 앉은 그녀가 성공하면 하나 더라는 말에 천 원을 내고 별 모양 달고나를 살살 뜯어내기 시작했다. 그가 또다시 한숨을 내쉬었다.

"이걸 꼭, 지금 해야겠어?"

"성공하면 하나 더 준다잖아요. 그러니까 해야죠."

"성공은 할 수 있고?"

"말 시키지 마요. 집중해야 되니까."

오래된 노래를 불러도 애는 애구나. 한숨을 쉬고 인상을 찌푸리면서도 그는 옆에 서서 유주가 하는 양을 지켜보기 시작했다. 제일 쉬워 보이는 V 모양도 실패하는 사람이 태반인데 별 모양을 어떻게 하겠다는 건가 싶었으나 저도 모르게 미간까지 찡그려 가며 집중하던 그녀는 결국 온전한 별 모양 뽑기를 정우의 눈앞에 흔들어 보였다.

"짠! 성공!"

고작 그걸 해냈다고 세상을 다 가진 것처럼 웃는 게 어처구니없어서, 그도 결국은 웃고 말았다. 성공의 대가로 진저맨 모양의 뽑기를 하나 더 받아 든 유주가 그걸 그대로 그에게 건넸다.

"자, 이건 아저씨 먹어요."

"됐어. 난 이런 거 안 먹어."

"비싸게 구시네. 그래 봤자 사람이 먹는 거거든요? 아, 해봐요."

얼른 해보라니까요? 등쌀에 못 이겨 그는 결국 입을 벌렸다. 혀끝에 닿은 설탕 과자는 금세 사르르 녹아 내렸다. 냄새만큼이나 맛도 너무 달아서, 그는 진저리를 쳤다.

"아저씨는 어렸을 때 이거 뭐라고 불렀어요? 뽑기? 달고나? 쪽자?"

"달고나."

"대구에서는 뭐라고 부르는 줄 알아요?"

"뭐라고 부르는데."

"포또. 이름 귀엽죠."

별 모양 뽑기를 입에 쏙 넣은 유주가 다시 앞장서서 달려 나갔다. 길 위에서 그를 스쳐 지나가는 이렇게나 많은 사람들이 눈에 들어오지 않는 건, 어쩌면 당연한 일일지도 몰랐다. 어디로 튈지 몰라서 그녀 하나만 눈에 담기도 벅찼으니까.

북촌 한옥 마을을 골목골목 돌아다니며 지금도 사람이 살고 있는 오래된 가정집들을 구경하다 안국역까지 내려왔다. 인사동을 지나친 두 사람은 창경궁으로 들어갔다. 새파란 하늘 밑의 고궁은, 물기를 잔뜩 머금은 한 폭의 그림 같다. 낙선재를 보고 교과서에서나 보던 거라며 신기해하던 유주는 후원의 춘당지에 이르러 연신 그를 돌아보며 그림 같은 풍경에 대한 감탄사를 쏟아냈다. 한마디도 하지 않으면서도 정우 역시 함께하는 이 시간이 얼마나 흘렀는지, 제가 어느 시간쯤에 서 있는지도 알지 못한 채 이 여정에 푹 빠져 있었다.

"아저씨. 배 안 고파요?"

"너 배고파?"

"아니요. 그런데 아저씨는 배고플 것 같아서. 아저씨는 군것질도 안 하고, 아까 점심도 별로 안 먹었잖아요."

"별로. 그러는 넌, 안 힘들어?"

꽤 빡빡하게 짠 일정이었다. 하루 종일 돌아다니느라 힘들 법도 한데, 무한 에너자이저답게 유주는 씩씩하게 대답했다.

"안 힘들어요. 재미있어요."

궁을 나서서 종로로 내려오는 사이 길었던 여름 해도 조금씩 저물기 시작했다. 땅콩 모양의 남산 순환 버스를 탄 두 사람은 사방에 어스름이 깔릴 무렵 마지막 목적지인 남산 타워에 도착했다. 긴 기다림 끝에 케이블카에 탑승했을 때는 해가 완전히 져서 서울의 야경이 한눈에 들어왔다.

고소공포증이 있다며 케이블카에 탈 때부터 옆에 딱 붙어 있다가 결국은 감탄조차 쏟아내지 못한 채 휘황찬란한 밤 풍경을 신기한 눈으로 쳐다보는 유주의 모습에, 정우는 그제야 마음을 놓았다. 제가 짠 코스가 마음에 들지 않으면 어떡하나 싶었는데 이제야 안심이었다.

"멋있다……."

케이블카에서 내려 목을 잔뜩 뒤로 젖힌 채 불이 들어온 남산 타워를 올려다보던 유주가 그제야 입을 열었다. 위로 올라가자 빼곡하게 걸려 있는 사랑의 자물쇠들이 눈에 들어왔다. 그 풍경에 놀랐는지 눈을 동그랗게 뜨고 그쪽을 가리킨 그녀가 혼잣말을 하듯 말했다.

"자물쇠가 이렇게 많구나. 앞이 안 보일 정도인 줄은 몰랐는데."

이제는 더 걸 자리도 없어 보였다. 그런데도 미련이 남는지 그 앞에서 한참을 고민하던 유주는 결국 자물쇠를 사 들었다. 자물쇠를 손에 쥐고 또 한참을 생각하던 그녀가 이내 네임펜으로 그 위에 무언가를 써 내려가기 시작했다. 유치하게 무슨 짓이냐며 핀잔을 주던 정우도 궁금하긴 한지 슬쩍 옆으로 다가와 물었다.

"뭐라고 쓸 건데?"

"비밀."

다 쓴 유주가 그가 보지 못하도록 가린 채 자물쇠를 걸었다. 그녀만 아는 비밀이, 수많은 사랑의 언어들 틈에 숨어 높은 탑 위에 남았다.

긴 여정을 마치고 출발지였던 명동으로 내려온 두 사람은 올 때 탔던 버스를 타고 다시 이태원으로 향했다. 먼저 버스에서 내린 유주가 뒤따라 내려서는 그를 돌아보았다. 큰 키에 표정 없는 얼굴, 그리고 무심하게 툭툭 내뱉는 말투. 동화 속 다정한 키다리 아저씨와는 거리가 멀지만 그녀의 눈에는 그 나름대로 근사해 보였다.

"아저씨. 오늘 진짜 재미있었어요. 소원 들어줘서 고마워요. 이렇게 일정 짜느라 고민 많이 했을 텐데."

"별로. 그냥 인터넷에 나와 있는 거 그대로 베껴온 건데."

며칠씩 검색해 본 단어들과 수많은 고민의 흔적들을 뒤로하고, 정우는 시큰둥하게 대꾸했다. 하지만 이미 다 아는지 그 미운 대답에도 아랑곳하지 않고 배시시 웃은 유주가 갑자기 발을 들고 팔을 뻗어 그의 얼굴을 끌어당겼다.

"투덜대면서도 해달라는 것도 다 해주고, 귀찮게 하지 말라면서 꼬박꼬박 대답도 해주고."

"야, 너 이 손 안 치워?"

"아저씨 오늘따라 왜 이렇게 귀여워요?"

귀여워? 그 말에 놀라기도 전에 예고 없이 입술이 와 닿았다. 마냥 웃기만 하다 그의 양 볼을 붙잡고 살짝 입을 맞춘 유주가 뒤늦게야 정신을 차리고는 스스로도 놀란 듯 눈을 크게 떴다. 정우의 눈도 따라서 커졌다.

서로 아무 말도 못 하고 눈만 쳐다보다 유주가 먼저 얼른 그의 얼굴에서 손을 뗐다. 도저히 그의 얼굴을 바라볼 자신이 없어서, 그녀는 작별 인사를 건넬 생각은 하지도 못하고 먼저 뒤돌아서서 도망치듯 뛰어갔다. 그에게서 한참을 멀어지고 나서야 멈춰 선 유주는 조금 전의 순간을 떠올리며 눈을 질끈 감았다.

"아, 창피해. 그게 뭐야. 부끄러운 줄도 모르고."

깜깜해서 아무도 제 얼굴을 보지 못하는 게 다행이었다. 두 볼이 화끈거리는 것 같아서 얼굴을 감싼 채 고개를 푹 숙이며, 유주는 혼잣말로 중얼거렸다.

"미쳤다. 넌 진짜 미쳤어, 이유주."

Track 05.
비처럼 음악처럼

"아, 창피해서 얼굴을 어떻게 봐."

열한 시가 가까워질수록 마음이 초조해졌다. 마음이 날씨를 따라가는 건지 날씨가 마음을 쫓아가는 건지 창밖으로는 주룩주룩 비가 내리고, 토요일 밤에 저도 모르게 한 대담한 스킨십이 마음에 걸려서 주말 내내 한숨도 못 잔 유주는 시계를 쳐다보며 울상을 지었다.

"내 얼굴 쳐다보지도 않으려고 하면 어떡해……."

사고를 칠 땐 과감하게 쳤으나 뒷수습이 감당되지 않았다. 톰과 제리처럼 다투던 시절이 엊그제 같은데 벌써 그런 스킨십을 하는 건 스스로 생각하기에도 진도가 너무 빨랐다. 게다가, 그들은 공식적으로 아무 사이도 아니다.

그 생각을 하니 또 한숨이 나왔다. 아무래도 너무 쉬운 여자처럼 군 것 같았다.

"생각을 좀 하고 행동하자, 생각을."

반성의 뜻으로 스스로 머리를 쥐어박고 있는데 드디어 문에 매달아놓은 풍경이 울렸다. 무조건 반사처럼 고개를 들어 시계를 확인하니 열한 시 정각이었다.

차마 출입문 쪽은 확인할 엄두가 나지 않아서, 유주는 고개도 들지 못한 채 울상을 하고 정우의 지정석으로 다가갔다. 좀처럼 떨어지지 않는 걸음으로 가까이 가니 그새 자리에 앉은 그가 힐끗 그녀를 돌아보았다.

"라임 모히토 무알콜로…… 맞죠?"

어차피 늘 똑같은 메뉴인데 주문을 받으러 가지 말까 하는 생각도 해봤지만 차마 그럴 수는 없었다. 그래서 바닥에 시선을 붙박은 채 모기만 한 목소리로 주문 내용을 읊는데, 눈썹을 치켜세운 정우가 입을 열었다.

"고개 좀 들어봐."

아, 저 무뚝뚝하기 그지없는 목소리에 왜 이렇게 떨리는 걸까. 발끝만 내려다보던 유주가 어렵게 고개를 들어 그와 눈을 맞췄다. 하지만 계속 쳐다보고 있을 자신이 없어 얼른 시선을 돌리고 딴청을 피우자 정우가 이번에는 미간을 찡그렸다.

"오전부터 왜 그렇게 죽상이야. 어디 아프냐?"

그 덤덤함을 넘어서 거의 무뚝뚝하기까지 한 말에 이번에는 한꺼번에 긴장이 쫙 풀렸다. 안도해서가 아니었다. 저와는 달리 그는 너무나도 아무렇지 않아 보여서였다.

그제야 유주는 눈을 동그랗게 뜨고 정우를 빤히 쳐다보았다. 이리 뜯어보고 저리 뜯어봐도 참으로 평온해 보이는 얼굴이었다. 주말 내내 발을 동동 구른 건 아무래도 그녀뿐인 모양이다. 그 생각을 하니 맥이 빠져서, 유주는 저도 모르게 한숨을 내쉬었다. 그러자 정우의 미간이 더더욱 찌푸려졌다.

"왜 한숨이야."

"허무해서요."

"허무해? 뭐가?"

"다요."

주말 내내 뭘 한 건지. 이 남자는 이렇게 멀쩡하기만 한데 혼자서만 삽질을 잔뜩 한 것 같다. 이쯤 되니 그가 얄미워질 지경이었다. 삐딱해진 유주는 마음에도 없는 말을 내뱉었다.

"그런데요, 아저씨 나한테 왜 은근슬쩍 반말해요?"

"그러는 넌 왜 팔팔한 청년을 하루아침에 아저씨로 만드는데."

그는 눈 하나 깜빡하지 않고 무심한 말투로 그렇게 대꾸했다. 한마디도 안 진다. 할 말이 없어져서 꿀 먹은 벙어리처럼 입만 꾹 다물고 있는데, 정우는 한술 더 떴다.

"어때, 이제라도 호칭 정리할래? 아직 안 늦은 것 같은데. 존댓말 써줘?"

"됐어요."

얄밉다, 진짜. 마음도 몰라주고 핀트 엇나가는 대답만 하는 그였다. 하지만 아직 미련이 남아서, 유주는 다시 입을 열었다.

"주말에 뭐 했어요?"

"바빴어. 정신없이."

"뭐 하느라 바빴는데요?"

"넌 그게 왜 궁금한데."

"그냥 좀, 말해주면 어디가 덧나요?"

"머리 좀 쓰느라 바빴다, 왜."

머리를 쓰는 바람에 기억을 씹어 먹었나 보다. 도대체 난 뭘 걱정한 걸까. 점점 더 약이 올라서, 유주는 입술을 삐죽거리며 또 다른 질문을 건넸다.

"아저씨. 혹시 기억 잃어버린 건 아니죠? 머리를 다쳤다거나, 술을 너무 많이 마셨다거나."

"그건 또 무슨 소리야. 너 진짜 어디 아프냐?"

하긴, 토요일에 그렇게 정신없이 뛰어다녔으니. 혼잣말을 하듯 덧붙인 말에 그녀는 더욱 좌절했다. 이럴 수가. 토요일의 기억이 통째로 사라진 것도 아니다. 그런데 이토록 태연한 태도는 도대체 어떻게 해석해야 하는 걸까?

"아프냐니까."

"그래요. 아파요."

"어디가 아픈데."

"마음요."

연극이라도 하듯 가슴에 한쪽 손을 가져다 대며 그렇게 대답하는 유주의 모습에, 정우는 헛웃음을 터뜨렸다. 자꾸 뜻 모를 소리만 하는 게 정말로 이상했다.

"내가 보기엔 머리가 아픈 것 같은데."

그가 펜을 빙글빙글 돌리며 무심히 대꾸하자 유주는 입술을 꼭 깨물었다. 이건 눈치가 없는 걸까, 고도의 밀고 당기기일까.

"아프다니까요."

"그럼 병원에 가든가."

"나는 아프고, 아저씨는 나빠요."

"뭐?"

"진짜 나빠요."

그렇게 덧붙인 그녀가 섭섭함을 숨기지 못하고 뒤돌아섰다. 이렇게 허무할 수가.

"설마, 그게 무슨 의미인지 모르는 건 아니겠지."

카운터로 돌아와서 유주는 울상이 된 얼굴로 그렇게 중얼거렸다. 앞뒤 정황이야 어찌 됐든 다 큰 남녀가 그런 스킨십을 했는데, 어쩜 저렇게 아무렇지도 않을 수가 있는 건지.

"내가 여자로 안 보이는 거지, 그런 거지."

거기까지는 생각도 해보지 않았는데 아무래도 그게 맞는 것 같았다. 여자로 봐주길 원하고 한 행동도 아니었는데 어쩐지 기운이 쭉 빠지는 기분이었다.

"내 키가 10㎝만 더 컸어도 어린애처럼만 보이지는 않았을 텐데……."

이쯤 되면 호리호리하고 늘씬한 해라가 부러워진다. 늘 저를 아이 취급하던 정우의 행동과 말투를 떠올리니 더 우울해졌다. 오늘처럼 비가 많이 내리는 날에도 늘 활기차게 뛰어다녔는데 지금은 조금도 기운이 나지 않았다. 그래서 카운터 위에 얼굴을 댄 채 엎드려 있는데, 앞으로 다가온 누군가가 똑똑 카운터 위를 두드렸다.

"또 농땡이 부리지."

정우였다. 그는 여전히 평소와 다르지 않은 무심한 얼굴이었다. 고개를 든 유주는 심술이 덕지덕지 붙은 얼굴로 곱지 않게 그를 쳐다보았다. 그는 쉽게 들뜨거나 눈에 띄게 우울해하는 법 없이 늘 한결같은데, 저만 그에게 이리저리 휘둘리는 것 같았다. 그 눈빛에 담긴 뜻을 알아차렸는지 정우가 어이없다는 듯 피식했다.

"어쭈, 막 노려보네 이제."

"남이야 농땡이 부리든 말든."

나빴어, 진짜. 처음에는 좀 까칠해 보였어도 알고 보면 괜찮은 남자라고 믿었는데, 이제 보니 순전히 여자를 울리는 나쁜 남자였다. 그 생각을 아는지 모르는지 웬일로 같이 도끼눈을 뜨지 않고 옅은 미소를 지은 그가 입을 열었다.

"에이엔에서는 연락 없고? 공개 오디션 합격자 연락 돌릴 시즌인데."

맞다, 오디션. 내가 누구 때문에 오디션도 못 봤는데. 그때 생각을 하니 또 울상이 되려는 걸 애써 감추고, 유주는 입술을 삐죽이며 받아쳤다.

"오디션 보러 오는 사람들 중에 나 같은 애 널리고 널렸다면서요. 그런데 연락이 올 리가 있나."

"잘 아네. 그러면서 무슨 배짱으로 오디션도 안 봐?"

"그거야 그럴 만한…… 어? 어떻게 알았어요?"

"뭘."

"나 이번에 오디션 안 본 거요. 말 안 했는데, 진짜 말한 적 없는데."

표정 관리도 잊고 어리둥절해 하는 그녀를 쳐다본 정우가 또 피식 웃었다. 때로는 다 아는 어른처럼 말하면서도 이럴 때 보면 역시나 어린애 같다. 많은 말 대신 손에 쥐고 있던 메모 한 장과 USB를 유주의 앞으로 밀어놓자 그녀가 눈을 동그랗게 뜨고 그를 올려다보았다.

"이게 뭐예요?"

"성공해서 엄마한테 돌아갈 거라며. 이렇게 태평하게 있다가 어느 세월에? 봐야지, 오디션."

"그거야 그렇지만…… 어떻게요?"

"그건 너한테 달렸지."

간단히 대답한 정우가 메모를 가리켰다. 그의 얼굴만 빤히 보던 유주도 반사적으로 그쪽을 향해 시선을 돌렸다. 종이 위에 정갈한 필체로 적혀 있는 건 누군가의 메일 주소였다.

"누구 메일이에요?"

"누구 메일이긴. 네가 오디션 영상 보내야 될 사람 메일이지."

"그게 누군데요?"

"에이엔 캐스팅 디렉터."

그 말에 유주는 저도 모르게 자리에서 벌떡 일어나 놀란 눈으로 그를 쳐다보았다. 하지만 정우는 일말의 표정 변화도 없이 차분히 말을 이었다.

"에이엔이 얼마 전에 물갈이를 해서 남아 있는 연습생들이 별로 없어. 그런데 신인 아티스트를 데뷔시킬 때가 돼서 쓸 만한 지원자들을 찾고 있고. 특히 여자 연습생들이 얼마 없어서 상황은 너한테 유리해. 그러니까 시작하기도 전부터 지레 혼자 겁먹고 기죽을 필요 없어."

"어…… 아저씨…… 그러니까……."

"에이엔은 다른 기획사보다 장르에는 관대한 편이야. 노래는 기본에 춤까지 잘 추는 예쁘고 어린 애들 말고 악기 잘 다루고 곡 만들 줄 아는 사람들한테도 관심이 많아. 하지만 어디까지나 대중음악으로 장사하는 회사의 범위 내에서야. 그러니 일부러 비주류처럼 보일 이유는 없어."

"아……."

"특이한 게 있다면 오디션 참가자들이 에이엔에서 발매한 노래를 부르는 건 별로 안 좋아해. 다들 만만하게 생각하지만 본전도 못 찾는 경우가 대부분이거든. 참고하고, 어린애들이 어쭙잖게 이미지에 맞지도 않는 성숙한 콘셉트 잡아서 들이대는 것도 싫어해. 그 사람 본연의 이미지를 보려고 하니까 억지로 꾸미려고 할 필요 없어."

"그런데, 이 USB는 뭐예요?"

"오디션 영상 샘플이랑 가이드. 네 목소리에 어울릴 것 같은 곡들이랑 내가 지금 너한테 설명한 것들 텍스트로 정리해서 넣어났어."

거기에서 그치지 않고 계속해서 세세하게 디렉팅을 해주는 그의 모습이 프로페셔널해 보여서, 또 한 번 반할 것 같았다. 그가 얄밉게 보였던 게 불과 몇 분 전인데 지금은 또 한없이 사랑스럽게 보였다. 그러니 이건 제가 금세 사랑에 빠지는 병에 걸린 거거나, 그가 진정한 밀당의 고수인 거다. 몽롱한 눈으로 그를 쳐다보고 있는데, 뒤늦게야 그 시선을 느꼈는지 정우가 설명을 하다 말고 눈썹을 치켜세웠다.

"너 지금 내 말 안 듣고 있지."

"아저씨. 이런 건 다 언제 준비했어요?"

"말했잖아. 주말에 바빴다고."

"그러니까 바쁜데 언제……."

그제야 말뜻을 알아차린 유주가 말꼬리를 흐리고 그를 올려다보았다. 바빴다더니 이걸 준비하느라 그랬던 모양이다.

"아저씨……."

"그렇게 감동한 눈으로 쳐다볼 필요 없어. 내가 널 합격시켜 준 게 아니니까. 난 그냥, 네가 나 때문에 놓친 기회 다시 잡게 해준 것뿐이야. 빚지는 거 싫어서. 그러니까 고맙다는 말을 하고 싶으면 오디션 붙어서 오든가."

저 귀찮다는 말투, 무심한 행동. 그런데도 밉지 않으니 참 이상한 일이었다. 미웠던 남자가 자꾸만 좋아져서, 유주는 웃음을 가득 띤 얼굴을 그에게 들이밀며 물었다.

"아저씨. 그럼 나 아저씨가 준 노래 불러도 돼요?"

"그걸 왜 나한테 허락을 구해. 그건 이제 네 노래라니까. 네 마음대로 해."

"아저씨. 아저씨는 참 좋은 사람이에요."

"입에 발린 말은. 오디션 보게 해주면 다 좋은 사람이냐?"

"아니요. 아저씨라서 좋아요."

"뭐?"

"아저씨, 아저씨가 나 이만큼이나 도와줬으니까 나 오디션 꼭 붙을게요. 영혼까지 탈탈 털어서 준비해야지. 어…… 그런데 안 예뻐서 떨어지면 어떡해요?"

"별걱정을 다 한다. 얼굴 아니면 붙을 실력은 되고?"

"에이엔 연예인들은 다 예쁘고 잘생겼잖아요. 난 키도 작고 얼굴도 안 예쁜데."

스스로의 노래 실력에는 어느 정도 믿음이 있지만 외모에는 도무지 자신이 없다. 해라를 떠올리니 더더욱 그랬다. 그래서 저도 모르게 풀이 죽어 발끝만 내려다보는데, 힐끗 유주의 얼굴을 쳐다본 정우가 다시 시선을 돌리며 무심하게 내뱉었다.

"너 예뻐."

"네?"

"예쁘다고."

그렇게 말한 그가 이번에는 피식 웃더니 휘적휘적 자리로 돌아갔다. 그 말을 듣고 멍해졌다가 뒤늦게야 얼굴이 붉게 달아올라서, 유주는 혼자 중얼거렸다.

"이거…… 꼭 고백 받은 거 같잖아."

심장이 또 한 번 쿵 떨어지고, 어느새 창가를 두드리는 빗소리는 들리지 않았다.

＊

"실장님, 또 오디션 영상 돌려 보세요?"

영찬의 사무실로 들어온 해라가 심드렁하게 물었다. 그는 한쪽 벽을 가득 채우고 있는 스크린에 거의 코를 박은 채 모니터링을 하는 데 여념이 없었다. 에이엔의 캐스팅 디렉터도 겸하고 있는 영찬은 모든 오디션 참가자들을 하나하나 직접 확인하기로 유명했다. 그에게서 돌아오는 대답이 없자 또 시작이라는 표정으로 다시 입을 여는 해라의 음성에 이번에는 살짝 짜증이 실렸다.

"실장님. 저 왔거든요?"

"어? 어, 왔어?"

"먼저 부르셨으면서 이러시기 있어요?"

"미안. 그런데 너도 알잖아. 나 뭐 하나 꽂히면 다른 건 보이지도 않고 들리지도 않는 거."

"이번엔 또 뭔데요? 공개 오디션 영상? 어제 다 보셨다면서요."

그제야 의자를 돌려 뒤를 돌아본 영찬은 거의 입이 귀에 걸릴 정도로 싱글벙글 웃고 있었다. 몇 주 전에 있었던 정기 오디션은 어제부로 모니터링을 완료했다던 그였다. 그런데도 또 오디션 영상을 돌려 보고 있는 그의 모습에, 해라는 고개를 설레설레 저었다. 하지만 돌아온 대답은 예상과는 달랐다.

"아니야. 나도 아까 처음 본 영상인데? 오늘 내 개인 메일로 들어온 오디션 영상이야."

"개인 메일요? 공식 오디션 계정이 아니라? 실장님 개인 메일은 외부에 공개 안 된 계정이잖아요."

"응. 나도 내 메일을 어떻게 알아낸 건지 좀 의아하긴 했는데, 어쨌든 들어왔으니 한번 보긴 해야지 하는 마인드로 열어 봤지. 그런데 이거 보통이 아니네."

그제야 영찬의 웃음의 의미를 알아챈 해라가 시큰둥한 표정을 거뒀다. 평소에는 영락없는 옆집 형 같긴 해도 명색이 대한민국 최고의 캐스팅 디렉터라는 평가를 받는 그에게서 그런 웃음은 웬만해서는 찾아보기 힘들었다. 게다가 어제까지만 해도 그다지 눈에 띄는 참가자가 없다며 투덜대던 그였다. 왠지 모를 좋지 않은 예감에, 그녀는 영찬에게 말했다.

"어디 한번 봐요."

"그럴래? 아마 네 눈에도 보일 거다. 너 안목 좋잖아."

신이 나서 되감기 버튼을 누른 그가 다시 처음부터 영상을 재생시켰다. 기타를 든 앳돼 보이는 여자가 영상 속에서 고개를 꾸벅 숙이더니 이내 웃으며 두 사람에게 인사를 건넸다.

[안녕하세요. 이유주라고 합니다.]

왠지 모르게 낯이 익다는 생각에, 해라는 눈을 가늘게 뜬 채 모니터를 응시했다. 불안할 때면 나오는 버릇대로 테이블 위를 손끝으로 톡톡 두드리면서.

[제가 처음으로 들려 드릴 곡은 개인적으로 선물 받은 미발표 곡, 〈여름 기억〉입니다.]

기타 줄을 고른 유주가 스스로의 연주에 맞춰 노래를 부르기 시작했다. 처음에는 무심코 귀를 기울이던 해라의 표정이 금세 미묘하게 변했다.

"좋지 않아? 노래 좋고, 음색 좋고, 기타 연주 좋고."

"……."

"스무 살 감성이라고 하기에는 약간 올드한 느낌이 없지 않아 있긴 하지만. 메일에 같이 들어온 서류 보니까 가사도 직접 썼다던데 보통 재주가 아니야."

해라의 기분을 아는지 모르는지 영찬은 이미 본 영상에 또 한번 완전히 꽂힌 채 감탄에 감탄을 거듭하고 있었다. 마찬가지로 영상에서 눈을 떼지 않은 채, 그러나 전혀 다른 기분으로 그녀는 질문을 건넸다.

"작곡……. 곡은 누가 썼는지도 적혀 있었어요?"

"작곡? 아니, 누구 곡인지는 안 적혀 있었는데. 아마추어겠지. 나도 궁금하긴 해. 가수도 가수지만 작곡가도 탐나는데. 곡 좋지?"

"좋은 건 아시면서 그 좋은 걸 누가 만들었는지는 모르세요?"

"어? 너 알아? 누가 쓴 곡인지?"

"그거까지는 캐치 못 하시는 거 보니까 아직 멀었네요, 실장님도."

냉소적으로 대꾸한 해라가 다시 영상으로 눈을 돌리며 기가 차다는 듯 짧게 웃었다. 영찬은 조금도 눈치채지 못했지만, 그녀는 단번에 알아들을 수 있었다. 영상 속의 여자가 부르고 있는 곡은 멜로디가 조금 달라지긴 했지만 분명 언젠가 슬쩍 본 적이 있는 정우의 곡이었다.

"선물을 받아? 하, 진짜."

그를 떠올리니 절로 짜증이 치밀었다. 한정우의 첫 번째 곡을 받는 사람은 데뷔도 못 한 오디션 참가자가 아니라 구해라여야 했다. 천하의 구해라도 몇 년이나 해내지 못한 일인데 도대체 저 곡을 어떻게 받아냈을까.

영상 속의 유주는 이제 기타를 내려놓고 빠른 리듬의 댄스곡을 부르고 있었지만 해라의 귀에는 더 이상 아무것도 들리지 않았다. 시기와 경계의 눈초리로 유주의 영상을 거의 노려보다시피 하던 그녀가 혼잣말로 중얼거렸다.

"낯이 익은데."

정우가 곡을 줄 정도라면 분명 그의 주위에 가까이 있는 사람일 터였다. 그런데 어쩐 일인지 해라에게도 언젠가 본 적이 있는 사람처럼 느껴졌다. 한참을 돌파구가 보이지 않는 기억만 더듬고 있는데, 마침 옆에서 영찬이 정우의 이름을 입에 올렸다.

"그러고 보니 한정우 그 자식은 곡 가지고 오라고 했더니 곡은

커녕 통 연락도 없네."

"제 발로 찾아 들어온 곡도 못 알아보시면서 굳이 멀리서 찾으면 뭐 해요?"

"오늘따라 왜 이렇게 심통이야? 해라 넌 정우한테 연락받은 거 없어?"

"언제는 연락하지 말라면서. 없어요. 한정우가 누구한테 먼저 연락하고 그러는 사람인가, 어디."

"그래? 그럼 내가 직접 그 카페로 쳐들어가야 하나."

카페? 그제야 해라의 머릿속에서 반짝하며 무언가가 떠올랐다.

"맞아, 카페."

"뭐?"

"그 알바생이야."

드디어 유주의 정체를 깨달은 해라가 인상을 찌푸렸다. 카페 알바생이라면 정우와는 매일 보는 사이일 터였다. 순진한 얼굴을 하고 그에게 접근해 곡을 뜯어내는 그림을 상상하기 시작하자 불쾌한 기분은 점점 더해져만 갔다.

"걔, 스무 살이라고 하셨어요?"

"응. 처음부터 시작하기에는 나이가 좀 걸리긴 하지만, 그러니까 더 늦기 전에 얼른 데려와서 데뷔조에 넣고 키워야겠어."

"데뷔조요? 설마, 내년 데뷔 목표로 연습 중인 애들 말씀하시는 건 아니죠?"

뒤틀린 심사로 영찬의 말을 듣고 있던 해라가 결국 참지 못하고 짜증스럽게 되물었다. 그 옆에서 영찬은 속도 모르는 말들로 아픈 곳을 찔렀다.

"아니긴 왜 아니야. 걔네 맞아."

"너무 오버하시는 거 아니에요? 달랑 영상 하나밖에 안 보셨어요, 아직. 그런데 검증도 안 된 애를 바로 데뷔조에 넣어요?"

"애 물건이야. 발라드도 되고 댄스도 되고, 외모 보니 인기 몰이도 꽤 하겠어."

"갈수록 태산이시네. 아무리 그래도 그렇지……."

"지금 데뷔조 애들, 당장 내놔도 손색없을 정도로 뛰어난 애들이기는 하지만 2% 부족해. 보컬 라인도 메인 보컬 애 하나 빼면 실력이 너무 떨어지고, 외모도 다들 예쁘장하긴 하지만 매력은 왠지 부족하고. 그런데 애 넣어보니까 그림이 완벽해지잖아."

"실장님!"

"노래도 곧잘 하고, 생긴 건 귀엽게 생겨서 말하는 건 또 똑 부러지고. 요즘은 이런 애들이 잘 먹혀. 너 내 감이 틀리는 거 봤어? 너 이후로 이렇게 느낌 오는 애는 처음이다."

영찬까지 입에 침이 마르도록 극찬을 하는 걸 보니 더욱 심사가 뒤틀렸다. 그러나 그는 연신 싱글벙글이었다.

"맨날 그저 그런 애들만 보다 이런 애 보니까 속이 다 뻥 뚫리네. 얜 무조건 돼. 내 이름 석 자 걸고 맹세한다. 이런 인재가 제 발로 찾아왔는데 어떻게 놓쳐? 서류 보니까 고향에서 입상 경력도 화려하던데 다른 회사가 채가기 전에 내가 먼저 데려와서 에이엔 이름 걸고 더 크게 만들어야지."

스크린 속에서는 이제 유주의 영상이 다시 처음부터 되풀이되고 있었다. 그 영상을 쳐다보면서, 해라는 속으로 이를 갈았다.

"좋아요. 데려오세요. 나도 궁금하네."

도대체 어떤 사람이기에 한정우의 마음까지 흔들어놓은 건지.

❀

며칠 내내 늦장마가 기승을 부리고 있는 늦은 밤이었다. 몇 시간째 방에 틀어박혀 편곡을 하고 있던 정우가 마음에 들지 않는 부분이 있는지 미간을 찡그렸다. 몇 개월 만에야 겨우 곡 하나를 완성했는데 이번에는 편곡이 애를 먹이고 있었다. 헤드폰을 뒤집어쓴 채 한창 작업에 몰두하고 있는데, 옆에 내려놓았던 핸드폰에서 짧게 진동이 울렸다.

"아, 또 누구야."

그 소리 하나에 몰입이 깨졌고 그는 있는 대로 인상을 구기며 핸드폰을 집어 들었다. 메시지 하나가 반짝 불을 켜고 화면에 떠올라 있었다.

발신자를 확인한 정우의 표정이 조금은 펴졌다. 액정 화면에는 '사또'라고 저장된 이름이 찍혀 있었다. 얼마 전에 핸드폰을 다시 개통했다던 유주의 번호였다.

"웬 동영상?"

도착한 건 그냥 메시지가 아니라 동영상 메시지였다. 작업을 잠시 중단하고 의자에서 일어난 정우가 재생 버튼을 누르고는 가

녑게 스트레칭을 하며 침대로 걸어갔다. 로딩이 끝난 화면 속에서는 머리를 리본으로 묶고 아담한 빨간색 원피스를 입은 유주가 셀프 카메라의 각도를 이리저리 맞춰보고 있었다.

[아저씨, 안녕!]

이윽고 조정을 마치고 뒤로 물러난 유주가 조그만 손을 흔들며 인사를 건넸다. 침대 위에 걸터앉은 정우가 희미하게 미소 지으며 중얼거렸다.

"또 무슨 짓을 하려고 저래."

[지금 시각 저녁 8시 42분. 드디어 에이엔에 보낼 오디션 영상 녹화를 끝냈어요. 금방 끝날 줄 알았는데 NG 완전 많이 냈어요. 앞에 아무도 없는데 혼자서 인사하고 자기소개도 하고 노래까지 하고, 아저씨가 내 모습 봤으면 엄청 비웃었을걸요? 으, 창피해.]

두 손으로 얼굴을 가린 유주가 오글거리는지 진저리를 쳤다. 편하게 자세를 바꾼 정우도 화면에서 눈을 떼지 않은 채 피식 웃었다.

[아저씨가 내 소원도 들어주고 오디션 기회도 만들어줬는데, 생각해 보니까 내가 고맙다는 말도 제대로 못 한 것 같아서요. 아저씨는 고맙다고 하고 싶으면 오디션이나 붙은 다음에 하라고 했지만, 그래도 지금 하고 싶어요.

만약에 오디션에서 떨어진다고 해도 고맙고, 혹시 만에 하나 합격한다면 더 고마워요. 아저씨 아니면 내가 언제 이런 기회를 잡아보겠어요. 난 이제 후회 없어요. 이렇게까지 했는데도 떨어지면…… 어쩔 수 없죠 뭐. 아저씨 말대로 나 같은 애 널리고 널려서 그런 건데.]

"뒤끝 있긴."

그렇게 말하면서도 사실은 조금 미안했다. 별생각 없이 내뱉은 말을 그녀가 너무 오래 마음에 담아두고 있는 것 같아서였다. 그걸 알았는지 화면 속의 유주가 비시시 웃으며 손가락을 들어 화면 정중앙을 가리켰다.

[지금 뒤끝 작렬이라고 생각했죠? 다 들려요, 들려.]

그렇게 말한 그녀가 한때는 그가 너무나도 싫어했던 호탕한 웃음을 터뜨렸다. 귀신 다 됐네. 잠시 표정이 흐려졌던 정우도 그렇게 중얼거리고는 다시 입가에 미소를 띤 채 화면에 집중했다.

[음, 아저씨. 사실 아저씨가 그렇게까지 신경 써줄 거라고는 생각도 못 했어요. 완전 감동받았는데, 그래서 이 고마움을 전하고 싶은데 뭘 어떻게 해야 좋을지 생각이 안 나요. 아저씨한테 뭐가 필요할지도 모르겠고. 아무리 생각해 봐도, 내가 줄 수 있는 게 노래밖에 없네요. 가진 게 목소리밖에 없어요. 아, 이제야 그 노래를 만든 사람의 마음을 완벽히 이해할 것 같아요. 이게 아저씨를 웃게 만들지는 모르겠지만, 그래도 받아줬으면 좋겠어요.]

옆에 놓인 기타를 집어 든 유주가 목을 가다듬었다. 노래를 시작하려는 그녀의 얼굴에 얼핏 장난스러운 미소가 스쳤다. 그가 의아한 눈빛으로 화면을 들여다보는 사이 결국 참지 못하고 웃음을 터뜨린 유주가 기타를 치며 노래를 시작했다.

[아저씨 힘내세요 유주가 있잖아요. 아저씨 힘내세요 유주가 있어요.]

웃느라 발성이 온통 엉망인데도 꿋꿋하게 끝까지 노래를 부른 유주가 기타를 내려놓고는 다시 웃음을 터뜨렸다. 아, 진짜 창피해. 그렇게 중얼거린 그녀가 다시 손가락으로 허공을 가리키며 말했다.

[지금 또 인상 팍 쓰고 이게 무슨 짓이냐고 나 노려보고 있죠? 얼른 인상 펴요. 주름 생겨요.]

진짜로 미간을 펴주는 것처럼 손가락을 허공에 대고 꾹꾹 누른 유주가 그제야 웃음을 그쳤다. 그러나 그 말에 정우는 문득 깜짝 놀라고 말았다. 원래의 저라면 그녀 말대로 잔뜩 인상을 찌푸리고 있어야 하는데, 아니 여기까지 보기도 전에 영상을 꺼버렸어야 하는데 그때까지 웃고만 있었다는 걸 그제야 깨달아서였다.

[방금 한 건 장난이었고, 정말로 많이 고민했어요. 아저씨, 생각해 보니까 아저씨가 제대로 웃는 걸 본 적이 없는 것 같아요. 내가 하는 짓이 어이없어서 피식거리는 거 말고, 진짜로 활짝 웃는 거요. 그래서 생각해 봤는데요, 그래도 내가 아저씨한테 웃으라고 강요할 수는 없을 것 같더라고요. 아저씨한테 무슨 사연이 있는지도 모르는데, 다 털어버리고 억지로 웃으라고 할 수는 없는 거잖아요.]

어느새 말투가 진지해진 유주가 계속 말을 이었다. 정우도 웃음기를 지운 얼굴로 영상 속의 그녀가 하는 말에 집중했다.

[그래서 또 생각해 봤는데요, 그러면 아저씨가 웃고 싶어도 웃을 수가 없을 때…… 그러니까 아주 많이 힘들 때, 내가 조금이라도 힘이 될 수 있으면 그것도 나름대로 괜찮을 것 같아요. 기쁠 때 그 기쁨을 함께할 사람이 없는 것보다 슬플 때 슬픔을 덜어줄 사람이 곁에 없다는 게 더 견디기 힘들 것 같아서요. 아, 되게 어렵다. 사는 건 참 어려운 것 같아요, 그렇죠? 아저씨는 나보다 훨씬 더 어른이니까 어떨지 모르겠지만, 지금의 나한테는 그래요.]

마냥 애 같은 꼬맹이가 저보다 더 어른 같은 말을 한다. 왠지 모르게 이미 위로 받고 있는 것 같다는 생각이 들어서, 그는 유주가 눈앞에 있는 것처럼 말없이 귀를 기울였다.

[그런데 우리 아빠가 그랬어요. 사람 사는 거 다 똑같다고, 다 다른 것 같아도 결국에는 별거 없는 거라고. 아무튼 내가 진짜 하고 싶은 말은요, 아저

씨가 많이 아플 때 내가 힘이 되어줄 수 있으면 좋겠다는 거였어요. 그런데, 그럴 때 내가 아저씨 옆에 없을 수도 있잖아요. 그래서 내가 손잡아줄 수 없을 때 아저씨가 혼자 꺼내 볼 수 있었으면, 그래서 이 노래가 아저씨한테 조금이라도 힘이 될 수 있었으면 좋겠어요.]

말을 마치고 다시 기타를 잡은 유주가 이번에는 차분히 기타 줄을 뜯기 시작했다. 곧 아주 익숙한 선율이, 낯익은 그림이 그의 눈과 귀를 사로잡았다. 처음 우연히 만났을 때부터 다시 만난 순간까지 마법처럼 두 사람을 서로에게 이끌었던 그 노래였다.

다른 어떤 꾸밈없이 고요한 기타 선율 위로 흐르는 노랫소리에, 마음이 자꾸만 움직였다. 정작 노래에는 조금도 귀를 기울이지 못하고 멍하니 화면만 쳐다보고 있는데 어느 순간 기타 소리가 뚝 끊겼다.

[아저씨, 나 사실은 지금 엄청 창피해요. 이 메시지 아저씨한테 못 보낼지도 몰라요. 그런데 혹시 내가 용기를 내서 이걸 아저씨한테 보낸다면, 그래서 아저씨가 지금 내가 하는 말을 듣고 있다면 한 번만 웃어줄래요?]

노래가 끝이 나자 눈앞에서 흘러가던 푸른 바다가 한순간에 흩어졌다. 여태까지와는 달리 화면 가운데를 쳐다보지 못하고 살짝 시선을 피한 유주가 작은 목소리로 속삭이듯 그렇게 말했다. 하지만 정우는 결국 웃지 못했다.

[아저씨, 안녕.]

잠시 침묵이 흐르고 다시 손을 흔들어 작별 인사를 건넨 유주가 화면 속에서 사라졌다. 그런데도 정우는 빈 액정 화면에서 시선을 떼지 못했다. 마음이 허전했다. 그녀의 모습이 눈앞에서 사라져서가 아니었다. 그동안 자각하지 못했던 마음을, 아니 자각하지 않으려 애썼던 마음을 이제야 깨달아서였다.

"아저씨한테 무슨 사연이 있는지도 모르는데, 다 털어버리고 억지로 웃으라고 할 수는 없는 거잖아요."

그가 유주에게 솔직하게 털어놓은 것은 아무것도 없었다. 그녀도 그걸 어렴풋하게나마 알고 있는 게 분명했다. 침대 위로 벌렁 드러누운 그는 천장을 올려다보며 허탈하게 중얼거렸다.

"미쳤구나, 한정우."

앞으로도 모든 걸 솔직하게 말할 자신 같은 건 없었다. 반짝거리는 꿈을 꾸는 평범한 스무 살로 살아가는 그녀와는 달리 자신이 얼마나 하자투성이인 사람인지, 다른 이들과는 얼마나 다른 사람인지.

그는 타인들 틈에 섞여 살아갈 수 없는 사람이었다. 처음부터 유주가 곱게 보이지 않았던 건 그녀가 자신과는 완전히 다른 사람이라는 걸 본능적으로 느꼈기 때문이었다. 그녀와 가까워진 짧은 시간 동안 평범한 사람으로 살아보기도 했지만, 그건 어디까

지나 아주 잠시일 뿐이었다. 찰나가 영원할 수는 없는 법이니까.

"평범한 삶……."

그는 단 한 번 꿈조차 꿔본 적 없는 단어였다. 그런데 조금씩 쌓인 시간이 그에 대한 갈증을 불러일으켰다. 늘 정해진 시간에 정해진 일과, 그 틀에 딱딱 맞춰 살아왔지만 단 한 번도 진정으로 살아 있다고 느낀 적은 없었다. 그러나 자꾸만 욕심이 났다.

머리가 복잡해져서, 정우는 창문을 때리는 빗소리를 들으며 눈을 감았다. 유주는 자신이 없다고 했지만, 그녀라면 분명히 오디션에 합격할 거다. 그는 그렇게 확신했다. 이제 막 오랜 꿈을 향해 한 발자국을 내딛기 시작한 그녀의 발목을 잡고 싶지는 않았다. 거기까지 생각한 그는 씁쓸한 웃음을 지었다.

"늘 짐짝처럼 사는구나."

그의 곁에 머물렀던 사람들은 누구나 불행해졌다. 그를 낳아 준 부모님까지도. 어쩌면 병이 성격을 만든 게 아니라 성격이 병을 만든 거라고 수군거리던 사람들의 말이 맞을지도 몰랐다. 병 때문이 아니었어도 어차피 다른 사람들과 어울려 살지 못했을 인생이었다. 또다시 누군가를 불행하게 만들고 싶지는 않았다.

"정신 차리자."

이건 아주 짧은 한여름 밤의 꿈일 뿐이다. 그는 그렇게 애써 스스로에게 최면을 걸었다.

✽

믿을 수가 없다. 정말로 기적이 일어난 걸까?

"아저씨! 아저씨!"

방금 막 도착한 메일을 세 번이나 읽고 또 읽은 유주가 잔뜩 들뜬 목소리로 정우를 부르며 그에게로 달려왔다. 그 목소리에 강렬한 오렌지색 물감이 눈앞에 흩뿌려졌지만 그는 이제 익숙한 것처럼 덤덤히 고개를 들어 그녀를 쳐다보았다.

"숨넘어가겠다. 왜."

"오디션 합격이래요!"

눈이 커다래진 채 숨을 고르던 유주가 단숨에 목 끝까지 차오른 말을 내뱉었다. 기대하지 않는 척했지만 사실은 영상을 보낸 날부터 매일 밤 마음을 졸였다. 언제쯤 결과가 올까, 합격할 수 있을까. 하루에도 수십 번씩 자신이 있었다가 없었다가, 마음이 시계추처럼 왔다 갔다 했다.

그래서 그도 놀랄 줄 알았는데, 기대와는 다르게 정우에게서는 아무런 반응이 없었다. 살짝 민망해진 덕분에 한층 차분해진 음성으로 그녀가 덧붙였다.

"아저씨. 나 오디션에서 아저씨가 준 노래 불렀어요. 그러니까, 내가 붙은 건 다 아저씨 덕분이에요."

"그게 왜 나 때문이야. 네 실력이지."

"스팸인 줄 알고 메일 세 번이나 다시 읽었어요. 내일 본사로 오래요. 그럼 맞는 거겠죠?"

"그래. 잘됐네. 축하해."

이게 아니다. 그 대답에, 이번에는 들떴던 기분이 한꺼번에 가라앉았다.

담담하게 축하 인사를 건넨 정우가 다시 작업 중이던 노트북 화면으로 눈을 돌렸다. 그녀가 머릿속으로 수없이 상상해 온 그림은 이게 아니었다. 뭐가 잘못된 걸까?

"아저씨."

"어. 말해."

"아저씨는, 하나도 안 놀랐어요?"

집에 있을 엄마에게는 조금 미안하지만, 합격 메일을 받았을 때 제일 먼저 생각난 사람은 엄마가 아니라 그였다. 허무하게 날릴 뻔한 기회를 다시 잡게 해준 정우라 합격한다면 가장 먼저 축하해 주고 기뻐할 줄 알았는데, 생각과 다른 반응에 김이 새는 기분마저 들었다. 거창한 축하를 기대한 건 아니지만 이렇게 뜨뜻미지근한 반응을 보니 왠지 모르게 섭섭해졌다. 속으로는 그가 자기 일처럼 기뻐하며 파티라도 열어주길 바란 걸까? 사람의 마음이란 참 알 수가 없다.

"그럴 줄 알았어. 너라면 합격할 거라고."

그 말은 분명 좋은 뜻인데, 이상하게도 하나도 기쁘지가 않다. 입을 꾹 다문 유주는 더는 말을 걸지 않은 채 가만히 정우의 표정을 살폈다.

그러고 보니 요 며칠 어딘가 모르게 낯설어진 그였다. 겨우 용기 내 보낸 영상 메시지에도 답장 하나 없고, 일하면서 간간이 말을 걸어도 딱딱하게 단답형으로 대답하기 일쑤였다. 처음 봤을 때처럼 까칠하고 예민하고 짜증스럽게 굴지는 않지만, 확실히 요즘의 그는 얼마 전과는 조금 달라졌다.

아, 이런 변화는 또 어떻게 해석해야 하는 걸까. 새로운 밀당 스킬이라고 믿기에는 마음 한구석이 이미 그게 아니라는 걸 알고 있었다.

"아저씨 요즘 조금 이상해요."

사실은, 많이 이상해요.

"뭐가."

그래서 불안해요.

"아저씨가 아닌 것 같아요."

그 말에야 비로소 정우가 다시 옆을 돌아보았다. 표정 하나 없는 그 얼굴에 덜컹 가슴이 내려앉았다. 무표정이 원래 그의 얼굴인데, 이상하게도 참 낯설다. 그러니까 이건 마치…….

"내가 뭐 어떤데."

그래, 꼭 정을 떼려는 사람 같다.

"혹시 내가 용기를 내서 이걸 아저씨한테 보낸다면, 그래서 아저씨가 지금 내가 하는 말을 듣고 있다면 한 번만 웃어줄래요?"

이 남자, 그 영상 보고 웃긴 했을까? 그를 알기 전까지만 해도 오디션에 합격하기만 한다면 세상을 다 가진 것 같은 기분이 들거라고 믿었는데, 정작 원했던 소식이 날아온 지금 웃어주지 않는 정우를 보니 오히려 기분이 저 끝으로 가라앉았다. 그 마음이 보였는지 물끄러미 유주의 얼굴을 쳐다보고만 있던 그가 한층 누그러진 어조로 입을 열었다.

"좋은 일인데 왜 표정이 그래. 네가 그토록 바랐던 일 아니야?"

그녀가 묻고 싶은 말이었다. 분명 좋은 일인데, 좋은 일이 맞는데 왜 이 남자는 웃지를 않는 걸까.

"아저씨는…… 별로 안 좋아하는 것 같아서요."

꿈에 한 발자국 더 가까워졌는데도 시무룩한 얼굴을 하고 있는 유주를 보니 정우도 마음이 무거워졌다. 놀라지 않은 건 맞았다. 그녀의 합격은 충분히 예상했던 일이었으니까. 그런데도 그 소식을 듣는 순간 어쩐지 기분이 이상해졌다. 이제는 정말로 서로가 다른 길을 가기 시작하겠구나 하는 게 마음으로 와 닿아서였다. 늘 저만의 세계에 갇혀 살아야 하는 그와는 달리 그녀는 더 큰 세상으로 나갈 자격이 있는 사람이었다.

"축하한다고 했잖아. 잘된 일이야. 당연한 일이고."

그렇게 말하는 스스로가 가식적으로 느껴졌다. 진심으로 축하해 주지 못하는 마음이 참 이기적이라고, 그는 그렇게 자신을 탓했다.

"요즘, 바빠요?"

"아니."

"그러면 무슨 다른 일 있어요?"

"그런 거 없어."

그런데 왜 그래요.

마지막 말은 차마 입 밖에 내지 못하고 유주는 발끝만 내려다보았다. 그런 그녀를 보니 또 마음이 약해져서, 정우는 그를 아는 누군가가 듣는다면 깜짝 놀랄 정도로 다정한 목소리로 말했다.

"앉아봐."

말은 또 잘 들어서 하라는 대로 건너편에 앉는데 표정은 여전히 시무룩함 그 자체다. 조그만 게 언제부터인가 눈앞에 날아와서 자꾸만 마음을 쥐었다 놓았다 한다. 널 어쩌면 좋을까.

"내가 어떻게 했으면 좋겠는데."

"……."

"소란스럽게, 떠들썩하게, 세상 사람 다 알게 축하해 줬으면 좋겠어?"

그가 그래주길 바라는 건 욕심이라는 걸 안다. 그렇지만 솔직히 말한다면 어쩐지 그가 들어줄 것 같아서, 유주는 고개를 끄덕였다. 늘 투덜대기만 하는 것 같으면서도 시시콜콜한 이야기까지 귀 기울여 들어주던 그였으니까.

그 앞에서 뜻 모를 짧은 한숨을 쉰 정우가 다시 입을 열었다.

"네가 진짜로 축하 받아야 할 사람들은 따로 있잖아."

사람도 아니고, 사람들? 말 없는 궁금증을 풀어주기라도 하듯 가방에서 무언가를 꺼낸 그가 그걸 그대로 그녀에게 내밀었다.

"뭐예요, 이게?"

"본격적으로 회사 들어가서 연습 시작하면 눈 코 뜰 새 없이 바쁠 거야. 회사 집 회사 집, 그러다 보면 그때는 본가에 내려가고 싶어도 못 가. 그러니까 지금 다녀와."

그가 건넨 건 제일 가까운 주말에 서울역에서 출발하는 동대구행 KTX 티켓이었다. 그제야 그 뜻을 알아들은 유주가 다시 고개를 들어 정우를 쳐다보았다.

"아저씨……."

"성공해서 돌아간다며. 성공했으니까, 이제 가야지."

몇 달 동안 떨어져 지냈던 가족들을 만나고 오라는 뜻인 모양이었다. 아, 이 남자는 어떻게 이럴까.

"이거 반칙이에요, 아저씨."

"반칙?"

"자꾸 이렇게 사람 놀라게 하는 법이 어디 있어요."

오디션 합격 소식에도 정우는 전혀 놀라지 않았는데, 그가 역으로 준비한 선물에 오히려 그녀가 놀랐다. 긴장이 풀려서 눈물까지 핑 돌았다. 도무지 의중을 알 수 없는 말과 행동으로 섭섭하게 만들었다가, 그 서운함까지 감싸 안아서 감동으로 돌려주는 남자.

"나한테 자꾸 이렇게 주기만 하면 어떡해요."

"내가 너한테 주긴 뭘 얼마나 줬다고."

"준 게 왜 없어요. 좋은 곡도 주고, 오디션 기회도 주고, 합격하게도 해주고, 집에도 가게 해주고."

그랬나. 느끼지 못하는 사이에 이렇게나 많은 일이 있었나 싶다. 그런데 이게 아마도 마지막으로 주는 선물이 될 것 같아서, 그는 대답 대신 그저 물끄러미 유주를 바라보았다. 정해놓은 시작점은 분명 없었던 것 같은데 어찌 됐든 끝은 존재하는구나. 그 마음을 아는지 모르는지 눈을 한 번 비비고 배시시 웃어 보인 유주가 말했다.

"고마워요 아저씨."

언제부턴가 저 맑은 웃음 앞에서 늘 그랬던 것처럼 날이 선 말들을 툭툭 내뱉는 게 어려워졌다. 더 다정해지고 싶은 마음을 애써 감추며 정우는 무심한 척 대꾸했다.

"고마우면 연습 열심히 해서 얼른 성공하든가. 오디션 합격했다고 자만하지 말고. 이제 시작이니까."

"알았어요. 그런데 그건 지금 당장 할 수는 없는 거니까, 우리 같이 가요."

"같이 가? 어딜?"

"우리 집요."

정우가 놀라는 걸 보는 게 목적이었다면, 유주는 나름대로 소원 성취를 한 셈이었다. 그녀의 말에 그는 결국 놀라고 말았으니까. 숨기지도 못하고 당황한 표정을 지은 정우가 되물었다.

"뭐? 어딜 가?"

"같이 대구 가요. 아저씨가 서울 구경시켜 줬으니까, 나는 아저씨한테 대구 구경시켜 줄게요."

"내가 왜 거길 가."

"같이 가주면 안 돼요?"

아, 요망하다는 옛 표현을 다시 꺼낼 때가 됐나 보다. 바로 코앞에 얼굴을 들이밀고 묻는 유주를 보니 딱 잘라 안 된다고 말할 수가 없었다. 대체 언제부터 한정우가 이렇게 무른 사람이었나.

"이맘때면 수성못에서 불꽃 축제도 한단 말이에요. 대구에 맛있는 것도 얼마나 많은데요! 납작 만두 먹어봤어요? 같이 가서 좋은 데도 구경하고, 맛있는 것도 먹어요."

이제는 아예 대놓고 팔을 붙잡고 재잘재잘 떠든다. 이 손을 매몰차게 떨쳐 내지도 못하고, 웃으며 알겠다고 대답을 할 수도 없는 게 문득 서글퍼져서 그는 한동안 물끄러미 유주의 얼굴만 바라보았다.

"응? 같이 가요."

자신의 마음에 솔직해질 수 없다는 게 어떤 의미인지, 너는 모른다.

"너를 누가 이기겠냐."

하지만 지금 이 순간만이라도 너로 인해 평범한 사람처럼 웃을 수 있다면, 어쩌면 그것만으로도 나는 행복한 사람일지도 모르지.

평범함, 그리고 행복.

그게 비록 나에게는 낯선 단어일지라도.

Track 06.
말하지 못한 내 사랑

"으…… 더워."

대구에 발을 들이자마자 유주가 울상을 지으며 내뱉은 말이었다. 과묵한 성격대로 입은 열지 않았지만, 정우도 상태가 썩 좋지는 않았다.

대구에 와본 건 처음이었으나 '대프리카'라는 표현은 익히 들어 알고 있었다. 그러나 몸소 체험해 본 대구의 기온에서 자비라고는 조금도 찾아볼 수 없었다. 체감 온도가 40도를 훨씬 웃도는, 가만히 있어도 숨이 턱턱 막히는 날씨였다.

"아저씨, 미안해요. 너무 덥죠. 나도 이 정도일 줄은 몰랐어요."

20년을 이곳에서 살아놓고 몇 개월 서울 생활에 그새 잊었는지, 유주는 오히려 정우보다도 더 당황한 기색이었다. 연습생 생활에 그간 잔뜩 피로가 쌓인 듯 기차를 타고 오는 내내 쪽잠에 푹 빠져 있던 그녀는 이제 살인적인 더위에 파김치가 되어 있었다.

"너 이런 데에서 20년을 어떻게 살았냐."

"그러니까요."

곧바로 나온 대답에 그는 피식 웃었다. 고향에 왔다고 방방 뛸 줄 알았더니 의외의 모습이었다. 인간 비타민도 무더위 앞에서는 별수 없는 모양이라고, 그는 생각했다.

정우가 처음 유주를 위해 준비한 기차표에 적혀 있던 날짜와는 달리 대구 나들이는 일정이 꽤 뒤로 밀리게 되었다. 그와 함께 가겠다고 끝끝내 고집을 부린 유주 때문이었다. 결국 정우는 마지못해 첫 월말 평가에서 1등을 한다면 수락하겠다는 조건을 내걸었다. 이제 막 연습생으로 들어간 그녀에게는 터무니없는 일이라는 걸 알고 붙인 조건이었으나 유주는 결국 그 말도 안 되는 일을 해내고 말았다. 월말 평가 1등과 1박 2일 포상 휴가라는 글씨가 적힌 종이를 들고 영찬과 찍은 인증샷을 보내온 그녀 덕분에 정우가 기겁함과 동시에 웃고 말았음은 물론이었다.

"집은 여기에서 멀어?"

"조금?"

"그럼 얼른 가. 피곤한 것 같은데."

유주의 소원대로 출발 날짜가 수정된 기차표는 두 장으로 불어나게 되었다. 일정을 미루면서까지 고집을 피우면서도 그녀가 얼마나 고향에 가고 싶은 마음을 억눌렀을지 알아서, 그도 더는 가지 않겠다고 바득바득 우길 수 없었다. 그러나 얼른 집에 가라고 등을 떠미는 시큰둥한 말에 유주는 오히려 그게 무슨 말이냐는 듯 눈을 크게 떴다.

"아저씨를 버리고 내가 어딜 가요?"

"너 여기 집에 가려고 온 거잖아."

"가더라도 아저씨 대구 구경시켜 준 다음에 가야죠."

"오랜만에 온 건데 얼른 가족 보고 싶지도 않……."

하지만 그가 말을 채 끝내기도 전에 그녀는 정우의 팔을 잡고 씩씩하게 걷기 시작했다. 그새 다시 에너지를 되찾은 듯 재잘재잘 떠드는 목소리에 활기가 가득했다. 그는 곧 졌다는 표정으로 그녀가 이끄는 대로 발길을 옮겼다.

"그래서, 어딜 갈 건데?"

"일단 먹고 시작해야죠. 금강산도 식후경인데."

"뭐?"

"아저씨 서문시장 알아요? 거기에 미성당이라고, 납작 만두로 완전 유명한 데가 있거든요? 우리 거기 가서 납작 만두 먹어요. 완전 맛있어요."

"너 지금 나를 구경시켜 주는 게 목적이 아니라 너 먹고 싶은 거 먹겠다고 이러는 거지."

"어? 들켰다. 어떻게 알았어요?"

능청스럽게 대답하고는 시원하게 웃음을 터뜨린 유주가 그의 팔을 잡아끌었다. 서울에서부터 납작 만두 납작 만두 노래를 부르더니 도착하자마자 먹는 얘기부터 하는 그녀의 모습에 어처구니없다는 표정을 짓던 정우도 결국에는 유주의 뒤를 따르기 시작했다.

그와 함께 버스를 타고 서문시장에서 내린 유주는 복잡한 미로 같은 시장 길을 훤히 들여다보듯 막힘없이 걸음을 옮겼다. 이윽고 도착한 가게는 전국적인 명성과는 어울리지 않는 허름한 외관이 첫 인상이었다. 하지만 그 앞으로는 수많은 사람들이 장사진을 이루고 있었다. 소문을 듣고 찾아온 관광객들과 포장해 가려는 주민들의 소음이 섞여서 눈앞이 어질어질해지려는데, 옆에서 들려온 목소리가 눈앞의 마구잡이 색채를 하나의 색으로 정리했다.

"와, 여전히 사람 많구나."

까치발을 들고 가게 안을 기웃거리던 유주의 목소리였다. 서울에서도 느낀 거지만 그녀는 줄서서 무언가를 먹는 데 전혀 거리낌이 없었다. 어느덧 체념한 정우도 그녀를 따라 조용히 줄 뒤에 서서 좁은 가게에 자리가 나기를 기다렸다.

가게 내부는 대낮인데도 어두컴컴했다. 간판에 쓰여 있던 50년 전통의 맛이라는 문구는 기름 냄새로 가득한 가게 안에 들어서고 나니 더더욱 실감이 났다. 세월의 흐름이 고스란히 느껴지는 빛바랜 벽과 몇 안 되는 테이블을 슥 쳐다본 정우가 본능적으로 한숨을 내쉬었다. 조금 나아졌겠거니 했는데 병은 여전히 병인가 보다. 차단 불가능한 소음에 무질서한 환경까지, 평소였다면 그로서는 절대 찾지 않을 만한 곳이었다.

"뭐 먹을래요?"

"5지선다도 안 되는 선택지 중에서 대체 뭘 고르라는 거냐."

메뉴도 단출해서 메뉴판에 적혀 있는 거라고는 납작 만두와 우동, 라면, 쫄면이 전부였다. 그의 시니컬한 대답에도 굴하지 않고 예의상 그냥 한번 물어본 거라며 배시시 웃은 유주가 납작 만두 큰 접시 하나와 쫄면을 주문했다.

"여기 포장도 되는데요, 포장하면 고춧가루가 버무려진 상태로 나와요. 그래서 그냥 직접 와서 따끈따끈한 만두에 내 마음대로 고춧가루도 뿌리고 간장도 뿌려서 먹는 게 제일 좋아요. 쫄면을 싸서 먹어도 맛있어요. 아, 생각만 해도 좋다."

"신났네, 신났어."

그녀는 핀잔에도 아랑곳하지 않고 행복한 표정이었다. 오랜만에 노출된 시끄러운 소음에 조금 어지럽긴 했지만, 그래도 정우는 나름대로 평온함을 유지할 수 있었다. 이어폰을 귀에 꽂지 않는다면 버티지 못했을 텐데 유주의 목소리가 나름대로 중심을 잡아주어서 조금은 의지가 됐다. 옆 사람의 말소리조차 잘 들리지 않을 정도로 시끄럽고, 늙수그레한 남자가 가게와 역사를 함께했을 오래된 철판과 대구의 여름보다 더 뜨거운 불 앞에서 땀을 뻘뻘 흘리며 연신 만두를 구워내는 광경 속에서 맑게 웃는 그녀는 이질적인 것 같으면서도 이곳의 풍경과 참 잘 어울렸다.

한참을 유주가 재잘대는 소리에 귀를 기울이는 사이 드디어 테이블 위에 쫄면과 납작 만두가 등장했다. 훤히 보이는 주방의 철판 위에서 구워진 노릇노릇한 만두 위에 제일 먼저 잘게 썬 대파를 뿌린 유주가 고춧가루를 솔솔 뿌리고 마지막으로 간장을 둘렀다. 그리고 나서야 쫄면을 비비기 시작한 그녀가 정우를 쳐다보며 말했다.

"아저씨, 많이 먹어요."

"이거 안에 뭐가 들긴 들어 있는 거냐? 만두라면서."

"아이, 참. 까다로우시긴. 이래봬도 들어 있을 거 다 들어 있거든요."

입에 넣을 생각은 안 하고 괜스레 젓가락으로 만두를 뒤집어보는 그의 모습에 유주가 살짝 눈을 흘겼다. 납작 만두라고 하기에 얼마나 납작할까 싶었는데 생긴 건 꼭 허옇고 넓적한 밀가루 반죽을 그냥 지져 낸 것 같았다. 하지만 그 안에는 신기하게도 잘게 자른 당면이 꽉 채워져 있었다. 딱히 당기지는 않았지만 정우는 만두 하나를 집어 입에 넣었다.

"맛있죠, 맛있죠?"

마지못해 천천히 씹던 그가 이내 만두를 완전히 삼켰다. 별 기대 없이 먹어서인지 묘하면서도 생각보다 괜찮은 맛이었다. 그새 쫄면을 다 비빈 유주가 숟가락 위에 만두 하나를 깔고 그 위에 쫄면을 올려 정우 쪽으로 내밀었다.

"이번에는 이렇게 먹어봐요."

쫄면은 먹기도 전에 올라오는 냄새부터 매콤하고 달았다. 잠시 망설이던 그가 이내 만두와 쫄면을 함께 입에 넣었다. 맵고 달고 짜고 기름지고, 그가 그리 즐기지 않는 자극적인 맛이었지만 그런 대로 먹을 만했다. 그리 나쁘지 않은 정우의 표정을 살핀 유주가 안심이 됐는지 그제야 열심히 제 입에 만두를 넣기 시작했다.

"아, 오랜만에 먹으니까 더 맛있다."

"볼 터지겠다."

전부터 느낀 거지만 그 작은 입으로 참 잘도 먹는다. 그렇게 먹으면서도 살이 찌지 않는 게 신기할 정도로. 별로 맛이 없을 것 같은 음식도 그녀가 먹으면 이상하게도 맛있어 보여서 그도 만두를 몇 개 더 집어 먹었다. 그러다 문득 고개를 들었을 때 오물오물 만두를 먹는 얼굴이 눈에 들어와서 정우는 웃음을 터뜨리고 말았다.

"회사에서 너 굶기냐."

"식단 조절 때문에 요새 너무 힘들어요. 세 시간마다 삶은 달걀 흰자랑 닭가슴살만 먹고, 저녁 여섯 시 이후로는 무조건 금식. 그렇게 살아서 어떻게 노래를 해요? 힘이 하나도 안 나는데."

"이참에 그냥 진로를 바꿔. 먹방 BJ로. 돈 많이 벌겠는데, 먹는 거 보아하니."

"싫어요."

"싫어?"

"아저씨가 붙게 해준 오디션인데 열심히 해야죠."

"그런데 회사에서 하라는 대로 안 하고 이렇게 막 먹어도 돼?"

"실장님한테 이를 거예요?"

열심히 움직이던 젓가락마저 내려놓고 심각하게 되묻는 모습에 정우도 순간 당황했다. 눈을 동그랗게 뜬 채 작은 입을 꾹 다문 모습을 보고 있노라면, 꼭 다람쥐가 생각난다.

잠시 그녀를 빤히 쳐다보던 그는 이내 고개를 저었다. 연습생 생활을 시작한 이후로 카페 아르바이트도 그만두고, 간간이 연락을 해올 때마다 힘들어 죽겠다고 우는 시늉을 하던 유주였다. 오늘 오랜만에 마주한 얼굴도 피곤해 보였다.

정우는 결국 소리 없이 웃으며 중얼거렸다. 그래, 이럴 때 아니면 또 언제 마음껏 먹겠냐.

"아니. 많이 먹어."

시킨 것도 많지 않았는데 다 먹고 밖으로 나오고 나니 잔뜩 부른 배가 느껴졌다. 몸이 나른해지면 마음도 느긋해지고, 걸음도 따라서 느려지나 보다. 그녀가 이끄는 대로 마냥 걷다 정신을 차려 보니 어느 학교 앞에 서 있었다. 교문 너머로 보이는 건물을 쳐다본 정우가 옆에 있는 유주를 돌아보았다. 그녀는 어쩐지 감회가 새로운 얼굴이었다.

"혹시 네가 다녔던 고등학교야?"

대답 대신 고개를 끄덕인 유주가 그를 이끌고 안으로 들어섰다. 그녀가 곧장 향한 곳은 운동장 구석의 그네 의자였다. 그 위로 커다란 아름드리 느티나무 그늘이 드리워져 있었다.

"아저씨도 여기 앉아요. 엄청 시원해요."

곧장 의자 위에 털썩 주저앉아 그네를 움직이기 시작한 유주가 제 옆자리를 가리켰다. 그런 그녀를 멀뚱멀뚱 쳐다보고 서 있기만 하던 정우도 천천히 그네 의자로 다가가 그 위에 앉았다. 머리 위로 서늘한 그림자가 내려앉았다.

"여기가 내 전용석이에요. 얘는 내 이상형."

"이상형?"

그녀가 가리킨 건 그네 옆 느티나무였다. 그의 얼굴 위에 절로 떠오른 황당하다는 표정을 보고는 웃음을 터뜨린 유주가 고개를 뒤로 젖혀 위를 쳐다보며 덧붙였다.

"학교 끝나면 꼭 여기 나무 아래에서 한참이나 하늘을 쳐다보다 집에 갔어요. 기분 좋을 때도, 나쁠 때도. 그러면 마음이 편해지거든요. 그래야 하루가 마무리되는 기분이었어요, 그때는."

"……."

"아저씨 내 이름 뜻 모르죠? 사실은 내가 나무예요. 도울 유에 그루 주라서 사람을 돕는 나무라는 뜻이거든요. 처음 이름 지을 때는 다른 한자였는데 아빠가 바꾸셨어요. 누군가에게 도움을 받았으면 더 많은 걸 베풀고 살아야 하는 거라고, 나무 같은 사람이 되어야 한다고."

"……."

"사실 잘 안 와 닿았거든요. 귀에 못이 박히도록 그런 말만 듣고 자랐는데 대체 누구한테 무슨 도움을 받은 건지 물어봐도 답은 없어서. 그런데 어느 날 보통 때처럼 여기 앉아서 하늘을 올려다보고 있는데 갑자기 그런 생각이 드는 거네요. 아, 얘가 햇빛도 가려주고, 바람도 막아주고, 기댈 곳도 되어주는구나. 아빠가 왜 늘 그런 당부를 하신 건지 그때 처음 느꼈어요. 그런데 내가 그런 사람은 못 될 것 같아서, 그때부터 내 이상형은 나무예요."

그도 그녀를 따라 위를 올려다보았다. 이제 완연한 여름으로 물든 초록 잎사귀 틈새로 쨍쨍한 햇볕이 쏟아져 잠시 이마를 찌푸렸지만, 정우는 곧 눈을 뜨고 똑바로 하늘을 바라보았다. 늘 머리 위에 있지만 제대로 올려다본 적 없는 하늘은 원래 그랬나 싶을 정도로 파랗다. 언제나 눈앞에 보이는 온갖 색채들과는 또 다른 느낌이었다.

한참이나 낯선 하늘을 바라보다 그는 옆으로 시선을 돌렸다. 여름 햇살이 어느새 눈을 감은 유주의 얼굴 위로 찬란하게 부서져 내리고 있었다. 정우는 저도 모르게 그 모습에서 한참이나 시선을 떼지 못했다. 들려오는 소리라고는 간혹 살랑이며 느티나무 잎새를 스치고 지나가는 바람 소리뿐이었다. 불현듯 그런 생각이 들었다. 저는 그녀에게 어떤 사람일까. 넓고 곧게 뻗은 나무, 아니 그 그늘의 한 귀퉁이라도 되어줄 수 있는 사람일까.

그가 그런 생각을 하고 있을 때 유주가 눈을 떴다. 그대로 시선이 마주쳐 잠시 움찔했지만 정우는 계속해서 그녀와 두 눈을 마주했다. 그 고요의 끝에서 그를 보고 소리 없이 미소 지은 유주의 시선이 천천히 그를 지나쳐 넓은 운동장으로 향했다.

"졸업한 지 오래된 것도 아닌데 되게 새롭네."

하교 시간이 됐는지 교복을 입은 학생들이 드문드문 건물을 빠져나왔다. 그 모습을 쳐다보던 유주가 문득 옆에 앉아 있는 정우를 돌아보더니 웃었다.

"아저씨한테도 저런 시절이 있었겠죠? 교복 입은 아저씨는 어땠을지 궁금하네."

그도 궁금해졌다. 지금 제 눈앞을 지나가는 학생들과 같은 교복을 입고 커다란 나무 밑에 앉아 하늘을 올려다보았을 누군가의 모습이. 그런 생각에 잠겨 있는데 한때는 유주가 입었을 교복 차림의 한 여학생이 이쪽으로 가까이 다가왔다. 본능적으로 경계부터 하고 본 정우가 자세를 똑바로 바로잡았으나 제일 먼저 반색하며 튀어 오르듯 자리에서 일어난 건 옆에 있던 유주였다.

"예지야!"

"언니!"

이름을 부르며 그쪽으로 달려간 유주가 그대로 여학생을 꼭 안았다. 안았다고는 했지만 예지라고 불린 여학생이 유주보다 껑충 키가 큰 탓에 실은 그녀가 안긴 꼴이었다. 갑작스러운 상황에 정우는 얼떨떨한 표정으로 두 여자를 번갈아 쳐다보았다. 한참을 둘만의 안부를 나누고 나서야 생각이 났는지 멀찌감치 떨어진 이쪽으로 예지를 끌고 다가온 유주가 정우에게 말했다.

"아저씨. 내 동생이에요."

동생? 예지의 교복에 달린 명찰에 시선을 두고 있던 그가 뜻밖의 단어에 더더욱 미간을 찌푸렸다. 유주를 따라 정우를 쳐다본 예지의 얼굴에서도 만발한 웃음이 사라지더니 경계심이 자리 잡았다. 그 묘한 기류 속에서 제일 먼저 입을 연 사람은 유주도 정우도 아닌 예지였다.

"누구야?"

목소리도 잔뜩 날이 서 있었다. 흡사 시퍼런 칼을 연상하게 하는 음성이었다. 그 질문에 당황한 유주가 머뭇거리는데 예지가 다시 입을 열었다.

"혹시 언니랑 사귀는 사이?"

"어? 아, 아니야! 그런 거 아니야. 서울에서 언니 도와준 분이야."

황급히 정우의 눈치를 살핀 유주가 손사래를 쳤다. 그러나 예지는 여전히 외나무다리에서 적이라도 마주친 듯 정우에게서 미심쩍은 눈을 떼지 않았다. 그 못지않게 경계 가득한 눈빛으로 저를 훑는 시선에 정우의 미간은 점점 좁혀져만 갔다.

"진짜 아닌 거지?"

"아니라니까."

"그래야지, 그럼. 딱 봐도 서른 살은 되어 보이는데."

"어떻게 알았어?"

그런 예지의 말에 유주는 저도 모르게 눈을 동그랗게 뜨고 되물었다. 저는 정우를 처음 봤을 때 그가 삼십대일 거라고는 꿈에도 생각 못 했는데, 고등학생의 눈에는 그게 보이는 모양이었다. 언니의 물음에 어이없다는 표정을 지은 예지가 제법 어른스러운 척 말했다.

"딱 보면 몰라? 언니도 참 큰일이다. 원호 오빠도 알아?"

"갑자기 원호가 왜 나와?"

"원호 오빠가 가만히 안 있었을 것 같아서. 언니도 그래. 원호 오빠가 훨씬 낫지."

비교 대상은 없었으나 누굴 가리키는 말인지는 충분히 알아들을 수 있었다. 또 한 번 정우의 눈치를 살피고는 그의 눈썹이 치켜 올라가는 걸 감지한 유주가 얼른 사태를 수습하려 나섰다.

"예지야. 미안한데 먼저 가."

"언니는? 엄마 아빠 보러 온 거 아니었어?"

"갈 거야. 그런데 언니는 아직 가볼 데가 남았어."

"뭐야, 여기까지 와서 그런 게 어디 있어. 같이 가는 줄 알고 좋아했는데."

"미안. 금방 따라갈게. 오랜만에 엄마랑 아빠랑 다 같이 모여서 맛있는 거 먹자."

뾰로통한 표정을 짓고 있던 예지가 어쩔 수 없다는 듯 고개를 끄덕였다. 또 한 번 유주와 포옹을 하고는 먼저 돌아서서 멀어지던 예지가 갑자기 제자리에 멈춰 서더니 다시 이쪽으로 뛰어왔다. 그러나 예지가 달려와 멈춰 선 곳은 유주가 아닌 정우의 앞이었다.

"고맙습니다. 우리 언니 도와주셔서."

쭈뼛쭈뼛 어설픈 말투로 그렇게 인사한 예지가 영 어색한지 표정을 찌푸리며 다시 돌아서서 뛰어갔다. 그 예상 못 한 행동에 정우가 어리둥절한 얼굴을 하고 예지가 멀어진 곳을 쳐다보고 있는데 옆에서 짧은 웃음소리가 들려왔다. 유주였다.

"내 동생 귀엽죠. 예쁘고."

"언니 아니고?"

"언니요?"

"동생이 저렇게 클 동안 넌 대체 뭐 했냐."

그의 핀잔 아닌 핀잔에도 유주는 그저 비시시 웃었다. 아쉬운 듯 교정을 한 번 돌아본 그녀가 다시 정우를 올려다보며 말했다.

"우리도 이제 가요."

"너 진짜 집에 안 가? 또 어딜 가겠다는 거야."

"갈 데가 아직 남았다니까요."

한낮의 더위가 한풀 수그러지고 오후로 접어들었는데 그녀는 아직도 집에 갈 생각이 없는 모양이었다. 그의 마음만 괜스레 더 조급해졌다. 하지만 유주는 정우를 데리고 다시 교문을 나서서 걷기 시작했다.

"원호가 누구야."

"친구요."

"껌 딱지?"

그 범상치 않은 표현에 잠시 뜸을 들인 유주가 짧게 웃고는 대답했다.

"아니요. 그냥 친구."

그들은 곧 근처 버스 정류장에서 발걸음을 멈췄다. 버스 도착 시간을 확인하는 그녀를 말없이 지켜보고 서 있던 정우가 다시 물었다.

"그럼 예지는 누군데."

그 물음에 이번에는 유주가 대답 대신 천천히 그를 올려다보았다. 한참이나 물끄러미 정우를 쳐다보던 그녀가 다시 앞으로 시선을 돌리며 아무렇지도 않게 대답했다.

"동생이라니까요."

"그런데 왜……."

"마음으로 키운 동생."

뭐라고 다시 덧붙이려던 그가 뒤이은 답에 입을 다물었다. 실은 어느 정도 짐작하고 한 질문이었다. 그가 본 명찰에 새겨져 있던 이름은 '이예지'가 아니라 '윤예시'였으니까. 그게 아니더라도 예지의 얼굴은 유주와 조금도 닮아 있지 않았다. 언젠가 얼핏 본 유주의 엄마와도 마찬가지였다.

"우리 가족 얘기 아까 했죠? 나무처럼 살아야 된다는 엄마 아빠 신조 덕분에 어렸을 때부터 봉사 활동 엄청 다녔어요. 그때는 그게 뭘 하는 건지도 모르고, 왜 해야 되는지도 모르고."

정류장 벤치에 앉은 유주가 눈앞을 휙휙 지나다니는 차들에 무의미하게 시선을 고정시킨 채 말을 이었다. 그 옆에 삐딱하게 기대서서 정우는 그녀의 이야기에 귀를 기울였다.

"주말마다 엄마 아빠랑 봉사하러 갔던 청소년 보호 시설이 있어요. 정말 많은 아이들이 거기 사는데, 예지는 그중에서도 눈에 띄는 애였어요. 늘 가시 세우고 도움을 주려고 해도 싫어하고, 소리만 지르고."

"……"

"다른 애들은 그래도 애들답게 웃기도 하고 떠들기도 하는데, 때로는 엄마가 보고 싶다고 울기도 하는데 예지는 도통 그러는 법이 없었어요. 그런데요, 그게 이상하게 마음에 걸렸어요. 내가 그 애한테 특별히 도움이 되고 싶은 것도 아닌데, 그 애가 나로 인해서 변하기를 바란 것도 아닌데. 그냥, 웃지도 울지도 않으면서 얼굴에는 늘 그늘이 져 있는 걸 보면 기분이 이상해지더라고요. 그래서 그냥…… 웃었으면 좋겠다고 말했어요. 좋은 사람이 되어야 한다는 것도, 힘들어도 삐뚤어지지 말고 착하게 살아야 한다는 것도 아닌데 너는 웃는 게 예쁘니까 많이 웃으라고, 그냥 그렇게만."

"아저씨가 웃고 싶어도 웃을 수가 없을 때…… 그러니까 아주 많이 힘들 때, 내가 조금이라도 힘이 될 수 있으면 그것도 나름대로 괜찮을 것 같아요."

그렇게 말하던 유주의 모습이 떠올랐다. 실은 정우에게도 예지의 태도가 낯설지 않았다. 그를 보면서 유주는 어쩌면 예지의 모습을 떠올렸을까.

"그런데 어느 날 보통 때처럼 예지를 만나러 갔는데 예지가 울고 있는 거예요. 엄마가 갑자기 교통사고로 돌아가셨다고. 예지 어머니가 가정 폭력 때문에 예지를 데리고 집을 나오긴 했는데 갈 곳이 없어서 예지만 시설에 맡기고 혼자 일을 하셨거든요. 그런데 예지가 우는 걸 처음 봐서 놀란 것보다, 우리 엄마가 너무 많이 울어서 더 놀랐어요, 난."

유주의 멍한 눈 위로 그늘이 내려앉았다. 한낮의 햇볕은 여전히 뜨겁게 내리쬐는데, 그녀의 두 눈만은 살짝 젖어 있었다.

"엄마는 늘 절대로 애들 앞에서 울면 안 된다고 했거든요. 도움 주러 간 사람이 우는 건 동정하는 것밖에 안 된다고. 그래서 엄마는 늘 웃기만 했는데 그날은 예지를 붙잡고 한참을 울었어요. 그게 또, 마음을 이상하게 만들더라고요."

"……."

"나중에 들어보니까 엄마는 꼭 자기가 예지를 그렇게 만든 것 같았대요. 엄마 때문에 예지가 그렇게 된 것 같았다고…… 참 이상해요. 한바탕 같이 울고 나면 이유 없이 친해지는 건지 그때 이후로 예지가 우리 가족한테만큼은 뭔가 달라지기 시작했거든요. 뭐라고 딱 꼬집어서 설명할 수는 없는데, 무언가요. 엄마는 예지를 정식으로 입양하고 싶어 했는데 뭐라더라, 아무튼 법 때문에 그건 안 된대요. 그래도 그때부터 예지는 우리 엄마 아빠 딸이에요. 내 동생이고."

말을 마친 유주는 정우를 돌아보지 않았다. 그도 입을 열지 않았다. 대신 두 사람은 머지않아 도착한 버스에 몸을 실었다. 한참이 지나서야 그녀가 속삭이듯 덧붙였다.

"예지가 알고 보면 정도 많고 착한 앤데 여전히 모르는 사람한테는 낯을 많이 가려요. 기분 나빴어도 아저씨가 어른이니까 조금만 이해해 줘요."

그는 대답하지 않았다. 이해라는 게 정확히 무엇인지 이해한 적 없었다. 그런데 어쩐지, 그녀의 말에 알 수 없는 무언가를 이해하게 된 기분이었다.

30분쯤 지나 두 사람은 이번에는 방천시장 앞에서 내렸다. 오는 내내 침묵에 잠겨 있던 정우가 그제야 입을 열어 물었다.

"어디 가는 건데?"

"내가 좋아하는 데요. 그리고 아마…… 아저씨도 좋아할 것 같은 곳."

무슨 대답이 그래. 그렇게 생각하면서도 유주가 이끄는 대로 걸음을 옮기던 정우는 어느 거리의 입구에서 저도 모르게 걸음을 멈춰 세웠다.

"김광석…… 다시 그리기 길."

그 문구와 함께 이른 나이에 요절한 천재의 동상이 그들을 반겼다. 멍하니 동상을 바라보는 그의 옆에 선 유주가 속삭이는 것 같은 목소리로 입을 열었다.

"아저씨는 이분 좋아해요?"

"……."

"엄마가 좋아하던 가수인데, 나 태어나던 해에 돌아가셨대요. 나는 이분 노래를 들으면서 자랐는데, 이미 돌아가신 분이라는 거 처음 알았을 때 충격 받았어요. 그리고 내가 중학생 때 이 길이 생겼어요. 시간이 많이 흘러도 잊지 못하고 그리워하는 사람들이 많아서."

여기에 오면, 왠지 모르게 기분이 이상해져요. 속삭이는 말을 들으니 그도 그런 것 같았다. 이곳을 찾은 많은 사람들이 동상 옆 벤치에 앉아 웃고 떠들며 기념사진을 찍었지만 두 사람은 한동안 말없이 동상만 바라보고 서 있었다. 한참이 지나서야 유주와 정우는 저 멀리 중앙 무대에서 들려오는 노랫소리에 무심코 귀를 기울이며 벽화 길을 따라 걷기 시작했다.

"아저씨는 어떤 노래 제일 좋아해요?"

그에게도 김광석은 인상 깊게 남아 있는 뮤지션이었다. 그는 젊은 나이에 세상을 떠났지만 시간이 많이 흐른 지금까지도 그가 남긴 많은 곡들은 사람들의 가슴속에 남아 있었고, 정우에게도 마찬가지였다.

머릿속에 수많은 곡들이 스쳐 선뜻 대답을 하지 못하고 걷고만 있을 때였다. 문득 하나의 그림이 시선을 사로잡았고 그는 천천히 걸음을 멈췄다. 진짜 전봇대를 사이에 두고 서로 다른 곳을 쳐다본 채 서 있는 남학생과 여학생이 그려진 벽화였다.

'말하지 못한 내 사랑.'

전봇대에 쓰여 있는 노래 제목에 알 수 없는 이유로 숨이 턱 막혔다. 때맞춰 멀리 중앙 무대에서 탁하고도 소박한 노랫소리가 더운 바람을 타고 흘러나왔다.

말하지 못하는 내 사랑은 음 어디쯤 있을까 소리 없이 내 맘 말해볼까, 울어보지 못한 내 사랑은 음 어디쯤 있을까 때론 느껴 서러워지는데…….

멀찌감치 떨어져 서 있는 정우와는 달리 벽으로 가까이 다가가 하얀 글씨로 칠해진 노래 가사를 매만지던 유주가 문득 뒤를 돌아 그를 쳐다보았다. 그 순간 그녀가 그 그림 속으로 들어간 것 같았다. 꽃다발을 든 채 고개를 푹 숙인 벽화 속의 남학생은 바로 옆에 서 있는 유주와 조금도 눈을 마주치지 못했다. 그게 어쩐지 자신의 모습 같아서, 그는 한참이나 그림만 바라보다 옆으로 시선을 돌렸다. 두 사람의 시선이 마주쳤다. 유주는 환하게 웃어 보였지만, 정우는 그럴 수가 없었다.

비 맞은 채로 서성이는 마음의 날 불러주오 나지막이, 말없이 그대를 보면 소리 없이 걸었던 날처럼…….

해사한 미소가 어느 때보다도 마음에 깊이 박혔다. 그러나 어떠한 말 대신 그는 그저 말없이 그녀를 바라보고 또 바라보았다.

노랫소리는 오래오래 거리 위에 울려 퍼지고, 무거운 여름 바람이 떨어진 채 마주 보고 서 있는 두 사람 사이로 불어왔다. 말하지 못하는 사랑이, 바로 그곳에 있었다.

❋

저 때문에 머나먼 타지까지 왔는데 혼자 두게 됐다며 미안해서 어쩔 줄을 모르던 유주의 등을 억지로 떠밀었다. 시간은 빠르게 흘러갔고 그의 곁에 머무르는 시간이 길어질수록 그녀가 가족들과 보낼 수 있는 시간은 점점 줄어들고 있었다.

그와 다른 방향으로 향하면서도 미안한 얼굴로 자꾸만 뒤를 돌아보던 유주의 모습이 눈앞에 선했다. 그런 그녀를 보며 얼른 가라고 손을 내저었는데 막상 그녀가 떠나고 혼자 남으니 허전해진 건 정우였다.

"옆에서 재잘대는 게 없으니까 오랜만에 조용하긴 한데……."

어딘가 쓸쓸하다. 바로 그게 문제였다. 유주의 손에 이끌려 하루 종일 시끌벅적한 곳들만 돌아다녔더니 눈앞에 온갖 색채들이 범벅이 돼 정신이 없었다. 그런데 막상 조용한 공간에 홀로 남으니 기분이 더 이상해지는 것이었다. 유주가 옆에 있을 때는 하는 것도 없이 시간이 잘도 흘러갔는데 그녀가 없으니 시간도 덩달아 멈춰 버린 것 같았다.

"이것도 병인가."

멈춰진 시간 속에서의 세상은 꽤 새롭게 보인다. 푹푹 찌는 여름밤에 사방이 산이라 그런지 간간이 윙윙 울리는 풀벌레 소리에서 보이는 색까지 더해져 깜깜한 어둠 속에서도 세상은 온통 초록빛이었다. 자연을 벗 삼는 취미는 없었으나 그는 어느새 눈앞에 보이는 진짜 그림 속에 빨려 들어가고 있었다.

"아저씨!"

긴긴 밤이 깊어지는지도 모르고 혼자 평상에 누워 반짝이는 별들만 하릴없이 올려다본 지 얼마나 지났을까. 까만 밤하늘 위로 익숙한 색채가 번졌다. 언젠가 보았던, 연한 분홍색의 솜사탕처럼 몽글몽글한 색감이었다. 놀라서 얼른 몸을 일으켜 보니 기타를 메고 헤실헤실 웃고 있는 유주가 보였다. 웃는 게 평소와는 조금 다른 게, 그러니까…….

"너, 술 마셨지."

미치겠다. 눈이 살짝 풀리고, 볼은 발그레하게 달아올라서는 광대가 승천할 것처럼 웃던 유주가 다람쥐처럼 쪼르르 그의 앞으로 달려오더니 열심히 고개를 끄덕였다. 기가 막혀서 할 말을 찾지 못한 채 그는 한동안 그녀의 얼굴만 빤히 들여다보았다.

"애가 무슨 술을 마셔."

"애 아니거든요?"

"뭐?"

"나 생일도 지났어요. 자꾸 어린애 취급하지 마요."

정색하고 당돌하게 대답한 것도 잠시, 유주는 다시 헤실헤실 웃음을 터뜨리고는 정우의 옆에 폭 주저앉았다. 어이가 없어서 그도 결국 웃고 말았다.

"그렇게 웅크리고 있으니까 진짜 다람쥐 같네."

"쥐?"

눈을 크게 뜬 그녀가 말끝을 길게 늘어뜨리며 되물었다. 무심코 튀어나온 제 혼잣말에 당황한 그가 또다시 뜨끔했을 때 유주의 눈매가 휘어지더니 그녀가 다시 입을 열었다.

"어? 어떻게 알았지. 나 쥐띠 맞는데."

그 기상천외한 대답에 정우는 순간적으로 피식 웃고 말았다. 도무지 방심할 틈을 안 준다.

"쥐 말고, 다람쥐."

"어, 나 다람쥐 아닌데. 그냥 쥐인데."

"미치겠네. 너 얼마나 마셨어."

"한 잔."

"겨우 한 잔?"

"두 잔?"

"솔직히 말하지."

"아닌가, 반병이었나."

"그런데 너 왜 반말이야."

"아니다. 자몽 소주 반병이랑 유자 소주 반병이니까, 한 병이다!"

열심히 손가락을 꼬물거리며 숫자를 세던 그녀가 다시 손가락을 한 개만 펼친 손을 정우의 눈앞에 들이밀었다. 아, 진짜 어디서 이런 게 나와서.

"미치겠다, 진짜."

"어? 왜 웃어요?"

"몰라서 묻냐. 술을 그렇게 많이 마셨으면 집에서 잠이나 잘 것이지 여긴 왜 왔어."

"오랜만에 내가 제일 좋아하는 찜갈비 먹고 기분 좋아서 아저 씨 보러 왔죠."

20년 동안 대구를 벗어난 적이 없다면서 말투에서는 사투리가 조금도 느껴지지 않아 신기하다고 생각했는데, 술이 들어가서인 지 고향에 와서인지 살짝 꼬인 발음에 사투리가 섞여 들었다. 그 걸 눈치 빠르게 알아챈 정우가 피식 웃었다. 이 요상한 다람쥐 때문에 자꾸만 실없이 웃음이 새어 나온다. 그렇게 저도 모르게 그녀의 얼굴만 빤히 바라보고 있는데, 유주가 이번에는 손을 들 어 하늘을 척 가리켰다.

"비행기다!"

그녀가 팔을 뻗은 곳을 따라 무심코 고개를 젖혀 하늘을 보았 다. 헬기 한 대가 털털 소리를 내며 어두운 밤하늘 사이를 날고 있었다. 어처구니가 없어져서, 그는 또 웃었다.

"바보냐. 헬리콥터지, 비행기가 아니라."

"그게 그거죠. 어차피 내가 못 타는 건 똑같은데. 저 비행기는 어디로 가는 걸까, 궁금하네."

"비행기를, 못 타?"

"그게 참 신기한 게요, 중학교 3학년 때였거든요? 제주도로 수학여행을 가게 됐어요. 비행기 처음 타보는 거라 전날 밤에 잠까지 설치고 아침에 공항으로 갔는데, 계속 멀쩡하다가 비행기에 탑승하려니까 갑자기 어지럽고 토할 것 같고 머리가 너무 아픈 거예요. 아직 비행기에 발 들여놓지도 않았는데."

"그래서…… 어떻게 됐는데?"

"어떻게 되긴요. 멀쩡하던 애가 갑자기 그러니까 애들이랑 선생님이랑 승무원들까지 난리 났는데 결국 끝까지 비행기에는 못 탔고, 나 빼고 출발했죠. 엉엉 울면서 혼자 집에 왔다니까요. 비행기 타고 바다 건너는 게 내 꿈이었는데. 아저씨는 비행기 타봤죠? 어디 가봤어요?"

생각지도 못한 유주의 말에 정우는 머릿속이 복잡해졌다. 그녀는 해맑게 물었지만 선뜻 대답을 건넬 수가 없었다.

그 순간 멀리서 무언가가 뻥 터지는 소리가 들려왔고 화들짝 놀란 두 사람은 동시에 하늘을 올려다보았다. 수성못에서 불꽃축제를 한다더니 형형색색의 불꽃들이 까만 밤하늘을 현란하게 수놓고 있었다. 그 소리에 유주는 그새 방금 전의 화제를 잊은 모양이었다. 자연스럽게 분위기가 바뀌어 다행이라는 생각을 하며, 정우는 불쑥 말했다.

"불꽃 축제 가고 싶다고 했잖아."

"아니에요."

"진짜 아니야?"

그렇다고 하기에는 먼 하늘에 보이는 색색의 불꽃들에서 도통 눈을 떼지 못하는 유주였다. 질문도 못 듣고 어린애처럼 입을 벌린 채 불꽃놀이를 구경하는 그녀를 한참이나 바라보고 있는데, 뒤늦게야 정신을 차린 유주가 그의 표정을 보더니 얼른 시치미를 뗐다.

"몇십 억이나 들였다더니 영 별로네."

"계속 눈도 못 떼면서 거짓말은."

"아니라니까요."

"지금이라도 갈래?"

"싫어요. 오다 보니까 지하철역에 사람 엄청 많던데. 아저씨 사람 많은 거 싫어하잖아요."

"……"

"뭐, 그렇다고 아저씨 위해서 안 간다는 건 아니에요. 사람이 너무 많아서 깔려 죽을 것 같아서 그래요. 그 많은 사람들 다 오늘 안에 집에 갈 수는 있나 몰라."

능청을 부린 유주가 무릎을 끌어안고 두 손으로 턱을 괸 채 다시 하늘을 올려다보았다. 정우도 무의식적으로 그녀를 따라 시선을 옮겼다. 유주와 달리 그에게는 별 감흥이 없는 광경이었다. 그녀는 모르겠지만 그의 시야에는 늘 그보다 더 화려하고 다양한 색감의 향연이 펼쳐지기에. 불꽃들에는 관심이 없고 소리만 괜스레 시끄러워 저도 모르게 인상을 찌푸렸는데, 그 반응을 알아차렸는지 유주가 하늘에서 시선을 떼고는 그를 돌아보았다.

"아저씨는 시시하구나."

그렇게 말하고는 웃은 그녀가 갑자기 그의 손을 잡아당겼다. 이것도 술기운 때문인지 오늘따라 더더욱 행동에 거침이 없다.

예고 없이 와 닿은 타인의 손길에 본능적으로 손을 빼려다가, 정우는 이내 힘을 풀었다. 그걸 아는지 모르는지 조그만 두 손으로 그의 왼쪽 손을 쥐고 한참이나 신기한 눈으로 들여다보던 유주가 고개를 들었다.

"아저씨 손 예쁘다. 완전 섬섬옥수네. 내 손도 이랬으면 좋겠다."

정우의 손 위에 살포시 제 손을 대본 그녀가 중얼거렸다. 그의 손에 비하면 한참이나 작지만 두 번이나 그를 구해줬던 손을, 정우도 한참이나 바라보았다.

"그런데요, 이 예쁜 손에 왜 이렇게 상처가 많아요?"

계속해서 손만 들여다보다 눈을 맞춘 유주가 물었다. 웬일로 그는 선선히 대답을 건넸다.

"어렸을 때 너무 많이 넘어져서."

"어렸을 때? 왜요? 몸이 약했어요?"

그 물음에 그는 대답을 하지 않았다. 처음 소리의 색이 보이기 시작했을 무렵에는 사람들이 많은 거리에 나가면 시야를 가로막는 온갖 색채들에 적응이 되지 않아 수도 없이 넘어지곤 했다. 늘 여기저기 상처를 달고 다닌 탓에 어린 시절 사진 속 제 모습을 보면 어디 하나 성한 구석을 찾을 수가 없다.

그러다 보니 문득 잊고 있던 옛 기억이 떠올랐다. 밖에 나가서 어김없이 생채기가 하나 늘어 울면서 집에 돌아오면 어머니께서 그러셨지. 우리 아들 또 넘어졌구나, 많이…….

"아팠겠다."

몇십 년이 흐른 지금까지도 남아 있는 상처 자국을 조심스러운 손길로 어루만지던 유주가 중얼거렸다. 왠지 모르게 이상한 기분에 휩싸여서, 정우는 느릿하게 그녀와 시선을 마주했다. 아주 오래전 일인데, 기억 속에 묻으려고 노력하면서 살았는데 넌 왜 자꾸 어머니를 떠올리게 할까.

"지금까지도 흉터가 남을 정도면 꽤 큰 상처였을 것 같은데, 꼬맹이한테는 세상에서 제일 아픈 기억이었겠다. 그렇죠?"

"……."

"그래도 다 이기고 이렇게 커서 멀쩡한 어른이 됐네."

멀쩡한 어른. 그 별거 아닌 말이 이렇게 마음에 콕 박힐 수가 없다. 유주는 그렇게 말하며 배시시 웃었지만 정우는 그러지 못했다. 겉은 그럴듯해도 속은 멀쩡하지 못하다는 걸 넌 언제쯤 알게 될까. 아니, 난 언제쯤 솔직히 털어놓게 될까. 그 마음을 모를 유주는 다시 헤실헤실 웃으며 주위를 두리번거리더니 한참이 지나서야 다시 그를 쳐다보며 입을 열었다.

"아저씨. 나 핸드폰."

"핸드폰이 뭐."

"핸드폰이 어디 있는지 모르겠어요. 어디에 뒀지?"

묵직하게 짓눌러 오는 상념에 사로잡혀 있던 것도 잠시 뜬금없이 이곳저곳을 뒤지며 핸드폰을 찾는 유주의 모습에 헛웃음이 나왔다. 한참을 두리번거리던 그녀가 못 찾겠는지 두 손바닥을 나란히 정우를 향해 내밀었다.

"왜. 뭐."

"핸드폰 주세요. 전화해 보게."

그러면서 또 배시시 웃는다. 술이 들어가면 웃음이 배로 느는 건지 말끝마다 끊일 줄을 모르는 웃음에 결국 그도 표정을 풀고 따라 웃었다.

정우가 핸드폰을 건네자 유주는 꾹꾹 키패드를 눌러 자신의 핸드폰으로 전화를 걸었다. 벨소리가 들려온 곳은 기타 케이스 안이었다.

"잘한다, 잘해."

"여기 있었구나, 내 핸드폰."

말끝을 길게 늘이며 기타 케이스를 연 그녀가 보물이라도 되는 것처럼 조심스럽게 핸드폰을 꺼냈다. 그것도 잠시 유주는 다시 아직 전화를 끊지 않은 정우의 핸드폰 액정 화면으로 눈을 돌렸다.

"어? 사또…… 사또? 사또가 뭐예요?"

"사…….."

무심코 대답하려다가 아차 싶어서 그는 황급히 말을 끊었다. 사랑스러운 또라이. 잠깐. 사랑스러운?

"사 뭐요?"

"아, 그게…….."

"뭐예요. 줄임말 같은데. 맞죠? 사…… 사 뭐지?"

열심히 고개를 갸우뚱거리는 유주를 보며 정우는 혼란스러워졌다. 저렇게 저장하며 대체 무슨 생각을 했던 걸까. 이 꼬맹이가 사랑스럽다. 언제부터?

"어, 말 못 하는 거 봐. 안 좋은 뜻이구나."

눈을 크게 뜬 유주가 바로 코앞에 얼굴을 들이밀며 말했다. 어쩐지 눈을 마주치는 게 어렵게 느껴져서, 정우는 황급히 말을 돌렸다.

"넌 나 뭐라고 저장했는데."

생각나는 대로 입을 열었을 뿐인데 이번에는 유주의 얼굴이 당혹감으로 물들었다. 눈치 빠르게 그 반응을 알아차린 그가 살짝 눈살을 찌푸렸다.

"너, 딱 걸렸어."

보아하니 이쪽도 저장해 놓은 이름이 범상치 않은 게 분명했다. 궁금하지도 않았던 주제인데 당황스러워하는 그녀를 보니 호기심이 발동했다. 재빠른 행동으로 여전히 울리고 있는 유주의 핸드폰을 뺏어 든 정우가 액정 화면을 들여다보더니 더더욱 미간을 찡그렸다.

"밀고자?"

"……."

"내가 뭘 밀고해, 밀고하긴."

그의 추궁에 유주의 얼굴이 술을 한 잔 더 마신 것처럼 확 달아올랐다. 그건 도통 마음을 알 수 없는 그의 행동들에 서운해졌을 때 충동적으로 바꿔놓은 이름이었다.

"그런 거 아니에요."

"그럼 뭔데."

"밀고 당기기의 고수."

"밀고 당…… 뭐?"

"밀당의 고수라고요. 아저씨요."

결국 그녀는 술기운을 빌려 솔직하게 털어놓았다. 하지만 그는 아무런 반응이 없다. 계속해서 울리던 전화는 응답을 기다리다 못해 저절로 끊겨졌지만, 정우는 두 개의 핸드폰을 손에 쥔 채 말없이 유주의 얼굴만 빤히 쳐다보았다.

그 시선에 유주는 쥐구멍에라도 숨고 싶은 심정이었다. 아, 아무리 술을 마셨다지만 저렇게 쳐다보는 건 역시 부끄럽다. 한시라도 빨리 화제를 돌리고 싶어서 유주는 창피함을 무릅쓰고 정우를 재촉했다.

"얼른 말해줘요."

"뭘."

"사또가 무슨 뜻인지."

"아, 몰라 나도. 못생긴 게 왜 이렇게 끈질겨."

"언제는 예쁘다면서."

"뭐?"

"너 예뻐. 예쁘다고."

"……."

"그랬잖아요, 그때."

무뚝뚝한 제 말투를 흉내내는 유주를 보며 정우는 슬그머니 입을 다물었다. 기억난다. 하지만 사실대로 말할 수는 없지.

"내가 언제 그런 말을 했다고. 기억 안 나."

"진짜 기억 안 나요?"

"안 난다니까."

"와, 무슨 어른이 이렇게 대놓고 사기를 쳐요?"

평소라면 그저 눈만 흘기고 말았을 텐데, 술기운 때문에 용감해진 건지 유주는 눈을 빛내며 그에게 더 가까이 다가가 앉았다. 너무 밀착된 거리에 정우가 흠칫하며 옆으로 물러나는데도 그녀는 그의 앞에 얼굴을 확 들이밀며 물었다.

"다시 말해봐요."

"왜 이래, 너."

"예쁘다면서."

"야, 너 저리 안 가?"

"나 진짜 예뻐요? 어?"

이제 두 사람의 얼굴은 거의 닿을 듯한 거리에 있었다. 자꾸만 얼굴을 들이밀고 눈을 깜빡이는 유주 때문에 그가 한껏 몸을 뒤로 뺀 순간, 결국 일은 터졌다.

"으악!"

더는 버티지 못한 정우가 뒤로 넘어가자 그를 향해 잔뜩 몸을 기울이고 있던 유주도 휘청거리며 그의 위로 넘어지고 말았다. 간신히 양손을 짚고 몸을 지탱한 그녀의 눈이 다시 휘둥그레졌다. 바로 코앞에 정우의 얼굴이 보인 탓이었다. 아슬아슬하게 닿지 않은 입술 때문에 술이 확 깼다.

"어, 어······."

놀라서 굳어진 건 정우도 마찬가지였다. 조금 전까지와는 비교도 할 수 없을 만큼 가까운 거리에서 유주의 얼굴이 두 눈 가득 들어찼다. 세상이 온통 진공 상태에 빠진 것처럼 아무것도 들리지 않고, 아무것도 느껴지지 않았다. 그저 눈앞에 놓인 그녀의 얼굴만 보일 뿐.

내내 하늘을 수놓던 불꽃이 마지막으로 유난스럽게 큰 소리를 내며 뻥 터져 나왔다. 피날레를 장식하듯 연달아 뻥뻥 터지던 황금빛 불꽃들이 별똥별처럼 잘게 부서져 지평선 너머로 떨어지고, 그 소리에 또다시 화들짝 놀란 두 사람이 그제야 정신을 차렸다.

"어…… 그러니까…… 어……. 미안해요 아저씨!"

술이 확 깬 유주가 더듬거리는 목소리로 외쳤다. 여태까지 양손으로 짚고 있던 그의 어깨에서 서둘러 손을 뗀 그녀가 황급히 몸을 일으켜 그에게서 떨어졌다. 그러고 나니 정우도 그제야 평상에서 몸을 일으켜 앉을 수 있었다.

술이 깨고 나니 민망함은 제 몫이라, 유주는 그에게서 최대한 멀리 떨어진 평상 끝에 앉아 한동안 그와 눈도 마주치지 못했다. 서울 구경을 했던 날 헤어지기 전 그에게 충동적으로 입을 맞췄을 때보다 더 떨리고, 더 부끄럽고, 더 그의 얼굴을 보기가 힘들었다.

한동안 어색한 침묵이 계속되었다. 차마 그가 있는 쪽을 돌아볼 수가 없어서 그녀는 애꿎은 기타만 만지작거렸다. 방금 전의 순간이 계속 머릿속을 맴돌아 어지러워서 기타 줄을 툭툭 건드리자 지금 그녀의 마음 상태를 복제한 것처럼 어설프기 짝이 없는 멜로디가 흘러나왔다. 서로 평상의 끝과 끝에 걸터앉아 의미 없는 헛기침만 반복하다, 결국 어색함을 이기지 못하고 먼저 입을 연 쪽은 물론 유주였다.

"아저씨."

"왜."

늘 무뚝뚝하면서 대답은 또 금방 금방 잘도 해준다. 순간적으로 긴장이 풀려서 픽 웃은 그녀가 다시 답했다.

"나 노래 완성했어요."

"노래?"

"아저씨가 준 곡 말이에요. 그때 1절밖에 안 들려줬잖아요. 이제 가사 끝까지 다 붙였는데."

"……."

"아저씨한테 제일 먼저 들려주고 싶어서 오디션에서도 1절밖에 안 불렀어요. 들어볼래요?"

그에게서는 더는 대답이 없다. 하지만 침묵을 승낙의 뜻으로 받아들인 유주는 기타를 끌어안고 별이 빛나는 하늘을 바라보며 나지막이 노래를 부르기 시작했다.

눈을 감으면 손끝에 네가 스쳐 가 서늘한 바람
한밤의 달빛은 차갑고 마주 본 얼굴을 하얗게 비춰
같이 걸을까 쪽빛 하늘 그 위로 늘 바라온 이 시간
둘만 아는 비밀 얘기 나누고 너는 나를 꼭 안아
라일락 밤바람 발끝의 여름 사르르 우릴 휘감아오면
노란빛 별이 지고 내 마음에 네가 네 안에 내가
이 비가 그치지 않게 네 손 꼭 잡을게

네가 온 찬란한 여름이 언제까지나 머물러 주길

사실 나 두려워 대답 없는 그댈 볼 수가 없어

수줍은 이 노래가 그대에게 닿을 수 있을까

투명한 밤공기 푸르던 새벽 이렇게 우릴 지나쳐 가면

소나기 쏟아지고 내 마음에 네가 네 안에 내가

이 순간이 영원하길 시간도 멈추길

그대가 내게 온 여름 그 기억이

비로 내려 마음을 적시는 이 밤에

자꾸만 작아지려는 목소리를 간신히 붙잡아 겨우 노래를 끝냈다. 자신이, 없다. 노래를 부르는 순간만큼은 세상 누구보다 자신감에 가득 차 있는 유주지만 청중이 한 명뿐인 지금은 그 어느 때보다도 떨려서 견딜 수가 없었다. 노래를 시작하기 전 그를 보며 웃었던 것도 잠시, 목소리와 기타 선율이 그치고 나니 다시 긴장이 되기 시작했다. 어쩐지, 꼭 그에게 고백을 한 것 같은 기분이었다.

그에게 하고 싶은 말을 생각하며 붙이기 시작한 가사는 아니었다. 그런데 마지막 노랫말을 붙이고 나니 어느덧 머릿속을 가득 채우고 있던 사람은 정우였다. 혹시 그도 눈치챘을까. 노래가 끝나고도 차마 그를 쳐다보지 못하고 발끝만 툭툭 치던 유주는 한참이 지나서야 애써 아무렇지 않은 척 그에게 말을 걸었다.

"답가, 뭐 그런 거 없어요?"

"……"

"나 엄청 유명한 가수 될 거예요. 그런 내가 두 번이나 노래 불러줬는데. 그것도 직접 가사까지 써서."

불쑥 그런 말을 내뱉어놓고도 씨알도 안 먹힐 것 같아 내심 뉘우치고 있었을 때였다. 옆에서 기타를 잡아당기는 손길에 그녀는 깜짝 놀라고 말았다. 덤덤한 표정으로 유주의 품에 안겨 있던 기타를 가져가 자세를 잡은 정우가 천천히 기타 줄을 고르다 이내 연주를 시작했다.

"어제는 하루 종일 비가 내렸어, 자욱하게 내려앉은 먼지 사이로, 귓가에 은은하게 울려 퍼지는 그대 음성 빗속으로 사라져 버려……."

평소 목소리와 비슷하면서도 또 다른, 특별한 기교는 없지만 담담하게 마음 어느 한구석을 건드리는 음색이었다. 어쩐지 숨이 턱 막혀서, 유주는 숨소리도 내지 못한 채 기타 선율에 맞춰 노래를 부르는 그의 모습만 뚫어져라 쳐다보았다.

"사랑했지만, 그대를 사랑했지만, 그저 이렇게 멀리서 바라볼 뿐 다가설 수 없어……."

지친 그대 곁에 머물고 싶지만 떠날 수밖에, 그대를 사랑했지만, 그대를 사랑했지만……. 내내 허공만 보며 의미를 알 수 없는 무심한 얼굴로 노래하던 정우가 선율이 멎고 나서야 유주를 돌아보았다. 늘 아무 생각도 읽어낼 수가 없는 그 눈이 이상하게도 지금은 마주하기가 힘이 들어 고개를 돌리려는데, 갑자기 하늘에서 빗방울이 하나둘 떨어지기 시작했다. 무더운 여름밤 예고 없이 잠시 지나가는 소나기인 모양이었다. 살짝 미간을 찡그리고는 빠르게 기타를 케이스에 넣어 챙겨 든 정우가 처마 쪽을 가리키며 손짓했다.

한여름 밤의 소나기는 꽤 사나운 기세로 쏟아졌다. 유주는 여전히 얼떨떨한 기분으로 그와 나란히 처마 밑에 서서 내리는 빗방울을 쳐다보았다. 노래하는 그의 모습으로 가득 채워진 머리를 안고 투두둑 바닥에 튀기는 빗소리에 무심코 귀를 기울이고 있는데, 옆에서 들려온 나지막한 음성이 그 소리에 섞여 들었다.

"얼른 가라. 비도 오는……."

"좋아해요."

"……."

"좋아해요, 아저씨."

그 순간만큼은 세차게 내리는 빗소리도 아득하게 멀어지는 것 같았다. 분명 제가 내뱉은 말을 그도 들은 것 같은데, 돌아오는 대답 같은 건 없었다. 대신 그에게 전했던 노랫말이 아스라이 귓가를 맴돌았다.

사실 나 두려워, 대답 없는 그댈 볼 수가 없어…….

겨우 용기를 내 고개를 들었을 때, 놀랍게도 정우의 시선은 오롯이 유주를 향해 있었다. 말이 없는 그의 눈길이 저를 쳐다보는 그녀의 두 눈 위에 머물렀다.

이 순간이 영원하길 시간도 멈추길…….

여전히, 들려오는 답은 없었다. 하지만 어쩐지 대답을 들은 것 같아서, 유주는 차마 그에게서 눈을 떼지 못했다. 안 된다는 말보다 더 안 된다는 것 같아서, 그러지 말라는 말보다 더 그러지 말라는 뜻 같아서.

"그러면…… 안 되는 거예요?"

비는 계속 내리는데, 그는 말이 없다. 아, 어쩌면 시간이 멈춰 버린 걸까.

그대가 내게 온 여름 그 기억이 비로 내려 마음을 적시는 이 밤에…….

정지한 시간 속에서 두 사람은 오래도록 서글픈 시선을 마주했다. 처음으로, 그의 눈에서 그의 마음을 읽어낸 듯한 밤이었다.

Track 07.
그녀가 처음 울던 날

"원호야."

[또 왜. 이번엔 또 무슨 일인데.]

"나 어떻게 생각해?"

[뜬금없이 전화해서 뭔 소리야. 네가 어떻긴 뭐가 어때?]

"여자 같아?"

[너 여자 맞지. 남자가 아니라.]

"아니…… 그게 아니라…… 아니야. 됐어. 그럼, 너보다 열 살 어린 여자는 어떻게 생각해?"

[뭐? 야, 나보다 열 살이나 어린 게 무슨 여자야. 핏덩이지.]

수화기 너머에서 들려온 원호의 대답에 저절로 한숨이 나왔다. 동화를 하며 맥없이 머리카락을 꼬던 유주가 푸념하듯 되물었다.

"그렇겠지? 그건, 안 되는 거겠지?"

[너도 잘생기면 다 오빠야? 하긴, 요새 TV에 나오는 꼬맹이들
이 다 잘생기고 귀엽긴 하더라. 너 그래도 조심해야 된다? 아청
법 난리인 거 몰라? 너 그러다 잡혀가.]

"장난치지 말고……. 나 진지하단 말이야."

[뭐야, 가수 되겠다고 서울까지 와서 꿈에 그리던 기획사에 들
어갔는데 고작 연애질이나 하는 거야? 에이엔에 잘생긴 연습생
많디?]

"고백했는데 아무 대답도 없는 건, 무슨 경우일까?"

[무슨 경우긴 무슨 경우야. 대차게 차인 경우지.]

일말의 머뭇거림도 없이 나온 원호의 대답에 유주는 또다시
한숨을 쉬었다. 정우도 조금은 저에게 호감이 있을 거라는 생각
은 아무래도 착각이었나 보다. 예상은 했던 답이지만, 막상 확인
사살을 당하니 머리가 띵해질 정도로 기운이 쭉 빠졌다. 그 마음
을 아는지 모르는지 수화기 너머의 원호가 무심코 덧붙였다.

[아니면 마음은 좀 있는데 다른 이유로 망설이는 거든가.]

차라리 그런 거였으면 좋겠다. 무슨 이유로 망설이는 것이든지
간에 마음이라도 있다는 뜻이라고 믿고 싶었다.

[야, 그런데 너 이유야 어찌 됐든 고백 듣고도 망설이는 남자
만나는 거 아니다? 어쨌든 너보다 더 마음을 흔드는 무언가가 있
다는 거잖아.]

그 사족에 갈대 같은 마음이 또 반대쪽으로 기울었다. 꽤 다정

해 보이던 정우와 해라의 모습이 떠올라서였다. 처음 봤을 때 많이 놀랐지. 그 까칠하기만 한 줄 알았던 남자가 누군가를, 그것도 여자를 그렇게 살갑게 대하는 걸 처음 봐서.

[그래서, 누군데? 너 진짜 연애하냐?]

"연애는 무슨……. 연애를 어떻게 혼자 해."

[짝사랑이야? 너 혹시 아까 열 살 어쩌고 하던 게 네 얘기야? 너보다 열 살 많으면…… 서른…… 너 미쳤냐?]

빽 소리를 지르는 음성이 날카롭게 귀를 찔렀지만 그다지 신경이 쓰이지 않았다. 진짜로 미친 건가 보다.

[너 어디서 이상한 아저씨한테 홀려서 그래?]

"이상한 아저씨 아니야. 좋은……."

[미쳤다, 미쳤어. 정신 차려라 이유주. 너 스무 살이야. 뭐가 아쉽다고 그 창창하고 예쁜 나이에 서른 살 아저씨를 쫓아다녀?]

"아까는 여자 같지도 않다면서 무슨……."

[그러니까 하는 소리지! 이제 막 활짝 필 시기에 미쳤다고 서른 살……. 야, 기도 안 찬다. 너 부모님 아시면 어쩌려고 그래? 그 남자 누군데? 어?]

"그냥 나 혼자 좋아하는 거야. 내가 혼자서, 일방적으로."

그 말을 스스로 입 밖에 내는 게 이토록 마음이 쓰라릴 수가 없다. 좋아한다고 말하는데도 대답 없이 얼굴만 빤히 쳐다보던 그의 눈빛이 자꾸만 눈앞에 아른거려서 며칠째 연습에도 도무지 집중이 되지 않았다.

[지난번에 너 울렸던 성격 파탄자야? 맞지?]

그때만 해도 몰랐다. 그 남자가 이렇게나 마음에 들어오게 될 줄. 짧은 대답조차 어려워서 애꿎은 바닥만 발끝으로 툭, 툭 치고 있는데 수화기 너머에서 나직한 한숨 소리가 들렸다.

[해줄게. 대답.]

"어?"

[너 어떻게 생각하냐며. 아까 물어봤잖아.]

"……."

[너 예뻐. 귀엽고, 사랑스럽고. 네가 생각하는 것보다 너 훨씬 더 예뻐.]

그 말을 들은 순간 가슴이 철렁 내려앉았다. 원호에게 기습적으로 그런 말을 들어서가 아니었다. 수화기 건너편이긴 하지만 원호는 그 어느 때보다도 진지한 목소리로 말하고 있는데, 정우에게 지나가듯 예쁘다는 말을 들었을 때처럼 떨리지 않아서였다.

[그러니까 그 남자 만나지 마. 막말로 뭐, 그 남자 열 살 차이 커버할 정도로 능력 있어? 잘생겼어?]

제 눈에 안경이라고 까칠하고 무뚝뚝한 정우가 멋있어 보이기는 하지만 여전히 그에 대해 아는 건 처음 만났을 때나 지금이나 별 차이가 없다. 정확히 뭘 하는 사람인지, 어떤 사람인지 그는 아무것도 알려주려고 하지 않으니까. 정곡을 찌르는 원호의 지적에 새삼 또 우울해졌다.

[그런 거라면 또 몰라. 더군다나 얘기 들어보니까 너한테 별 마음도 없는 것 같은데 그쯤에서 접어라, 어? 너 요새 몸 상태도 안 좋은 것 같던데 괜한 데 힘 빼지 말고 정신 차려. 너만 고생이

야, 너만. 내가 말했지, 그 인간이 한 번만 더 울리면 나 가만히 안 있을 거라고.]

"원호야, 나 이제 연습 시작해야 돼. 끊을게."

순전히 저를 위한 말이라는 걸 알면서도 일장연설이 듣기 싫어져 서둘러 통화를 마무리했다. 대구에서 서울로 올라온 이후로 내내 허전하던 마음을 조금이라도 달래고 싶어서 원호에게 전화를 한 거였는데, 도리어 마음만 돌덩이를 얹은 듯 더 묵직해진 기분이었다.

"아, 이유주 이 바보야. 예고도 없이 그런 말을 하면 어떡해."

충동적인 고백 이후로 당연한 수순을 밟듯 정우와는 서먹해지고 말았다. 그는 더 이상 입을 열지 않았고 유주 혼자 어색함을 타파하려 아등바등하며 서울로 돌아오는 기차 시간을 묻거나, 헤어지기 전 잘 가라는 인사를 건넨 게 전부였다.

그 짧은 여행 이후로 그에게서 온 연락은 없다. 통화를 종료하고 아무것도 없는 문자 메시지 화면을 확인하던 유주는 다시 한숨을 내쉬었다.

"어색해지는 건 싫은데."

원래도 먼저 연락하는 법이 없는 정우지만, 섣부르게 내뱉은 고백 탓에 감감무소식인 것 같아 어쩐지 의기소침해졌다. 며칠째 컨디션이 난조였기 때문인지 방금 한 전화 통화의 내용 때문인지 머리가 어질어질하고 몸에 힘이 하나도 없었다.

한동안 우울한 얼굴로 핸드폰 화면만 바라보던 유주는 한참이 지나서야 연습실에 가기 위해 자리에서 일어났다. 그러나 얼마가지 못해 그녀는 제자리에 멈춰 서야 했다.

맞은편에서 걸어오던 해라 역시 유주를 발견하고는 걸음을 멈춰 세웠다. 해라를 보니 또 정우가 떠올라서 잠시 심란해졌다가, 이내 유주는 허리를 숙여 먼저 인사를 건넸다.

"안녕하세요."

"안녕 못 한데."

거의 90도로 굽힌 허리를 미처 다시 펴기도 전에 딱딱한 목소리가 정수리에 꽂혔다. 누가 들어도 가시 돋친 말이었다. 잠시 멈칫했다 천천히 고개를 든 유주가 해라와 시선을 마주하자 다시 비꼬는 듯한 음성이 들려왔다.

"연습생 생활이 꽤 할 만한가 봐요? 얼굴이 좋아 보이네."

유주가 생각하기에 해라와 저의 접점은 없었다. 있다고 해봤자 정우뿐인데, 해라가 저와 정우의 관계에 대해 알고 있을 리가 없기 때문이었다. 그럼 저 말의 의미는 무엇일까. 그 생각에 저도 모르게 해라를 빤히 쳐다보고 있는데, 그녀의 표정이 더욱 아니꼽게 변했다.

"요즘은 들어온 지 얼마 되지도 않은 연습생한테 눈 똑바로 뜨고 소속 아티스트 쳐다보라고 가르쳐요?"

"죄송합……."

"아, 그럴 만도 하겠네. 낙하산으로 들어왔으니까."

그 말에 이번에는 유주의 입가 위로 실소가 떠올랐다.

"지금, 낙하산이라고 하셨어요?"

"틀린 말 아닐 텐데."

"저한테 불만이 있으시면 알아들을 수 있는 말로 해주세요."

"뭘 믿고 이렇게 당당한지 모르겠네. 아, 믿을 구석이 있구나. 한정우."

말 같지도 않은 말에 대꾸를 하다가 정우의 이름 세 글자에 그만 말문이 막혀 버리고 말았다. 아닐 거라고 생각했는데, 아무래도 이 이유 모를 신경전의 중심에 그가 있는 게 맞는 것 같았다. 대답하지 못하는 유주의 모습에 그럴 줄 알았다는 듯 조소를 지은 해라가 다시 입을 열었다.

"한정우 곡 어떻게 받았어요?"

그 물음에 유주는 다시금 놀라고 말았다. 어느 누구에게도 정우에게 곡을 받았다는 이야기는 한 적이 없다. 그런데 해라는 어느 틈에 오디션 영상을 본 것은 물론 그 영상 속에서 유주가 부른 노래가 정우의 곡이라는 것까지 알아차린 모양이었다.

"아니, 말은 바로 해야겠네. 무슨 수로 한정우 꼬드겼어요?"

멍하니 듣고만 있던 유주는 덧붙은 말에 그제야 정신을 차렸다. 더는 가만히 듣고 있을 수가 없었다. 이건 저는 물론 이 자리에 있지도 않은 정우까지 모욕하는 말이다.

"말씀이 심하시네요."

"내가 없는 말 했어요?"

"어떻게 아셨는지는 모르겠지만……."

"말 잘했어요. 내가 그걸 어떻게 알았는지 궁금하죠? 그동안 한정우 이름 석 자 걸고 어떤 곡도 발표된 적이 없으니까. 그렇지만 이 바닥에서 한정우 곡 받고 싶어서 안달 난 사람들 줄 섰을 정도로, 아는 사람들은 알음알음 다 알아요. 그런데 어느 날 갑자기 이름도 없는 가수 지망생이 오디션에 대뜸 한정우 곡을 들고 왔다? 그것도 외부에 알려지지도 않은 직통 메일을 통해서? 누가 봐도 이상하지 않겠어요?"

"……."

"한정우에 대해서 얼마나 알아요?"

말로 이길 자신이 없는 건 아니었다. 그런데 정곡을 찌르는 질문에 다시금 마음 한구석이 불편해졌다. 유주가 정우에 대해 아는 게 아무것도 없음을 이미 알고서 비꼬는 듯한 말투였다. 빠르게 그걸 캐치한 해라가 다시 은근한 말로 승부수를 띄웠다.

"그쪽 때문에 요즘 정우 오빠가 얼마나 곤란한 처지에 놓였는지는 알아요?"

"네?"

어떤 말을 듣더라도 당황하지 않으려고 했는데 그 말에 유주는 다시금 놀란 눈으로 해라를 쳐다보았다. 저 때문에 그가 곤란한 상황에 처했다니?

"그게 무슨 말씀이세요?"

"정우 오빠, 대표님 하나뿐인 아들이에요."

"……."

"표정 보아하니 그것도 몰랐던 모양이네."

그가 에이엔 창립자의 외아들이라는 말에 순간 움찔했으나 유주는 금세 평정을 되찾았다. 집안사람일 거라고까지는 미처 헤아리지 못했지만, 어쨌거나 아주 예상하지 못한 말은 아니었다. 아무 관계도 없다고 하기에는 에이엔에 대해 너무 잘 알고 있던 그였으니까.

"혈연관계는 논외로 쳐도, 정우 오빠 실력 있는 작곡가예요. 그런데 최근 들어서 정우 오빠, 회사에 발도 못 들이고 있어요. 왜 그럴 것 같아요?"

"……."

"본인이 보기에도 에이엔 너무 쉽게 들어왔다고 생각하지 않아요?"

"에이엔 공개 오디션에 지원자들이 몇 명이나 몰리는 줄 알아요?"

"제 발로 회사에 찾아 들어오는 가수 지망생들 중에서 그쪽 정도 되는 실력, 음색, 외모. 널리고 널렸다고."

"내가 널 합격시켜 준 게 아니니까. 난 그냥, 네가 나 때문에 놓친 기회 다시 잡게 해준 것뿐이야."

그동안 정우가 했던 말들이 떠올라 가슴이 철렁 내려앉았다. 그가 도와준 덕분에 일이 수월하게 풀렸다고만 생각했지 그가 결정적인 역할을 했을 거라고는 생각한 적 없었다. 하지만 돌이켜 보니 이건 정우가 아니었다면 이토록 쉽게 올라올 수 있는 자리가 아니었다. 유주의 표정에서 재빠르게 그녀의 생각을 읽은 해라가 다시금 쐐기를 박았다.

"대표님 친아들인데도 정우 오빠가 왜 회사에 발도 못 들이고 변변한 작업실 하나 없이 길바닥을 떠돌고 있을 것 같아요?"

사실 그 말은 해라의 입장에서도 무리수나 마찬가지였다. 정우가 아버지와 사이가 틀어진 건 아주 오래전 일이고, 유주와는 아무 상관도 없는 계기였으니까.

"내가 분명히 물었죠. 한정우에 대해 얼마나 알고 있느냐고. 그쪽이 보기에 한정우가 누구 하나 낙하산으로 꽂아줄 사람 같아요?"

그러나 흔들리는 유주의 표정에 기어이 해라는 은근슬쩍 거짓말을 덧붙였다.

"아마 아닐 거예요. 그런데도 무슨 수로 정우 오빠를 현혹시켰는지는 모르겠지만, 그쪽 때문에 한정우는 지금 아주 난처한 상황에 처해 있어요. 지금 회사 내에서 말이 많거든요. 그쪽도 알겠지만 정우 오빠 저렇게 길바닥에서 썩을 만한 사람 아니에요. 작곡가로도 재능 있는 사람이고, 언젠가는 회사도 물려받아야 하고. 앞길이 탄탄대로인 사람을, 그쪽이 막고 있는 거예요 지금. 알겠어요?"

"저한테 원하시는 게, 뭐예요?"

"말이 아주 안 통하지는 않아서 다행이네. 나 그쪽한테 악감정 없어요. 그런데 그쪽이 계속 한정우 옆에 붙어 있다면 얘기가 다르죠. 정우 오빠 앞길 막지 말고, 정우 오빠 뒤에 숨을 생각도 하지 말고 깔끔하게 떨어져요."

"떨어지라니요?"

"그쪽이야 어디에서든 데뷔만 하면 그만이겠지만, 정우 오빠는 여기 아니면 안 돼요. 다른 기획사 얼마든지 소개해 줄게요. 그쪽이 원하는 데는 어디든. 에이엔하고는 인연이 아니라고 생각해요, 좋게 좋게."

해라가 제법 사근사근한 어조로 말을 마쳤다. 시선을 아래로 내리깐 유주는 한동안 아무런 말도 하지 않았다. 그녀가 자신의 제안을 이리저리 재보고 있는 거라고 생각한 해라가 여유로운 미소를 지었다. 그러나 잠시 후에 나온 말은 뜻밖이었다.

"뭔가 착각하고 계신 것 같네요."

"착각?"

"선배님 말씀대로 한정우 씨, 낙하산으로 누구 꽂아주고 그럴 사람 아니에요. 이곳에 그걸 믿지 못하는 사람들뿐이라면 아저씨도 굳이 여기에 있을 이유 없다고 생각합니다. 저 여기 오디션 보고 정정당당하게 들어왔어요. 선배님 말씀만 듣고 한순간에 포기할 생각 없습니다."

"계속 그렇게 한정우 앞길을 막으시겠다?"

"아저씨도 믿고, 제 실력도 믿으니까요."

"도대체 뭘 보고? 이 말을 대체 몇 번째 하는 건지 모르겠는데, 한정우에 대해 그렇게 잘 알아요?"

"많은 걸 알지는 못하지만 믿을 수 있는 사람이라는 건 알아요. 그런 건 마음으로 느껴지는 거니까."

"마음? 순진한 소리 하네. 한정우는 누구한테 자기 마음 터놓고 지내는 사람이 아니에요. 마음의 병이 있는 사람이니까. 그건 알아요?"

심상치 않은 표현에 다시금 말문이 닫혔다. 꼬박꼬박 받아치던 유주가 다시 입을 다물자 해라는 때를 놓치지 않고 조곤조곤한 듯 은근히 사람을 깔아뭉개는 어조로 반격을 해왔다.

"정우 오빠, 공황장애 환자예요."

그 말이 귀에 꽂힌 순간 마음이 덜컹했다. 처음 봤던 그의 모습이, 사람들이 많은 곳에 가는 걸 유난히 힘들어하던 그의 모습이 주마등처럼 빠르게 눈앞을 스쳤다.

"오빠가 말한 적 없죠? 당연하죠. 그쪽이 그런 걸 털어놓을 만한 상대가 아니니까."

가시가 되어 정곡을 찌르는 말에 조금도 마음이 다치지 않았다면 거짓말이었다. 굳이 해라가 지적해 주지 않아도 그가 저를 어떻게 생각하는지가 요즘 유주의 가장 큰 걱정거리였으니까. 그러나 심호흡을 한 번 한 유주는 고개를 똑바로 들고 해라를 쳐다보며 말했다.

"들을수록, 실망스러운 말씀만 하시네요."

"뭐예요?"

"아저씨가 실수한 게 딱 하나 있네요. 선배님도 그런 얘기를 털어놓을 만한 상대가 아니라는 걸 몰랐다는 거."

딱딱하게 굳어진 얼굴로 내뱉은 말에 해라의 낯빛에서 핏기가 사라졌다. 순식간에 평정을 잃고 분노로 몸을 떨던 그녀가 손을 들었지만 유주는 저보다 키가 훨씬 큰 해라의 팔을 한 손으로 막아낸 것도 모자라 세게 쥐었다.

"아! 이거 안 놔?"

"아프세요?"

"뭐?"

"사람은 누구나 아파요. 그게 몸이든, 마음이든. 그걸로 사람 약점 잡듯이 구는 건 나쁜 거예요. 특히, 자기를 믿고 어려운 얘기 털어놓은 사람을 상대로 그러는 건."

담담히 말한 유주가 그제야 붙잡고 있던 해라의 팔을 놓았다. 다시 전세가 바뀌어 정곡을 찔린 해라는 하얗게 질린 얼굴로 유주를 노려보면서도 아무 말도 하지 못했다. 그런 해라를 무덤덤하게 올려다보던 유주가 다시 말을 이었다.

"선배님이야말로 아저씨 옆에 있을 자격 없으세요. 똑같은 얘기를 아저씨가 선배님한테는 하고 저한테는 하지 않았다면, 그건 그럴 만한 사정이 있어서였겠죠. 그런데 선배님은, 방금 전에 그 사정이라는 걸 걱정이라는 명분으로 짓밟으신 거예요. 몸이 아프면 약 먹고 병원 가서 치료하고 다들 걱정해 주는데, 마음이 아픈 건 왜 그 사람의 비밀이 되고 약점이 되어야 해요? 옆에서 그러지 않아도 제일 힘든 건 당사자인데."

"……."

"아저씨 걱정해서 저한테 그런 말씀 하시는 거라고 믿고 싶었는데, 아무래도 그런 건 아닌 것 같네요. 걱정은 그런 식으로 하는 게 아니에요. 회사에 그렇게 엉터리로 아저씨 걱정하는 척하는 사람들뿐이라면 아저씨가 오고 싶어 해도 제가 말릴 거예요. 하실 말씀 다 끝나셨죠? 먼저 가보겠습니다."

그 와중에도 예의 바르게 꾸벅 허리를 숙여 인사를 한 유주가 먼저 돌아서서 멀어지기 시작했다. 언쟁을 하느라 그새 에너지를 좀 소모했다고 두통이 심해졌는지 머리가 울렸다. 다리에도 힘이 풀려 금방이라도 주저앉을 것 같았지만, 억지로 씩씩하게 걸었다. 하지만 표정은 그렇지 못했다. 사실은, 해라가 했던 말들이 마음에 걸려서 자꾸만 눈물이 날 것 같았다.

"한정우에 대해서 얼마나 알아요?"

"앞길이 탄탄대로인 사람을, 그쪽이 막고 있는 거예요 지금. 알겠어요?"

"한정우는 누구한테 자기 마음 터놓고 지내는 사람이 아니에요."

마지막 말까지 떠올리고 나자 그녀는 더는 걷지 못한 채 제자리에 멈춰 섰다. 연습실로 가야 했지만 정처 없이 마냥 걷다 정신을 차려보니 어느덧 회사 건물 밖이었다. 고개를 들자 건너편에 정우가 있을 카페 건물이 보였고 유주는 결국 한달음에 그가 있을 곳으로 달려가고 말았다. 그가 너무나도 보고 싶어져서.

유리문을 열자 풍경 소리와 함께 낯익은 풍경이 눈앞에 쏟아졌다. 그러나 이상하게도 시야는 흐릿하기만 했다. 불과 몇 주 전까지만 해도 그 속에 제가 있었는데, 이젠 없어서일까. 하지만 몇 번이나 눈을 깜빡여 봐도 눈앞의 광경은 온통 뭉개진 채 제자리로 돌아올 기미가 보이지 않았다.

흐리멍덩한 눈으로 자신이 떠난 빈자리를 대신 채우고 있는 새로운 알바생을 바라보던 유주는 곧바로 정우의 지정석으로 시선을 돌렸다. 그는 여전히 그곳에 있었다. 흐린 시야 속에서도 그의 모습은 또렷하기만 하다. 변함없는 그 모습을 보니 또 울컥 눈물이 날 것 같아서 잠시 숨을 고르다 그의 자리로 가까이 다가서려는데, 불현듯 카페 안에 흐르는 음악이 귓가를 파고들었다. 정우와 유주를 운명처럼 서로에게 이끌었던 그 노래였다.

그 순간 섬광처럼 머릿속에서 무언가가 번쩍했다. 짧은 생의 필름들이 한순간에 뒤죽박죽으로 섞여 분간되지 않고, 건드리지 말아야 할 걸 건드린 것처럼 깨질 듯한 두통이 밀려왔다. 흐릿했던 세상이 아예 어지럽게 빙빙 돌아 손에 쥐고 있던 핸드폰을 놓쳤다.

고통에 못 이겨 눈을 감자 어느덧 주위의 소음이 사라지고 이번에는 모든 게 깜깜하게 변했다. 사방이 암흑인 와중에 여기저기에서 사람들의 비명이 터져 나왔다. 한 번도 겪어본 적 없는 광경이었다.

"아……."

정우를 부르던 목소리는 허공에 채 틔워지기도 전에 숨이 꺼졌으나 그림자를 본 정우는 고개를 들었다. 늘 그렇듯 아무 표정 없는 얼굴에 놀라움이 떠오른 순간 혼란 속에서도 애써 균형을 잡으려 팔을 휘젓던 유주의 손에 걸린 유리 꽃병이 요란한 소리를 내며 넘어지고, 그녀도 결국 정신을 잃고 쓰러지고 말았다.

❀

세상이 온통 아수라장으로 변한 것 같았다. 분명히 여러 사람이 함께 있는 것 같은데 사방에 끔찍한 침묵과 어둠만이 내려앉아 있었다. 그곳을 지배하는 것이라고는 오로지 절망과 두려움뿐이었다.

그때 가까운 곳에서 아름다운 노랫소리가 들려왔다. 절망의 장막을 한 꺼풀 걷어내는 그런 음색이었다. 깜깜한 어둠 속에도 푸른 여름 바다를 풀어놓는, 그런. 두려움은 어느덧 멀어지고 서서히 마음이 가라앉았다. 아래로, 더 아래로…….

"유주야! 이유주!"

애타게 자신을 부르는 목소리를 마지막으로 유주는 악몽 아닌 악몽에서 깨어났다. 그 목소리는 현실에서 들려온 것일까, 아니면 저편에서 메아리친 소리일까. 서서히 정신이 돌아오기 시작한 순간 이번에는 익숙한 듯 낯선 음성이 또렷이 귓가에 꽂혔다.

"무슨 연습을 대체 어떻게 시키는 거야. 사람 하나 잡을 일 있어?"

여전히 방금 전의 꿈이 생생해서 멍하니 허공을 쳐다보다 뒤늦게야 주위를 둘러보았다. 눈을 깜빡이자 이제는 정상으로 돌아왔는지 시야가 환해졌다. 창가에 선 정우가 평소보다 높은 언성으로 누군가와 통화를 하고 있었다. 그 모습에, 그 목소리에 유주는 저도 모르게 희미한 미소를 지었다. 그를 보고 나서야 비로소 악몽이 끝났다는 게 온몸으로 느껴져서.

"공장이야? 기계처럼 이리 굴리고 저리 굴려서 내보내게? 적어도 몸 상태 정도는 체크해야……."

머리를 짚은 채 버럭 화를 내던 정우가 무심코 옆을 돌아보았다. 깨어난 유주와 시선을 마주하고는 눈을 크게 뜬 그가 통화를 마무리하지도 않고 곧바로 핸드폰을 든 손을 내린 채 침상으로 다가왔다.

"깼어? 괜찮은 거야?"

그렇게 외치는 긴장한 얼굴도 지금껏 한 번도 본 적 없는 것이었다. 대답은 안 하고 웃기만 하는 모습에 여전히 속이 타는 그를 아는지 모르는지 유주는 아직도 머릿속이 멍한데도 또 옅게 웃었다.

"제발 무슨 말이라도 좀 해봐."

"……."

"목소리가 안 나오는 거야? 어?"

"아저씨."

"그건 아니네. 그래도 그렇지 뭐가 좋다고 쓰러졌다 깨어나자마자 웃어. 아픈 데 없어? 정말 괜찮은 거야?"

"말했는데 왜 화를 내요. 무슨 말이라도 해보라고 해놓고."

아직도 목소리에는 힘이 하나도 안 들어가 있으면서 조곤조곤할 말은 다 하는 걸 듣고 나서야 긴장이 풀렸다. 다그치듯 묻던 정우는 그제야 한숨을 내쉬었다. 맥이 빠져서 한동안 유주의 얼굴만 멍하니 쳐다보다 그는 뒤늦게야 쌓인 말을 쏟아냈다.

"자꾸 그렇게 사람 돌아버리게 만들래? 연습할 시간에 거기에는 왜 나타난 거야. 그래놓고 갑자기 쓰러지는 건 또 뭔데. 나보고 아프지 말라고 해놓고 넌 이게 뭐냐고, 대체."

"아저씨 지금 나 걱정하는구나."

다그치는 말을 들으면서도 입꼬리가 올라가 있더니 기껏 한다는 소리가 또 저거다. 저는 아직도 속이 터져 죽겠는데 도대체 뭐가 그리 좋은지 웃기만 하는 그녀를 보던 정우가 대답했다.

"그래, 걱정하는 거야. 그러니까 제발 아프지 좀 마. 다치지도 마."

한숨 같은 목소리로 그렇게 말하는 정우의 모습에 유주는 물끄러미 그의 얼굴만 올려다보았다. 어이가 없는지 헛웃음만 짓는 모습도, 화난 얼굴과 목소리로 걱정하는 것도 참 그답다. 분명 모든 게 다 그대로인데 그를 바라보는 마음은 왜 예전 같지 못할까. 정우에 대해 더 많은 걸 알고 싶었지만, 짊어지고 있는 짐이 이미 충분히 많은 그에게 더 큰 짐만 되고 있었다는 생각을 하니 견딜 수가 없었다.

"미안해요 아저씨."

"뭐?"

"진짜 미안해요."

평소 성량의 반도 안 되는 가느다란 목소리로 흘러나온 그 말에 정우는 미간을 찡그렸다. 그러면서도 그녀에게서 시선을 떼지 않던 그가 천천히 되물었다.

"뭐가 미안하다는 건데?"

"그냥, 다요."

"다?"

"미안한데 고맙고, 고마운데 미안해요. 아저씨가 나 많이 도 와줬는데, 그것도 생각 못 하고 맨날 투정만 부리고 힘들게 해서 요."

그 말에 머리를 한 대 세게 얻어맞은 기분이었다. 지금 미안하 다는 말을 해야 할 사람은 그녀가 아니었다.

"뭐가 미안해. 쓰러졌다 이제 겨우 깨어나 놓고 네가 뭘 잘못 했다고 미안하다는 거야, 대체."

그럼에도 유주는 여전히 고개를 저었다. 알게 모르게 그가 줬 던 도움들이 새삼 다시 마음에 와 닿아서, 결국 눈에 눈물이 그 렁그렁해졌다. 이번에는 그걸 알아차린 정우의 표정이 다시 변했 다.

"왜 울어."

"안 울어요."

"너 무슨 일 있었지."

"그런 거 없어요."

"진짜 우는 거 아니야?"

"내가 언제 우는 거 봤어요? 나 울면 안 돼요. 내가 아저씨한 테는 말 안 했는데요, 누가 나 울려서 붕어 되면 혼내준다는 사 람 있거든요."

"그게 누군데. 네 껌 딱지?"

특유의 무심한 말투로 되묻는 그의 태도에 유주는 그 와중에 도 결국 피식 웃으며 고개를 끄덕였다. 손을 들어 눈을 비빈 그녀 가 애써 눈물을 삼키고는 배시시 웃었다.

"나 진짜 안 울어요. 잠 와서 그래요."

무관심한 척하면서도 걱정하는 그를 알아서, 저 때문에 흐려진 얼굴을 더는 보고 싶지 않았다. 하지만 다 안다는 듯 어이없다는 웃음을 지은 정우는 유주에게서 눈을 떼지 않은 채 다시 말을 이었다.

"쓰러질 정도로 힘들었으면 말을 해야 할 거 아니야."

"안 힘들어요."

"안 힘든데 왜 쓰러져."

"몰라요. 내가 바보라서 그런가."

"연습하다 혼났어?"

"아니요."

"실장님이 뭐라고 해?"

"아니에요."

"그럼, 연습생들이 텃세라도 부려?"

"그런 거 아닌데."

"그럼 네가 왜 우는데. 뭐 때문에 울어, 어?"

"누구 때문에 우는지 알면, 아저씨가 혼내줄 거예요?"

사실은 아저씨 때문에 그런 건데.

뭐라고 대답을 하려던 정우가 그대로 입을 다물었다. 그렇게 말하는 목소리에 보이지 않는 눈물이 섞여 있어서였다. 말없이 그녀를 바라보던 그가 한참이 지나서야 다시 말문을 뗐다.

"그래, 말해봐. 혼내줄게."

생각지도 않은 그 말에 눈물이 핑 돌아서, 유주는 다시금 손을 들어 눈가를 닦아냈다. 자기가 자기를 어떻게 혼내겠다는 거야. 속이 잔뜩 상했으면서도 그녀는 결국 또다시 피식 웃고 말았다. 조금 전까지 금방이라도 울 것 같은 얼굴을 하고 있다가 또 금세 웃는 유주를 보고는 다시금 어이없다는 표정을 지은 그가 달래듯 말을 이었다.

"민 실장님은 보통 때는 그냥 사람 좋아 보이는 아저씨지만 일에 있어서는 엄청 까다로워. 그럴 땐 말하는 게 날카롭긴 해도 애정 있어서 하는 말이니까 상처받고 혼자 삽질할 필요 없어."

"알아요."

"연습생 텃세는, 지금 남아 있는 연습생들 물갈이에서도 아등바등 살아남은 애들인데 네가 회사 들어오자마자 데뷔조에 꼈으니 널 곱게 보지는 않겠지. 그래도 네가 조금만 살갑게 대하면, 그리고 네 실력 보여주면 금방 잠잠해질 거니까 너무 전전긍긍하지 마."

"그것도 알아요."

"알면서 왜 그렇게 울상이야. 이 정도도 힘들 줄 모르고 에이엔 들어가겠다고 덤볐어? 한창 연습해야 될 시간에 회사 무단이탈이나 하고, 건강관리 제대로 못 해서 쓰러지기나 하고."

"……."

"밥은 제대로 먹고 연습하는 거야?"

야단을 치는 건지 걱정을 하는 건지. 엄한 것 같으면서도 은근히 걱정 섞인 말투였다. 그 말을 들은 순간 불현듯 깨달은 게 있었다.

"오빠가 말한 적 없죠? 당연하죠. 그쪽이 그런 걸 털어놓을 만한 상대가 아니니까."

아, 이 남자는 정말 끝까지 말을 하지 않겠구나. 좋아한다는 고백에 대답은 하지 않고 그저 가슴을 쿵 내려앉게 하는 눈빛으로 물끄러미 바라보기만 하던 그의 모습이 떠올랐다. 닫힌 문을 열어주지도 않으면서, 나무처럼 그냥 그 문 앞에 굳게 서서 휘몰아치는 바람은 막아줄 남자. 그렇다면 더는 그를 조르지 않는 게 맞았다.

"아저씨. 이리 가까이 와봐요."

그 주문에 정우는 영문도 모르고 누워 있는 유주에게로 가까이 몸을 숙였다. 그러자 창문 너머로 들어온 햇빛이 그의 얼굴 위로 쏟아졌다. 빛을 향해 뻗은 유주의 손이 정우의 얼굴에 닿았다. 예고 없이 와 닿은 손길에 잠시 멈칫했지만 그는 그 손을 뿌리치지 않은 채 가만히 있었다.

"아저씨는 참 신기하게 생겼어요."

그 말에 한쪽 눈을 찌푸린 정우를 본 유주가 살짝 웃고는 계속 말을 이었다.

"남자답게 생긴 것 같은데 자세히 뜯어보면 이목구비는 엄청 섬세해요. 목소리도 좋아요. 웬만한 여자보다 피부도 좋고."

"……."

"코가 쭉 뻗어서 옆모습도 멋있고, 심지어 눈썹도 잘생겼어요.

그러니까 아저씨는…… 되게 근사한 사람이에요."

그는 여전히 아무런 말도 하지 않았다. 그 침묵 속에서 해라에게 들었던 이야기들이 자꾸만 귓가를 맴돌았다. 이토록 근사한 남자의 그림자 너머에 그런 아픔이 숨겨져 있다는 생각을 하니 마음이 쓰라려서 괜스레 더 웃어보려 해봤지만 제대로 되지 않았다. 지금 이 말이 그에게는 어떻게 와 닿을까. 그의 얼굴을 쓰다듬으며 말없이 눈만 맞추다, 그녀는 한층 작아진 목소리로 속삭였다.

"그런데 아저씨는 눈이 제일 신기해요."

장난치듯 귀를 매만지던 유주의 손끝이 정우의 눈꺼풀을 살짝 쓸고 지나갔다. 어느덧 웃음기가 사라진 그녀의 두 눈에 시선을 고정시킨 채, 그는 유주가 하는 말을 듣고만 있었다.

"눈이 참 예쁜데, 또 슬퍼요. 그 눈으로 지그시 쳐다보면 떨려서 말을 잃어버리는데, 아저씨가 가끔 멍하니 허공을 볼 때면 또 할 말을 잊어요. 그 모습이 너무 슬퍼 보여서."

가끔씩 그의 두 눈 속에서 엿보이곤 하던 알 수 없는 무언가가 이제야 감이 잡혔다. 하얀 베개에 푹 파묻힌 채 한낮의 빛으로 물든 그의 얼굴을 물끄러미 바라보던 유주가 속삭이듯 말했다.

"아저씨가 나 걱정해 주는 건 좋은데 짐 되는 건 싫어요. 이제 아저씨 힘들게 안 할게요."

그 말에 그는 왠지 모르게 이상한 기분에 휩싸였다. 꼭 떠날 것 같은 사람의 말이었다. 그래서 어떻게 반응해야 할지 몰라 머뭇거리는데, 그새 소리 없이 웃은 유주가 다시 선수를 쳤다.

"아저씨. 일요일에 나랑 놀아줘요."

"뭐를 해줘?"

"그날 나한테 시간 좀 내줘요."

"연습생한테 휴일이 어디 있어. 안 돼."

"놀 거예요. 아무도 못 막아. 그러니까 아저씨도 협조해요."

"너 진짜 무슨 일 있었지."

"아니라니까요. 그냥…… 좀 지쳐서 그래요."

"……."

"그러니까 한 번만 못 이긴 척 들어줘요. 그래도 안 돼요?"

"혹시 내가 용기를 내서 이걸 아저씨한테 보낸다면, 그래서 아
저씨가 지금 내가 하는 말을 듣고 있다면 한 번만 웃어줄래요?"

한 번만. 그 단어에 번뜩 유주가 영상 메시지 속에서 했던 말
이 떠올랐다. 그때 정우는 결국 그녀의 부탁을 들어주지 못했다.
그걸 그녀는 알지 못하겠지만 이번에는 어쩐지 꼭 알겠다는 대답
을 해줘야 할 것만 같았다.

"말했지. 내가 너를 어떻게 이기겠느냐고."

어색하게나마 미소를 지은 그가 손을 뻗어 유주의 머리카락을
흩뜨렸다. 그게 그가 노력한 최선의 위로라는 걸 알아서 유주는
또다시 속상해졌다. 늘 웃는 게 제일 쉬웠는데 지금만큼은 웃고
있는 그를 보고 있으면서도 웃을 수가 없다.

"그 대신, 다시는 아프지 마. 알겠어?"

결국, 웃지도 울지도 못한 채 고개만 끄덕일 수밖에 없었다.

✽

늦여름 마지막 발악이라도 하듯 일주일 내내 볕이 쨍쨍한 불쾌한 날씨가 계속됐는데, 막상 주말이 되니 하늘에 슬금슬금 먹구름이 몰려들기 시작했다. 오전인데도 잿빛으로 죽어 있는 하늘을 창문 밖으로 내다보며, 정우는 저도 모르게 한숨을 쉬었다.

"실망하겠네."

보이는 건 이제 목소리뿐만이 아닌지 풀 죽은 얼굴과 축 처진 어깨가 곧바로 눈앞에 그려졌다. 여름 내내 이어진 무더위에 시달릴 때는 비나 확 쏟아졌으면 좋겠다고 생각했으나, 그게 왜 하필이면 지금이어야 하는지 원망스러울 뿐이었다.

"비만 내리지 마라, 비만."

내색하지는 않았지만 실은 유주가 많이 걱정됐다. 목소리를 들은 순간부터 알 수 있었다. 그녀의 기분이 정말로 좋지 않다는 걸. 늘 채도와 명도가 모두 높아 쨍쨍한 색을 내비치던 목소리가 꼭 오늘의 날씨처럼 탁한 회색빛 구름 속에 가라앉아 있었다. 처음 보는 그 낯선 색채에, 웃으면서도 금방이라도 울 것 같은 얼굴에 심상치 않은 일이 있음을 본능적으로 느꼈다.

그 모습을 다시금 떠올린 정우가 셔츠 단추를 채우다 말고 생각에 잠겼다. 위로하는 법을 몰라 괜스레 설교를 늘어놓았지만 속마음은 그게 아니었다.

"무슨 일 있는 거 맞는데."

하지만 도통 말을 하지 않으니 알아낼 도리가 없었다. 혼내주겠다는 약속까지 했는데도 거짓말하지 말라는 듯이 픽 웃고 말던 유주의 모습이 아직도 눈앞에 선해서 마음이 좋지 않았다. 그 생각에 한참을 제자리에 서 있던 그는 많은 시간이 흘러서야 무거운 걸음으로 집을 나섰다.

평소 같았다면 약속 시간에 딱 맞춰 나갈 그였으나, 늘 약속 시간보다 먼저 나오곤 하던 유주 때문에 정우는 걸음을 서둘렀다. 하지만 오늘도 한 발짝 늦었는지 저 멀리에서부터 낯익은 누군가가 눈에 들어왔다.

열 걸음쯤 떨어진 곳에서, 정우는 더는 가까이 가지 않은 채 걸음을 멈춰 세웠다. 벤치에 앉아 무의미한 발장난을 하고 있는 유주는 오늘도 우울함에 잠긴 수척한 얼굴이었다. 익숙하지 않은 그 표정이 그의 발목을 잡았다. 먼발치에서 말없이 유주를 바라보던 정우는 한참이 지나서야 조용히 그녀에게 다가섰다.

"날씨 좋다."

그 터무니없는 인사에 유주가 고개를 들었다. 잠시 놀란 토끼 눈을 했다가 이내 황당한 표정을 지은 그녀가 대답했다.

"말도 안 돼. 이게 어떻게 좋은 날씨예요? 햇빛 보면 안 되는 뱀파이어한테나 좋으면 몰라."

그렇게 말하며 웃던 유주가 갑자기 정색하더니 손끝으로 정우를 가리키며 덧붙였다.

"혹시…… 아저씨 진짜 뱀파이어?"

"뭐?"

미간을 모으며 되묻는 그의 반응에 유주가 까르르 웃음을 터뜨렸다. 조금이라도 웃으라고 던진 시시한 말인데 정말로 웃어줘서, 그의 마음도 약간이나마 편해졌다.

"날씨가 이래서 섭섭하지 않아?"

"괜찮아요. 아저씨가 햇빛 싫어하니까, 좋은 게 좋은 거라고 생각하죠 뭐."

시원스레 대답한 유주가 자리에서 일어났다. 웬일인지 조금 망설이다 정우의 손을 잡은 그녀가 그를 올려다보며 물었다.

"오늘 내가 하자는 대로 다 해줄 거죠?"

그도 평소처럼 퉁명스럽게 받아치지 않고 따뜻하게 대답했다.

"그래."

날이 흐린 탓인지 여름 냄새가 더욱 진하게 코끝을 스쳤다. 금방이라도 하늘에서 비가 쏟아질 것 같은 냄새였다. 그러나 두 사람은 날씨 같은 건 아랑곳하지 않고 손을 마주 잡은 채 흙길을 밟고 걸었다.

"그래서, 오늘은 뭐 하고 싶은데?"

"그냥 좀 걸을래요."

"하자는 대로 다 해달라더니, 시시하게 고작 걷기야?"

"그래서, 싫어요?"

"아니."

그 멋이라곤 찾아볼 수 없는 딱딱한 대답이 언제부터인가 참 듣기 좋아졌다. 불쑥 큰일이라는 생각이 덮쳐 와서 유주는 정우의 시선을 피해 힘없이 웃었다. 저도 모르게 힘이 풀린 그녀의 손을 다시 무의식적으로 꽉 잡은 정우가 별거 아닌 이야기를 하듯 나지막이 물었다.

"같이 연습하는 애들이랑은, 잘 지내?"

"내가 어디 가서 누구랑 잘 못 지낼 사람 같아요?"

"말대꾸는."

"웃는 얼굴에 침 못 뱉는다. 그게 내 신조거든요. 뭐…… 가끔 예외도 있긴 하지만."

"너 지금 내 얘기 하는 거지."

"그래도 알긴 아네."

그 대답에 그의 눈썹이 꿈틀 위로 올라갔다가 다시 제자리를 찾았다. 찰나였는데도 그걸 놓치지 않은 유주가 픽 웃었고 결국 정우는 그녀를 돌아보며 눈을 가늘게 떴다.

"그런데 너 말이 점점 짧아진다?"

"무슨 그런 섭섭한 말씀을. 아저씨보다 내가 더 말 길게 하거든요."

"이봐, 또 까부는 거."

기가 막혀 하는 그의 모습에 결국 유주는 웃음을 터뜨렸다. 맞잡은 손까지 떨려오도록 웃는 그 모습에, 정우도 더는 성질을 부릴 수가 없었다. 늘 보던 모습인데 그 웃음 하나에 왜 이렇게까지 마음이 놓이는 건지 이해가 가지 않았다. 날씨만큼이나 마음도 이상야릇한 날이었다.

"아저씨. 나 진짜 잘 지내요. 다들 좋아요. 착하고."

"넌 어떻게 그렇게 해맑기만 하냐. 세상이 네가 생각하는 것만큼 그렇게 만만하지가 않은데."

"그렇다고 아저씨가 보는 것처럼 나쁘기만 하지도 않아요."

"……."

"정말이에요, 아저씨."

어느새 웃음기를 지우고 진지하게 대꾸하는 유주의 말에 말문이 닫혔다. 하지만 그녀는 금세 다시 소리 없는 미소를 지으며 정우의 손을 잡아끌었다.

약속대로 두 사람은 한동안 걷기만 했다. 서로 말을 나눈 것도 아닌데 어느새 그들은 자연스럽게 시장 골목으로 접어들었다. 수가 틀리면 금방이라도 비를 퍼부을 것 같은 먹구름 때문인지, 아니면 애매한 시간 탓인지 시장에는 사람이 그리 많지 않았다. 말은 하지 않으면서도 온 신경을 유주에게만 집중한 채 걷는 정우와는 달리 연신 좌우를 두리번거리느라 정신이 없던 유주는 이내 어느 가판대 앞에서 멈춰 섰다.

"아저씨. 이거 어때요?"

싸구려 리본 핀을 머리에 가져다 대며 묻는 그녀의 모습에 정우는 대답 대신 짧게 웃었다. 언젠가 보낸 영상 메시지 속에서도 커다란 리본을 머리에 달고 있더니 취향이 이런 쪽인 모양이었다.

그가 뭐라고 말을 하기도 전에 핀을 내려놓은 유주는 눈을 빛내며 다른 액세서리들을 구경하기 시작했다. 그 모습을 가만히 지켜보는 그의 입가에 어느새 잔잔한 미소가 피어났다.

"이거 예쁘다, 이거! 아저씨는 어떤……."

저를 쳐다보는 시선도 느끼지 못한 채 열심히 액세서리를 고르다 머리띠 하나를 집어 든 유주가 신나게 외치다 말고 눈을 크게 떴다. 그제야 정우의 얼굴이 눈에 들어와서였다. 그가, 언제부터 이렇게 고요하면서도 다정한 표정으로 저를 바라보았을까. 홀린 듯이 그의 얼굴에 시선을 고정시키고 있는데 정우가 유주의 손에서 머리띠를 뺏어 그녀의 머리 위에 씌웠다.

"누가 애 아니랄까 봐."

"어린애…… 아니라니까."

여전히 떨리는 목소리로 간신히 그렇게 대꾸하고는 머리띠를 벗으려는데 그가 손바닥으로 머리 위를 꾹 눌렀다. 저를 향해 동그랗게 뜬 유주의 두 눈을 쳐다보고는 짧게 웃은 정우가 말했다.

"그냥 해. 잘 어울리네."

그가 이럴 때면, 역시나 머리가 어지럽다. 주인을 돌아보며 지갑을 꺼내는 그를 멍하니 쳐다보던 유주는 간신히 정신을 차리고 그를 막아섰다.

"왜 아저씨가 사요. 사도 내가 사요."

"내가 사주고 싶어서 그래."

실랑이 아닌 실랑이 끝에 그는 주인에게 기어코 천 원짜리 다섯 장을 건네고 나서야 발걸음을 돌렸다. 어쩐지 다시 그의 손을 잡고 걸을 용기가 나지 않아 유주는 어색하게 간격을 두고 떨어진 채 옆에서 걸었다. 머리 위에 씌워진 그가 사준 머리띠를 괜스레 만지작거리다 아무리 생각해도 할 말이 떠오르지 않아, 불쑥 이렇게 말했다.

"나 진짜 어린애 아니에요."

아, 그런 말을 하면 더 어리게만 보인다는 걸 왜 말하기 전에는 깨닫지 못하는 걸까. 하지만 힐끗 옆을 돌아본 그는 특유의 무심한 어조로 대꾸했다.

"알아."

알아? 무슨 의미인지 모를 뜻밖의 대답에 더욱 헷갈렸다. 그러나 정작 그 말을 입 밖에 낸 그는 옅게 웃고는 물었다.

"오늘은 뭐 안 먹어? 넌 늘 먹고 시작해야 직성이 풀리잖아."

조금은 장난기 섞인 그 물음에, 멍하니 그의 얼굴만 쳐다보던 유주도 결국 비시시 웃고 말았다. 다시 정우와 손을 마주 잡고 걷던 그녀는 이내 어느 한 곳을 가리키며 걸음을 멈춰 세웠다.

"우리 떡볶이 먹어요."

"떡볶이?"

"생각해 보니까 안 먹은 지 오래됐네. 떡볶이 먹고 싶어요."

그녀가 이렇게 눈을 크게 뜨고 잡은 손을 흔들며 조르면, 아무리 싫어도 별수가 없다. 체념한 표정으로 고개를 끄덕이는 정우를 보며 말갛게 웃은 유주가 그를 이끌고 포장마차로 다가갔다.

"와, 맛있겠다."

그녀에게는 이제 적응이 됐지만, 그녀가 먹는 음식들에는 아직도 적응이 되지 않았다. 김이 모락모락 피어오르는 떡볶이며 순대며 튀김을 잔뜩 시켜놓고 오물거리며 먹는 유주를 옆에서 지켜보던 정우는 피식 웃음을 터뜨렸다.

"봐도 봐도 신기하네."

그래도, 잘 먹으니 보기 좋았다. 입을 꾹 다문 채 땅을 파고 들어가듯 우울해하는 것보다 훨씬 나았다. 물만 마시며 가만히 그녀가 먹는 모습을 쳐다보고 있는데, 먹다 말고 옆을 돌아본 유주와 눈이 마주쳤다.

"너 귀신이지. 떡볶이 귀신."

"어? 어떻게 알았지. 내 별명이 그거였는데. 학교 끝나고 맨날 떡볶이만 사 먹어서."

능청스럽게 대구한 유주가 시원스레 웃고는 떡볶이 떡을 하나 집어 그에게 건넸다.

"먹어봐요."

"너나 많이 먹어."

"내가 언제 혼자 먹겠다고 했어요? 우리 떡볶이 먹어요, 했지."

"한마디도 안 지지, 안 져."

"그럼 김말이 먹을래요? 이거 내가 제일 좋아하는 건데, 특별히 아저씨한테 양보할게요."

"됐어. 너 먹어."

"내가 하자는 대로 다 해준다고 했잖아요."

보기만 해도 맵고 짜고 뜨거움이 느껴지는 것 같은 떡볶이와 기름이 뚝뚝 떨어지는 튀김을 번갈아 쳐다보다 정우는 한숨을 내쉬었다. 내가 왜 그런 약속을 해가지고.

"못 먹을 거 주는 거 아니거든요? 이런 거 먹는다고 안 죽어요."

"넌 참 취향도 별나다."

"떡볶이 좋아하는 사람보고 취향 별나다고 하는 아저씨가 더 별나요. 그렇죠, 이모?"

포장마차 주인을 돌아보고는 생글거리며 웃은 유주가 그렇게 말했다. 아까부터 두 사람을 흐뭇하게 지켜보고 있던 중년의 여자가 대꾸했다.

"보고만 있어도 배부른 거 같은데, 뭘."

"네?"

"아까부터 계속 학생 먹는 것만 쳐다보면서 웃던데?"

별생각 없이 나온 주인의 말에 정우는 물론 유주까지 굳어졌다. 오물거리며 떡볶이 떡을 씹고 있던 유주가 사레가 들렸는지 캑캑거렸다. 황급히 물컵을 집어 드는 그녀의 얼굴은 어느새 붉어져 있었다.

그 이후로 유주가 먹는 속도는 눈에 띄게 느려졌다. 결국 반을 남긴 채 포장마차를 나온 두 사람은 적막한 공기 속에서 나란히 시장 길을 따라 걷기 시작했다. 그러나 정우의 시선은 내내 유주에게 고정되어 있었다.

살아서 팔딱거리는 생선을 보고 놀라는 표정이, 좌판 위에 쌓여 있는 온갖 약재들을 보고 신기해하는 얼굴이 하나하나 깊게 마음에 남았다. 바쁘게 돌아가는 시장 풍경 속에서도 그녀 하나만이 눈길을 잡아끌어서, 그는 허탈한 숨을 내쉬었다. 저도 모르게 그 모습을 하나하나씩 마음에 담고 있어서, 지금 바라보는 이 모습이 오래도록 눈에 밟혀 발목을 잡을 것 같아서.

알 수 없는 두근거림은 비바람처럼 점점 더 세차게 마음에 몰아쳤다. 시장 끝까지 와서 다시 처음 만났던 약속 장소로 돌아가기 위해 걸음을 돌리려는데, 기어이 먹구름 잔뜩 낀 하늘이 사납게 비를 뿌리기 시작했다. 한두 방울씩 떨어지던 빗줄기가 점차 거세졌고 비를 피해 뛰던 두 사람은 낡은 철물점 건물 처마 밑으로 들어가 나란히 섰다. 언젠가 함께 보냈던 대구에서의 여름밤이 떠오르는 풍경이었다.

아무래도 비가 쉽게 그칠 것 같지 않다. 그런데도 그들은 집으로 돌아갈 길을 걱정하는 대신 무거운 공기 속으로 끝없이 가라앉았다. 유독 크게 울리는 듯한 숨소리가, 바닥에 부딪쳐 튕기는 빗소리가 두 사람 사이를 가득 채웠다. 아주 오랜 시간이 흐르고, 작은 목소리로 먼저 속삭이듯 입을 연 사람은 유주였다.

"아저씨."

"어."

"내가, 많이 걱정해요."

"왜, 사람이 사람을 걱정하는 건 당연한 거라서?"

"아니요. 이젠 아니에요."

"……."

"지금은, 아저씨라서 걱정해요."

그 앞에서 정우는 차마 더는 대답할 수가 없었다. 알 수 없는 불안한 두근거림이 터져 나갈 듯이 마음을 가득 채우고 있어서.

그래서 다시 침묵이었다. 오랜 정적이 다시 두 사람을 감싸고, 나란히 서 있다가 갑자기 그의 앞으로 나온 유주가 정우와 시선을 마주하며 어렵게 말문을 뗐다.

"아저씨. 나, 다 알았어요."

여느 때처럼 화사하게 웃으며 잔망을 떠는 게 아니라 무겁게 떨리는 눈빛이었다. 무엇을 알았다는 건지 아직 듣지도 못했는데, 그 눈빛에 결국 마음이 쿵 떨어졌다. 내내 불안에 떨게 만들던 알 수 없는 예감의 정체가 무엇이었는지, 뒤늦게야 감이 잡혔다.

"말은 안 했지만 사실은 나…… 많이 기다렸어요. 계속. 아저씨가 먼저 말해주기를."

"……."

"그런데 아저씨는…… 끝까지 아무 말도 안 해줬어요."

그제야 무엇이 그녀의 얼굴을 그렇게 어둡게 만들었는지 알 수 있었다. 그건 다름 아닌 바로 그 자신이었다. 그걸 깨달은 순간 아무것도 할 수가 없었다. 입을 열어 어떤 변명을 할 수도, 고개를 저어 그런 게 아니었다고 표현할 수도.

"그래서 결국 다른 사람의 입으로 들었어요. 아저씨가 어떤 사람인지, 왜 우리가…… 그렇게 만나야 했는지."

그녀와 처음 만난 순간부터 지금까지 있었던 모든 일들이 파노라마처럼 짧게 눈앞을 스쳤다. 그 결말이 어떠할지 알고 있었다. 지금 이 상황을 상상하지 못한 것도 아니었다. 언젠가는 다가올 순간이었다는 걸, 정우도 알고 있었다. 입을 꾹 다문 채 아무것도 이야기하지 않으려는 자신을 그녀가 언제까지나 기다려주지는 못할 거라는 걸.

사실은 그래서 상상했다. 언젠가는 용기를 내 그녀에게 자신의 상처를 털어놓는 스스로의 모습을. 모든 게 행복하게 끝나는 상상은 꽤 달콤했다. 그러나 용기 없는 이의 눈앞에 닥친 건 씁쓸한 현실일 뿐이었다.

"아저씨. 세상은 그렇게 나쁘지만은 않아요. 내가 아저씨보다 훨씬 조금 살았지만, 그건 보증할게요. 그냥, 지금까지 아저씨 옆에 좋은 사람이 많이 없었던 것뿐이에요. 앞으로는 좋은 사람들만 만날 수 있게 내가 기도할게요."

"……."

"그런데 아저씨…… 그게 내가 될 수는 없을 것 같아요. 난 아저씨한테 아니었나 봐요, 좋은 사람."

애써 담담히 말을 잇던 유주의 목소리가 불현듯 확연하게 떨려왔다. 무슨 일이 있어도 그의 앞에서 울지 않으려고 수많은 연습을 했는데, 해야 할 말을 채 반도 하기 전에 자꾸만 콧잔등이 시큰해졌다. 떨리는 입술을 한 번 깨물고 다시 말을 잇는 목소리가 결국 무너졌다.

"나한테…… 한마디 정도는 해줄 수 있었잖아요. 에이엔이 아저씨네 회사라는 것도, 아저씨가 노래를 만드는 사람이라는 것도, 아저씨가…… 아프다는 것도 다 말해주지 않아도 좋은데, 조금만 기다려 달라는 말 한마디쯤은…… 나한테 해줄 수 있는 거였잖아요."

초점 없는 눈으로 멍하니 시선을 마주하던 정우가 고개를 떨궜다. 그가 보지도 못할 텐데 유주는 표정을 가다듬고 웃으려 애를 썼다.

"아저씨. 나 지금 엄청 행복해요. 세상에서 제일. 나보다 행복한 사람 없을걸요? 꿈에 그리던 기획사에도 들어왔고, 열심히 연습하면 내 하나뿐인 꿈이었던 가수도 될 수 있으니까. 나는 늘 행복하게 살았는데, 그래도 지금만큼 행복했던 적은 없었어요. 그런데…… 계속 이렇게 대답 없는 아저씨를 기다리면 안 행복할 것 같아요."

"……."

"자신이 없어요. 그래서…… 나 이제 아저씨 안 만날래요."

어렴풋이 머릿속으로만 그려온 상상이 점점 현실이 되고 있었다. 막연하게 생각했다. 언젠가는 그녀가 곁을 떠나겠지, 그러면 붙잡지 않고 보내줘야겠지. 그런 순간이 다가오면 덤덤하게 놓아줄 수 있을 거라고, 그때는 그렇게 믿었다. 그런데 막상 제 손을 놓겠다는 그녀를 눈앞에서 보고 있으니 가슴이 타들어갔다. 결국 이렇게 놓치는구나. 먼저 말을 걸지도, 대답도 하지 못했던 사랑이 이렇게 떠나가는구나.

"미안해요. 그동안 나 때문에 많이 귀찮았죠. 이제 아저씨 귀찮게 안 할게요. 괜찮을 거예요. 나도, 아저씨도. 난 지금보다 더 행복해질 거니까. 그러니까 아저씨도 이제 그만 밖으로 나와요. 내가 전에 그랬죠? 아저씨 참 좋은 사람이에요. 그러니까 혼자 숨어 있으려고 하지 마요. 가끔 이렇게 조용히 걸으면서 시장 구경도 하고, 사람 많은 곳에 가서 맛있는 음식도 먹고, 볕 좋은 날에는 나와서 해바라기도 하고."

"……."

"아저씨. 아프면 안 돼요. 혼자 꽁꽁 숨어서 울지도 마요. 나 없이도…… 잘 지내요."

마구 떨리는 숨에 발음이 온통 뭉개졌다. 그에게 정말로 해주고 싶었던 말은 아프지 말고 잘 지내라는 거였는데, 그가 제대로 들었을까.

더는 그를 바라보고 서 있을 수가 없어서 그 말을 끝으로 유주는 먼저 돌아섰다. 정우에게서 등을 지고 돌아서자마자 억지로 참았던 눈물이 기다렸다는 듯 쏟아져 내렸다. 멍하니 저를 보던 그의 모습이 자꾸만 눈에 밟혀서 떨어지지 않는 다리를 간신히 이끌어 빗속으로 한 걸음을 내디뎠다. 한 발자국, 두 발자국. 그에게서 멀어질수록 더 많은 눈물이 떨어져 빗물과 섞였다. 그리고 거짓말처럼.

"그런데 너 왜 울어."

절대 듣지 못할 것 같던 목소리가 발목을 붙잡았다. 충동적으로 마음을 고백했을 때조차 끝까지 아무 말도 하지 않은 그였는데. 아, 어쩌면 이건 환청일까.

여전히 거세게 내리치는 비를 모두 맞으며 제자리에 서 있는데 뒤에서 성큼성큼 다가오는 소리가 들리더니 곧 몸이 돌려세워졌다. 흐릿한 시야 사이로 정우의 얼굴이 들어온 순간, 뜨거워진 가슴이 내려앉았다. 얼굴 위로 가차 없이 쏟아지는 빗줄기는 한

없이 차갑기만 한데, 비에 젖어가는 그의 얼굴을 바라보는 마음만은 그랬다.

"나…… 안 울어요."

무겁기만 한 그의 얼굴을 마주한 순간 유주는 세차게 고개를 가로저었다. 비가 내려서 다행이었다. 마음껏 거짓을 말해도 어차피 빗물인지 눈물인지 구분이 되지 않을 테니까. 곁을 떠나는 마지막 순간까지 그를 걱정하게 만들고 싶지는 않았다. 그런데 정우는 이미 다 알고 있는지 아주 낮지만 떨리는 숨결까지 고스란히 들리는 음성으로 말했다.

"세상에서 제일 행복하다면서, 지금 너 왜 우는데."

이제는 눈물이 빗물과 온통 섞여 버려 그녀 스스로조차 자신이 울고 있는지 아닌지 알 수가 없는데 그렇게 내뱉는 그의 목소리에 왈칵 더 많은 눈물이 터져 나왔다. 뜨거워진 속이 터질 것 같아서 그저 우는데, 팔을 뻗어 유주의 뒷머리를 끌어당긴 정우가 그대로 그녀에게 입을 맞췄다. 그 순간 정말로 시간이 멈췄다.

비에 푹 젖어 차가워진 몸이 덜덜 떨리는데 입술만은 뜨거웠다. 모든 게 꿈결 같았지만, 지금만큼은 꿈이라고 해도 좋았다. 온통 떨리는 그의 손이, 그의 숨결이 느껴져서 그녀는 그대로 눈을 감았다.

미소를 띄우며 나를 보낸 그 모습처럼

하루 온종일 내리던 비는 다음 날 새벽이 되어서야 잦아들기 시작했다. 그러나 정우의 마음에는 여전히 비가 내렸다.

"아저씨가 아니라 생판 모르는 사람이었어도 나는 똑같이 걱정했을 거예요. 왜냐하면 그건 당연한 거니까."

그때까지만 해도 몰랐다. 그 조그맣고 요상한 꼬맹이가 자신에게 얼마나 큰 의미가 될지.

"아저씨는 참 좋은 사람이에요."

서른 해를 살면서 한 번도 자신이 좋은 사람이라고 생각한 적 없었다. 좋은 사람이 될 수 있을 거라고 믿은 적도 없었다. 그런데, 유주는 그가 태어나서 처음으로 좋은 사람이 되고 싶다는 생각을 하게 만들었다. 그녀가 하는 말에 부끄럽지 않을 수 있도록. 매일을 감정 없는 기계처럼 사느라 숨을 쉬고 있으면서도 진정으로 살아 있다고 느끼지 못했다. 그런데 처음으로, 보통의 사람이 되고 싶어졌다.

"아저씨가 많이 아플 때 내가 힘이 되어줄 수 있으면 좋겠다는 거였어요. 그런데, 그럴 때 내가 아저씨 옆에 없을 수도 있잖아요. 그래서 내가 손잡아줄 수 없을 때 아저씨가 혼자 꺼내 볼 수 있었으면, 그래서 이 노래가 아저씨한테 조금이라도 힘이 될 수 있었으면 좋겠어요."

힘없이 핸드폰을 집어 든 정우가 언젠가 유주가 보낸 영상 메시지를 재생시켰다. 화면 속의 유주는 변함없이 맑고 활기찼고, 그는 여전히 웃지 못했다. 서로를 알지 못했던 순간에도 그의 마음을 진정시켰던 노랫소리조차 이번만큼은 위로가 되지 않았다. 웃고, 노래하고, 말하는 유주의 모습만 아프게 마음에 박혔다.

얼마 버티지 못하고 핸드폰을 내던져 버린 그는 이마에 팔을 올리며 눈을 감았다. 잇새에서 절로 무거운 신음이 새어 나왔다.

"좋아해요, 아저씨. 그러면…… 안 되는 거예요?"

짧은 대구 여행에서 그 말을 들었을 때, 실은 가슴이 철렁 내려앉았다. 그가 하고 싶었던 말이자 듣지 말았어야 했던 고백이었다.

그 찰나의 순간 동안 수없이 갈등했다. 어떤 답을 해줘야 할까. 모른 척 그 손을 잡기에는 그녀와의 사이에 수많은 걸림돌이 있었고, 이성적으로 외면하기에는 미련이 마음속에서 고개를 불쑥 쳐들었다. 저를 바라보는 유주의 두 눈에 실망이 내려앉을 때까지도, 해답은 나오지 않았다. 그래서 못나게도 결국 끝까지 아무 말도 하지 못했다.

"나한테…… 한마디 정도는 해줄 수 있었잖아요. 조금만 기다려 달라는 말 한마디쯤은…… 나한테 해줄 수 있는 거였잖아요."
"계속 이렇게 대답 없는 아저씨를 기다리면 안 행복할 것 같아요. 자신이 없어요."

그러다가 결국 이런 상황까지 와버리고 말았다. 그 말을 듣고 있던 순간만큼 스스로가 나약하게 느껴진 적이 없었다. 늘 맑게 웃던 유주가 저 때문에 울고 있는데도 아무것도 할 수가 없다는 게, 자신이 유주는커녕 저 하나도 지켜낼 용기가 없는 사람이라는 게 처음으로 저주스러워졌다. 스스로가 하자투성이에 온통 결점뿐이라는 걸 인정하고 살아왔다고 생각했는데 생전 처음 느껴보는 감정 앞에 그는 더없이 무기력해졌다.

한참을 끝없는 상념에 사로잡혀 있던 정우가 번뜩 자리에서 몸을 일으켰다. 앞뒤 없이 미안하다는 말을 하던 유주의 모습이 떠올라서였다. 아무리 생각해 봐도 그 갑작스러운 변화는 어딘가 이상한 구석이 많았다.

"영찬이 형인가."

하지만 그가 유주와 저의 관계를 눈치챘다면 진작 연락이 왔을 터였다. 어떻게 해서든 그를 회사로 복귀시키려고 애쓰는 영찬이 가만히 있었을 리 없었다.

"다른 사람 입으로 들었다고 했는데."

접점은 회사뿐이었다. 어쨌거나 발단이 그곳에서 시작됐다는 건 알 것 같았다. 그 생각에 정우는 좋지 않은 몸을 이끌고 외출할 준비를 하기 시작했다. 적어도 유주가 어디에서 어떤 이야기를 들었는지 정도는 알아야 했다.

정해진 하루 일과를 깨고 집을 나서서 에이엔 사옥으로 걸음을 옮기는 그의 표정은 복잡하게 얽혀 있었다. 영찬을 만나야겠다는 일념으로 건물에 들어서자마자 곧장 관계자 외 출입이 금지된 곳으로 향하고 있는데, 마주 오는 누군가의 모습이 뒤늦게야 시야에 들어온 순간 걸음이 느려졌다. 상대방 역시 마찬가지였다.

느릿하게 서로를 향해 다가서던 두 사람은 세 걸음을 남겨두고 나서야 자리에 완전히 멈춰 섰다. 뻣뻣하게 굳어진 얼굴을 하고 고개를 숙여 인사를 건넨 정우가 그대로 상대방을 지나치려던 찰나였다.

"못난 놈."

잇새로 나온 그 짧은 말이 가시가 되어 마음을 찔렀다. 묵살하고 가던 길을 가려던 정우는 결국 참지 못하고 다시 발걸음을 세웠다. 눈을 세게 감았다 뜬 그가 잔뜩 비틀린 목소리로 대답했다.

"저를 못난 놈으로 만든 건 대표님이시죠."

"언제까지 그렇게 남 탓만 하고 살 거냐."

"남 탓이라고 하셨어요? 20년씩이나 하나뿐인 아들 원망만 하고 살아오신 분께서 하실 말씀은 아니죠."

"한정우!"

"제 이름은 기억하고 계세요? 놀라운 일이네요, 그거."

저도 모르게 높아진 언성이 결국 파르르 떨려왔다. 이미 통제 범위를 벗어나 있던 마음이 더더욱 삐뚤게 엇나가기 시작했다.

"대표님은 저한테 그런 말씀 하실 자격 없으세요. 어머니께는 좋은 남편이었을지 몰라도 자식에게는 훌륭한 아버지 아니셨으니까. 어머니를 사랑한 만큼, 아들은 사랑하지 않았으니까."

"그 입 다물지 못해!"

"예, 어머니 돌아가신 거 제 탓 맞아요. 어머니 대신 저 혼자 살아남았다는 게 대표님께 평생의 한으로 남았다는 것도 알아요. 그런데, 제가 서른 넘도록 20년 묵은 상처 하나 못 이기고 방황하며 사는 건 누구 탓을 해야 하죠?"

두 남자의 높아진 음성이 어느덧 복도 전체를 울렸는지 사무실 문이 쾅 열리며 그 안에서 영찬이 튀어나왔다. 빠르게 달려와 두 사람 사이를 가로막고 선 영찬이 넉살 좋게 한 대표를 잡아끌었다.

"아이고, 대표님. 아직도 안 가셨어요?"

"민 실장, 이놈 여기 출입 금지시키라는 말 못 들었어?"

"예예, 정우 원래 여기 안 오는 거 아시잖아요. 제가 불렀어요, 제가. 다 제 잘못입니다. 그나저나 늦기 전에 얼른 가셔야죠, 대표님. 미팅 있다고 하셨잖아요. 기사 불러두셨죠? 제가 입구까지 모셔다 드릴게요."

끝까지 매서운 눈초리로 정우를 노려보는 한 대표의 팔을 붙잡은 영찬이 그를 데리고 반대편으로 멀어지기 시작했다. 한 대표의 모습이 시야에서 사라지고 나서야 목구멍을 꽉 막고 있던 숨을 토해낸 정우는 눈을 감으며 머리를 짚었다. 좋지 않은 몸 상태에 잠시 흥분까지 했더니 이마가 뜨거웠다. 한참을 그렇게 제자리에 서 있는데 다시 나타난 목소리가 그를 일깨웠다.

"지난주에는 다짜고짜 전화해서 연습생 관리를 어떻게 하는 거냐면서 앞뒤 없이 화만 내더니 오늘은 웬일로 연락도 없이 회사에 행차를 다 했어? 오랜만에 와서 신고식 한번 요란하게 한다."

한 대표를 보내고 돌아온 영찬이었다. 그제야 눈을 뜨니 물이 든 종이컵을 내미는 영찬의 모습이 보였다. 정우의 안색을 살핀 그가 눈을 가늘게 뜨며 물었다.

"너 어디 아파? 또 발작 일어났던 거야?"

"아니야. 됐어. 괜찮아."

"웬일로 네가 대표님께 말대꾸냐. 늘 들어도 못 들은 척 도만 닦더니."

그의 말대로 언제나 듣던 가시 같은 말이었다. 늘 아무렇지 않을 수 있었는데, 오늘은 그러지 못했다. 안 그래도 스스로 아무짝에도 쓸모없는 놈이라는 생각을 하고 있었는데 그런 말까지 들으니 채 아물지 못하고 켜켜이 쌓인 상처가 터져 나와 견딜 수가 없었다. 물을 한 모금 마신 정우가 삐딱하게 받아쳤다.

"친아버지도 내친 못난 놈은 사무실에도 못 들어가는 거야?"

"야, 넌 그게 아니라는 거 뻔히 알면서 무슨 말을 그렇게……."

"그런 거 아니면 들어가서 얘기 좀 해. 할 말 있어서 왔어."

이미 기진맥진해진 몸을 이끈 정우가 앞장서서 영찬의 사무실로 들어갔다. 그러나 들어서자마자 그는 우뚝 멈춰 서야 했다. 사방에 켜진 스크린에서 유주의 영상이 흘러나오고 있었다. 그 순간 머릿속이 멈춘 듯 어떤 행동도 하지 못한 채 화면에만 시선을 고정시키고 있는데, 뒤따라 들어온 영찬이 말했다.

"요즘은 왜 이렇게 여기저기에서 골치 아픈 일들만 터지는지 모르겠다. 뭐 해? 앉아."

뒤늦게야 정신을 차린 정우가 못 본 척 스크린을 외면하려 애쓰며 의자에 앉았다. 그러나 영찬은 화면을 쳐다보며 카페인 음료 캔 하나를 따더니 정우에게 물었다.

"어때?"

"뭐가."

"쟤 말이야. 네 눈에는 어떻게 보이냐고."

"……."

"나 저 영상만 수백 번 돌려 본 것 같은데, 아무리 봐도 쟤 물건이야. 그런데 혹시 내가 요즘 감이 떨어진 건가 싶어서. 해라도 뭐 그런 비슷한 소리를 하고."

영찬은 대수롭지 않게 물었으나 정우는 대꾸를 할 수가 없었다. 영상 속에서 활짝 웃고 있는 유주를 바라보는 것만으로도 괴로웠다.

"그런데 너 진짜 어디 아픈 거 아니냐? 안색이 안 좋은데. 식은땀도 흘리고."

"괜찮다니까. 그나저나 연습생들은, 쓸 만해?"

"요새 너 이상하다? 웬일로 연습생들한테 관심을 다 가져? 아무튼, 물갈이한 지 얼마 안 됐으니까 아직은 다들 바짝 군기 잡혀 있을 때지. 그런데 새로 들어온 애 하나가 갑자기 속을 썩여서 걱정이네. 오랜만에 괜찮은 애 들어왔다고 좋아했는데."

"유주가 왜."

표정을 흐린 영찬이 말을 채 끝맺기도 전에 정우가 굳어진 목소리로 되물었다. 어떻게 물어야 하나 싶어서 에둘러 던진 주제였는데 뜻밖에도 묻지도 않은 이야기가 먼저 영찬에게서 나와서였다. 그 반응에 깜짝 놀란 영찬이 더듬거리며 반문했다.

"어? 나 쟤 얘기라고 한 적 없는데? 아니, 이게 아니지. 쟤 이름을 네가 어떻게 알아?"

"……."

"혹시, 네가 키운 애야?"

"키우긴 뭘 키워. 애완동물이야?"

"진짜 너야? 그럼 저 오디션 곡도……."

"무슨 소리냐니까. 속을 썩이긴 왜 썩여. 무슨 일 있었어?"

"아니, 며칠 전에 갑자기 나 찾아와서 그러잖아. 좀 쉬고 싶다고, 죄송하다고."

"뭐?"

"연습 열심히 하던 애가 갑자기 하루아침에 다 죽어가는 얼굴로 그러니까 왜 그러냐, 무슨 문제 있냐, 그렇게 물었는데도 아무것도 아니래. 그냥 무조건 쉬고만 싶대."

"그래서?"

"그 앞에서 뭘 어떡하겠냐. 정 그렇게 힘들면 며칠 쉬라고 했지."

"그래서, 회사를 안 나온다는 소리야?"

"안 나온 지 며칠 됐지."

"그걸 그냥 내버려 뒀어? 이유도 모르고? 언제부터."

"어?"

"언제였냐고. 걔가 형 찾아와서 그런 말 한 거."

"어, 그러니까 그게…… 지난주였는데. 정확히 언제였지? 아, 음악 노트 녹화하던 날이니까, 수요일이었다."

그 대답에 가슴이 철렁 내려앉았다. 수요일이면, 말도 없이 불쑥 카페를 찾아온 유주가 갑자기 쓰러진 다음 날이었다.

"그때부터 안 나왔다는 얘기야?"

"그래."

"아저씨. 나 진짜 잘 지내요. 다들 좋아요. 착하고."

그러니까, 유주가 그 말을 했을 때 그녀는 이미 며칠째 연습을 그만둔 상황이었던 거다. 간신히 이성을 붙잡으려 애쓰며 잠시 머릿속을 정리해 보던 정우는 한참이 지나서야 다시 입을 열었다.

"누가 걔한테 뭐 싫은 소리 한 적 있어?"

"없지. 눈이 있는 사람이면 트집 잡고 싶어도 못 잡지. 애가 보기보다 악바리라 알아서 열심히 해서 오히려 누가 옆에서 말려야 될 지경이던데."

"그럼, 원래 있던 연습생 애들이 텃세라도 부렸어?"

"나도 그걸 걱정하긴 했는데, 앞에서는 쉬쉬하면서 뒤에서 그랬는지는 몰라도 겉으로 보면 전혀 아닌 것 같던데? 걔가 얼마나 빨리 적응했는데. 금방 예쁨 받고. 오히려 처음에는 경계하던 애들이 더 빨리 마음 열고 좋아했어. 요 며칠 유주 안 나오니까 다른 애들이 더 난리야. 왜 안 오냐고."

이것도 아니고 저것도 아니다. 그렇다면 무언가 다른 일이 있었던 게 확실했다. 누군가가 그의 사연에 대해 직접적으로 귀띔을 해준 게 분명했다.

"그러고 보니까 아까 지민이가 이상한 소리를 하긴 했는데. 너 지민이 알지? 우리 회사에서 제일 오래된 연습생."

"무슨 소리를 했는데?"

"유주 다른 회사로 옮기는 거냐고. 그때는 무슨 뜬금없는 말인가 싶었는데, 생각해 보니까 해라도 지나가듯 그런 말을 했던 거 같네."

"해라가?"

뜻밖의 이름에 그제야 어렴풋이 가닥이 잡히는 것 같았다. 그의 병에 대해 알고 있는 사람은 극소수였다. 회사 내에서는 더더욱. 아무것도 모르는 영찬이 아니라면, 남은 사람은 하나뿐이었다.

"내가 유주 얘기 하면서 속상해 하니까 해라가 그랬거든. 그렇게 금방 그만두겠다고 하는 애들 뻔하다고, 일찍 데뷔시켜 준다는 회사 쫓아가는 거라고. 왜 그랬는지는 모르겠는데 해라는 처음부터 얘 별로 좋게 안 봤어."

"……."

"그나저나, 얘 네가 키운 애 맞는 거지? 오디션 곡도 네가 썼고? 선물 받은 거라고 했는데. 어쩐지, 곡 쓴 사람도 같이 탐이 나더라. 어, 잠깐만."

"또 왜."

"너 그 곡 해라 보여준 적 있어?"

"보여주긴 누굴 보여줘. 내가 내 곡 누구한테 보여주는 거 봤어?"

"그렇지. 그럴 리가 없지. 이상하다. 그런데 해라는 왜 알고 있는 뉘앙스로 말했지? 해라가 나한테 감 떨어졌다고 말한 게 그때였어. 그래, 맞아. 아무래도 해라는 알고 있었던 것 같은데? 그 곡 네가 썼다는 거.”

이제야 확실히 알 것 같았다. 정우가 일언반구도 없이 굳은 표정으로 자리에서 일어나자 영찬이 당황한 얼굴로 그를 돌아보았다.

“야, 너 갑자기 왜 일어나? 할 말 있어서 왔다며?”

“할 말 끝났어.”

“뭐?”

“형, 무슨 일이 있어도 쟤 놓치지 마. 쉬고 싶다고 해도 잡아와. 안 그러면 형 평생 후회할 테니까.”

“야! 유주랑 무슨 사이인지 말은 해주고 가야지! 한정우!”

그러나 정우는 뒤도 돌아보지 않고 그대로 영찬의 사무실을 나왔다. 이제는 다른 의미로 손이 떨려왔다. 아닐 거라고 믿었다. 모든 걸 털어놓지는 않았어도, 나름대로 해라에게 많은 걸 허락했던 그였다. 그런데 그녀가 자신의 믿음을 산산이 부숴놓은 것으로도 모자라 아무 잘못 없는 유주의 앞길마저 훼방 놓으려 했다는 게 도무지 믿어지지 않았다.

제자리에서 생각을 정리하던 정우는 한참이 지나서야 굳은 결심이 선 얼굴로 핸드폰을 꺼내 들어 해라의 번호를 눌렀다. 신호음이 가기 시작한 지 얼마 되지 않아 그녀의 목소리가 들려왔다.

[오빠! 웬일로 먼저 전화를 다 했어?]

아무것도 모르는 그 명랑한 음성에 다시 분노가 끓어올랐다. 하지만 그는 애써 침착하게 통화를 이어갔다.

“스케줄 중이야?”

[아니야. 주말 내내 한꺼번에 몰아치고 오늘은 좀 한가해. 안무 연습하다 잠깐 쉬는 중이야.]

"만나자. 할 얘기 있어."

[오빠가 나한테? 정말로 웬일이야? 내일은 해가 서쪽에서 뜨려나?]

"회사 안 커피숍에서 기다릴게."

답을 기다리지 않고 전화를 끊은 정우는 바로 회사 건물 안에 입점해 있는 커피숍으로 걸음을 옮겼다. 구석에 아무렇게나 털썩 주저앉은 그는 걷잡을 수 없이 일렁이는 마음을 가다듬으려 애를 썼다. 고작 하루 사이에 너무 많은 일이 생겨 버린 것 같았다.

얼마나 기다렸을까. 드디어 인기척과 함께 나타난 누군가가 그의 건너편에 앉았다. 회사 안이라 그런지 특별한 변장 없이 나타난 해라였다. 아마도 핸드폰에 정우의 이름이 찍힌 순간부터 그녀의 얼굴 가득 떠올라 있었을 미소가 그의 표정을 확인한 순간 조금 사그라졌다.

"뭐야? 무슨 일 있어? 왜 이렇게 심각해."

아무것도 모른다는 듯 그렇게 묻는 목소리를 들으니 또다시 마음이 동요했다. 시선조차 맞추지 않고 대답 대신 물컵만 꽉 쥔 채 감정을 다스리던 그가 한참이 지나서야 눈을 세게 감았다 뜨며 입을 열었다.

"바빴겠네. 네 일 말고도 신경 쓸 게 많아서."

"그게 무슨……."

"언제부터 네가 갓 들어온 연습생한테 다른 회사 소개해 주는

270   너의 목소리를 기억해

스파이 노릇을 하고 다녔어?"

"무슨 말이야? 내가 왜 그런 짓을 하……."

황당하다는 듯 되묻던 해라의 표정이 일순간 미묘하게 일그러졌다. 이윽고 그녀의 얼굴에서 웃음기가 완전히 사라졌고 해라는 차가워진 목소리로 다시 말문을 뗐다.

"걔가 오빠한테 그래? 내가 그랬다고? 오빠 뒤에 숨을 생각 하지 말라고 경고했는데, 정말 끝까지……."

"네 입으로 부인도 안 하는구나."

"그래, 내가 그랬어. 에이엔에 발붙일 생각 하지 말라고. 걔 하나 때문에 오빠가 너무 손해 보는 것 같아서. 그런 별것도 아닌 애가 뭐라고 오빠가 그렇게 정신을 못 차리는지, 이해가 안 가서."

"맞아. 손해 본 것 같네, 내가."

"그렇지? 이제라도 정신 차……."

"내가 사람을 잘못 봐도 한참 잘못 봤구나. 그것도 5년씩이나."

안 그래도 굳어 있던 정우의 두 눈이 순식간에 싸하게 식었다. 그걸 알아차린 해라가 뭐라고 말을 하려다 말고 흠칫 물러섰다.

"너 기다리는 동안 많이 고민했어. 뺨을 한 대 칠까, 얼굴에 물을 뿌릴까. 그런데, 네가 늘 하던 말대로 너 여자 연예인이잖아. 이미지로 먹고사는. 마지막 예의로, 그건 지켜줄게."

"오빠……."

"내가 어렵게 너한테 털어놓은 이야기를 네가 멋대로 다른 사람한테 한 건 그렇다 치자. 어쩌면 실수였을지도 모르지. 그런데, 네가 원하는 걸 가지려고 아무 죄 없는 다른 사람 앞길 짓밟는 짓은 하지 말았어야지. 내가 왜 이렇게 사는지 뻔히 아는 네가 나를 위해서라는 명목으로 그런 추잡한 짓은, 하면 안 됐던 거지."

"……."

"다 이해해 주는 척하면서 너도 우습게 봤던 거구나, 내 상처를."

"오빠, 나는 그런 게 아니라……."

"긴말 안 할게. 네 잘못 같은 거 구구절절 짚어줄 가치도 못 느끼겠거든."

이 남자가 이 정도로 차가운 사람이었나. 직설적인 말을 툭툭 내뱉는 건 평소에도 마찬가지였으나 그 태도에서 느껴지는 온도는 차원이 달랐다. 말이 계속될수록 점점 더 낮아져만 가는 음성에 오히려 오싹 소름이 돋았다. 그리 높지도 않은 목소리로 씹어뱉듯 나오는 말들에 주위의 기온마저 곤두박질친 듯 등골이 쭈뼛 섰다.

"회사에 이야기해서 네 앞길 막을 생각 같은 거 없어. 그렇게 해봤자 너랑 똑같은 인간이 될 뿐이니까. 그런데, 너도 대가는 치러야겠지."

"오빠, 제발 내 말 좀……."

"사실은 너도 각오했던 거 아니야? 그 애한테 한 말 나한테 비밀로 부쳤던 순간부터."

"……."

"나를 걸고 벌인 짓이니까 네가 잃어야 하는 것도 나야. 다시는 얼굴 보는 일 없었으면 좋겠다. 지금 이 순간부터 나한테 넌, 아무것도 아니니까."

서늘한 눈으로 그녀를 내려다본 그가 자리에서 일어나자마자 휘적휘적 해라를 지나쳐 갔다. 그러나 실은 헷갈렸다. 무엇이 이토록 마음을 허하게 만드는 건지. 믿었던 얼마 안 되는 사람의 배반인지, 유주에게 끝까지 짐만 됐다는 죄책감인지, 그것도 아니라면 몇십 년을 실패자처럼 살아온 자기 자신을 겨냥한 혐오인지.

지금 유주가 곁에 있었다면 어떤 말을 해줬을까. 어디로 가는지도 모르고 무작정 걷기만 하던 그는 불현듯 머리를 스친 말에 숨이 턱 막혀 제자리에 멈춰 섰다.

"언제까지 그렇게 남 탓만 하고 살 거냐."

실은 알고 있었다. 이건 근본적으로 그 자신의 잘못이라는 것을. 해라가 아니었어도 유주는 언젠가는 떠났을 거다. 그제야 깨달았다. 늘 그녀에게 너무 많은 정을 주지 않으려 애를 썼으면서도 사실은 유주가 곁에 있다는 사실 그 자체만으로도 큰 위로를 받았다는 걸.

늘 자신을 걱정하기만 했던 그녀는 혼자서 어떻게 기나긴 시간을 견뎌내고 있을까. 문득 유주가 너무나도 보고 싶어서 핸드폰을 꺼낸 정우는, 그녀의 전화번호 열한 글자만 한참을 바라보다 결국 아무것도 하지 못한 채 한숨을 내쉬고 말았다.

"좋아해요, 아저씨."

그녀가 곁에 없는 지금, 그 고백에 대답을 해주지 못했던 것이 이제야 미치도록 후회스러워졌다.

※

정우와 헤어지고 돌아와서 며칠 동안 아무것도 하지 못했다. 그와 오랜 시간을 만난 것도 아니었는데, 애틋하고 절절한 사랑을 한 것도 아니었는데 이별의 후유증은 생각보다 꽤 컸다. 마지막으로 만난 날 그가 사준 머리띠는 온통 비를 맞는 바람에 망가졌고, 엉망이 된 머리띠를 보면서 유주는 또 울었다. 그냥, 가만히 있는데도 눈물이 났다. 다른 무언가로 생각을 지워보려고 해도 결국은 아무것도 하지 못한 채 울었다. 그래도 살아보겠다고 꾸역꾸역 밥을 먹다 울고, 지쳐 쓰러져 잠들고 깨어나면 다시 울었다.

"너 진짜 어쩌려고 이래, 어?"

"원호야. 목소리가 벌써…… 기억이 안 나."

"유주야."

"마지막으로 했던 말은 기억이 나는데…… 그 말을 하던 목소리는 생각이 안 나."

"……."

"벌써 다 잊어버렸나 봐. 생각해 보니까 내 이름 불러준 적도 없어. 기억할 게 없어. 어떡해, 나……."

회사에서 걸려오는 전화도 받지 못하고 벌써 일주일이라는 시간이 흘렀다. 하지만 하루가 지나고 이틀이 흘러도 여전히 정우와 나란히 비를 피하던 처마 밑에 서 있는 것 같았다. 한바탕 쏟아져 내린 폭우와 함께 여름이 가고 가을이 성큼 다가왔는데 아직도 마음속에는 비가 내렸다.

먼저 그에게 이별 아닌 이별을 고한 건 분명 그녀 자신이었다. 앞으로는 그를 만나지 않겠다고 자신 있는 척 말했는데, 그가 보고 싶고 걱정이 돼서 우는 이 모순적인 마음은 도대체 어떻게 해야 할까.

"우습다, 이유주."

기가 막혀서 웃다가 결국 또 울고 말았다. 여태까지는 아무 생각도 하지 못하고 울기만 했는데 이제는 그가 자꾸만 머릿속에 떠올라서 울었다. 그는 지금쯤 뭘 하고 있을까. 괜찮을까. 아프지는 않을까. 그가 아파해도 마음이 편하지 않을 것 같고, 아무렇지 않다면 그것도 그것대로 마음이 아플 것 같았다. 그와 깊은 감정을 나누기 전에 끝을 냈으니 괜찮을 수 있을 거라고 믿었는데, 그제야 깨달았다. 정우가 생각보다 훨씬 더 깊게 마음속에 들어와 있었다는 걸.

"나 너무 우습지, 원호야."

"우스운 거 알긴 알아? 청승 그만 떨고 일어나. 일어나서 가자."

"……"

"난 너 이러고 있는 거 더는 못 봐. 그러니까 가서 그 성격 파탄자 만나. 만나서 네가 욕을 하든 내가 주먹을 날리든, 뭐라도 하자고. 이렇게 울고 있지만 말고, 어?"

그 격한 말에 이상하게 번쩍 정신이 들었다. 눈물 젖은 눈으로 멍하니 눈앞의 원호를 쳐다보던 유주가 말릴 틈도 없이 벌떡 자리에서 일어났다.

"갈래."

"그래, 가자."

"아니, 혼자 갈래."

"뭐?"

"괜찮은지만 보고 올 거야. 괜찮은지만."

그가 너무 보고 싶어서 견딜 수가 없었다. 몰래 그를 보고 와서 그가 멀쩡해 보인다면 이대로 단념하자. 하지만, 그 역시 힘들어 하고 있다면……. 그렇다면 뭘 어찌해야 좋을지 알 수 없었다. 하지만 다른 건 아무것도 재지 말고 정우만 보고 오자. 그게 그녀가 내린 결론이었다.

거울로 온통 엉망이 된 얼굴을 들여다보다 또다시 한숨을 내쉰 유주는 힘없이 집을 나섰다. 그러나 막상 카페 앞에 도착하고 나니 용기가 사라졌다. 그와 함께 있을 때면 늘 겁 없이 대담하게 행동하곤 했는데, 지금은 이상하게도 자신이 없었다. 그를 마주하게 되면 어떤 말을 하고 어떤 행동을 해야 할까. 그는 어떤 얼굴을 할까. 고장 나버린 것 같은 머리를 안고 유리창 너머의 풍경만 멍하니 쳐다보고 있는데, 불현듯 누군가가 뒤에서 어깨를 툭 쳤다.

"유주 씨?"

순간 놀라서 뒤를 돌아보았다가, 유주는 다시 허탈한 숨을 내쉬었다. 그 찰나의 순간에도 정우이기를 간절히 바랐지만 목소리를 듣자마자 알았다. 그가 아니라는 걸.

"유주 씨 맞구나."

목소리의 주인공은 준수였다. 아르바이트를 그만둔 지 얼마나 됐다고 그새 깜빡 잊고 있었는데, 오늘이 그가 가게에 나오는 날이었나 보다.

"안녕하세요…… 사장님."

"오랜만이에요."

의아한 눈으로 그녀를 살피다 먼저 인사를 건넨 준수의 표정이 이내 차분하게 가라앉았다. 어쩔 줄을 몰라 어색하게 서 있는 유주를 본 그가 다시 입을 열었다.

"잘 지내는 거냐고 물으려고 했는데 유주 씨 얼굴 보니까 그런 뻔한 인사도 못 하겠네요. 연습생 생활이 만만치 않은가 봐요."

"아…… 아니에요. 저 잘 지내요."

스스로 생각해 봐도 속이 뻔히 들여다보이는 거짓말이었다. 그 답에 더는 대꾸하지 않고 그녀를 물끄러미 바라보던 준수가 말했다.

"시간 괜찮으면 잠깐 들어와서 차 한잔하고 갈래요?"

"네? 아, 아니요. 괜찮은데……."

"들어와요."

잔잔한 미소를 지은 그가 앞장서서 가게 안으로 들어갔다. 그의 뒷모습을 멍하니 쳐다보며 잠시 망설이다, 결국 유주는 안으로 한 걸음을 들여놓았다.

눈치를 보면서도 제일 먼저 정우의 자리를 살폈지만 그곳은 사람의 그림자 하나 없이 비어 있었다. 그걸 깨달은 순간 가슴 한 구석도 텅 비는 것 같았다. 그렇지만 내색할 수가 없어 조용히 카운터 앞 테이블에 앉았는데, 금세 커피를 내려 모카 라떼 한 잔을 내온 준수가 건너편에서 잔을 밀어놓았다.

"유주 씨 이거 좋아하죠? 따뜻할 때 마셔요. 식기 전에."

그의 말대로 짧게나마 이곳에서 일할 때 갓 내린 커피 향을 참 좋아했다. 그러나 지금은 부드러운 모카 향을 맡고도 마음이 풀리지 않았다. 혀끝에서 느껴지는 맛은 분명 달콤하고 금방이라도 녹아내릴 것 같은데, 이상하게도 마음은 여전히 꽁꽁 얼어 있었다.

그러다보니 커피도 쓰게만 느껴지는 것 같아 금세 잔을 내려놓은 유주는 자신을 바라보고 있는 준수와 시선을 마주했다. 가장 궁금한 건 정우의 안부였지만 차마 그의 이야기를 먼저 꺼낼 수가 없어서, 결국 제일 먼저 입 밖으로 낸 말은 의미 없는 안부 인사였다.

"사장님은…… 그동안 별일 없으셨어요?"

"나야 늘 똑같죠. 늘 활기차던 유주 씨가 없어서 가끔 허전하긴 해도."

그렇게 대답한 그가 옅게 미소 짓는데, 아무 말도 나오지를 않았다. 누군가와 대화를 이어가는 게 어렵다고 생각한 적 없었다. 그런데 나름대로 잘 아는 사이인 그와 이야기를 나누는데도 자꾸만 대화가 뚝뚝 끊어졌다. 자연스럽게 이어갈 말이 도무지 떠오르지를 않았다. 그래서 잔을 손에 꼭 쥔 채 괜스레 주위만 두리번거리고 있는데, 불쑥 튀어나온 준수의 물음이 정신을 일깨웠다.

"정우 찾아요?"

별거 아니라는 듯 묻는, 그러나 어딘가 확신에 찬 질문이었다. 그의 입에서 나온 그 이름에 찬바람이라도 지나간 것처럼 가슴이 덜컹했다. 다시 준수에게 시선을 고정시킨 채 아무 말도 못 하고 있는데 그가 스스로 덤덤히 답을 건넸다.

"정우 여기 없어요."

"아저씨…… 또 아픈 거예요?"

"그런 거 아니에요."

"그럼…… 어디 갔어요?"

"정우 이제 여기 안 나와요."

"……."

"안 올 거예요, 다시는."

그 차분한 대답에 겨우 다잡았던 마음이 다시 울컥했다. 오지 않는다. 다시는. 저 말이 무슨 뜻일까. 잔을 쥔 손이 조금씩 떨려왔다. 한참이 지나서야 유주는 겨우 입술을 떼 짧은 물음을 뱉어냈다.

"왜…… 왜요?"

"……."

"괜찮은 거예요? 많이 아픈 거 아니에요? 여기도 못 나올 만큼? 그것도 아니면, 혹시 그새 다른 데로 이사라도……."

"유주 씨. 두 사람 사이에 정확히 무슨 일이 있었는지 나는 몰라요. 아무것도 들은 바 없으니까."

"……."

"그런데, 이거 하나는 알아요. 그 친구가 유주 씨 덕분에 많이 변했어요. 전보다 여유도 생기고, 가끔은 웃기도 하고. 유주 씨는 잘 모를 수도 있겠지만 내 눈에는 보였어요. 그런데, 이제는 정우 찾지 마요."

"사장님."

"유주 씨는 할 만큼 했어요."

부드러우면서도 단호한 말투였다. 할 만큼 했다는 말이 마치 사형 선고처럼 느껴져서 유주는 여전히 할 말을 찾지 못한 채 그의 얼굴만 뚫어져라 쳐다보았다.

"그 친구, 유주 씨가 감당하기 힘든 사람이에요."

"……."

"유주 씨 아직 어리잖아요. 이뤄야 될 꿈도 있고. 유주 씨는 밝고 씩씩하게 웃는 게 제일 잘 어울려요. 지금처럼 축 처진 얼굴로 우는 거, 유주 씨답지 않아요. 그 친구도 그걸 알아서, 유주

씨가 이러는 걸 원하지 않아서 숨은 거예요. 그러니까 이제 그만 해요."

그 말까지 듣고 나서야 비로소 그쳤던 눈물이 다시 툭 떨어져 내렸다. 언젠가 원호가 했던 말이 함께 떠올랐다.

"정신 차려라 이유주. 너 스무 살이야. 뭐가 아쉽다고 그 창창하고 예쁜 나이에 서른 살 아저씨를 쫓아다녀?"

늘 저 힘든 것만 생각했다. 그러나 이제 와 돌이켜 보니 정우에게는 더 버거운 일이었을 거다. 그녀에게 말하고 싶어도 그러지 못했던 것들의 무게가 매순간 그를 짓눌렀을 텐데, 그런 그의 손을 먼저 놓아버렸다. 거기까지 생각하니 더 견딜 수가 없어서 유주는 준수에게 애원하듯 매달렸다.

"아저씨 잘 지내는 거예요?"

"그 친구가 어떻게 지내는지, 이제 궁금해 하지 마요. 다 잊어버려요."

"괜찮은 건지, 아프지는 않은 건지…… 그것만 알려주세요."

"괜찮을 거예요."

아, 하지만 그런 대답만으로는 마음을 놓을 수가 없다. 벌떡 자리에서 일어난 그녀는 준수에게 인사도 남기지 않고 밖으로 달려 나갔다. 그토록 많이 울었는데도 여전히 흐를 눈물이 남아 있는지 어느덧 눈물이 앞을 가리고 있었다.

쉼 없이 흘러내리는 눈물을 닦을 생각도 하지 못한 채 유주는 핸드폰을 꺼냈다. 입 밖으로 새어 나오는 울음을 꾸역꾸역 삼키면서도 서둘러 그의 번호를 찾아 눌렀지만 돌아온 건 전화기가 꺼져 있다는 멘트뿐이었다. 핸드폰을 든 손이 맥없이 떨어지고, 더 많은 눈물이 주르륵 아래로 떨어져 내렸다. 바보처럼 제자리에 서서 한참을 울다 아무래도 안 될 것 같아서, 그녀는 결국 달리기 시작했다.

보고 싶다. 너무, 너무나.

제일 먼저 찾은 곳은 마지막으로 그를 만났던 시장통이었다. 혹시나 그를 알아보지 못하고 지나칠까 봐 자꾸만 시야를 가리는 눈물을 닦아내며 달리는 와중에도 눈은 끊임없이 그와 함께했던 순간들을 읽었다. 그의 다정한 표정을 처음 보았던 액세서리 가판대, 투덜대는 정우를 억지로 데려갔던 떡볶이 포장마차, 그리고 갑자기 내리던 비를 피하러 들어갔던 어느 건물 처마. 자꾸만 그가 보여서 쉼 없이 달리다 몇 번이나 멈춰 서야 했다.

하지만 그는 없다. 그 어디에서도, 진짜 그는 찾을 수가 없었다.

거기서 포기하지 않은 유주는 이번에는 이태원 골목들을 헤매기 시작했다. 어느 늦은 밤 처음으로 발작을 일으킨 정우를 발견했던 골목으로, 뒤늦게 그를 알아봤던 골목으로. 그가 또 어딘가에서 혼자 아파하고 있는 건 아닐까. 그런 생각들에 미친 듯이 이곳저곳을 헤매고 다녔지만 여전히 그를 볼 수는 없었다.

"어디 있어…… 어디 있어요, 아저씨."

손잡고 나란히 걷던 거리 위에 혼자 우두커니 멈춰 선 유주는 불현듯 스쳐 간 서늘한 바람에 결국 엉엉 소리 내 울고 말았다. 여름이 끝나간다는 게 느껴졌다. 어느덧 가을이 성큼 다가와 있었다. 그를 만났던 계절이 기운을 다해가는 것처럼 그와의 인연도 여기까지인 걸까.

첫 만남부터 그들의 곁에 함께했던 우연이, 왜 오늘은 이토록 멀리 있는 걸까.

✵

홀로 남산을 찾았다. 머릿속을 비운 채 아무 생각도 하지 말고 걷자는 의도였으나, 실은 유주의 흔적을 찾고 싶었다. 그녀를 찾아갈 용기는 없더라도 그녀와 함께했던 기억만이라도 되돌리고 싶었다.

그때처럼 케이블카를 타지 않고 걸어서 높은 곳까지 올랐다. 비 오듯 땀이 흐르고 숨이 턱까지 차오를 때까지 걷고 또 걸었다. 태양이 아직 중천에서 붉게 이글거릴 때 출발했는데 전망대에 도착하고 나니 어느덧 해가 지고 사방에 어스름이 깔려 있었다. 처음으로 발길을 멈추고 나자 허탈한 숨이 터져 나왔다.

처음 읽었을 때는 무심코 흘려보냈던 어느 시의 한 구절이 불현듯 가슴을 내려쳤다. 그녀를 떠올리지 않으려고 미친 듯이 걸었으나 그 길의 끝에서 그를 맞이한 건 그녀와의 기억들이었다. 가슴이 터져 나갈 듯 숨이 가쁜 것보다 끝없이 물결치는 그리움의 여파가 더 컸다. 목이 싸할 정도로 끊임없이 숨을 헐떡이는 와중에도 마음 한구석이 허전해서 견딜 수가 없었다.

못이 박힌 것처럼 한동안 제자리에 서 있던 정우는 한참이 지나서야 자물쇠가 잔뜩 걸려 있는 철조망으로 다가갔다. 놀란 눈을 동그랗게 뜨고 빼곡히 찬 자물쇠들을 바라보던 유주의 모습이 마치 어제인 것처럼 눈에 선했다.

"뭐라고 쓸 건데?"
"비밀."

어둠 속을 한참이나 더듬던 그는 이윽고 그녀가 걸었던 자물쇠를 찾아냈다. 희미하게 쏟아지는 빛에 유주가 쓴 글씨들이 비쳤고 자물쇠만 뚫어져라 쳐다보던 정우는 이내 떨리는 손으로 자물쇠를 꽉 움켜쥐었다. 그 앞에서 아무것도 하지 못하던 그는 다시 한참이 지나서야 쓸쓸히 걸음을 돌렸다. 그리고 그녀가 남몰래 남긴 하나의 문장은 여전히 아무 일도 없었다는 듯이 수많은 사랑의 언어들 사이에 남았다.

아마도 두 번 다시 이곳에 나란히 발걸음을 하는 일은 없겠지.

끝내 지키지 못할 약속을 뒤로하고 또다시 발걸음을 돌리는 길은 한없이 무겁고, 또 길었다. 헤어짐의 여파인지, 내리는 비를 모두 맞은 탓인지 그는 끝내 독한 감기에 걸려 앓아누웠다. 발작을 일으킨 것도 아닌데 자리에서 한 발자국도 움직일 수가 없었다. 잠이 오지도 않았다. 눈앞에서 끊임없이 유주의 모습이 왔다 갔다 해서.

매일같이 출근 도장을 찍던 준수의 카페에도 더는 가지 않았다. 늘 틀에 박혀 있던 그의 일상은 이제 소리 없이 궤도를 벗어났고, 정우는 집 안에 틀어박힌 채 한 발자국도 밖으로 나가지 않았다.

"혼자 숨어 있으려고 하지 마요. 가끔 이렇게 조용히 걸으면서 시장 구경도 하고, 사람 많은 곳에 가서 맛있는 음식도 먹고, 볕 좋은 날에는 나와서 해바라기도 하고."

그녀가 마지막으로 했던 말대로 어떻게 해서든 살아보려고 했다. 그 당부라도 지키면 조금이라도 유주를 위한 일이 될 것 같아서. 억지로 건반을 두드리고 악보를 들여다보았다. 하지만 피아노 소리는 먼지가 되어 허공에 날리고 오선지 위의 음표들은 더 이상 아무 의미도 없는 까만 점일 뿐이었다. 곡은 이제 한 줄도 써지지 않았고, 정우는 그제야 깨달았다. 유주가 자신에게 생각 이상으로 커다란 존재가 됐다는 것을.

그때부터 사는 게 의미가 없었다. 늘 무의미하게 살아왔다고 생각했는데, 유주가 처음 그의 앞에 나타나 손을 잡아준 순간부터 세상이 조금은 다른 의미가 됐나 보다. 그저 그렇게 흘려보낸 나날들이 원래의 일상이었을 뿐인데, 단지 그녀가 갑작스레 제 삶에 뛰어들기 전으로 돌아갔을 뿐인데 이상하게도 지금은 마치 고장 난 시계처럼 모든 게 어긋나고 무언가 잘못됐다는 생각밖에 들지 않았다.

늘 온갖 소리의 색들로 가득했던 그의 세상은 이제 빛을 잃고, 색깔을 잃었다. 세상이 온통 무채색 어둠 속에 잠겨 들었다. 죽지 못해 산다는 것이 어떤 의미인지 이해가 가기 시작했다. 스스로 생각해 봐도 한심하기 짝이 없었으나 그를 살아가게 한 단 하나의 이유였던 음악조차 마음대로 되지 않으니 아무것도 할 수가 없었다.

그로부터 얼마나 많은 날들이 흘러갔는지, 오늘이 대체 며칠인지 아무것도 머릿속에 들어오지 않았다. 찾아오는 이 한 명 없는 공간에 죽은 듯이 누워만 있는데, 어느 순간 초인종 소리가 났다. 한 번씩 띄엄띄엄 들려오던 소리가 점차 물밀듯이 밀려오고, 정우는 자리에서 몸을 일으켰다.

"설마……."

그 중얼거림에 응답이라도 하듯 이번에는 가느다란 목소리가 들려왔다.

"아저씨."

눈앞에 미약하게나마 흐린 무채색의 안개가 번졌다. 그때나 지금이나 단번에 알아들은 목소리였다. 그 자리에 그대로 얼어붙은 정우는 문 너머에서 들리는 목소리에 귀를 기울였다.

"나예요, 아저씨. 여기에는 있는 거죠. 제발 대답 좀 해줘요."

"……."

"아프지 말라고 했잖아요. 울지도 말고, 이렇게 혼자 꽁꽁 숨어버리지도 말라고…… 내가 그랬잖아요. 제발…… 제발 대답이라도 해줘요. 얼굴은 안 보여줘도 되니까 목소리라도 들려줘요.

괜찮은지만 알고 가게, 그것만이라도 알 수 있게."

햇빛 내리쬐는 맑은 날처럼 늘 쨍쨍하던 하이 톤의 밝은 음성이 잔뜩 갈라져 있었다. 옅은 안개는 곧 바람에 씻기듯 사라졌으나 목이 쉬고 탁해진 목소리만 들어도 우는 얼굴이 고스란히 눈앞에 그려져 그는 저도 모르게 자리에서 벌떡 일어나 현관으로 다가갔다. 들려오는 말소리에 점점 울음이 섞이기 시작했다.

"어디에서도 찾을 수가 없어서 여기까지 왔단 말이에요. 나 안갈 거야. 대답해 줄 때까지 여기서 기다릴 거예요. 나 지금 걱정해서 이러는 거 아니에요. 나 이제 아저씨 안 걱정해요. 그냥…… 그냥 내가 미칠 것 같아서 그래요. 그러니까 나 좀 살려줘요."

무의식중에 문손잡이에 올려놓았던 손이 스르르 아래로 떨어졌다. 차마 문을 열 수가 없어서, 정우는 차디찬 현관문에 손을 댄 채 이를 악물었다. 사랑이라고 믿은 적 없었다. 제가 느끼는 감정들에 감히 그런 이름을 붙일 수 있을 거라고, 생각한 적 없었다.

"내가 다 잘못했어요. 다 거짓말이야. 나 지금 하나도 안 행복해요. 괜찮을 줄 알았는데, 아무것도 아닐 줄 알았는데…… 하나도 안 괜찮단 말이에요."

그런데, 저 말에 이토록 아픈 게 사랑이 아니라면 또 무엇이 될 수 있을까. 얼굴을 마주하지 않아도 귓가에 박히는 목소리만으로 이렇게 가슴이 뻐근해 오는 게 사랑이 아니라면.

"그러니까 목소리라도 들을 수 있게 해줘요. 괜찮다고, 잘 있다는 한마디라도 좋으니까 제발…… 대답 좀 해줘요."

목소리에 섞여 들었던 울음소리가 점차 커지기 시작하더니 끝내 입 밖으로 나오는 말까지 잡아먹었다. 더는 말을 잇지 못한 유주가 엉엉 큰 소리로 울기 시작했다.

누군가의 울음소리가 이토록 마음을 갈기갈기 찢어놓을 수 있는지, 처음 알았다. 이 문이 언제부터 이렇게 커다란 벽이었을까. 문 하나를 사이에 두고 고스란히 전해져 오는 소리를 더는 듣고만 있을 수 없어서 정우는 결국 충동적으로 문을 열어젖혔다.

순식간에 문 밖에 서 있는 유주의 손목을 붙잡은 그가 그녀를 그대로 안으로 끌어당겼다. 쾅 하는 둔탁한 소리와 함께 현관문이 닫혔고 유주의 몸이 문에 부딪쳤다.

"너 여기가 어디라고 와."

등이 부딪쳐 아픈 것보다, 차디찬 문에서 올라오는 냉기보다 얽혀든 시선에 순간 울음소리가 멎었다. 눈앞을 뿌옇게 가리던 마지막 눈물 한 방울이 끝내 아래로 떨어지고, 그제야 시야가 또렷해졌다. 이제야 마주한 정우의 얼굴 앞에서 유주는 더는 울 수가 없었다.

"얼굴이…… 이게 뭐예요."

그의 얼굴을 마주한 순간 목이 메어서 안 그래도 엉망이던 목소리가 듣기 싫게 뚝뚝 끊겼다. 못 보던 사이에 그의 얼굴은 잔뜩 초췌해져 있었다. 차가운 말을 내뱉는 목소리도 엉망으로 갈라졌다. 더는 그러지 않길 바랐는데, 그랬는데.

"다 상했잖아……."

제 얼굴로 뻗으려는 유주의 손을 단번에 막아 아래로 내린 정우가 무겁게 한숨을 쉬었다. 그렇게 말하는 그녀의 얼굴도 더 나을 게 없었다. 늘 생기 넘치던 눈은 온통 눈물로 젖어 있고, 뽀얗던 피부는 한눈에 보기에도 푸석푸석했다. 지금 누가 누굴 걱정하는 건지 몰라 속으로 쓰게 웃은 그가 마음과는 달리 서늘한 목소리로 다시 입을 열었다.

"먼저 나 만나지 않겠다고 한 사람은 너야. 그런데 날 왜 찾아와, 네가."

"아저씨가 이렇게 되길 바라고 한 말이 아니었어요. 잘못했어요, 아저씨. 내가 다 잘못했어요."

무조건 잘못했다고 말하며 우는 유주를 보고 있으니 또다시 날카로운 칼날에 마음 한쪽이 베여 나가는 것 같았다. 아무것도 잘못한 게 없다는 걸 아는데 부드러운 말로 우는 걸 달래줄 수조차 없어서. 진심으로, 울고 싶었다. 이토록 나약한 스스로가 저주스러워서.

"겁도 없이 여길 왜 찾아와. 내가 너한테 무슨 짓을 할 줄 알고, 널 어떻게 할 줄 알고."

"아저씨…… 그런 사람 아니잖아요."

"네가 나에 대해 알면 얼마나 알아."

결국 입 밖으로 나온 건 유주가 처음 이곳에 왔을 때 했던 것과 똑같은 말이었다. 그러나 그때와 달리 그녀는 이번에는 그런 게 아니라는 대답을 하지 못했고, 정우는 무겁게 말을 이어갔다.

"다 알았다고 했어? 내가 어떤 사람인지, 우리가 왜 그렇게 만나야 했는지?"

"……."

"아니, 너는 몰라. *그러니까 들어봐. 내가 얼마나 못난 인간인지, 얼마나 무능하고 형편없는 사람인지. 내가 직접 말할 테니까.*"

그 말에 유주는 숨도 제대로 쉬지 못한 채 뚫어져라 그를 쳐다보았다. 피하지 않고 덤덤히 그 두 눈을 마주하던 정우는 이내 온갖 흉터들로 가득한 제 손을 내려다보며 실소를 지었다. 그는 그렇게 이야기를 시작했다. 아주 오랜 시간 동안 제 마음속에만 숨겨두었던 이야기를.

"네가 언젠가 물었지. 손에 왜 이렇게 상처가 많으냐고."

기억한다. 그 물음에 그는 이렇게 대답했다. 어렸을 때 너무 많이 넘어져서 그런 거라고. 그런데 그 얘기는 갑자기 왜 또 꺼내는 걸까.

"몸이 약해서도 아니었고, 덜렁대는 성격 때문에 그런 것도 아니었어. 난, 너의 목소리가 보여."

"……."

"네 목소리뿐만 아니라 온갖 소리들의 색이 보여. 어렸을 때 많이 넘어졌던 건, 그것 때문이었어. 주위에 사람들이 많을 땐 한꺼번에 너무 많은 소리들이 보여서 사람들로 붐비는 거리는 제대로 다닐 수가 없었으니까. 어린 내가 모르는 소리들이 너무 많아서, 처음 보는 색에 정신이 팔려서 앞을 제대로 볼 수가 없었거든. 지금이야 껍데기뿐이라도 어른이 됐지만, 그때에는 그 모든 소리들을 감당하기에는 내가 너무 어리고 조그만 아이였으니까."

"……."

"이런 말도 안 되는 얘기를 하는 내가 미친놈처럼 보이겠지, 알아. 공황장애 히키코모리, 그게 이미 내 별명인데 소리의 색까지 보인다는 얘기를 하면 누가 나를 제정신으로 보겠어. 그래서 아무한테도 이 얘기는 한 적 없어. 심지어 우리 아버지도 몰라. 이 세상에 그 사실을 아는 사람은 딱 한 명, 우리 어머니뿐이었어."

고요하게 맞닿은 시선 속에서 말을 잇던 그가 다시금 작게 실소를 흘렸다. 가슴에만 묻어둔 이야기를 꺼내면 본론으로 들어가기도 전에 어린애처럼 울어버리지 않을까 싶었는데, 막상 마음에 들어 찬 이야기를 조금씩 덜어내고 나니 오히려 덤덤해졌다.

"아니, 이제는 아무도 없지. 어머니는 오래전에 돌아가셨으니까. 어쨌거나, 아무것도 모르던 어린 내가 처음 어머니가 치는 피아노 소리의 색이 보인다는 말을 했을 때, 어머니는 놀라거나 당황하지도 않고 웃으면서 말씀하셨어."

"피아노 소리가 쏟아지는 햇빛 색으로 보여? 그거 참 멋진 일이네. 우리 아들이 참 특별한 능력을 가졌구나."

"우리 어머니는 가수셨어. 어머니가 노래를 할 때면 늘 다른 색이 보였고, 어머니는 노래가 끝나고 나면 늘 웃으면서 내게 이번에는 어떤 색이 보였는지 물으셨어. 그런 어머니가 계속 내 곁에 계셨다면, 아마 내가 다 커서 그게 정상이 아니라는 걸 알았을 때도 지금처럼 누군가에게 이 사실을 들키지 않으려 급급하지는 않았을 수도 있겠지. 가수인 어머니와 그런 어머니를 세상 무엇보다 사랑하셨던 잘나가는 음반 제작자인 아버지, 그리고 나. 행복한 가정에서 난 나름대로 특별한, 사랑받는 아이로 자랐을 테니까."

그러나 한순간에 모든 게 망가지는 건 얼마나 쉬운가. 찬란하게 눈부신 하늘이 아주 찰나의 순간에 잿빛 먼지로 뒤덮일 수도 있다는 걸, 너무 일찍 알았다. 오랫동안 저편에 묻어둔 기억을 헤집는 그의 얼굴에 순간적으로 괴로운 낯빛이 스쳤다.

"열한 살 때였나. 외국으로 공연을 가는 어머니를 따라간 적이 있었어. 다른 일정이 있었던 아버지는 함께하지 못하는 걸 아쉬워하셨고, 공항으로 향한 건 어머니랑 나 둘뿐이었지. 긴 비행시간 내내 어머니랑 나는 웃기만 했어. 창밖으로 보이는 구름 조각이 신기하고, 처음 듣는 비행기 엔진 소리가 꼭 번개처럼 보인다는 얘기를 하면서."

"……."

"그리고 우리가 탄 비행기는 착륙을 30분 남기고 700m 상공에서 추락했어."

그 말에 유주는 저도 모르게 터져 나온 비명을 삼켰다. 그러고 보니 오래전 자신이 이 자리에서 그에게 했던 말이 머릿속을 스쳤다.

"가본 적도 없는 나라에 비행기 추락 사고가 일어나도, 사람들은 걱정해요. 얼굴도 모르는 사람들이 죽었을까 봐, 다쳤을까 봐."

그 말을 듣고 있던 정우의 얼굴 위로 동요의 기색이 일던 기억이. 지금 말을 잇는 그의 표정도 걷잡을 수 없이 흔들리고 있었다.

"조명이 나가고, 미친 듯이 흔들리던 비행기가 머리카락이 곤두설 정도로 끝없이 아래로 떨어지는 와중에 누군가가 내 몸을 감싸고 끌어안았어. 나중에 정신을 차려보니 주위가 온통 암흑이더라. 그렇게나 사람이 많았는데 사방은 무섭도록 고요하고, 간혹 들려오는 건 고통스러운 신음뿐이고. 태어나서 처음 듣는 그 소리에 눈앞이 온통 깜깜하고 어지럽게 빙빙 돌았어. 하필이면 산산조각 난 비행기 동체에 왼쪽 다리가 깔려서 움직일 수도 없는데, 그때 노랫소리가 들렸어."

어머니가 늘 자장가처럼 불러주던 노래였다. 그 노래를 들을 때면 늘 눈앞에 넓고 푸른 바다가 넘실거렸다. 늘 마음을 편안하게 해주던 그 소리에, 그 평화로운 색채에, 온통 절망뿐이던 세상이 서서히 차분하게 가라앉았다.

"그래서 난 몰랐어. 나도 느끼지 못한 어느 순간 그 노랫소리가 끊겼다는 걸, 나 하나 살리겠다고 몸을 던진 우리 어머니가…… 바로 내 코앞에서 숨을 거두셨다는 걸."

"괜찮아, 정우야. 엄마가 있잖아."

마지막으로 들었던 목소리가 마치 어제 일인 것처럼 생생하게 귓가를 맴돌았다. 정우와 유주의 눈에서 동시에 눈물이 떨어져 내렸다. 그는 고통스러워서 울었고, 그녀는 불쌍해서 울었다. 눈앞에서 어머니를 잃었을 열한 살 소년이 불쌍해서, 그 나이의 두 배가 넘는 나이가 되고도 여전히 그 기억에 짓눌려 벗어나지 못하는 서른 살의 남자가 불쌍해서.

"어머니는 나 말고 우리 옆에 있던 갓난아기 한 명까지 살리고 가셨어. 수백 명의 승객들과 승무원들 중에서 생존자는 채 열 명도 되지 않았던 그 끔찍한 사고에서, 그렇게 내가 살아남았어. 우리 어머니 덕분에."

"……."

"네 표현대로 얼굴도 모르는 전 세계 사람들이 안도하고 걱정하는데, 이 세상의 딱 한 사람만은 예외였지. 어머니를 너무나도 사랑했던 우리 아버지는, 자신이 그토록 사랑했던 아내가 마지막 순간에 아들을 구하느라 스스로를 돌보지 못했다는 사실을 견디지 못하셨으니까."

아버지가 가장 저주하는 건 하나뿐인 아들이 사랑하는 아내를 죽이고 홀로 살아남았다는 현실이 아니라, 자신이 그 비행기에 함께 타지 못했다는 사실이라는 걸 알고 있었다. 그래서 차마 아버지를 원망할 수가 없었다. 어리고 나약한 아들 대신 자신이 아내를 구하지 못했다는 게, 아내의 마지막 순간에 함께하지 못했다는 게 그에게 평생의 크나큰 한으로 남았다는 걸 알고 있기에.

"다들 내가 아직 어려서 금방 털고 일어날 거라고 믿었는데, 그러지를 못했어. 그때의 트라우마는 오히려 서서히 내 발목을 잡고 늘어지기 시작했으니까. 죄책감 때문에 아버지를 아버지라고 부르지도 못했고, 결국 친구들이 사춘기를 겪을 때쯤 나한테는 공황장애가 찾아왔어."

그러나 정우의 곁에는 더 이상 따스히 감싸줄 어머니가 존재하지 않았다. 감수성 풍부하고 순수하던 소년이 점차 삐뚤어지고 예민해질 때까지, 어느 누구도 따뜻하게 그의 손을 잡아주지 않았다.

"내가 어떻게 너를 알아봤는지 알아? 네가 불러줬던 노래 때문이었어. 그 노래였거든. 어머니가 늘 나한테 불러주시던 노래, 어머니가 돌아가시던 마지막 순간에 내가 들었던 노래."

"……."

"어머니의 목소리로 그 노래를 들을 때면 보이던 색을, 네 목소리에서 봤어."

사고 이후로 누구에게도 정을 붙이지 못했다. 모두에게 삐딱하게 굴기만 했다. 그러나 유독 유주가 처음부터 신경에 거슬렸던 건 바로 그것 때문이었다. 어머니가 불러주던 노래, 어머니의 목소리에서 보이던 색채. 그것도 모자라서 그녀의 목소리는 다른 사람들의 획일적인 컬러와는 달리 들을수록 점점 더 다양한 색채들을 그의 눈앞에 펼쳐 놓기 시작했다. 한때 그의 어머니의 목소리가 그랬던 것처럼.

그가 이야기를 모두 마치자 정적이 이어졌다. 여전히 두 눈을 마주한 채, 두 사람은 소리 없이 울었다. 한참이 지나서야 간신히 서글프게나마 미소를 지은 정우가 잔뜩 잠긴 음성으로 다시 조용히 발문을 뗐다.

"이제 알겠지, 내가 얼마나 하자투성이인 사람인지."

"아저씨 잘못이…… 아니잖아요."

그 말에 더 많은 눈물이 쏟아져 내렸다. 서른이 될 때까지, 그런 말을 해주는 사람을 만나지 못했다. 단 한 명도. 하지만 어쩌면 이미 너무 늦은 걸까.

"아저씨 잘못 아니에요."

팔을 뻗어 꼭 안아주고 싶은데 도무지 가까이 오지 못하게 하는 정우 때문에 유주는 결국 또 울고 말았다. 그의 앞에서 또 울어버리면 그가 너무 힘들어질 것 같아 그러지 않으려 했지만, 안쓰러워서 견딜 수가 없었다. 그 앞에서 쓰게 웃고는 눈을 한 번 감았다 뜬 그가 다시 덤덤한 어조로 입을 열었다.

"이제야 속이 좀 후련하네. 그동안 못 했던 말들 다 털어놓게 돼서. 이럴 줄 알았으면 진작 말할 걸 그랬나."

"……."

"넌 나한테 과분할 정도로 좋은 사람이었어. 그런데 너한테 난 아니야. 나는 너보다 열 살이나 많아. 그런데도 진짜 어른으로 크지는 못했고. 너만큼도 어른이 되지 못했어, 난. 머리부터 발끝까지 문제투성이에 누군가를 행복하게 만들어줄 수도 없어. 네가 그랬지. 지금보다 더 행복해질 거라고, 그런데 이렇게 계속 기다리기만 하다가는 행복하지 못할 것 같다고. 네 말이 맞아. 그러니까 더는 나 찾아오지 마. 이제는 나도 너 안 봐."

"싫어요. 안 갈 거야."

듣고 싶지 않다는 듯 마구 고개를 가로저은 유주가 엉망으로 씹혀드는 목소리로 간신히 그런 대답을 내뱉었다. 하지만 눈앞의 그는 그저 조용히 고개를 저을 뿐이었다. 아무리 고집을 부려도 소용없다는 듯이.

"널 만나고 난, 처음으로 조금이나마 진짜 사람 같았어. 보통 사람처럼 살아볼 수 있었어. 고마워."

"그렇게…… 정말 끝인 것처럼 말하지 마요."

"아니, 해야 돼. 이제 그만 네 갈 길 가. 날 위해서 울지도 마. 내 옆에서 시간 낭비 그만하고 더 행복해져. 넌 그럴 자격 있고, 충분히 그럴 만한 능력도 있는 사람이니까."

차라리 화를 내며 가라고 한다면 끝까지 고집을 부리고 매달 릴 텐데, 오랜 시간을 지나온 이야기를 털어놓고도 담담하기만 한 정우의 모습에 어린아이처럼 떼를 쓸 수조차 없었다. 그는 스스로를 두고 어른이 되지 못했다고 말했지만 확실히 그는 유주보다 어른이었다. 그런 그에게 매달리지도 못하고, 그대로 돌아서서 가지도 못하고 그저 울고만 있는데 조용히 한숨을 내쉬고는 손을 뻗어 흐르는 눈물을 닦아준 정우가 말했다.

"그만 울어. 예쁜 얼굴 다 망가지겠다."

그 말에 유주는 울면서 웃고 말았다. 세상의 어떤 예쁘다는 칭찬이 이렇게 슬프게 들릴 수 있을까. 가장 해사하게 웃을 때도 예쁘다는 말 같은 건 하지 않던 그가 엉엉 우는 얼굴을 보고도 예쁘다고 하는데 환하게 웃을 수가 없다. 한때는 그에게 다른 무엇보다 예쁘다는 말을 듣고 싶었던 적이 있었는데, 그토록 듣고 싶었던 말을 이제야 들었는데 하나도 웃음이 나오지 않았다.

"너 예뻐. 많이, 정말 많이. 그러니까 더 좋은 사람 만나서 더 많이 웃고, 더 많이 사랑받고 살아."

"정말…… 안 되는 거예요?"

"그래."

"가끔 전화만 해도…… 안 돼요?"

"안 돼. 하지 마."

매달려도 그는 더 대답이 없다. 안 되는구나. 정말로 안 되는 거구나. 그의 단호한 목소리에 실감이 났다. 하지만 머리와 달리 마음은 그 사실을 받아들일 수가 없어서 소리 없이 울기만 하던 유주는 결국 그를 끌어안아 버렸다. 그가 밀어낼 새도 없이 순식간에, 그렇게. 작은 두 팔로 저보다 한참이나 더 큰 그를 안은 채 울고 말았다.

그런 그녀를 떼어놓으려다가 정우는 결국 아무것도 하지 못한 채 한숨만 쉬었다. 잔뜩 떨리는 어깨를 안아줄 수도 없어서, 그게 혹시나 미련의 여지를 남기게 될까 봐. 제대로 안기지도 못한 채 울기만 하던 유주는 한참이 지나서야 잔뜩 쉬어버린 목소리로 말했다.

"알았어요. 아저씨 말 들을게요. 아저씨가 나보다 더 어른이니까, 그러니까 아마 아저씨 말이 맞을 거라고 믿을게요. 안 괜찮을 것 같은데 아저씨가 더 많이 웃으라고 하니까, 더 행복해지라고 하니까 그래볼게요. 이제 더 이상 울지도 않고, 연습실도 다시 나가고, 예전처럼 씩씩하게."

"……."

"그런데, 아저씨도 나랑 약속 하나만 해줘요. 이제 그 사고가 아저씨 잘못이라는 생각은 그만해요. 아저씨 잘못 아니에요. 아저씨도 충분히 능력 있고, 좋은 사람이에요. 그러니까 지금까지보다 더 좋은 사람이 돼서 잘 살고 있는 모습만 보여줘요. 먼발치에서도 내가 안심할 수 있게, 아저씨 목소리는 못 들어도 아저씨가 만든 노래는 들을 수 있게……. 그러면 나도 노력할게요."

그제야 정우의 품에서 떨어져 나온 유주가 두 뺨을 적신 눈물을 닦아내고 그에게 새끼손가락을 내밀었다. 그 자그마한 손을 물끄러미 바라만 보다가, 그는 한참이 지나서야 손을 뻗어 손가락을 걸었다.

"그래. 할게, 약속."

잠시 맞닿았던 손가락 두 개는 곧 서로에게서 떨어져 제자리를 찾아갔다. 나지막하지만 분명한 음성으로 흘러나온 그의 대답을 듣고도 유주는 한참이나 그 자리에 서서 그를 올려다보았다. 이제 다 그친 줄 알았는데, 두 눈에서 또다시 왈칵 눈물이 쏟아졌다.

"나…… 진짜 가요?"

아, 그럼에도 남아 있는 미련은 도대체 어떻게 해야 하는 걸까. 이제 그만 손을 놓기로 결심하고도 마지막까지 그가 저를 붙잡아주기를 원하는 이 미련은.

"그래. 그만 가, 이제."

그걸 알았는지 쓰디쓴 웃음을 지은 정우는 먼저 유주에게서 등을 지고 돌아섰다. 다시는 자신을 향해 돌아설 리 없을 것 같은 그 등에서 멍하니 시선을 떼지 못한 채 서 있다가, 그녀는 결국 문을 열고 그의 집을 나섰다.

울지 않으려 애를 쓰고 또 쓰다 기어이 소리 내 우는 소리가 점차 멀어지다 아득히 사라지고, 더는 버틸 힘이 없어서 정우는 제자리에 주저앉았다. 까칠한 얼굴을 쓸어내리는 그의 입가에 언뜻 아픈 미소가 스쳤다.

"아저씨 말 들을게요. 아저씨가 나보다 더 어른이니까, 그러니까 아마 아저씨 말이 맞을 거라고 믿을게요."

이제는 더 내려앉을 가슴조차 남아 있지 않은 줄 알았는데, 마지막 안간힘을 써 내색하지는 않았지만 그 말을 듣는 순간 마음 한구석이 텅 비었다.

"아저씨도 나랑 약속 하나만 해줘요. 지금까지보다 더 좋은 사람이 돼서 잘 살고 있는 모습만 보여줘요."

곁에 있을 때 아무것도 해주지 못했으니, 마지막 약속이라도 지켜야겠지.

조금 전까지는 느끼지 못했던, 벽에 걸린 시계가 똑딱거리며 움직이는 소리가 그제야 귓가를 울렸다. 시간은 흐른다. 조금 더디게 느껴질지라도 이 고통스러운 시간도 결국 언젠가는 지나간다. 그걸 이미 알고 있음에도 불구하고 뼛속까지 들어차는 상실감에 그 자리에서 한참을 움직이지 못한 채, 정우는 같은 말만을 반복해서 중얼거렸다.

"그래, 살아볼게."

공허해진 가슴에 이제는 하나의 약속만이 남아 살아갈 이유를 만들었다.

흐린 가을 하늘에 편지를 써

"한 폭의 서정적인 그림을 음악에 담다……. 매너리즘에 빠진 한국 대중음악계의 새로운 미래……. 베일에 싸인 K-pop 신예 작곡가 한정우는 누구? 와, 일주일 동안 나온 기사가 대체 몇 개야. 사부님 요새 엄청 잘나가시네요."

"박소미. 그만 떠들고 빨리 스탠바이 안 해?"

"부러워서 그러죠, 부러워서."

"뭐?"

"누군 데뷔도 아직 불투명한데 대중 앞에 설 생각도 없는 우리 천재 작곡가 사부님은 기를 쓰고 달려들어서 기사 내보내 주려는 기자들이 널리고 널렸으니까."

도통 스마트폰에서 눈을 뗄 생각을 안 하는 소미의 모습에 혜드폰을 벗어 던지며 토크백을 누른 정우가 소리쳤다. 그러나 소미는 아랑곳하지 않고 조정실에 있는 그를 향해 짓궂게 웃으며 손까지 흔들어 보였다.

"너 그 핸드폰 압수해 버리라고 사장님한테 건의하기 전에 당장 내려놓고 노래에 집중해라."

"솔직히 말씀하시죠? 정말 소속사 없는 거 맞아요? 그렇다고 하기에는 언론 플레이가 장난이 아닌데."

이제 웬만한 공갈로는 조금도 기가 눌리지 않는 소미를 보며 정우는 다시금 인상을 썼다. 하지만 그것도 잠시 그는 이내 특유의 표정 없는 얼굴로 돌아와 대꾸했다.

"억울해? 억울하면 너도 성공해."

"와, 저 자신감. 그런데 그게 근거 있는 자신감이라 욕할 수도 없네."

"넌 내가 무섭지도 않냐? 저게 겁 없이 녹음실 안에서도 긴장을 안 하네, 이제."

"제가 제일 좋아하는 걸 하는데 왜 긴장을 해요?"

다른 연습생들은 한정우 석 자면 기겁을 하며 몸을 사리는데 유독 소미는 그의 앞에서도 천방지축이었다. 고작 두 번째 만남부터 대뜸 사부라고 부르기 시작하더니 이제는 그가 아무리 사납게 독설을 날려도 조금도 기가 죽지 않았다. 여전히 빙글거리며 웃고 있는 소미를 유리창 너머로 쳐다보고는 한숨을 쉰 정우가 다시 말했다.

"너 목 관리 안 하냐? 입 안 닫아? 그만 까불거리고 녹음 좀 하자, 녹음 좀. 나 지금 어금니 꽉 깨물었거든? 너 하나 때문에 김 기사님이랑 나랑 벌써 몇 시간째야, 이게."

"저 때문이라고요? 말도 안 돼. 이게 다 사부님 때문이잖아요. 숨소리 하나하나까지 다 체크하니까 그렇죠. 이것도 거슬린다, 저것도 마음에 안 든다, 다시 한 번 가자. 그 말이 벌써 몇 번째예요. 무슨 사람이 이렇게 완벽주의자야."

"박소미. 말대꾸 그만."

푸념 섞인 항변에도 정우는 꿈쩍도 하지 않았다. 다시 진지한 얼굴로 헤드폰을 뒤집어쓰는 그를 보면서도 여전히 억울한 표정을 하고 있던 소미는 결국 체념한 채 대답했다.

"알았어요, 알았어. 한 큐에 끝내 드릴게요."

"한 큐는 무슨. 네 실력에 어림도 없어. 방금 전에 부른 소절 거의 재앙 수준이었거든? 다시 갈 거야."

"또요? 이번에는 또 왜요!"

"내 마음이야. 내 노래니까."

"난 지금까지 부른 것 중에 제일 마음에 들었는데!"

"방금 전에 부른 게 제일 엉망이었어. 그 안목으로 퍽이나 성공하겠다."

"진짜 잘 부른 것 같은데…… 억울해요!"

"그럼 성공하라니까?"

"데뷔도 아직 못 했는데 성공을 어떻게 해요!"

"아니면 네가 직접 노래 만들든가. 그럴 깜냥이 안 되니까 네가 지금 여기 있는 거야. 그만 떠들고 브릿지부터 다시 불러. 지난날 그 시간으로 돌아간다면 얘기할게, 부터."

"여기서 어떻게 더 잘 부르란 말이에요!"

"어쭈, 막 대들지."

"방금 감정선 좋았는데!"

"좋긴 뭐가 좋아. 애절함이 하나도 안 들어가 있는데. 이 노래를 부르는 넌 첫사랑을 떠나보낸 걸 죽도록 후회하는 여자야. 그런데 사랑했던 시절로 시간을 돌리고 싶어 하는 마음이 고작 그 정도밖에 안 돼? 살면서 한 번도 후회 안 해봤어?"

"그러는 사부님은요?"

"뭐?"

"해봤어요?"

당돌한 반문에 처음으로 말문이 막혔다. 사랑을 놓쳤고, 마지막 약속을 지키기 위해 어떻게든 살아보겠다고 발버둥 치는 사이 꽤 많은 시간이 흘러 여기까지 왔다. 그러나 시간을 돌리고 싶다는 생각 같은 건 해본 적 없었다. 다시 그때로 돌아가 봤자 여전히 나약한 스스로가 있을 뿐이니까. 오랜만에 자신을 일깨운 생각에 잠시 쓰게 웃은 그는 이내 딱딱한 대답을 건넸다.

"없어."

"없어요? 진짜?"

"없다니까. 마지막 경고다. 노래 부를 준비나 해."

그렇게 말하고 다시 토크백을 누르려는데 방금 전까지보다 진지해진 소미의 목소리가 다시금 그를 붙잡았다.

"마지막으로 한 가지만 물어봐도 돼요?"

"이번에는 또 뭔데. 빨리 묻고 끝내. 시간 없어."

"이 곡, 사부님 경험이에요?"

"……."

"아, 그 나이에 첫사랑이라고 하긴 좀 그러니까…… 가장 최근에 했던 사랑 정도?"

그 물음에 그는 또다시 할 말을 잃었다. 지금 녹음 중인 곡을 쓰는 동안 내내 머릿속을 맴돌던 사람이 있었다. 실은 그래서 녹음 시간이 길어져 질질 끌리는 게 달갑지 않았는데, 정곡을 찌르는 말에 머릿속은 또 한 번 순식간에 엉망이 되고 말았다. 스위치 위에 손을 갖다 댄 채 한참을 상념에 잠겨 있던 그는 다시 무표정으로 돌아와 부스 안의 소미와 시선을 마주하며 말문을 뗐다.

"끝까지 말 안 듣고 실컷 떠들었으니까 각오해라. 브릿지. 테이크 7."

말이 끝나기가 무섭게 토크백이 닫혔고 다시 기나긴 녹음이 시작되었다. 마이크가 꺼져 있을 때는 천방지축이지만 일단 녹음이 시작되면 무섭도록 집중해 놀라운 실력을 보여주는 소미였다. 그러나 정우의 까다로운 기준을 충족시키기에는 역부족이었고 결국 녹음은 그로부터 두 시간이나 더 이어졌다.

마침내 레코딩이 완전히 끝났을 때는 그와 소미 모두 완전히 녹초가 되어 있었다. 피곤에 젖어 이마를 짚고 있던 정우가 녹음 부스에서 거의 기어 나오다시피 하는 소미를 보고는 피식 웃었다.

"오버하기는. 너 그냥 가수 때려치우고 연기나 해라. 그게 낫겠다."

"무슨 그런 섭섭한 말씀을! 그리고 오버 아니거든요. 진짜 힘들어 죽겠다고요. 밥도 못 먹고 이게 뭐야……. 이런 식으로 복수하는 법이 어디 있어요!"

"복수 같은 소리 한다. 내가 너처럼 공과 사도 구분 못 하는 사람인 줄 알아?"

"공과 사는 구분한다면서 잘했다는 칭찬 한마디도 안 해주실 거예요? 해주세요, 빨리. 오늘 고생했잖아요. 네?"

"입은 아직 살아 있는 거 보니까 할 만했나 보네. 더 할래?"

"와, 정말 끝까지. 그럼 소원이라도 하나 들어주세요."

그 단어에 희미하던 미소마저 사라졌다. 오늘따라 자꾸만 튀어나오는 유주와의 기억들이 그를 더 지치게 만들었다. 표정 관리를 전혀 하지 못한 채 소미를 쳐다보던 정우가 이내 고개를 설레설레 저으며 대꾸했다.

"너 오늘 정말 마음에 안 든다. 가서 밥이나 먹어."

"왜 마음에 안 들어요? 난 너무 좋은데, 좋아서 큰일인데."

"박소미."

"알았어요, 알았다고요. 나도 참 이상하지. 이렇게 말 한마디 예쁘게 할 줄 모르는 사람이 뭐가 좋다고."

"뭐?"

"그래도, 저희 데뷔 앨범 프로듀싱은 꼭 사부님이 해주셔야 돼요, 네?"

"싫어, 인마. 메인 보컬 한 사람 보컬 디렉팅만 해도 이렇게 진 빠지게 만들면서 총괄 프로듀서까지 하라고? 차라리 날 죽여라, 죽여."

"죽어도 어쩔 수 없을걸요? 사장님이 우리보다 더 믿고 사랑하는 게 사부님인데, 사부님 아니면 회사가 못 굴러갈 텐데."

끝까지 한마디도 지지 않던 소미가 생수 병에 남은 마지막 물한 모금을 마시고는 생긋 웃으며 백팩을 챙겨 들었다. 단단히 목도리를 두르던 소미가 문득 떠올랐다는 듯 물었다.

"그런데요 사부님. 제가 인터넷에 사부님 이름 검색해 보다 이상한 얘기를 하나 봤는데요."

"너 참 할 일 없는 애다. 그래서 뭐."

"사부님 혹시, 에이엔 대표님 아들이에요?"

"……."

"아니죠? 아니겠죠? 막말로 에이엔 아들이 왜 자기 회사 두고 굳이 이렇게 조그만 회사 들어와서 이러고 있겠어."

정우는 대답을 하지 않았지만 절레절레 고개를 저은 소미는 혼자 결론을 내렸다. 그에게 인사를 하고 녹음실을 나선 소미가 다시 고개만 빠끔히 안으로 내밀고는 덧붙였다.

"오늘 밤부터 내일 하루 종일 비 오고 나면 쌀쌀해진대요. 그 좋은 목소리 상하지 않게 감기 조심하세요, 사부님! 다음 녹음 때 뵙겠습니다!"

씩씩하게 경례까지 한 소미가 그제야 모습을 감췄다. 무심코 구석 벽에 조그맣게 달린 창문을 쳐다보니 먹구름 잔뜩 낀 가을 하늘이 눈에 들어왔다. 흐린 풍경에 느슨하게 시선을 고정시킨 채, 정우는 저도 모르게 중얼거렸다.

"벌써, 시간이 그렇게 됐나."

1년이 넘는 시간이 흘러서 다시 유주와 헤어졌던 그 계절의 끝자락이었다. 그 이후로 시간이 어떻게 가는지도 모르고 앞만 본 채 미친 듯이 달리기만 했다. 태어나서 처음으로 열심히 살아보려 발버둥 쳤던 시간들이었다.

어느 누구의 도움도 빌리지 않고 오로지 혼자 힘으로 밑바닥부터 시작했다. 유주와의 약속을 되새기며 제대로 된 작업실을 얻었고 미친 듯이 작곡에만 몰두했다. 영찬은 에이엔으로 돌아와 실력으로 한 대표에게 인정받으라는 권유를 했지만, 정우는 그 제안을 뿌리치고 에이엔에 가지 않았다. 대신 그는 그동안 작곡한 곡들로 만든 포트폴리오를 들고 중소 기획사의 문을 두드렸다. 다른 무엇보다 유능한 인력에 목말라 있던 기획사는 반갑게 그를 맞이했고, 정우는 그렇게 난생처음 정식으로 작곡가 겸 프로듀서라는 이름으로 일을 시작했다.

갈 길이 멀다고 생각했으나 타고난 재능은 그가 이 세계에서 금세 두각을 드러낼 수 있도록 만들어주었다. 진흙 속에 묻혀 있던 진주가 이제야 세상의 빛을 본 것처럼. 올봄 처음으로 작곡가 한정우라는 이름 석 자를 달고 발표한 곡이 꽤 주목을 받았고, 그는 평론가들이 선정한 하반기 가장 기대되는 신예 아티스트 명단에 제일 먼저 이름을 올렸다. 요즘은 내년 초 데뷔를 목표로 하는 걸그룹을 전담하게 되어 한창 프로듀싱 작업 중이었다.

"이런 말 해도 돼요? 사부님 가끔은 좀 미쳐 있는 것 같아요. 사람 같지가 않다고요."

소미가 늘 투덜대던 말대로, 지난 1년간 그의 모습은 일에 미친 사람이라고밖에 표현할 수 없었다. 처음에는 유주와의 약속을 지키기 위해 미친 듯이 일했고, 그다음에는 유주 생각을 하지 않으려고 일에만 매달렸다. 아무것도 하고 있지 않을 때면 자연스레 그녀를 향한 생각이 머릿속을 가득 채워서. 유주 또래의 연습생들을 데리고 작업을 하다 보니 늘 그녀를 떠올리지 않을 수가 없었다.

"잘, 지내겠지."

간혹 영찬과 연락을 주고받았지만 유주에 대해서는 아무것도 묻지 않았다. 그녀라면 충분히 잘하고 있을 거라고, 모질게 닥쳐오는 시간들을 잘 견뎌내고 있을 거라고 믿으면서도 가끔은 간절하게 안부를 묻고 싶어질 때가 있었다. 그때마다 온 힘을 다해 인내하고 또 인내했으나 오늘은 어쩐지 마음 한편에 새겨진 허전함이 사라지지를 않아서, 그는 모두가 떠난 녹음실에 홀로 남아 흐린 하늘을 바라보며 한참을 생각에 잠겨 있었다.

마음이 약해질 것 같아 얼굴도 마주하지 않고, 목소리도 듣지 않고, 아주 사소한 안부조차 묻지 않았다.

그렇게 그녀와 함께했던 것보다 더 많은 시간을 흘려보냈다.

그런데 왜 마음 깊숙한 그리움은 흘러가 영영 떠나지를 않는가.

"유주야. 데뷔 플랜 나왔다."

연습을 하다 말고 멍하니 핸드폰을 들여다보고 있던 유주가 자신을 부르는 목소리에 화들짝 놀라며 핸드폰을 내려놓았다. 〈슬로 뮤직과 아이돌의 전형적인 법칙을 깨다 – 듣는 그림을 만드는 작곡가 한정우〉라는 타이틀의 특집 기사가 떠올라 있던 화면이 순식간에 까맣게 변하며 사라졌다.

"아, 실장님."

유주를 찾은 사람은 영찬이었다. 데뷔 일정의 윤곽이 잡히기 시작한 얼마 전부터 이리저리 바쁘게 뛰어다니던 그는 며칠 사이 확연히 초췌해진 몰골을 하고 있었다. 조금 전까지도 회의를 하다 왔는지 그의 귀 뒤에 꽂혀 있는 펜을 보고는 살짝 미소 지은 유주가 영찬에게 제일 먼저 물을 건넸다. 물병을 받아 든 그가 웃으며 농담을 했다.

"역시 우리 유주밖에 없네."

"일정 확정됐다고 하셨어요?"

"응. 내년 1월로 잡았어."

"1월요? 너무 빠른 거 아니에요? 지민 언니 안무 연습하다 다리 다친 것도 6개월 정도 재활 치료 받아야 될 거라고 그랬잖아요."

"다른 애들 말고 너한테만 해당되는 얘기야."

"네? 그게 무슨……."

"플랜을 바꿨어. 네 솔로 데뷔로."

"솔로요?"

생각도 못 한 소식에 유주는 한동안 아무 말도 하지 못한 채 눈만 깜빡거렸다. 그녀가 기뻐서 놀란 거라고 생각했는지 숨을 돌린 영찬은 빙그레 웃으며 부연을 시작했다.

"회의를 했는데, 대표님께서 네가 그룹 멤버로 남기에는 좀 아깝다고 하셔서."

"대표님…… 께서요?"

"응. 다른 사람들도 네 색깔 자체가 그룹보다는 솔로 뮤지션 쪽에 더 어울릴 것 같다고 하고."

"그럼 지민 언니랑 다른 동생들은요? 언제 데뷔해요? 다들 저보다 더 많이 기다렸는데……."

"걸그룹도 늦어도 상반기 안에는 출격할 거야. 그러니까 다른 애들은 걱정하지 말고 넌 앨범 준비에만 집중해. 이제 본격적으로 작업 시작해야지. 일단 내부적으로는 콘셉트 방향 정했고, 거기에 맞는 곡 수집도 시작해. 연말까지 정신없이 바쁠 거야. 각오 단단히 해둬. 아, 그리고……."

웃으며 이야기를 하던 영찬이 처음으로 망설이는 기색을 보였다. 유주가 말없이 쳐다보자 그는 결국 난처하게 웃으며 말을 이었다.

"그 곡 있지? 너 오디션 봤던 곡."

그 얘기에 순간적으로 가슴이 덜컹했다. 그가 정우가 준 곡에 대해 말하고 있다는 걸 깨닫자마자 반사적으로 긴장이 되기 시작했다.

"그건, 왜요?"

"네 데뷔 음반에 넣었으면 하는데."

"그 곡을요?"

"애초에 그룹에서 솔로로 방향을 바꾼 것도 소녀 뮤지션 이미지를 강조하려던 거여서, 그쪽으로는 그 곡만큼 효과가 좋은 곡이 없을 것 같거든. 네가 처음 작사한 곡이기도 하고, 기타 세션 녹음도 네가 직접 참여하면 좋을 것 같은데. 어떻게 생각해?"

영찬이 하는 말을 묵묵히 듣고 있는 내내 잔잔한 호수 위로 파문이 일듯 정우가 떠올라서 마음이 요동쳤다. 기억하지 않으려고 애서 노력해 왔는데, 누군가가 그의 이름을 언급한 것도 아닌데 누가 조종이라도 한 것처럼 한순간에 기억이 수면 위로 떠올랐다.

"너 가져."

소리조차 없이 마음에 깊게 남았던 미소가,

"네가 완성한 곡이니까."

그 순간부터 조금은 변하기 시작했던 눈빛이.

"유주야."

"……."

"유주야?"

"네? 아, 죄송해요. 잠깐 딴생각 좀 하느라……."

무의식중에 늪처럼 깊은 기억 속으로 빨려 들어가던 유주가 그제야 정신을 차렸다. 그러나 머릿속에는 여전히 차오른 기억들이 파도치고 있었다.

그 곡은 이제 네 거야. 악보를 주며 정우가 했던 말이었다. 하지만 빠르게 결론을 내린 유주는 말없이 고개를 저었다. 지난여름의 기억은 한여름 밤의 꿈처럼 끝이 났고, 그 곡은 온전한 제 것이 될 수 없었다.

"그 곡은 넣지 마세요."

"왜?"

"실장님도 아시잖아요. 그 곡, 한정우 씨 곡이라는 거."

"아, 그거야 그렇지만……."

"꺾였던 날개 이제 막 다시 펴고 날아오르기 시작했는데, 어떻게 또 발목을 잡아요. 에이엔이랑 엮이는 거 아직은 부담스러울 텐데."

"……."

"방해하고 싶지 않아요. 죄송합니다, 실장님."

"아니야. 나한테 죄송할 건 없지."

고개를 꾸벅 숙여 죄송하다고 하면서도 금방이라도 울 것 같은 유주의 표정을 알아차린 영찬은 더 말을 꺼내지 못했다. 아쉽긴 하지만, 어쩔 수 없는 일이었다.

"그래, 그럼 다시 생각해 보자."

무슨 말을 하는지도 모르고 고개를 끄덕인 유주가 멀어져 가는 영찬의 뒷모습을 멍하니 쳐다보다 다시 자리에 주저앉았다. 괜스레 핸드폰을 집어 들고 화면을 켜자 아까 읽다 만 정우의 기사가 나타났다. 긴 글을 마저 읽은 그녀는, 마지막 마침표까지 꼼꼼히 삼키고는 저도 모르게 중얼거렸다.

"잘, 지내는구나."

한시도 핸드폰을 손에서 놓지 않는 건, 지나간 1년 사이 새로 생긴 버릇이었다. 혹시나 그에게서 연락이 올까 봐, 너무나도 간절한 연락을 놓치게 될까 봐 한순간도 핸드폰에서 눈을 뗄 수가 없었다. 모르는 번호로 걸려오는 전화도 꼬박꼬박 받았다. 늘 기다리고 또 기다렸다. 하지만, 정우에게서는 단 한 번도 연락이 오지 않았다.

언제부터인가 막연히 그를 기다리는 일이 부질없다는 사실을 깨달았지만, 기다림은 계속됐다. 그가 곡을 발표하기 시작한 이후부터는 포털 검색창에 정우의 이름을 입력해 보는 게 하루 일과가 됐다. 그는 인터뷰 같은 건 절대 하지 않았으나, 온통 추측뿐인 그에 관한 기사 한 조각에도 거짓말처럼 숨통이 트였다.

간간이 들려오는 그의 소식들에 그가 잘 지내는구나 싶어 안도하면서도 한편으로는 문득문득 가슴 한구석이 허전하게 느껴졌다. 좋은 모습만 보여 달라는 약속을 그가 충실히 이행하고 있는데도 끝없이 마음으로 밀려들어 차오르는 그리움은 여전하기만 했다. 정우가 작곡했다는 노래를 처음 들었던 순간에도 마찬가지였다. 괜찮다고 생각했는데, 충분히 잘 지내고 있다고 믿었는데 처음 귓가를 파고든 한 마디의 선율이, 단 한 구절의 노래 가사가 거짓말처럼 울컥 마음을 건드렸다.

그가 지금까지 곁에 있었다면 데뷔 확정 소식을 듣고 어떤 반응을 보였을까. 그가 옆에 있다면, 그녀 자신도 조금은 더 기뻐할 수 있었을까. 오늘따라 더더욱 마음 한구석을 메우고 있는 답답함이 도무지 사그라지지를 않아서, 자리에서 일어난 유주는 무작정 연습실을 나섰다.

정처 없이 걷기만 하다 어디에서인가 새어 나온 희미한 빛에 그녀는 문득 걸음을 멈춰 세웠다. 문이 살짝 열려 있는 관계자 전용 영상실 앞이었다. 그 안에 있는 뜻밖의 인물의 모습에 그녀는 저도 모르게 작은 목소리로 중얼거렸다.

"대표님?"

그가 정우의 아버지라는 걸 알게 된 이후부터 먼발치에서라도 그를 보게 될 때면 혼자 복잡 미묘한 기분을 느끼곤 했다. 그러나 오늘은 그의 존재보다 더 눈길을 잡아끈 무언가가 있었다. 처음 보는 낯선 표정을 한 한 대표가 무언가에 홀린 것처럼 시선을 고정시키고 있는 스크린이었다. 아주 오래된 공연 실황 영상 속에서 한 삼십대 여성이 밝은 표정으로 노래를 부르고 있었다.

"가수인 어머니와 그런 어머니를 세상 무엇보다 사랑하셨던 잘 나가는 음반 제작자인 아버지, 그리고 나. 행복한 가정에서 난 나름대로 특별한, 사랑받는 아이로 자랐을 테니까."

그 여가수가 정우와 많이 닮아 보이는 건, 어쩌면 기분 탓일까. 하지만 한동안 문 밖에 서서 스크린 속 여자를 뚫어져라 쳐다보던 유주는 이내 다시 한 대표에게로 시선을 돌렸다.

그제야 그의 표정의 의미를 어렴풋하게나마 읽을 수 있었다. 모든 게 한순간에 뒤바뀌지만 않았더라면, 그의 곁에는 지금쯤 영상 속 아내만큼 장성한 듬직한 아들과 영상 속에서만큼 젊지는 않지만 나란히 함께 나이를 먹어가는 아내가 있었을 거다.

하지만 아무도 없구나.

몇십 년이 지난 지금까지도 여전히 과거에 갇혀 있는 사랑만이 남아 있을 뿐이었다.

그걸 깨달은 순간 유주는 소리 죽여 문을 닫고 다시 그곳에서 멀어져 텅 빈 복도를 걷기 시작했다. 짧은 가을을 스쳐 가는 어느 흐린 오후, 어디에선가 스산한 바람이 불어 닥쳤다. 그 바람에 문득, 정우가 보고 싶어졌다.

그를 사랑했던 시간이, 너무나도 그리워졌다.

❋

"어이구, 우리 잘나가는 작곡가님 오셨습니까."

얼굴을 보자마자 자리에서 벌떡 일어나 너스레를 떠는 영찬의 인사에 정우가 싱거운 웃음을 흘렸다. 간간이 소식을 주고받긴 했지만 얼굴을 마주하기는 오랜만이었다. 공치사는 됐다는 듯 손을 휘휘 내저은 정우가 건너편에 앉자 미리 대기 중이던 직원이 차를 내왔다. 꽁꽁 언 손으로 잔을 집어 들기도 전에 먼저 말문을 뗀 사람은 영찬이었다.

"연예인이 따로 없네. 얼굴 보기가 왜 이렇게 힘드냐."

"형 만날 시간 없어."

"얼씨구, 이젠 바쁜 척까지. 귀하신 몸 알현할 기회 줘서 황송하다, 그래."

"잘 지냈어?"

영찬의 대꾸에 소리 없이 웃은 정우가 잔을 들어 김이 피어오르는 녹차를 한 모금 마시고는 물었다. 그 물음에 잠시 멈칫한 영찬이 이내 고개를 설레설레 저으며 말했다.

"한정우가 이젠 내 안부까지 먼저 물어주네. 살다보니 이런 날도 다 오는구나."

이번에는 대답하지 않은 정우가 창밖을 내다보았다. 사람들로 붐비는 거리는 온통 크리스마스와 연말 분위기로 가득하다. 어느덧 12월이었다. 말없이 거리의 풍경에 시선을 고정시키고 있는 그를 가만히 지켜보던 영찬이 다시 입을 열었다.

"좋아 보인다."

"내가?"

"이제야 좀 사람다워졌네. 지금이 훨씬 낫다."

"그럼 예전에는 사람이 아니었다는 얘기야?"

"움직이는 시체였지."

고개를 끄덕이며 진지하게 대꾸한 영찬이 뜨거운 커피를 습관대로 물처럼 마시다 캑캑대며 잔을 내려놓았다. 어이없다는 표정으로 그를 쳐다보던 정우가 결국 픽 웃었다.

"형은 참 여전하다."

"여전하지. 너 쓸 만한 놈이라는 걸 제일 먼저 알았으면서도 결국 다른 회사에 뺏겨 버렸으니. 그런데 너도 너무한 거 아니냐? 내가 예전부터 곡 하나만 달라고 그렇게 사정을 했을 때는 기를 쓰고 안 주더니 홀랑 다른 회사로 가버려서 발표한 첫 곡부터 히트를……. 들리는 말로는 거기에서 새로 나올 걸그룹 프로듀싱까지 맡았다며?"

"어, 그렇게 됐어. 소문이 빠르네."

"언제 데뷔 예정인데?"

"회사 기밀을 너무 쉽게 알아내려고 하네. 그쪽 사정은 꽁꽁 숨겨놓으려고 하면서. 그쪽에도 걸그룹 대기 중인 거 뻔히 아는데."

"자식이 벌써부터 견제하긴. 우리 쪽은 걸그룹 때문에 그런 거 아냐, 인마."

"그럼 왜?"

"아무래도 유주랑 데뷔 시기 겹칠 것 같아서 그런다."

드디어 나온 그녀의 이름에 순간적으로 긴장감이 흘렀다. 아주 잠깐 일렁였다 다시 원래대로 돌아온 정우의 표정 변화를 알아챈 건지 눈치채지 못한 건지 영찬은 가방에서 무언가를 꺼내 정우의 앞으로 밀어놓았다.

"유주 앨범 나와. 다음 달 초에."

그가 건넨 건 CD 한 장이었다. 얼굴이 반쯤 가려진 단발의 소녀가 아이스크림을 물고 있는 커버 사진에서, 정우는 한동안 눈을 떼지 못했다. 한참이 지나서야 그가 들릴 듯 말 듯 한 목소리로 말문을 뗐다.

"머리 잘랐네."

"잘 어울리지."

"그러게. 예쁘네."

"머리 자른 날 우리는 기대했던 것보다 훨씬 예쁘다고 난리였는데 정작 자기는 너무 어색하다고 한동안 모자 눌러쓰고 다니더라."

"이렇게 빨리 나올 줄 몰랐는데. 소문도 전혀 못 들었고."

"다들 곧 데뷔할 걸그룹에만 관심 쏠려 있을 때 허를 찌르는 게 우리 전략이야."

"솔로로 내보내는 건, 누구 아이디어야?"

"대표님께서 적극적으로 밀어주셨어. 걸그룹 멤버로 남기는 아깝다고."

여전히 음반에서 눈을 떼지 못한 채로 정우가 고개를 주억거렸다. 영찬이 무슨 말을 하고 있는지도 들리지 않았다. 두 눈에만 가득 담을 뿐 손을 뻗어 앨범을 펼쳐 보지 않는 정우를 말없이 지켜보고만 있던 영찬이 결국 참지 못하고 물었다.

"안 궁금해? 열어보지도 않네."

"잘…… 했겠지. 형 얼굴 보니 한동안은 회사 전체가 이 음반 작업에만 매달린 것 같은데."

"하다못해 타이틀은 누구 곡인지라도 물어봐라, 좀. 콘셉트는 뭔지, 분위기는 어떤지."

"……."

"타이틀 잘 빠졌어. K가 작사 작곡 편곡까지 전부 다 했고, 처음 나왔을 때부터 회사 내부에서는 대박이라는 얘기 들린 곡이니까 걱정할 필요 없어."

"……."

"무엇보다 유주가 참 열심히 했어. 수록곡 가사도 쓰고 세션 녹음도 직접 참여하고. 원래도 근성 있는 애지만 그 정도로 악바리일 줄은 몰랐다, 나도. 타이틀 나온 다음부터는 연습실에서 나오는 꼴을 못 봤어. 기타도 하도 열심히 쳐서 손끝 다 망가지고."

그녀가 그런 사람이었나. 매사에 열심인 건 알았으나 그 정도일 거라고는 생각하지 못했다. 문득, 유주를 만났던 시간이 참 짧다는 생각이 들었다. 서로 마주하지 못했던 지난 시간들 속에서의 그녀의 모습은 어땠을까. 그 마음을 알았는지 영찬은 계속해서 유주의 근황을 들려주었다.

"살이 너무 많이 빠져서 먹고 싶은 거 다 먹으라고 했어. 그런데 뭐, 먹지도 않고 연습만 해서……. 이러다 정식으로 음반 나오기도 전에 애 하나 잡을 것 같더라. 그래서 며칠 전에 휴가 보냈어. 데뷔 전에 집에도 다녀오고, 친구들도 만나고, 좀 쉬다 오라고."

그녀가 집에 갔다는 말을 들으니 이번에는 유주와 함께 대구에 갔을 때가 떠올랐다. 술을 마셔 발그레 달아오른 얼굴을 하고 사투리 섞인 말들을 쏟아놓던 그녀가, 흉터투성이인 그의 손을 어루만지던 그녀가, 기타를 치며 노랫말이 완성된 곡을 들려주던 그녀가. 그때의 기억들에 잠깐 정신이 팔려 있는데, 영찬이 다시 테이블 위로 무언가를 내밀었다.

"유주가 너 만나면 전해 달라고 하더라."

조금 전까지 그의 머릿속을 점령하고 있던 그 노래, 정우가 시작하고 유주가 완성했던 노래의 악보였다. 그의 손을 떠날 때는 오선지 위의 음표뿐이던 악보에 이제는 또박또박한 글씨로 빼곡하게 노랫말이 들어차 있었다. 아주 오랜만에 자신의 손으로 돌아온 그 악보를, 그는 한참이나 쳐다보았다.

"사실 난 이 곡 유주 데뷔 앨범에 꼭 넣고 싶었어. 오디션 영상에서 이 노래 부르던 모습만큼 우리가 잡은 콘셉트랑 딱 떨어지는 그림이 없었거든."

"……."

"그런데 유주가 그러지 말라더라. 넣지 말자고."

"왜?"

말없이 영찬의 이야기를 듣고만 있다가 불쑥 되물은 목소리가 갈라졌다. 반쯤 비운 녹차는 어느새 차갑게 식어 있었다.

"너한테 피해 주고 싶지 않다고 그래서."

"……."

"이제 막 자리 잡기 시작했는데 어떻게 또 우리 회사랑 엮이게 두냐고, 방해하고 싶지 않다고 그러더라."

그 말에 유주와 했던 약속이 생각났다. 그동안 그녀는 다 지켜보고 있었나 보다. 유주의 눈에 조금이라도 괜찮아 보였다면, 그 래서 그녀가 아주 조금은 마음을 놓았다면 어쩌면 그것으로 충 분할까.

"먼저 일어날게. 일정이 빡빡해서."

"어? 아, 그래. 정말 바쁜가 보네. 오랜만에 밥이라도 한 끼 같 이하고 싶었는데."

"미안. 다음에 다시 연락할게."

구김이 갈 정도로 악보를 손에 꽉 쥔 정우가 먼저 자리에서 일 어났다. 그대로 자리를 떠나려는 그의 발걸음을, 영찬의 목소리 가 다시금 붙잡았다.

"이거 안 가져가?"

그가 가리킨 건 유주의 데뷔 음반이었다. 정우가 결국 끝까지 손도 대지 못한. 다시금 물끄러미 CD를 내려다보던 정우가 쓰디 쓴 웃음으로 답했다.

"나한테 자격 없는 것 같아서. 이것만 가져갈게."

"그럼 전할 말 같은 건. 없어?"

그 물음에 한참을 생각하던 그가 이번에는 어딘가 허한 미소 를 지었다.

"아무 말도."

그대로 커피숍을 나선 정우는 입구에서 잠시 멈춰 섰다. 저도 모르게 입술 끝에서 흘러나온 짙은 한숨이 뿌연 입김이 되어 허 공으로 흩어졌다. 실은, 해야 할 이야기가 너무 많았다. 그런데 무엇부터 전해야 할지 몰라 결국 아무 말도 남기지 않았다. 대신 건네받은 악보를 펼친 그는 처음부터 노랫말을 하나하나 읽어 내리기 시작했다. 그리고 마침내 악보의 끝에 다다랐을 때, 무언가가 시선을 사로잡았다.

고마워요.

잘, 지내는 거죠?

그 열 글자에 정우는 악보를 쥔 손을 힘없이 내리고 말았다. 까만 밤이 내려앉은 거리도 여전히 겨울의 축제 분위기로 가득하다. 하지만 지금 이 순간 그의 눈앞에는 온통 푸르던 여름뿐이었다.

그대가 내게 온 여름 그 기억이 비로 내려 마음을 적시는 이 밤에……

눈이 오는 계절인데, 어쩐지 그의 마음에는 주룩주룩 비가 내리는 것 같았다.

그 여름처럼.

Track.10.
어디선가 나의 노랠 듣고 있을 너에게

유주에게 며칠간 주어진 짧은 휴가의 마지막 날이었다. 오랜만에 대구에 내려가 가족들의 얼굴도 봤고, 친구들과 즐거운 시간도 보냈다. 하지만 아직 만나야 할 사람이 한 명 더 남아 있었고 서울로 올라온 유주는 곧장 목적지로 향했다. 성냥팔이 소녀처럼 벌써부터 크리스마스 분위기로 꾸며진 가게 안을 잠시 들여다보던 그녀는 곧 꼬마전구로 주렁주렁 장식된 문을 밀고 안으로 들어섰다.

"사장님."

유주의 부름에 홀로 카운터를 지키고 있던 남자가 고개를 들었다. 그녀를 얼른 알아보지 못한 듯 잠시 멍한 시선을 고정시키고 있던 그가 이내 놀란 표정을 지으며 카운터 밖으로 나왔다.

"아, 유주 씨."

어색하게 웃은 유주가 그제야 고개를 꾸벅 숙여 인사를 건넸다. 뒤늦게야 유주를 알아본 남자가 빙긋이 웃으며 그녀를 맞이했다. 준수였다.

"머리 잘랐네요. 못 알아볼 뻔했어요."

"아, 네. 이렇게 짧은 머리 오랜만에 하는 거라 목이 너무 허전해요. 좀 어색하죠."

"아니에요. 잘 어울리는데요."

"아…… 감사합니다. 사장님은, 여전하시네요."

"오랜만이에요. 그동안 잘 지냈어요?"

"네. 저는 잘 지냈어요. 사장님은요?"

"나야 늘 똑같죠. 유주 씨는 살이 너무 많이 빠진 것 같은데."

"아, 요새 연습을 좀 열심히 했더니……. 잘 먹고 있어서 금방 다시 찔 거예요."

"정말 열심히 했구나. 그런데, 이 늦은 시간에 어쩐 일이에요?"

그 물음에 조용히 웃은 유주가 가방에서 CD 한 장을 꺼내 준수에게 내밀었다. 곧 정식으로 출시될 그녀의 데뷔 음반이었다.

"아무래도 새해부터는 자주 뵙기 힘들 것 같아서……. 저 연초에 데뷔해요."

"정말요? 축하해요."

제일 먼저 축하 인사를 건네고는 앨범을 찬찬히 살피던 그가 이윽고 고개를 들어 유주와 시선을 맞추고는 웃었다. 그러더니 카운터로 가 펜 하나를 꺼내 왔다.

"금방 유명해질 것 같으니까 미리 사인 받아둬야겠네. 사인 정도는 해줄 수 있죠?"

"그럼요. 아, 그런데…… 아직 사인이 없는데."

펜을 받아 들고 잠시 망설이던 유주가 이내 앨범 커버 위에 이름을 쓰고 간단한 멘트를 적었다. 어색한지 자신이 쓴 글씨를 한참이나 바라보던 그녀가 다시 준수에게 CD를 돌려주었다.

"여기요. 제가 가수로 처음 한 사인이에요."

"영광이네요. 가보로 간직할게요."

"그래주시면 제가 영광이죠."

"따뜻한 차 한잔 줄까요? 추워 보이는데."

"아니에요. 금방 다시 가봐야 돼요. 실은, 오늘이 휴가 마지막 날이라."

"많이 바쁘네요. 이제 정말 얼굴 보기 힘들겠어요. 음반 준비하느라 그동안 고생 많이 했을 것 같은데."

"고생은요. 생각보다 데뷔도 일찍 하게 됐고, 운이 좋았죠."

"유주 씨가 그만큼 열심히 한 거죠. 노력 많이 했다고 유주 씨 얼굴에 쓰여 있어요. 원래도 매사에 열심히 하는 거야 나도 잘 알고."

"그렇게 늘 좋은 말씀만 해주셔서, 감사했어요. 가끔은 그리워요. 짧은 시간이었지만 여기에서 일하는 동안 사장님 덕분에 즐거웠고 많이 배웠어요. 정말 감사합니다."

"아니에요. 나야말로 유주 씨한테 고마운데. 막 서울 올라와서 힘든 점 많았을 텐데 늘 씩씩하게 일해줘서. 앞으로도 자주 만나지는 못해도 늘 응원할게요. 유주 씨 충분히 잘할 거예요."

준수의 말에 한 번 웃고는 무의미하게 고개를 끄덕였다. 실은 자꾸만 저절로 눈길이 가는 곳이 있었다. 여전히 머리가 기억하고 있는 정우의 지정석이었다. 하지만 지금 그곳은 다른 사람이 차지하고 있었다. 배경은 아직도 익숙하기만 한데 중심인물이 바뀌어 버린 그 풍경을, 그녀는 저도 모르게 한참이나 바라보았다.

바로 저 자리에서였다. 첫 만남에서 얼굴조차 제대로 보지 못했던 정우를 두 번째로 다시 마주쳤던 게, 그에게 처음이자 마지막으로 노래를 선물 받았던 게.

그를 기억할 게 아무것도 없어서 못 견디게 그리움이 사무치는 날이면 그가 준 악보를 꺼내보곤 했다. 그렇게 소중했던 악보를, 몇 주나 고민하다 결국 그에게 다시 돌려주었다. 그가 충분히 잘 지내고 있는 것 같아서, 코끝을 시리게 만드는 차디찬 계절이 찾아왔듯이 그때의 여름은 두 번 다시 돌아오지 않을 것 같아서. 어떠한 여지도 남기지 않으려다 끝내 하고 싶은 말을 꾹꾹 누르고 또 눌러 담은 말을 악보 끝에 적었다.

고마워요.

잘, 지내는 거죠?

하지만 금세 후회하고 말았다. 소리 없는 글보다 목소리로, 보이지 않는 음성보다 직접 얼굴을 마주한 채 묻고 싶어져서.

이곳에 없는 그가 마치 눈앞에 보이는 것 같은 환상에 사로잡힌 그녀는 한참이나 같은 자리에 시선을 고정시키고 있었다. 유주의 눈길이 닿는 곳의 의미를 알아차렸는지 준수가 묻지도 않은 대답을 건넸다.

"잘 지내요."

"아프지도 않은 거죠?"

"걱정하지 않아도 돼요."

"괜찮았으면 좋겠는데."

"유주 씨가 생각하는 것보다, 훨씬 더 괜찮아요."

"그럼…… 다행이네요."

서로에게 하는 말 같았지만, 실은 정우를 생각하며 건넨 말들이었다. 한동안 침묵이 흘렀고 한참이 지나서야 애써 밝게 웃은 유주가 준수에게 인사를 전했다.

"저 이만 가볼게요."

"아, 그래요. 정신없이 바쁠 텐데 이렇게 신경 써주고 들러줘서 고마워요, 유주 씨."

"아니에요. 또 찾아뵐게요. 건강하시고 잘 지내세요, 사장님."

늘 그랬던 것처럼 다정히 웃고 행운을 빌어준 준수를 뒤로하고 다시 그곳을 나섰다. 찬바람이 몰아치는 거리로 나온 유주는 회사를 향해 걷기 시작했다. 목을 꽁꽁 감싼 목도리에 얼굴을 반쯤 묻고 무작정 걷고 있는데, 이내 위에서 무언가가 떨어져 내리기 시작했다. 천천히 내려와 옷자락에 닿자마자 금세 녹아 사라지는 그 모습을 바라보다 잠시 자리에 멈춰 선 유주가 하늘을 올려다보았다.

"눈…… 이네."

그해 겨울, 서울에 내리기 시작한 첫눈이었다. 까만 하늘에서 먼지처럼 흩날리다 이내 점점 커져 가는 눈송이를 멍하니 바라보고 있는데 갑작스레 눈물이 왈칵 솟아올랐다. 정우와 다시 만나고 헤어졌던, 주룩주룩 비가 오던 여름이 아직도 엊그제 같은데 계절이 여섯 번이나 바뀌어 또다시 눈이 내리고 있었다.

눈을 좀처럼 구경하기 힘든 대구에서 어린 시절을 보낸 터라 작년 겨울, 서울에 올라와 첫눈을 맞이했을 때 마냥 신기하기만 했다. 누구에게라도 달려가 이 생소한 광경을 함께 나누고 싶은데 그 순간 불쑥 정우가 생각나 버려서 결국 아무것도 하지 못한 채 울고 말았다. 그가 없구나, 더는 곁에 없구나. 하루하루 다가오는 모든 사소한 순간들에 그가 떠오를 때마다 함께했던 시간이 너무 짧았다는 후회밖에 들지 않아서 울었다.

그와 함께했던 시간보다 더 많은 시간이 흘렀으니 이제 그만 보내줘야 한다고 생각했다. 함께한 일보다 그렇지 못한 일들이 더 많아서 금방 괜찮아질 거라고 믿었다. 아, 그런데 아직도 잊지 못했나 보다. 눈으로 변해 버린 비가 마음에 사무쳐서, 이제는 다른 사람이 앉아 있는 정우의 자리가 자꾸만 눈에 밟혀서 울지 않을 수가 없었다.

억지로 한 발 한 발 다시 내딛기 시작했지만 눈물은 그치지 않았다. 예고 없이 내리기 시작한 첫눈에 거리의 사람들은 환호하고 있는데, 그녀 혼자만이 고개를 푹 숙이고 목도리에 얼굴을 파묻은 채 소리 없이 울었다. 그때였다.

"왜 울어, 너."

어디로 가는지도 모른 채 그저 울면서 걷고만 있던 유주 앞에 누군가가 나타났다. 그제야 고개를 들고 눈을 몇 번 깜빡이자 눈물로 흐려진 시야가 밝아졌고 그녀는 순간적으로 울음을 그쳤다.

"아……."

눈앞에 정우가 서 있었다. 긴 모직 코트를 걸치고 워커를 신은 모습은 여름에 만난 그에게서 한 번도 본 적 없는 것이었다. 아, 어쩌면 이건 보고 싶은 마음이 너무나도 간절한 나머지 그리움이 만들어낸 성냥불 속 환상일까. 하지만 몇 번이나 눈을 감았다 뜨고 팔을 꼬집어봐도 그는 사라지지 않고 그대로 눈앞에 있었다. 그럼에도 여전히 믿기지가 않아 그 자리에 얼어버린 사람처럼 아무 말도, 어떤 행동도 하지 못한 채 멍하니 서 있는데 이번에는 정우가 팔을 뻗었다.

"이렇게 추운데 울면 예쁜 얼굴 다 얼잖아."

아주 오랜 시간 그리워한 목소리가 들려온 순간, 볼을 타고 흐른 눈물 자국을 닦아주는 손의 감촉이 느껴진 순간 그쳤던 눈물이 다시 흐르기 시작했다. 꿈이 아니다. 손에 잡히지 않는 환상 따위가 말도 하고 손끝으로 느껴질 리 없으니까. 그럼에도 불구하고 유주는 떨리는 입술을 열어 지금 이 순간 가장 간절한 물음을 입 밖에 냈다.

"진짜…… 아저씨 맞아요?"

"그래."

"……."

"나야."

그 짧은 답이 들려온 순간 결국 바보처럼 엉엉 소리 내 울고 말았다. 그를 다시 만나면 꼭 해주고 싶었던 말들도, 하고 싶었던 행동들도 아무것도 하지 못하고 그저 울었다. 흐르는 눈물을 그저 묵묵히 닦아주던 정우가 나지막이 한숨을 내쉬고는 말했다.

"너 이거 약속 위반이야."

"……"

"울지도 않고, 예전처럼 씩씩하게 살기로 약속했잖아."

기억한다는 뜻으로 몇 번이나 고개를 끄덕이면서도 유주는 여전히 울었다. 알지 못하는 사이 쌓이고 쌓였던 감정의 조각들이 그의 등장 하나로 한꺼번에 무너져 내린 기분이었다. 말해주고 싶었다. 나름대로 노력했다고, 그와 한 약속을 떠올리면서 그동안 열심히 살아왔다고. 하지만 나오는 건 목소리가 아닌 눈물뿐이었다. 그러나 그 마음을 이미 알았는지 그는 그저 고요히 시선만 맞춰왔다. 그 앞에서 한참을 울다가 애써 마음을 가다듬은 유주가 겨우 떨리는 입술을 뗐다.

"나, 머리 잘랐어요."

"알아."

"앞머리도 내렸어요."

"그것도 알아."

"나…… 어떻게 알아봤어요?"

"내가 어떻게 너를 몰라봐."

그 나지막한 음성에 애쓴 보람도 없이 더 많은 눈물이 쏟아졌다. 지난 시간 속에서 그는 어떻게 지냈을까. 묻고 싶은 게 너무 나도 많은데 도무지 말이 나오지를 않았다. 그런 그녀를 대신해서 정우가 조용히 말을 잇기 시작했다.

"내가 너무 늦었지, 미안. 너무 오래 기다리게 해서. 혹시라도 다시 만나게 된다면 그땐 그렇게 떠나보내고 싶지 않았어. 그래서 너랑 마지막으로 한 약속, 그거 하나 지켜보겠다고 기를 쓰고 살았어. 그러는 사이에 나이까지 한 살 더 먹어서 서른한 살이 됐고, 며칠이 지나서 또 해가 바뀌면 서른두 살이 되겠지. 그렇게 발버둥 쳤는데 너랑 했던 약속도 전부 다 지키지는 못했어. 여전히 나는 내 병에서 완전히 자유롭지 못하고, 좋은 사람은 아직도 못 되고, 남들 앞에 떳떳하게 서려면 아직 멀었어, 난. 이렇게나 추운데 난 아직 여름이야."

"……"

"그렇지만 난 계속해서 싸우는 중이야. 아직 좋은 사람은 되지 못했지만 꽤 괜찮은 사람 정도는 된 것 같고, 내 이름 석 자 걸고 세상에 나올 준비도 했어. 그러니까 난, 너를 만났던 그때의 여름보다는 조금은 더 진짜 어른이 된 것 같아."

"……"

"그런데, 난 언제까지나 그 여름에 서 있고 싶어. 네가 처음으로 내 손을 잡았던, 기적처럼 네 목소리로 너를 알아봤던. 그게 내 결론이야. 내 답이, 너야."

세상의 어떤 말로 지금의 이 감정을 설명할 수 있을까. 덤덤하던 그의 목소리가 조금씩 떨려오는 걸 느낀 순간 두 사람은 시간을 거슬러 지난여름으로 되돌아갔다. 불가능한 일이라고 믿었는데, 다시는 돌아오지 않을 것 같았는데 거짓말처럼 그때의 계절이 눈앞에 나타났다. 겨울의 첫눈이 내리는데, 두 사람이 마주보고 서 있는 공간만 여름이었다.

"내가 너한테 마지막으로 했던 말 번복할 생각 없어. 넌 여전히 나한테는 너무나 과분한 사람이니까. 그런데, 맞춰갈 기회를 준다면 언젠가는 내가 너와 나란히 걸을게. 널 행복하게 만들어 주겠다고 자신 있게 말할 수는 없지만, 적어도 지금처럼 이렇게 널 울리지는 않을게. 약속해."

다 풀어져 버린 그녀의 목도리를 떨리는 손으로 다시 매준 정우가 유주와 시선을 맞췄다. 어떠한 대답 대신 그의 모습을 두 눈 가득 담고만 있던 그녀가 마찬가지로 떨리는 새끼손가락을 내밀었다. 그때처럼.

그러나 정우는 그때와는 달리 망설이지 않고 자신의 손가락을 걸었다. 맞닿았던 손가락은 금세 제자리를 찾아갔지만 그는 너무나도 간절해서 전에는 감히 손조차 대지 못했던 작은 어깨를 감싸 안았다. 이제야, 아주 많은 시간을 돌아서.

거리에는 때 이른 캐럴이 울려 퍼지고 그녀가 처음 그에게 마음을 고백했던 그 여름밤처럼 하늘에서 하얀 눈송이가 쏟아져 내렸다. 비처럼, 다시 시작하는 연인들을 위한 축복처럼.

번쩍 눈을 뜨자마자 식은땀이 등줄기를 타고 흘러내렸다. 제일 먼저 감각을 일깨운 건 손아귀에서 느껴진 타인의 체온이었다. 고개를 들자 바로 코앞에 그의 손을 꼭 잡은 채 테이블에 엎드려 잠들어 있는 유주의 모습이 보였다. 밤이 늦도록 서로가 없었던 지난 시간 속의 이야기들을 나누다 모르는 사이 깜빡 잠이 든 모양이었다.

뻣뻣한 자세로 잠이 들었던 탓에 어깨가 뻐근했지만 곧장 자리에서 일어난 정우는 제일 먼저 유주를 안아 들었다. 피곤할 텐데 불편한 자세로 엎드려 자고 있는 모습이 마음에 걸렸다. 영찬의 말대로 못 본 사이 살이 더 빠졌는지 생각보다 훨씬 더 가볍게 느껴지는 무게에 잠시 멈칫한 그는 이내 창가에 놓인 침대로 다가갔다. 창밖에서는 아직도 소금 같은 눈발이 흩날리고 있었다.

유주를 조심스럽게 침대에 내려놓고 이불을 덮어준 그는 곧바로 냉장고에서 생수 한 병을 꺼내 벌컥벌컥 들이켰다. 이가 시리도록 차가운 물이 들어가고 나자 조금이나마 정신이 드는 것 같았다. 사방에서 들려오던 수많은 이들의 낮은 신음이 시간이 지남에 따라 점차 사라져 끝 간 데를 모르는 침묵 속에 잠겨들던 기분이 아직도 몸서리치게 생생했다. 모골이 송연할 정도로 공기는 싸늘하게 느껴지는데 몸은 더웠다. 이번에도 같은 꿈이었다.

며칠 내내 20년 전의 사고가 꿈에 나타났다. 벌써 몇 번째 반복되는지 모를 붉은 화염과 검게 피어오르는 연기구름 속에서 헤어나지 못하던 그는 진저리를 치며 중얼거렸다.

"대체 왜 이러는 거야."

잠이 들면 어김없이 다시는 돌아가고 싶지 않은 그곳으로 돌아갔다. 사고 현장의 그림은 마치 계시라도 주듯 되풀이해 나타나고 있었다.

여전히 그때의 불안과 긴장에 짓눌려 있던 그의 시선의 끝에 잔뜩 쌓인 우편물들이 닿았다. 웬만해서는 거의 뜯어보지 않는 오래된 고지서와 청구서 따위의 틈새로 낯선 편지봉투 하나가 눈길을 사로잡았다.

"A항공 624편 추락사고 피해자 위원회……."

봉투에 적혀 있는 발신인이었다. 20년이 지나는 동안 사고와 관련된 일들은 의식적으로 피해왔다. 피해자 위원회에서 날아오는 연락들도 한 번도 받지 않았다. 하지만 왠지 모를 위화감에 이끌린 정우는 그 편지를 집어 들어 뜯었다.

편지는 올해로 사고 20주기를 맞이한 피해자 및 유가족 현황에 관한 내용이었다. 얼마 되지 않는 생존자 명단을 무심코 훑던 그는 불현듯 머릿속이 새하얘지는 기분을 느꼈다.

"말도 안 돼……."

그의 시선이 붙박인 곳은 생존자 중 한 사람의 이름이었다. 언젠가 나눴던 대화가 귓가에서 희미하게 메아리쳤다.

"헬리콥터지, 비행기가 아니라."

"그게 그거죠. 어차피 내가 못 타는 건 똑같은데."

"비행기를, 못 타?"

"멀쩡하다가 비행기에 탑승하려니까 갑자기 어지럽고 토할 것 같고 머리가 너무 아픈 거예요. 아직 비행기에 발 들여놓지도 않았는데."

여전히 시야에 가득 들어차 있는 아주 익숙한 이름이 가슴에 박혔다. 착각일까, 아니면 지나친 우연일까. 흐려진 기억을 더듬던 정우는 이내 나지막한 신음을 뱉어 냈다.

"그 아이였어……."

"……."

"그때 그 아이였어."

떨리는 손끝에서 종이가 바스락거리며 구겨졌다. 운명이라는 게 존재한다면 어쩌면 이런 걸까. 말문이 막혀 어느새 붉어진 눈으로 흰 종이에만 시선을 고정시키고 있는데, 문득 뒤에서 인기척이 느껴졌다. 소리가 난 곳을 돌아보니 그새 깼는지 졸린 눈을 비비며 이쪽으로 다가오는 유주가 시야에 들어왔다. 빠르게 종이를 덮어 내려놓은 정우가 먼저 말문을 뗐다.

"언제 깼어?"

"방금요. 그런데 아저씨, 혹시 울었어요?"

"내가, 울어?"

"눈이 빨간데."

그가 덤덤한 표정으로 고개를 젓자 여전히 잠에 취해 눈도 제대로 뜨지 못하면서 배시시 웃은 유주가 팔을 뻗었다. 그런 그녀를 말없이 품에 안아 작은 어깨를 토닥여 주자 한참을 가만히 안겨 있다 빠끔히 고개를 든 유주가 입을 열었다.

"언제 잠들었는지도 모르겠네. 지금 몇 시예요?"

그 물음에 정우도 그제야 벽에 걸린 시계를 올려다보았다. 어느덧 깊은 새벽이었다. 시간을 확인하고는 화들짝 놀란 유주가 다시 말했다.

"벌써 시간이 이렇게 됐어요? 미안해요. 아저씨 자야 되는데 침대 뺏어서."

"괜찮으니까 더 자. 대구에서 바로 올라오는 길이라고 했잖아."

"나 아저씨한테 듣고 싶은 얘기 엄청 많은데. 하고 싶은 말도."

"지금은 일단 자고, 내일 해. 시간은 많아."

"자고 일어나면 아저씨가 없어질까 봐 무서워서 그래요."

"……."

"아저씨 다시 만났을 때부터, 꼭 꿈꾸고 있는 느낌이에요. 성냥팔이 소녀처럼 잠들면 사라질 환상인 것 같아서."

그래서 오늘밤엔 안 자려고 했는데, 나도 모르게 잠들었네. 혼잣말을 하듯 중얼거리는 유주를 물끄러미 바라보다 다시 한 번 꼭 안아주었다. 그녀가 움찔하는 게 느껴졌지만 꽉 안은 손에서 힘을 풀지 않았다.

"나 여기 있잖아. 이렇게."

"그래도요. 방금 전에도 일어났는데 아저씨가 옆에 안 보여서 없어진 줄 알고 놀랐어요."

"말했지. 이제 그럴 일 없다고, 약속 지킬 거라고."

품에 쏙 들어와 있는 유주를 달래다 그대로 안아 든 정우가 다시 침대로 향했다. 굳이 말로 듣지 않아도 놀라서 뛰쳐나왔다는 게 고스란히 느껴질 정도로 그새 침대는 어지럽혀져 있었다. 잔뜩 구겨진 시트를 가지런히 편 그가 유주를 눕히고 다시 이불을 덮어주었다. 누워서 올려다보는 눈빛은, 여전히 참 맑다. 잠시 마주친 시선에 취할 정도로.

"가지 마요."

"안 간다니까."

침대 옆에 놓을 의자를 가져오기 위해 몇 발자국 떼어났을 뿐인데 그새를 못 참고 멀어지지 말라며 보채는 유주를 보며 그는 옅게 미소 지었다. 정우가 의자를 내려놓고 앉자마자 그를 올려다본 유주가 눈을 깜빡이며 말했다.

"그런데요 아저씨, 나 아까 잠들었을 때 이상한 꿈 꿨어요."

"이상한 꿈?"

"사방이 온통 깜깜하고 여기저기에서 비명이 들리는 거예요. 몸은 옴짝달싹도 할 수 없고. 어딜 둘러봐도 한 줄기 빛조차 안 보이는데, 그때 노랫소리가 들렸어요. 무슨 노래였는지 알아요?"

"글쎄, 무슨 노래였는데?"

"내가 아저씨 처음 만났을 때 불러줬던 노래. 되게 평화롭고 아름다운 음색이었어요. 꼭 푸른 바다를 펼쳐 놓은 것처럼. 신기하죠."

정우는 더는 대답하지 않았다. 말은 없어지고 그저 물끄러미 바라보기만 하는 그의 시선에 어쩐지 기분이 이상해져서, 유주는 괜스레 어린애처럼 칭얼댔다.

"손잡아줘요."

"자. 됐지?"

"어디 가면 안 돼요."

"알았어."

"빨리 아침 됐으면 좋겠다. 나 하고 싶은 얘기 진짜 많은데."

"그러니까 얼른 자."

"약속해요. 눈 뜨면 이렇게 손잡고 곁에 있기."

동이 틀 때까지 잠들지 않을 것처럼 말똥말똥 눈을 빛내며 재잘대던 유주는, 어지간히도 피곤했는지 금세 다시 단잠에 빠져들었다. 또다시 꿈속에서 아름다운 노랫소리를 만났는지 그녀의 입가에 어렴풋한 미소가 떠올랐다. 오랜만에 듣는 유주의 목소리와 함께 내내 정우의 눈앞에 떠다니던 하얀 거품 같은 비눗방울이 그제야 사라졌고, 여전히 놓지 않은 그녀의 손에 떨리는 입술을 맞춘 그는 나지막이 뒤늦은 답을 건넸다.

"처음, 아니야."

기적은 어쩌면 생각보다 멀지 않은 곳에 있는 걸까. 그녀를 만난 게 어떤 마법 때문이었는지 이제야 알 것 같았다. 내내 그의 손아귀에서 꼼지락거리다 잠잠해진 작은 손이 지금보다 훨씬 더 자그마했을 때, 생사의 갈림길에서 이미 그 손을 꼭 잡은 적이 있었음을. 손에서 손으로 느껴지는 온기에 마음 깊은 곳에서 뜨거운 무언가가 치밀었다. 아니, 어쩌면 벅찬 걸까.

"세 번이나 우연히 너를 만났고, 세 번이나 바보처럼 너를 놓쳤어. 20년 전에 만난 너를, 내가 이제야 알아봤어. 이제야, 내가 너를."

그녀는 모르겠지만 그는 시간도 뛰어넘는 인연의 질긴 끈을 실감했다. 그렇게 그는 긴 새벽이 지나가는 내내 곤히 잠든 유주의 얼굴을 보고, 꼭 잡은 조그마한 손을 보고, 다시 그녀의 얼굴을 한참이나 들여다보았다.

아주 많은 시간을 돌아서 여기까지 오는 동안 끝없이 펼쳐진 평행선처럼 엇갈리기만 했던 네가 이제야 오롯이 내 눈앞에 있다. 지금 널 보는 내 마음이 얼마나 벅차오르는지 너는 모르겠지. 그러니 이제는 네 손을 놓지 않을 거야. 절대로 너를 잊어버리지 않을 거야. 네가 어디에 있든, 난 너를 찾을 수 있을 거야.

지금 창밖으로 흩날리는 새하얀 눈발이 소복이 쌓이고 또 하루의 태양이 밝아오면 우린 함께 어느 겨울날의 아침을 맞이하겠지만, 너의 목소리만 들으면 내 눈앞의 세상은 언제나 푸르던 그 시절의 여름이니까.

Outro.
시작되는 연인들을 위해

　새해 첫 주 주말, 정우가 프로듀싱 한 걸그룹과 유주의 데뷔 무대가 있는 날이었다. 그간 함께 고생한 직원들과 방송국을 찾은 정우는 꼭두새벽부터 계속된 음악 방송 리허설을 지켜보았다. 에이엔이 아닌 다른 회사의 프로듀서 겸 작곡가 자격으로 소속 걸그룹을 모니터링 하러 왔으나 그의 시선은 내내 유주에게 고정되어 있었다.

　"유주 씨 잠시 후에 드라이 리허설 시작합니다!"

　스태프의 안내에 따라 초조한 표정을 한 그녀가 기타를 든 채무대 뒤편에서 앞쪽으로 걸어 나왔다. 긴장이 역력한 기색이었다. 그러나 지금 이 순간 가장 안절부절못하는 사람은 무대 중앙에 마련된 의자에 앉아 호흡을 가다듬는 유주도, 그녀에게서 도통 눈을 떼지 않는 정우도 아닌 영찬이었다.

"쟤 너무 떠는 거 아니냐."

"형이 더 떨고 있거든, 지금."

"아, 왜 내가 이렇게 긴장이 되지."

"형답지 않게 왜 그래? 이 일 하루 이틀 하는 것도 아니고."

"그러게나 말이다."

"쟤 타고난 무대 체질이야. 생방송 시작하면 더 잘할 거야."

언젠가부터 정우의 옆에 딱 붙어 서서 벌써 몇 통째 물을 들이 켜던 영찬이 정우의 말에 고개를 끄덕이면서도 또다시 새 물병을 뜯었다. 순식간에 거의 절반을 벌컥벌컥 비우고 나서야 그는 옆에서 무덤덤한 표정으로 서 있는 정우를 돌아보았다.

"그런데 넌 안 떨리냐?"

"그럴 이유가 뭐가 있어."

"와, 이거 아주 강심장이구만. 나보다 네가 더 떨려야지, 인 마. 네가 태어나서 처음으로 프로듀싱 한 그룹이랑 유주가 한날 한시에 세상에 나오는데. 너 솔직히 말해봐. 요새 좋아해야 될지 말아야 할지 구분이 안 가지?"

"무슨 소리야?"

"음원 순위는 너희가 더 높은데 검색어 1위는 유주가 찍었잖 아."

영찬의 말에 정우가 여전히 무대 위에 시선을 고정시킨 채로 피식 웃었다. 며칠 전 음원이 처음 공개된 날 검색어 1위를 했다 며 상기된 목소리로 전화를 걸어온 유주의 목소리가 아직도 귓가에 생생했다.

"이게 다 한정우만 좋은 짓이지. 작곡한 곡 음원 순위 높으니 음악으로도 인정받고, 발굴한 애 검색어 1위 했으니 안목 인정받고."

"발굴은 무슨. 걘 어딜 갔어도 눈에 띄고 이 정도는 거뜬히 했을 애야. 그러니까 전해. 음원 순위도 곧 더 올라갈 거니까 너무 신경 쓰지 말라고. 내가 그랬다는 얘기는 하지 말고."

"안 그런 척하면서 챙기기는. 그나저나 너희 애들 제법이더라. 깜짝 놀랐어. 그 정도일 줄은 몰랐는데. 벌써부터 기사 뜨던데? 중소 기획사의 반란, 뭐 이런 타이틀로."

"에이엔도 이제 매너리즘에 빠지는 걸 경계할 때가 됐지. 언제까지나 업계 1위 할 거라는 보장은 없잖아?"

"뭐? 아, 이거 참. 이제 보니 반란은 네가 일으키고 있는 거였네. 내가 그동안 호랑이 새끼를 키웠구만."

"형이 키웠어? 나 스스로 컸어."

"그래, 인마. 너 잘났다. 너 잡기 위해서라도 내가 우리 애들 확실하게 갈고닦아서 내보낸다. 두고 봐."

"두고 보자는 사람치고 무서운 사람 없던데."

"정말 무서운 게 없어?"

"무슨 뜻이야?"

"너, 언제까지 거기 있을 거야? 대표님 기다리신다. 얼마 전에도 슬쩍 보니까 네 기사 찾아서 읽고 계시던데."

영찬의 귀띔에 정우는 처음으로 입을 다물었다. 어느덧 20년이 넘도록 한 번도 아버지라고 불러보지는 못했지만, 그리고 아버지 생각을 하지 않은 것은 아니었다.

"당장 회사 들어오라는 건 아니야. 그런데 가끔 찾아뵙기라도, 아니 전화 연락이라도 드려라. 너도 너지만, 대표님도 불쌍한 분이잖아."

"아직은 아니야."

마음이 여유로워지니 다른 이의 마음도 조금은 보이기 시작했다. 하지만 아직은 때가 아닌 것 같다. 얼마나 더 많은 시간이 지나면 술 한 잔을 사이에 두고 서로에게 해묵은 상처를 털어놓게 될 수 있을까.

잠시 그런 생각에 빠져 있는데, 문득 싱그러운 초록빛 잎사귀로 가득 채워진 풍경이 눈앞에 펼쳐졌다. 고개를 드니 어느새 리허설을 시작한 유주가 보였다. 카메라도 돌지 않는 드라이 리허설일 뿐인데도 그녀는 최선을 다해 무대를 만들어 나가고 있었다. 무대 아래에서 그 모습을 지켜보는 그의 입가에도, 어느새 미소가 찾아왔다.

그로부터도 리허설이 몇 번이나 반복됐고 늦은 오후가 되어서야 생방송이 시작되었다. 최종 카메라 리허설이 끝나고 잠깐 본 유주의 얼굴이 창백하게 질려 있어서, 영찬에게 걱정 말라고 큰소리를 쳤던 정우도 조금 긴장한 상태였다. 잔뜩 얼어붙어서 말도 제대로 못 하던 그녀의 모습이 자꾸 눈에 밟혀서 슬슬 걱정이 되기 시작했다.

"실수만 하지 마라, 실수만."

마침내 유주의 차례가 됐을 때 그는 저도 모르게 주문처럼 같은 말만을 중얼거렸다. MC들이 소개 멘트를 하는 동안 무대에 올라와 자리를 잡은 유주가 기타를 꼭 끌어안은 채 누군가를 찾는 것처럼 긴장한 눈으로 주위를 두리번거렸다. 그녀가 무대에 나타난 순간부터 뚫어져라 유주에게만 시선을 고정시키고 있던 정우와 그녀의 눈길이 뒤늦게 마주쳤고, 순간 고민하던 그는 스케치북에 커다랗게 네 글자를 써 들어 보였다.

— 긴장 금지.

"사람 대신 기계가 노래하는 아이돌 노래 금지. 가사도 못 알아듣는 주제에 팝송 틀어놓는 거 금지. 알바생이 같잖은 실력으로 노래 따라 부르는 건 더 금지!"

유주 역시 같은 기억을 떠올렸는지 그제야 얼굴이 밝아졌다. 다른 사람들이 보지 못하게 슬쩍 손가락으로 오케이 표시를 한 그녀가 정우를 향해 웃는 사이 MC들의 진행 멘트가 끝나고 전주가 시작됐다. 금세 곡에 집중하고 편안한 표정을 한 유주에게서 흘러나오기 시작한 음들이 이내 빛을 쏟아내는 여름 하늘처럼 드넓은 공개 홀을 휘감았다.

무대 위의 그녀는 아마 느끼지 못했겠지만, 무대 아래에서 그 모습을 지켜보던 정우에게는 표현할 수 없는 감정들이 고스란히 밀려왔다. 열광하는 사람들의 한성에서 보이는 강렬한 색채들이, 그럼에도 불구하고 고요하지만 힘 있게 세상을 물들이는 노 랫소리가 실감하게 해주었다. 오랜 시간 꿈꿔온 일이 이루어지는 순간을, 그 순간이 얼마나 벅찬 감정을 선물하는지를.

무사히 무대를 마친 유주가 다시 스테이지 뒤로 퇴장할 때까지 정우는 단 한순간도 그녀에게서 시선을 떼지 못했다. 모든 무대 가 끝나고 먼저 방송국을 빠져나온 그는 인적이 드문 건물 구석 에서 유주를 기다리기 시작했다. 첫 방송이 끝나면 가장 먼저 서 로를 만나기로 약속이 되어 있었다.

언제 나올지 모르는 그녀를 기다리며 제자리에서 서성이는 정 우의 입가에는 그 자신도 모를 옅은 미소가 피어 있었다. 누군가 를 기다린다는 게 언제부터 이렇게 설레고 손꼽아 고대하는 일이 되었을까. 정확한 시간에 정해진 무언가를 하지 않아도 흘러가는 시간이, 그에게 언제부터 이렇게 자연스러워진 걸까.

"아저씨!"

그 모든 답이 가리키는 분홍색 솜사탕 같은 색채가 눈앞에 둥 둥 떠올랐고 미처 뒤를 돌아보기도 전에 정우는 웃고 말았다. 어 서 보고 싶은 마음을 누르고 천천히 뒤돌아서자 환하게 웃으며 달려오는 유주가 보였다. 방송을 하는 동안 머리 위에 얹었던 화 환을 벗지도 않은 채 뛰어오는 그녀는 노점상 좌판에서 싸구려 리본 머리띠를 해보던 때보다 훨씬 더 생기 있고, 싱그럽다. 아 니, 아니다. 그때나 지금이나 그녀는 똑같이 예쁘다. 그런 유주 가 참 사랑스러우면서도, 그는 짐짓 딱딱한 목소리로 말했다.

"뛰지 마. 다쳐."

그럼에도 유주는 끝까지 뛰어와 그의 코앞까지 와서야 멈춰 섰다. 잔뜩 상기된 표정을 한 그녀가 들떠서 말문을 떼기도 전에 정우가 먼저 선수를 쳐 입을 열었다.

"너 이제 사람 많은 데에서 그렇게 큰 소리로 떠들면 안 된다고 했지. 누가 들으면 어쩌려······."

"아저씨! 나 지금 너무 두근거려서 무슨 말이라도 안 하면 가슴이 터질 것 같아요!"

하지만 정우의 말을 싹둑 잘라 먹은 유주는 그대로 그의 품에 뛰어들어 안겼다. 순간 놀랐다가, 그는 결국 어쩔 수 없이 웃으며 등을 토닥여 주었다. 정우에게 안긴 채로 유주는 속사포같이 하고 싶은 말을 꺼내 늘어놓았다.

"끝났어요. 끝난 거 맞죠. 어제 하루 종일 너무 떨려서 잠도 제대로 못 잤는데, 순식간에 끝나 버렸어요. 어떻게 끝내긴 했는데, 아무것도 기억이 안 나요! 나 어땠어요? 리허설 때보다 못한 건 아니죠? 큰 실수는 안 한 것 같은데, 잘했어요?"

"실수를 안 하긴. 다 짚어줘? 긴장 잔뜩 해서 첫 소절부터 박자 놓칠 뻔했지, 2절 후렴구에서는 도입부 음 플랫 됐지, 그리고 또······."

"아이, 진짜."

칭찬해 주고 싶은 마음을 감추고 잔 실수를 지적하는 정우의 태도에 유주가 그의 품에서 빠져나오며 입을 삐죽거렸다. 살짝 그를 흘겨본 그녀가 항의했다.

"그럴 때는요, 긴말 필요 없이 그냥 잘했다고 하는 거예요. 네가 최고라고."

하지만 그는 들은 척 만 척 하는 표정을 지을 뿐이었다. 그보다 한참이나 키가 작아 아래에서 그를 올려다보아야 하는 게 분했는지 유주는 얼른 옆에 있는 계단 위에 한 칸 올라섰다. 그러나 정우보다 커지기에는 여전히 역부족이었다. 얄미운 눈길로 저를 쳐다보는 그녀의 모습에 결국 웃고 만 그가 유주를 번쩍 들어 한 칸 더 위에 올려놓았다. 그제야 그녀가 정우보다 약간 더 높은 곳에 서 있게 되었다.

"됐지?"

유주가 반짝반짝한 눈을 빛내며 고개를 끄덕였다. 그 모습에 고개를 설레설레 저은 정우가 말했다.

"너 진짜 언제 크냐."

"크면 뭐 하게?"

"뭐?"

"키워서 잡아먹을 건가?"

동그란 눈을 크게 뜬 그녀가 장난스러운 말투로 물었다. 은근슬쩍 짧아진 말이 꽂히기도 전에 그 말뜻이 그를 주춤하게 했고 정우는 한참이 지나서야 어처구니없다는 듯 웃었다.

"못 하는 말이 없네, 이제."

"내가 뭐 틀린 말 했나? 크면 뭘 하려고 자꾸 그렇게 언제 크냐고 그래요? 응?"

"까분다. 이제 아주 맞먹네, 맞먹어."

말은 그렇게 하면서도 아무것도 모른다는 천진난만한 표정으로 고개를 갸웃거리는 모습이 밉지 않았다. 아니다, 좀 더 솔직해지자. 너무 사랑스러워 보여서 문제니까. 하지만 말로 표현하는 대신 그는 유주의 자그마한 손을 끌어다 잡으며 말했다.

"손 차갑잖아. 장갑 끼고 다니라니까."

"지금 걱정해 주는 거예요?"

"그래, 걱정하는 거야."

"사람이 사람을 걱정하는 건 당연한 거라서?"

"난 너처럼 그게 당연하지는 않아. 그런데 너 대체 나한테 무슨 짓을 한 거야? 널 만난 뒤로 내가 이상해졌잖아."

정우의 대답에 유주가 그제야 표정을 풀고 환하게 웃었다. 그 얼굴을 보고는 소리 없이 따라 웃은 그가 목에 두르고 있던 목도리를 풀어 유주의 목에 매주기 시작했다. 그러는 사이 어느덧 두 사람의 얼굴이 가까워졌고 유주는 코앞에 보이는 정우의 얼굴을 가만히 바라보았다. 키 차이 탓에 이렇게 가까이에서 들여다보기는 쉽지 않은 그 얼굴을 조목조목 뜯어보고 있는데, 뒤늦게야 그 시선을 알아차린 정우가 목도리를 매만지던 손길을 멈추고는 그녀와 두 눈을 마주했다. 한참이나 코앞에서 서로를 바라보던 두 사람의 입가에 거의 동시에 미소가 그려졌고 곧 그들은 누가 먼저라고 할 것도 없이 웃으며 서로에게 키스했다. 잠시 동안 살짝 맞닿았던 입술이 떨어지고 목도리를 마저 매준 그가 머리를 쓰다듬으며 속삭였다.

"잘했어. 그래도, 내일은 더 잘해야 돼."

"알았어요. 그래도 사소한 실수까지 하나하나 다 짚어내는 거 보니까 엄청 열심히 봤나 보네."

배시시 웃으며 대답한 유주가 무언가 생각났는지 갑자기 두 손바닥을 모아 그의 앞에 내밀었다. 의아한 얼굴로 그 손을 보던 정우가 다시 고개를 들어 그녀를 쳐다보았다. 그런 그와 눈을 맞추고 또 웃은 유주가 말했다.

"곡 주세요."

"뭐?"

"민 실장님이 무슨 일이 있어도 꼭 아저씨한테 곡 하나 받아오래요."

그 말에 어이가 없는지 헛웃음을 지은 정우가 중얼거렸다.

"이 형이 누구한테 뭘 시키는 거야."

"곡 못 받으면 납치라도 해오래요. 안 그러면 다음 앨범 안 내준대요."

"뭐? 영찬이 형이 진짜 그런 말을 했어? 이 형이 진짜……."

"그러니까 주세요, 네?"

"앨범 나온 지 얼마나 됐다고 벌써부터…… 안 돼."

"왜 안 돼요?"

"안 된다니……."

"왜?"

코앞으로 얼굴을 들이밀며 묻는 유주의 모습에 말문이 막혔다. 아직 어두워진 것도 아닌데, 밤하늘의 별을 그대로 따다 담은 것처럼 늘 반짝이는 눈이 바로 앞에 다가오자 소리의 색을 본 것처럼 어지러워져서. 온갖 색채가 뒤범벅이 된 것도 아닌데 맑게 빛나는 두 눈 앞에서 그는 잠시 할 말을 잊었다. 그걸 모르는지 그것도 모자라 정우의 어깨에 팔을 올려 그를 가까이 끌어당긴 유주가 다시금 입을 열었다.

"이래도요?"

여전히 정우에게서 아무 말이 없자, 이번에는 더 대담하게 그의 목을 끌어안았다.

"이래도?"

그럼에도 그는 아무 반응이 없다. 그를 끌어안은 채 실망한 표정으로 그를 쳐다보다 마지막 보루로 뺨에 입을 맞추려는데, 정우의 얼굴이 비스듬히 기울어지더니 그가 한발 빠르게 입술을 훔쳤다. 예고 없는 역습에 당황했는지 그의 목을 감은 유주의 손에서 힘이 빠졌고 이내 팔이 스르르 아래로 떨어졌다. 입술이 떨어져 나가고 나서도 여전히 당황스러운 얼굴로 눈만 깜빡이는 유주를 본 정우가 픽 웃으며 중얼거렸다.

"애는 애네."

한참이 지나서야 그 말뜻을 알아차린 그녀가 다시 분한 표정을 지으며 외쳤다.

"애 아니라니까요! 스물두 살이 무슨 애야!"

"스물두 살이 아니라 서른두 살이 되어도 넌 나한테 애야."

"언제는 나를 어떻게 이기겠냐고 했으면서! 이게 어떻게 져 주는 거예요! 한마디도 안 지면서, 이렇게 졸라도 곡도 안 주면서!"

"줄게. 다 줄게."

"진짜예요?"

"난 너 못 이긴다니까."

때로는 그보다 더 어른스럽지만, 그제야 만족스러운지 환하게 웃는 걸 보면 여전히 그녀는 영락없는 애다. 그 사이 헝클어진 제 머리카락을 정돈해 주는 정우에게 유주가 쫑알거리며 불만을 토로했다.

"그런데 아까 그 여자 누구예요?"

"그 여자? 누구?"

"카메라 리허설 끝나고 쉬는 시간에 아저씨 옆에 딱 붙어서 재잘대던 사람요."

"아, 소미. 우리 애들 리더……."

"우리 애들? 누가 우리 애들이에요?"

말을 싹둑 자르고 입술을 삐죽이며 소리치는 유주의 모습에 그는 슬며시 웃었다.

"너 지금 질투하지."

부인하지도 않고 유주는 열심히 고개를 끄덕였다. 다 알면서도 꿈쩍도 않고 보일 듯 말 듯 미소만 짓는 정우의 태도에 그녀가 얼른 덧붙였다.

"나 없다고 다른 여자랑 웃고 떠들 거예요?"

"내가 웃고 떠들었나?"

"아까 다 봤죠? 방송국에 널린 게 잘생기고 어린 아이돌인데, 그렇게 태평하게 굴 거예요?"

"너도 봤잖아. 그 방송국에 널린 예쁘고 어린 아이돌이 내 옆에 붙어 있던 거."

일부러 마음에도 없는 말로 장난스럽게 대꾸하자 유주가 아무 말도 못 하면서도 두 눈에 얄미움을 가득 담아 그를 쳐다보았다. 웃으며 그런 유주의 눈을 들여다본 정우가 어르고 달래듯 말했다.

"화내지 마. 소원 들어줄게."

"소원요? 지금 말 돌리는 거죠. 그런 거 얘기한 적 없는데."

"날씨 좀 따뜻해지면 남산 가자. 이제는 좀 웃을 수 있을 것 같거든."

"무슨 말이에요 그게? 그리고 뜬금없이 웬 남산? 좀 알아들을 수 있게……."

순간 머릿속을 스치는 생각에 유주는 말을 멈췄다. 벌써 오래전의 기억이었다.

'다시 이곳에 같이 올 때는 함께 웃을 수 있기를.'

그와 함께 처음으로 갔던 남산 전망대에서, 그렇게 쓴 자물쇠를 걸어두었다. 하지만 정우에게는 분명 보여주지 않았는데, 그가 그 얘기를 대체 어떻게 알고 있는 걸까. 말도 잇지 못한 채 놀라는 그녀를 보며, 정우는 소리 없이 웃었다.

"아저씨 혹시…… 혼자 거기 갔었어요?"

"다 잊어보겠다고 혼자 산에 올랐는데, 걷는 내내 네 생각밖에 못 했어. 이제는 너에 대한 기억 말고 진짜 너랑 같이 가고 싶은데, 어떻게 생각해?"

"아저씨……."

"소원인데 이제야 들어줘서, 미안."

"아니에요. 고마워요."

고맙다는 말에 어떠한 대답을 하는 대신, 그는 그녀를 꽉 안아주었다. 한참을 서로 아무 말도 없이 그저 꼭 안고만 있는데, 유주가 여전히 정우를 놓지 않은 채로 다시 말문을 뗐다.

"그런데요 아저씨. 나 물어보고 싶은 거 있는데."

"뭔데?"

"나 만나는 거, 후회 안 할 자신 있어요?"

짧은 물음이지만 그 말 속에 숨은 마음을 알 것 같아서, 그는 자신의 품에 쏙 들어와 있는 유주를 물끄러미 내려다보았다. 손에 넣지 못한 커다란 무엇보다 지금 손에 쥐고 있는 자그마한 무언가가 더 소중하고 애틋하게 느껴질 때가 있다. 자신의 손 안에 들어와 있는 자그마한 손을 한참이나 쳐다보다 다시 더욱더 꼭 쥔 정우가 대답했다.

"그런 거 몰라. 이제는 내가 너 못 놔."

울리지 않겠다는 약속은 지켰으니 이젠 세상 그 누구보다 행복하게 만들어주기 위해 노력해도 되지 않을까. 수고했다는 뜻으로 작은 어깨를 토닥여 준 그가 다정하게 물었다.

"밥 먹으러 가자. 너 새벽부터 리허설 하느라 아무것도 못 먹었잖아."

"어, 그러고 보니 긴장해서 깜빡 잊고 있었는데…… 배고파요."

"먹어야 힘난다는 애가 오래도 버텼네. 그래서, 뭐 먹고 싶은데?"

"음…… 너무 많은데……. 뭐 먹지?"

저를 빤히 쳐다본 채 고개를 갸웃거리는 그녀를, 정우는 인내심 있게 한참을 기다려 주었다. 많은 시간이 흘러서야 생각났다는 듯 그를 보며 배시시 웃은 그녀가 대답했다.

"떡볶이."

"뭐?"

"떡볶이 먹을래요. 같이 먹어줄 거죠?"

오래 생각한 것치고는 김빠질 정도로 싱거운 그 대답에 정우가 어처구니없다는 듯 웃었다. 아랑곳하지 않고 계단을 뛰어 내려온 유주는 그런 그를 잡아끌어 나란히 걷기 시작했다.

여전히 그는 규칙적인 일과에 따라 생활하고, 신상이 알려진 게 없는 은둔형 작곡가고, 다른 사람들을 대하는 게 어색하고, 오래된 상처를 완전히 잊지 못했다. 그렇지만 이제 그는 아무렇지도 않게 유주의 손을 잡고, 때로는 시간이 흘러가는 것도 알지 못한 채 유주를 바라보고, 유주가 좋아하는 길거리 음식을 함께 먹고, 유주와 함께 사람들로 북적이는 거리를 걷는다. 그녀를 알아보는 사람들이 하나둘씩 늘어나면 그것도 불가능해지겠지만, 그래도 예전과는 많은 게 달라졌다. 여전히 사람이 많은 곳에 가는 것보다는 혼자가 편하지만, 혼자보다는 둘이 함께 있는 게 더 행복하다는 걸 알게 된 순간부터.

"한참을 고민하더니 고작 그거야?"

"생각하니까 더 먹고 싶어졌어요. 빨리 가요."

"근사한 데에서 맛있는 밥 사줄 기회는 도무지 주지를 않네."

"혼자 먹는 스테이크보다 둘이 먹는 떡볶이가 더 맛있다니까. 아, 맞다. 이거 물어보는 걸 깜빡했네."

"뭘?"

"오늘은, 무슨 색?"

그의 손을 꼭 잡고 걷다 말고 멈춰 선 그녀가 배시시 웃으며 물었다. 혼자 간직하던 비밀이 둘만 아는 비밀이 된 후부터 유주는 늘 정우에게 묻는다. 그러나 그는 웃기만 할 뿐 한 번도 대답해준 적이 없다. 하지만.

"여름 색."

"여름?"

"너는 늘 내 여름이야."

빛을 잃은 채 까맣게 죽어 있던 세상에 어느 순간부터 밝은 햇살이 비추기 시작했다. 멈춰 있던 시계는 다시 바삐 움직이고 온통 회색뿐이던 그의 세상은 이제 분홍빛으로 물들었다, 초록색으로 물결치다, 붉은 물감을 뿌린 수채화가 되었다가 다시 새하얀 도화지로 돌아온다. 하지만 그녀의 손을 잡으면 모든 건 언제나 여름이다. 한낮의 태양이 마주 잡은 손을 붉게 물들이고, 노란빛 별이 지고, 초록 비가 쏟아지고, 푸른 숲을 함께 걷고, 라일락 밤바람과 보랏빛 꽃향기가 서로를 감싸 안던 그 여름.

"그게 진짜였구나……."

"뭐가 진짜야?"

"남산 전망대에 자물쇠 걸고 소원 빌면 이루어지는 거."

정우는 싱겁다는 듯 웃고 말았으나 유주는 진심이었다. 그는 영영 모르겠지만, 사실 그녀는 그가 아는 것과는 다른 소원을 빌었다.

이 순간이 영원하길 시간도 멈추길

그대가 내게 온 여름 그 기억이

비로 내려 마음을 적시는 이 밤에

그에게 불러준 노래의 마지막 가사가 유주가 빈 진짜 소원이었다. 스스로 바라면서도 말도 안 된다고 생각했던 그 소원이 정말로 이루어진 셈이었다. 눈이 내려도, 안개가 자욱해도, 찬바람이 불어도 그에게 그녀는 언제나 푸르던 여름일 테니까.

"나 고백할 거 있어요."

"무슨 고백인데 이렇게 분위기 없이 해?"

"아저씨."

"그래. 왜."

"나 아무래도 이제는 노래보다 아저씨가 조금 더 좋은 것 같아요."

불쑥 튀어나온 그 고백에 이번에는 정우가 제자리에 멈춰 섰다. 여전히 꼭 잡은 유주의 손을 한참이나 보고 또 보다 이내 반짝이는 눈을 마주한 그가 웃으며 답했다.

"나도."

손을 마주 잡은 채 사람들로 북적이는 거리로 걸어 나가는 두 사람의 위로 새해의 첫 눈발이 흩날리기 시작했다. 무채색 세상을 무지개로 색칠하는 공주님과 세 번의 키스를 한 까칠한 개구리 왕자는 사람이 됐고, 마법은 풀렸다. 이제, 모든 것이 완벽했다.

Bonus Track.
내 사랑 내 곁에

"드디어 1위다!"

"월간 차트 1위까지 쭉쭉 가자!"

쨍쨍 잔이 부딪치는 소리가 기분 좋게 울렸다. 두 번째 음반을 발표한 유주가 드디어 음악 방송에서 데뷔 이래 처음으로 1위를 한 날이었다. 전 스태프들이 모두 모인 회식 자리의 중심에, 술이 들어가기도 전부터 이미 발그레 달아오른 얼굴을 한 유주가 있었다.

"유주 안 울더라? 딱 호명되니까 화들짝 놀라면서 바로 눈물 그렁그렁해지는 거 보고 한바탕 눈물 쏟겠구나 싶었는데."

"그게요, 눈물 날 것 같은데 옆에서 빨리 소감 말하라고 하니까 막 머릿속이 뒤죽박죽되면서 언급해야 될 이름들이 하나도 생각이 안 나는 거예요. 그래서 이름 떠올리느라 머리 쥐어짜는 사이에 눈물이 쏙 들어갔어요. 제가 빠뜨린 분 없죠?"

"그래서 그렇게 빨리 말했구나? 지금 '유주 속사포 소감'이 검색어 1위야."

"댓글 봐. 유주 너 다음 앨범 낼 때는 래퍼로 변신해도 되겠다는데?"

유주가 데뷔할 때부터 함께 동고동락한 팀이라 그런지 회식의 분위기는 화기애애했다. 새 음반을 준비하느라 한동안 빡빡한 스케줄을 소화해야 했던 유주도 오랜만에 기분 좋게 취한 채 유쾌하게 이야기꽃을 피웠다.

"어? 엄마다."

한참을 대화에 열을 올리고 있는데 핸드폰이 울렸다. 액정 화면에는 엄마라는 글자가 찍혀 있었다. 저도 모르게 활짝 웃은 유주가 자리에서 일어나 밖으로 나가며 전화를 받았다.

"엄마!"

[우리 딸, 1등 했더라?]

"봤어? 생방송으로?"

[그럼. 우리 딸이 1등 하는 걸 TV로 보는 날이 다 오네. 축하해.]

"그러게. 스무 살 돼서 가수 되겠다고 집 나갈 땐 정말로 이런 날이 올 줄 몰랐는데. 고마워 엄마. 그리고 미안해요. 1등 했는데 바로 연락도 못 해서, 그동안 걱정만 하게 해서."

[아니야. 이렇게 잘할 거였는데 엄마야말로 더 많이 응원해 주

지 못해서 미안해. 그래도 엄마가 우리 딸 많이 자랑스러워하는 거 알지?]

"알지, 다 알지."

[주위 시끄러운 거 보니까, 회식 중?]

"응. 같이 고생한 분들이랑 한잔하고 있어."

[정신없는데 괜히 전화했나 보다. 나중에 다시 할까?]

"아니야. 엄마 얼굴 보기도 힘든데 왜. 괜찮아."

불현듯 마음이 짠해졌다. 어렸을 땐 늘 가까운 곳에 가족이 있어서 기쁠 때도 슬플 때도 늘 기대고 의지할 수 있었는데 모르는 사이 제가 많이 커버렸다는 게 새삼 느껴져서였다. 잠시 침묵을 지키다 유주는 솔직한 마음을 입 밖에 냈다.

"보고 싶어, 엄마. 아주 많이."

그 말을 하고 나니 이번에는 정우가 생각나서 또 마음 한구석이 저려왔다. 그녀에게 엄마는 세상에서 가장 힘이 되는 사람인데, 그에게는 엄마라는 이름이 얼마나 마음을 괴롭게 하는 존재일까.

[나도 우리 딸 보고 싶네. 이렇게 멀리 떨어져 있게 될 줄 알았으면 내 품 안에 있을 때 우리 딸 좋아하는 맛있는 것도 많이 만들어주고 더 많이 보듬어줄걸.]

"아니야, 엄마. 엄마가 나한테 얼마나 잘해줬는데. 나 가수 된 것도 다 엄마 덕분이야. 어렸을 때부터 엄마가 들려주고 불러준 노래들 덕분에 내가 그런 꿈을 꾸게 됐어."

[그럼 오랜만에 엄마가 노래 불러줄까? 무슨 노래 듣고 싶어?]

"음…… 나 어렸을 때 엄마가 자장가로 불러주던 노래. 여름밤의 꿈."

[여름밤의 꿈? 내가 그 노래를 불러준 적이 있었나?]

그 대답에 순간적으로 머릿속이 아득해졌다. 무언가 잘못되었다는 느낌이 들기 시작한 것도 바로 그때부터였다.

"아니야? 정말?"

[자장가로 불러준 적은 없는 것 같은데. 다른 비슷한 노래랑 착각한 거 아니야?]

"아니, 아니야. 그 노래였어, 분명히. 정말 엄마가 그 노래를 불러준 적이…… 없어?"

귓가를 맴돌던 노래가 느리게 재생한 테이프 소리처럼 늘어졌다. 그럴 리가 없다. 마치 태어나기도 전부터 알고 있었던 것처럼 이토록 익숙한 노래가 엄마와 같은 기억으로 공유되지 않는다는 게.

"그러면…… 난 이 노래를 어떻게 아는 거야?"

[엄마가 듣던 노래들 중에 있었겠지. 그리고 또래보다 옛날 노래 잘 아는 편이잖아, 우리 딸. 아마 다른 데에서 들은 걸 착각한 게 아닐까? 어릴 적 기억은 자주 혼선되고, 조작도 잘 되니까.]

혼선. 생각지도 못한 말에 혼란스러워진 유주는 미친 듯이 옛 기억을 더듬어 거슬러 올라가기 시작했다. 단 한 번도 의심해 본 적 없던 기억의 근원을.

"그럴 리가…… 없는데……."

머릿속에서는 끊임없이 같은 노래가 재생되고 있었다. 그 노래가 들려오는 곳을 따라 아주 깊은 곳까지 파헤치다 문득 머릿속 어느 한구석이 페이드인 되는 것처럼 하얗게 터져 나갔다.

[유주야?]

제자리에서 잠시 비틀거리던 유주는 수화기 너머에서 들려온 목소리에 퍼뜩 정신을 차렸다. 이마에 어느새 식은땀이 맺혀 있었다. 머리를 짚은 그녀가 평정을 찾으려 애쓰며 대답했다.

"아, 엄마. 미안. 내가 착각을 했나 봐."

[아무래도 우리 딸 피곤한가 보다. 엄마가 나중에 다시 전화할 게. 회식 잘 마무리하고, 고생했는데 푹 쉬어. 사랑해.]

전화가 끊어지고 유주는 다시 혼란에 사로잡혔다. 대체 뭐가 어떻게 된 걸까. 그러고 보니 언젠가도 이런 적이 있었다. 몸 상태가 좋지 않았기 때문이었지만 그때도 같은 노래를 듣다 불현듯 이상한 광경이 눈앞에 펼쳐지며 정신을 잃었다.

엄마가 듣는 옛 노래들을 어렸을 때부터 옆에서 따라 듣다 덩달아 좋아하게 됐고 그 노래도 그중 하나였다. 하지만 그 노래에 관한 느낌과 기억은 그런 단순한 종류의 것이 아니었다. 그것만큼은 모든 걸 걸고 확신할 수 있었다. 그 노래에는 유난히 그 이상의 특별한 애착이 느껴졌다.

제가 태어나기도 전에 세상에 나온 이 노래를 대체 그녀는 언제부터 어떻게 알고 있었던 걸까. 하지만 아주 어린 시절의 기억이 지금까지도 또렷하게 남아 있을 리 없었다. 그 순간 다시 핸드폰이 울리기 시작했고 화들짝 놀라며 상념에서 깨어난 유주는 핸드폰으로 시선을 돌렸다.

"아저씨……."

화면에 떠올라 있는 정우의 이름을 본 순간 이유 없이 마음속에서 무언가가 울컥했다. 울리는 핸드폰을 손에 쥐고 한참을 그의 이름만 쳐다보던 그녀는 천천히 통화 버튼을 누르고 수화기를 귓가에 가져다 댔다.

[아직 회식 중이야?]

평소와 다르지 않은 정우의 목소리를 듣고 있는데 이상하게도 눈물이 핑 돌았다. 대답조차 하지 못한 채 핸드폰만 꼭 쥐고 있는데 그가 계속 말을 이었다.

[못 가서 미안.]

"아니에요. 아저씨 선약 있다고 했잖아요."

가까스로 입술을 뗀 유주가 대답했다. 애쓴 보람도 없이 목소리가 자꾸만 흔들렸다. 다시 건너오는 답이 없어서 그에게 들킨 건가 싶은 마음에 그녀는 일부러 밝은 체 입을 열었다.

"아, 나 술 너무 많이 마셨나 보다. 목소리가 자꾸 떨리네. 아저씨 내가 나중에 다시 전화할게요."

그가 뭐라고 대답하는 걸 듣기도 전에 서둘러 전화를 끊었다. 정우의 목소리를 더 듣고 있다가는 이유도 모른 채 엉엉 울어버릴 것 같았다. 어느새 시큰해진 눈시울을 닦아낸 유주는 스스로를 위로하듯 중얼거렸다.

"진짜 술을 너무 많이 마셨나."

건물 구석에 숨어 까닭 없이 북받친 감정을 추스르다 문득 그녀는 저녁 하늘을 올려다보았다. 해가 길어진 탓에 늦은 시간인데도 이제야 막 땅거미가 내려앉고 있었다.

그러고 보니 어느새 다시 여름이었다. 계절의 문턱에서 그를 만났던, 그리고 더위가 기운을 다해갈 무렵 그가 떠나갔던. 지칠 정도로 무더운 날씨라는 기억밖에 남기지 않았던 이 계절이 조금은 특별한 의미로 새겨지기 시작한 것도 그해 여름부터였다.

"전화…… 괜히 끊었나 보다."

불처럼 뜨거웠다가 금세 차디찬 비를 뿌리는 여름 날씨처럼 마음도 변덕을 부리는 모양이었다. 온종일 수많은 사람들에 둘러싸여 축하를 받아놓고도 잠시 홀로 남겨진 지금 이 순간이 왠지 쓸쓸하게 느껴져서, 유주는 괜스레 몸을 웅크렸다.

어쩐지, 그가 아주 많이 보고 싶어졌다.

수화기 너머에서 들려오던 유주의 목소리가 서두르듯 사라지고, 핸드폰을 든 손을 내린 정우도 서서히 어둠이 스며드는 여름 하늘을 올려다보았다. 가장 좋은 날에 가장 가까운 곳에서 축하해 주지 못하는 것도, 술을 너무 많이 마셔서라고 둘러대긴 했지만 조금 가라앉아 있던 유주의 음성도 마음에 걸렸다. 전화가 끊어진 화면에서 시선을 떼지 못하던 그는 한참이 지나서야 다시 안으로 발길을 돌렸다.

두 사람 몫의 식사가 차려진 방 안에는 한 대표가 앉아 있었다. 문턱에서 잠시 멈춰 선 정우는 이내 한 대표의 건너편에 앉았다. 묘하게 숨이 막혀오는 어색한 공기 속에서 먼저 말문을 연 쪽은 한 대표였다.

"그 아이냐?"

그게 누굴 뜻하는 말인지, 알고 있었다. 그러나 굳이 대답하지 않은 정우는 대신 한쪽에 놓인 도자기 술병을 집어 들며 다른 말을 꺼냈다.

"반주 한잔하세요. 식사할 땐 늘 그러셨잖아요."

잔에 매실주를 따르며 담담히 말을 잇다 불현듯 마음에 파도가 일었다. 어린 기억 속에서 아버지의 모습은 애주가이자 어쩔 수 없는 애처가였다. 식사할 때마다 꼭 한 잔씩 곁들일 정도로 좋아하던 술도 아내의 핀잔에는 마시지 않았다.

머리는 여전히 옛 기억을 간직하고 있는데 무엇이 그리 어려워 그 많은 세월이 흐르는 동안 마주 앉아 밥 한 끼조차 함께하지 못했을까. 술병을 내려놓은 채 멍하니 제 몫의 빈 잔만 내려다보고 있는데, 어느새 잔에 술이 차오르기 시작했다. 한 대표였다.

"한잔하자."

아버지에게 처음 술을 배웠다던 친구들과 달리 정우는 술을 입에 대본 적도 없었다. 병 때문에 술을 가까이할 생각조차 하지 않았다. 그러나 지금은 한 잔의 술이 어쩐지 마음에 사무쳤다. 한 대표에게도 마찬가지였다. 몇십 년 만에야 하나뿐인 장성한 아들과 술잔을 기울이게 된 현실 앞에 그는 기나긴 회한에 사로잡혔다. 실은 마주 앉은 서로가 너무나도 낯설었다. 얼굴조차 제대로 맞대지 않은 세월이 흘러간 사이 몰라보게 커버린 아들이, 부쩍 늙어버린 부친이. 그 모든 서먹한 감정과 해묵은 갈등들이 한 잔의 술에 녹아들었다.

잔을 나누고 단번에 비운 후 잠시 정적이 흘렀다. 서로 표현은 하지 않았지만 이전까지와는 무언가 달라졌음을 피부로 느낄 수 있었다. 이번에는 홀로 잔을 채우고 비운 한 대표가 먼저 침묵을 깨뜨렸다.

"이번에 발표한 곡 들었다. 나름대로 네 길을 찾아가고 있는 것 같더구나. 이렇게 빨리 자리 잡을 줄 몰랐는데 놀랐다. 주위의 기대가 버거웠을 텐데."

"......"

"그리고 그 아이 말이다. 참 예쁘더구나. 그 나이 애들보다 어른스러우면서도 밝고, 심성도 곱고. 그 아이 때문인 거냐?"

"아버지."

그 부름에 한 대표의 낯빛이 순간 동요했다. 생전 처음으로 한 대표를 그렇게 불러보는 정우에게도 참 낯선 호칭이었다. 목 끝까지 차올라 있다 어렵게 밀려 나온 음성이 조금씩 떨려왔다.

"아버지 마음, 알아요. 아버지가 어머니를 위해 목숨도 바칠 수 있는 분이셨다는 거, 그럼에도 그렇게 하지 못했다는 게 아버지 평생의 한으로 남았고 앞으로도 그럴 거라는 거. 아버지가 저를 진심으로 미워하신 적 없다는 것도 알아요."

"......"

"아버지가 괴로우셨던 만큼 저도 수없이 저를 자책했어요. 그러면서도 서른이 될 때까지 아버지 말씀대로 제 몸 하나 건사할 줄도 모르는 못난 놈으로 살았는데, 어머니를 구하기는커녕 어머니로부터 보호받기만 해야 했던 그때로부터 한 뼘도 더 자라나지 못한 저를 그 애가 다시 한 번 살렸어요. 아버지께 목숨과 바꿔서라도 지키고 싶었던 사람이 있었듯, 저도 그래요. 그때는 너무 어리고 나약해서 어머니는 지키지 못했지만, 더 이상 그렇게 살지는 않을 거예요."

목이 메어서 정우는 거기에서 잠시 말을 끊었다. 무거운 침묵은 여전했지만 더 이상 버겁지만은 않았다. 눈을 한 번 세게 감았다 뜬 그가 다시 말을 이었다.

"죄송해요, 아버지. 아버지가 그토록 사랑했던 어머니가 당신 목숨 던져 살린 유일한 자식인데, 그동안 못난 모습만 보여 드려서."

아슬아슬하게 버텨온 음성이 더는 담담함을 유지하지 못한 채 무너져 내렸다. 가슴속에서 뜨거운 무언가가 치밀어 오른 탓에 더 이상 오가는 말은 없었지만 어슴푸레한 하늘이 완전히 어둠 속에 잠기는 동안 두 남자는 오래도록 술잔을 기울였다.

❋

긴긴 회포를 나눈 끝에 한 대표와 헤어진 정우가 홀로 길을 나선 건 깊은 밤이 흘러가고 새벽이 다가올 무렵이었다. 처음 마셔보는 술에 과음을 한 건 아니었으나 기분은 얼떨떨했다. 태어나서 처음으로 취해보는 밤이었다. 머릿속이 아무런 생각 없이 깨끗이 비워진 것도 처음이었다. 그런데도 왜인지 마음 한구석이 허해서 그저 무의식에 따라 작업실이 있는 방향으로 걷고만 있는데, 입구가 보이기 시작했을 때쯤 문 앞에 웅크리고 앉아 있는 누군가의 모습이 함께 시야에 들어왔다. 정우가 멈춰 서자 이내 그를 발견한 형상이 벌떡 일어나 그에게로 달려왔다.

"아저씨!"

유주였다. 달려오자마자 폭 안긴 그녀가 금세 그의 품에서 빠끔히 고개를 들고는 물었다.

"혹시 술 마셨어요?"

대답 대신 정우는 유주의 뒷머리를 감싸 안고는 더 세게 그녀를 안았다. 그녀를 본 순간 알았다. 어딘가 허전한 마음이 무엇 때문이었는지.

보자마자 말은 없고 숨이 막힐 정도로 끌어안기만 하는 정우의 반응에 유주도 어쩐지 기분이 이상해졌다. 그의 목소리만 들었을 때도 눈물이 핑 돌아서 얼굴을 마주하면 정말로 울어버릴 것 같았는데, 막상 정우를 보고 나니 어쩐지 자신보다 더 가라앉아 있는 그의 모습에 마음만 뭉클해졌다. 그래서 그녀는 괜스레 어리광을 부리듯 입을 열었다.

"어, 대답 없는 거 봐. 지금 찔려서 이러는 거죠. 여자랑 마셨구나."

"……."

"진짜 대답 없네. 다른 여자 생겼구나, 그런 거죠. 나랑도 안 마셔본 술을 누구랑……."

"내가……."

"네?"

"내가 어떻게 너를 만났을까."

나지막이 한숨짓듯 흘러나온 말에 순간적으로 마음이 쿵 떨어졌다. 그대로 얼음이 된 그녀를 여전히 빈틈없이 끌어안은 채 뒷머리를 쓸어내리며, 그는 다시 중얼거렸다. 지금 이 마음을 정확히 어떤 단어로 표현해야 할지 알 수가 없어서.

"내가, 어떻게 너를⋯⋯."

작은 어깨에 기댄 채 그렇게 말하는 목소리가 귓가를 간질였다. 술에 잔뜩 취한 사람처럼 자꾸만 같은 말만을 되뇌는 정우의 모습에 다시금 눈물이 날 것만 같아서, 유주도 결국은 그의 품에 얼굴을 묻은 채 아무 말 없이 그를 꼭 끌어안았다.

어렴풋이 의식이 돌아온 순간 번쩍 눈을 떴다. 동시에 미약한 두통이 밀려왔다. 아직은 흐릿한 시야가 어쩐지 빙빙 도는 것 같은데, 눈앞에 누군가의 형상이 나타났다.

"일어났어요?"

여전히 그는 시각보다 청각에 더 예민하다. 목소리를 들은 순간 정말로 정신이 확 들어서 시야까지 또렷해졌다. 손에 컵을 든 유주가 눈앞에 서 있었다.

"네가 왜 여기 있어?"

경황이 없어서인지 술을 마셔서 그런지 얼른 기억이 떠오르지 않았다. 혹시 실수라도 한 건가 싶어 아찔해졌다. 황망히 묻고는 멍한 얼굴로 주위를 두리번거리는 정우를 본 유주가 황당한지 피식 웃었다.

"무슨 일 있었는지 정말 기억 안 나요?"

"무슨 일."

"남녀가 만리장성 쌓는 일?"

그 장난스러운 대답에 그제야 아무 일도 없었다는 걸 깨달은 그가 짧게 한숨을 쉬었다.

"이래서 술을 조심하라는 거네."

한시름 놓고 나니 그제야 서서히 기억이 돌아오기 시작했다. 필름이 끊길 정도로 과음을 한 건 아니었으니 당연한 일이었다.

"너 여기 올 때 혼자 왔어? 매니저는? 본 사람 없었어?"

그 질문 공세에 유주의 표정이 묘하게 변했다. 눈을 떴을 때 자기가 옆에 있는데도 정신이 들자마자 저런 것부터 묻다니.

"정신 들자마자 그런 이성적인 일부터 물어보면 내가 너무 섭섭하거든요?"

불만을 토로하면서도 그녀는 손에 들고 있던 컵을 척 그에게 내밀었다. 컵에 담겨 있는 건 꿀물이었다. 한참 전부터 직접 꿀물까지 준비해 놓고 그가 깨길 기다렸는데, 이건 정말이지 너무하다.

"아까는 보자마자 다짜고짜 끌어안아 놓고 이제 와서 그런 게 궁금해요? 누구랑 술 마셨는지 대답도 안 해주고, 1등 했는데 제대로 축하도 안 해주고, 계속 똑같은 말만 하고. 다 큰 남녀가 무슨 침대 앞에서 이런 말만…… 으악!"

입술을 삐죽이며 종알거리던 유주가 비명을 지르며 풀썩 침대 위로 넘겨졌다. 컵을 받아 사이드 테이블에 내려놓고 가만히 유주의 말을 듣고만 있던 정우가 불쑥 팔을 뻗어 그녀를 잡아당긴 탓이었다. 굴러 떨어지지 않게 빠르게 머리부터 감싼 그가 유주를 저에게 더 가까이 끌어당겼다.

"술…… 덜 깬 거구나. 그런 거죠. 갑자기…… 이러면……."

자신 없는 목소리가 작아지더니 허공으로 흩어졌다. 안 그래도 코앞에 있던 그의 얼굴이 순식간에 더 가까이 다가온 탓이었다. 닿을 듯 말 듯 한 거리에 어지러워져서 그녀는 결국 말을 다 끝맺지 못했다. 술기운이 아직 남아 있기라도 한 건지 평소보다 과감한 그의 태도에 정신을 차릴 수가 없다.

어느새 정우가 위에서 유주를 내려다보는 자세가 되어 있었다. 금방이라도 입술이 닿을 것만 같아 온몸에 힘이 들어갔다. 코앞에서 뚫어져라 쳐다보는 시선을 마주하는 것마저 떨리는 느낌에 결국 눈을 꼭 감아버리자 그제야 정우가 픽 웃는 소리가 들려왔다.

"가만 보면 겁 없는 척하면서 참 겁 많아."

"……."

"이렇게 긴장하는데 내가 뭘 어떻게 해."

아, 역시나 내공이 부족한가 보다. 대담한 척 떨림을 숨겨보려 해도 여지없이 알아차리는 그였다. 그러나 여기에서 꺾이고 말 이유주가 아니었다. 오기가 생겨 다시 눈을 뜨고 여전히 코앞에 있는 그를 살짝 흘겨보던 그녀가 기습적으로 정우의 얼굴을 끌어당겨 살짝 입을 맞췄다. 그러고는 그대로 재빨리 도망가려는데 그녀 옆에 털썩 누워 한발 빠르게 유주를 안은 손에 힘을 준 그가 반대쪽 손을 그녀의 머리로 뻗었다. 와 닿은 손길에 전기가 통하는 것처럼 찌릿해서 또다시 흠칫하자마자 정우의 나지막한 음성이 들려왔다.

"여자랑 술 안 마셨고, 너 말고 다른 여자 같은 거 없고, 1등한 건 축하해. 그동안 고생 많았어. 그리고 계속 같은 말만 한 건, 진심."

"진심?"

"내 진심이야, 그게."

진심이라는 별거 아닌 단어가 원래 이렇게 간지러운 말이었을까. 눈을 맞추며 덤덤히 고하는 그의 모습에 또 마음 한구석이 간질간질해졌다. 그래서 대답 대신 정우의 품으로 파고들었는데, 그가 가만히 웃는 소리가 귓가에 내려앉았다.

"너 진짜 작다."

그 말에 김이 팍 새서 그를 흘겨보자 또 웃은 정우가 유주를 다시 제 품으로 끌어안으며 덧붙였다.

"품에 쏙 들어와서 좋다고."

부드럽게 머리카락을 쓸어내리는 손길에 저절로 눈이 감길 것만 같았다. 그러면서도 유주는 괜히 딴죽을 걸었다.

"말로만 축하해 줄 거예요?"

"소원 들어줄게."

"맨날 소원은."

"너 좋아하는 거 하자."

"나 말고, 아저씨요."

"나?"

"맨날 내가 하고 싶은 거, 내가 먹고 싶은 거, 내가 갖고 싶은 거. 아저씨는 그런 것밖에 모르잖아요. 난 아저씨가 뭘 좋아하는지 하나도 모르는데."

유주의 말에 정우도 생각에 잠겼다. 스스로가 뭘 좋아하는지 그 자신도 모른다는 걸, 그제야 깨달았다. 유주가 좋아하는 걸 대보라고 하면 이제는 끝도 없이 나열할 수 있는데 자신이 좋아하는 걸 말해보라고 하니 어쩐지 난감해졌다. 어쩌면 아주 이상한 일이 아닐까. 스스로가 좋아하는 게 무엇인지조차 모르면서 하루하루를 살아간다는 게, 그럼에도 흘러가는 그 하루하루가 특별하진 않지만 소소한 행복으로 마음 한편에 남는다는 게. 한참을 곰곰이 생각하다 그는 불쑥 떠오른 답을 입 밖에 냈다.

"난 그냥, 네가 좋아. 네가 좋아하는 게 좋아. 그러니까 네가 좋아하는 거 하자."

뜻밖의 고백이 되어버린 그 말에 유주의 얼굴이 삽시간에 붉어졌다. 아, 이럴 땐 어떻게 반응해야 하는 걸까. 말문이 막혀 정우만 빤히 쳐다보던 그녀는 겨우 더듬거리며 되물었다.

"말도 안 돼. 아저씨가 떡볶이를 좋아한다고요? 맛있는 거 먹을 때 세상에서 제일 행복하고, 엄청 단 마시멜로 핫초코도 좋아하고?"

"너 만나고 내가 이상해졌다니까."

그렇게 답한 그가 소리 없이 웃었다. 도통 웃는 법을 모르던 그가 웃는 걸 보니 이상해지긴 이상해진 모양이다.

"그러니까 얼른 생각해 봐. 뭐 하고 싶은지, 뭘 갖고 싶은지."

그 재촉 아닌 재촉에 유주는 고민에 빠졌다. 무심한 척하면서도 다 해주는 정우 덕분에 이제는 더 갖고 싶은 것도, 더 하고 싶은 것도 없다. 그런데 묘하게 아쉬운 이 무언가는 뭘까. 어느새 골똘히 생각에 잠긴 유주를 지켜보던 정우가 웃으며 말했다.

"또 별거 아닌 거 말할 거면서 그렇게 열심히 고민하지. 소원이 뭐가 그렇게 맨날 소소해."

"소원이 거창하지 않은 건 지금 이 순간 이미 충분히 행복하다는 뜻이거든요? 알지도 못하면서."

입술을 삐죽이며 그렇게 말한 유주가 마음을 정했는지 그와 시선을 마주했다. 어서 말해보라는 듯한 정우의 눈빛에 그녀는 천천히 입을 열었다.

"그래도 난 궁금해요. 아저씨가 뭘 좋아하는지. 그러니까 나랑 술 한잔해요."

"술?"

"아저씨 인생 최초의 대작 상대는 아쉽게도 내가 아니게 됐지만, 그래도 같이 한잔해요. 세상에서 제일 감동적인 시보다, 가장 아름다운 노래보다 아저씨 얘기가 듣고 싶어요."

자, 약속. 유주가 내민 새끼손가락에 정우는 조용히 자신의 손가락을 걸었다. 그와 손을 맞잡고 시선을 마주한 채 조용히 웃던 그녀가 갑자기 벌떡 자리에서 일어나며 말했다.

"말 나온 김에 지금 날짜 정해요. 우리 요즘 얼굴 보기도 힘든데. 나 다음 주 화요일에 스케줄 없는데, 아저씨 바빠요?"

"다음 주 화요일?"

잠시 날짜를 헤아리던 그의 얼굴에 얼핏 굳은 기색이 스쳤다. 그걸 놓치지 않은 유주가 한층 조심스러워진 태도로 머뭇거리는데, 정우가 먼저 대답했다.

"그날은 안 되겠는데."

"그날 무슨…… 중요한 일 있어요?"

"갈 데가 있어서."

"어딘지 물어봐도, 돼요?"

"우리 어머니한테."

아. 덤덤히 흘러나온 대답에 유주는 그대로 입을 다물었다. 여전히 참 어려운 주제였다. 그러나 오히려 웃으며 먼저 다시 말문을 연 쪽은 정우였다.

"뭘 그렇게 주눅 든 얼굴로 봐. 그럴 필요 없어."

"그날, 어머니 기일이에요?"

그가 조용히 고개를 끄덕였다. 그러더니 살짝 쓴웃음을 짓고는 덧붙였다.

"어렸을 때 이후로 가본 적 없어. 차마 갈 자신이 없었거든. 그런데, 이제는 가봐도 될 것 같아서."

그랬구나. 제가 무슨 말을 하는지도 모르면서 유주는 작은 목소리로 그렇게 중얼거렸다. 한동안 그의 얼굴만 쳐다보며 주저하던 그녀가 한참이 지나서야 어렵게 말을 꺼냈다.

"나도 같이 가면 안 돼요?"

그 말에 정우의 표정이 다시 변했다. 그렇게 말할 줄 몰랐다는 눈빛이었다. 그 반응에 괜히 혼자 조바심이 나서 그녀는 설명을 덧붙였다.

"아저씨 어머니는 어떤 분이신지, 어떤 곳에 계신지 궁금해서요. 주제넘은 말이었다면…… 미안해요."

"아니야, 그런 거."

"……"

"그래. 가자, 같이."

손을 뻗어 유주의 손을 잡은 정우가 대답했다. 그러고 보니 밤이 지나는 사이에 비가 내리기 시작했는지 똑똑 창문을 두드리는 빗소리가 규칙적으로 들려오고 있었다. 그들은 잠시 아무런 말도 하지 않은 채 깊은 새벽을 깨우는 빗소리에만 귀를 기울였다.

한참이 지나서야 유주는 슬쩍 그의 눈치를 살폈다. 차분한 그의 모습도 좋지만 그가 조금 더 웃었으면 좋겠다. 어쩐지 분위기가 가라앉은 것 같아 그녀는 괜스레 아무렇지 않은 척 화제를 돌렸다.

"그러고 보니까 생각났는데, 이번에 나온 아저씨 신곡 가사 뭐예요?"

"가사?"

"완전 애절하던데. 대체 누구랑 언제 그렇게 진한 사랑을 해본 거예요?"

그새 또 토라진 얼굴로 그렇게 종알거리는 유주를 보며 정우는 어처구니없는지 짧게 웃었다. 그러나 그녀는 거기에서 그치지 않고 구석의 피아노로 쪼르르 달려가더니 건반을 두드리며 다시금 가사를 되씹었다.

"우리 함께 걷던 거리도 서로 사랑했던 그 시간도 아직 제자리인데……. 이것 봐요. 아무리 생각해도 너무 애절해."

"또 시작이네."

건반을 누르는 손길이 점차 빨라진다 싶더니 결국 잔잔한 멜로디가 엉망으로 뭉개졌다. 고개를 설레설레 저으며 침대에서 일어난 정우가 가방에서 무언가를 꺼내 들고는 피아노로 다가갔다. 유주 옆에 앉은 그는 다시 정확한 선율을 연주하기 시작했다. 옆에서 뾰로통한 표정을 하고 듣고 있던 유주의 표정이 조금씩 풀리더니 이내 그녀는 어쩔 수 없다는 듯 중얼거렸다.

"누가 만들었는지 노래는 좋네."

그 말에 정우가 피아노를 치다 말고 피식 웃었다. 그러나 유주는 어딘가 멍한 눈빛을 하고 계속 멜로디에 귀를 기울이다 다시 입을 열었다.

"아저씨 노래는 참 이상해요."

"이상해?"

"귀로 들을 때는 봄바람처럼 나긋나긋한데, 가슴에 와 닿을 때는 폭풍같이 휘몰아쳐요. 그래서 사람 마음을 막, 이상하게 만들어요."

저도 모르게 미간까지 좁히며 그렇게 중얼거리는 말에 정확히 건반을 누르던 정우의 손길이 잠시 삐끗했다. 그것도 눈치채지 못한 채 그의 연주에 푹 빠져 있다가 다시 눈을 세모꼴로 뜬 유주가 정우를 올려다보았다.

"도대체 누굴 생각하고 이런 곡을 써요? 아저씨 머릿속엔 늘 곡밖에 없죠? 이걸 봐도 곡, 저걸 봐도 곡. 어떻게 해야 더 좋은 곡을 만들 수 있을까, 그런 고민밖에 안 하죠? 난 맨날 아저씨 생각밖에 안 하는데."

"뭘 봐도 네가 생각나."

여전히 건반만 누르며 무심히 한 대답에 말문이 턱 막혔다. 아, 어떻게 저런 말을 저렇게 아무렇지도 않게 할까. 그게 너무 자연스러워서 문득 억울해졌다.

"솔직히 말해봐요. 여자 많이 만나봤죠."

"여자들은 왜 그런 걸 궁금해 하지? 알아봤자 기분만 나쁠 거면서."

"어, 이것 봐. 지금 여자'들'이라고 했죠. 나 말고 또 누구예요? 분명히 여자 많았을 거야. 그렇지 않고서야 이런 노래가 나올 수가 없어."

"내 모든 노래는 전부 너야."

저런 무심한 목소리에 덤덤한 말투를 하고 또 툭, 툭. 하지만 그 말에 이번에는 정말로 KO가 돼서 유주는 멍하니 정우의 옆얼굴만 바라보았다. 술을 마셨을 때보다도 더 얼굴이 뜨거워졌다. 그녀의 이상형은 분명히 표현 잘하고 다정한 남자였다. 그런데 저렇게 멋이라고는 요만큼도 없이 툭툭 던지는 말에 저 혼자만 강가의 갈대처럼 이리 흔들리고 저리 휘둘리는 걸 보니 이건 뭔가 잘못된 게 틀림없다.

"아, 진짜로 이상해진 건 나인가 봐."

결국 두 손으로 붉어진 얼굴을 가리고 중얼거리는 유주의 모습에 그제야 연주를 그친 정우가 픽 웃고는 그녀를 돌아보았다. 금세 다시 덤덤해진 얼굴로 아까 챙긴 무언가를 그녀에게 건넨 그는 다시 피아노 건반으로 시선을 돌렸다.

"이게 뭐예요?"

돌아오는 답은 없었다. 어리둥절한 표정을 지은 유주가 포장지를 뜯자 광택이 있는 케이스 속에서 장미 화환을 섬세하게 세공한 목걸이가 모습을 드러냈다. 그 영롱함에 눈이 휘둥그레진 그녀가 한참이 지나서야 정우를 올려다보았다. 힐끗 시선을 마주한 그가 금세 고개를 돌리며 무심히 입을 열었다.

"오다……."

"주웠다고요? 이렇게나 예쁜 걸? 지난번에는 머리핀을 주워 오더니 참 능력도 좋으시네."

이젠 통하지도 않는지 유주는 뻔히 안다는 듯 선수를 쳤다. 그 반응에 어이없다는 표정을 짓는 그를 보고도 배시시 웃은 그녀가 말했다.

"아저씨가 해줘요."

귀찮다는 얼굴을 하면서도 정우는 유주를 제 앞에 앉히고는 케이스에서 목걸이를 집어 들었다. 그새 어깨를 넘어 많이 길어진 머리카락 사이로 늘어뜨려진 목걸이가 반짝반짝 빛을 냈다. 장미를 보고 무언가가 떠올랐는지 고개를 든 유주가 그를 쳐다보았다.

"어? 그럼 나 이제 꽃이네. 아저씨는 내 나무."

두 손으로 꽃받침을 만들어 제 얼굴 밑에 가져다 댄 그녀가 장난스럽게 웃었다. 저를 쳐다보고 눈을 깜빡거리며 웃는 게 잔망스러우면서도 밉지 않아서, 결국 정우도 웃으며 그녀의 머리카락을 헝클어놓았다. 한참을 웃다 다시 시선을 내리깔고는 한동안 목걸이만 만지작거리던 유주가 물었다.

"어때요?"

"예쁘네."

"진짜 예쁘죠. 이런 거 처음 봐요. 어디서 이런 걸 구했어요? 진짜 장미 같네. 예쁘다."

"그거 말고."

정말로 마음에 드는지 목걸이에 매달린 장미 넝쿨 장식만 쳐다보며 말하던 유주가 무슨 뜻이냐는 듯 고개를 들었다. 그러다 뒤늦게야 의미를 이해한 듯 그녀의 두 귀가 다시 빨갛게 물들었다. 생각지도 못한 틈에 또 기습 공격이다. 꿀 먹은 벙어리처럼 아무 말도 못 하는 그 모습에 그제야 소리 없이 웃은 정우가 그녀 너머로 손을 뻗어 다시 건반 위에 손가락을 가져다 댔다.

"뭐 듣고 싶어?"

"음…… 이번에는 아저씨가 들어봐요."

정우의 손을 내리고 대신 피아노 위에 왼손을 올린 유주가 서투르게나마 코드 반주를 시작했다. 구슬픈 듯하면서도 이 새벽에 어울리는 포근한 곡조였다. 본능적으로 소리에 귀를 기울인 정우가 중얼거렸다.

"F# Major에 C-Em7-F-Fm 패턴으로 진행. 특이하네."

그녀가 짚은 코드를 단번에 외운 그가 곰곰이 생각하더니 같은 코드를 조금 더 풍성하게 달리 연주했다. 원곡과 다르게 검은 건반을 눌러 마무리한 정우가 말했다.

"마이너로 변주한 김에 6th 코드로 끝내는 건 어때."

"다시 처음부터요."

유주의 말에 그는 다시 처음으로 돌아가 건반을 두드리기 시작했다. 그와 동시에 잔잔한 선율 위로 이번에는 유주의 목소리가 얹어졌다.

"외로운 밤 지친 날 찾아온 저 빗소리, 꿈결처럼 그대는 날 바라보네……."

알고 싶어 그 눈이 무엇을 말하는지, 하지만 먼 그림자만……. 기대하지 않은 노랫말까지 더해지자 잠시 멈칫했으나 정우는 연주를 계속했다. 몸을 틀어 그를 바라본 유주도 계속 노래했다.

오, 긴 밤이 지나면 사랑한다고 말할 수 있을까, 그댄 아무 말 없네…….

묘하게 그녀를 비껴가 있던 정우의 시선이 유주에게로 향했다. 피아노를 치면서도 빈틈없이 그녀를 눈에 담던 그가 조용히 말문을 뗐다.

"대답."

그렇게 말한 정우가 이내 천천히 그녀의 이마에 입을 맞췄다. 눈꺼풀이 파르르 떨리더니 노래를 하는 유주의 목소리가 살짝 흔들리기 시작했다. 이윽고 아래로 내려온 정우의 입술이 그녀의 코 위에 닿았다. 결국 노랫소리가 끊어지고 유주의 눈이 완전히 감긴 순간 이번에는 두 사람의 입술이 서로의 위로 포개졌다.

꿈속에 그댈 만날 때 하얀 달빛이 속삭여, 내 옆에만 있어줘 내 맘에만 있어 넌 그렇게 늘 내 곁에…….

한참이 지나서야 맞닿은 입술이 떨어졌을 때 정우의 손끝에서 흘러나오던 피아노 소리는 어느새 그쳐 있었다. 간간이 창문을 두드리는 빗소리와 가쁜 숨결만이 두 사람 사이의 빈틈을 채웠다. 그가 조금 거칠어진 숨이 섞인 음성으로 막 입을 열려던 찰나 정우의 목 뒤에 팔을 감은 유주가 다시 그에게 입을 맞추며 눈을 감았다.

그렇게 넌 내 맘에…….

정우의 손은 피아노에서 떨어져 나가 유주를 감싸 안은 지 오래였지만 두 사람의 귓가에는 여전히 꿈결 같은 멜로디가 울려 퍼졌다. 푸른 새벽, 비는 계속해서 부슬부슬 내리고 두 사람이 함께 만들어낸 선율은 오래오래 그들의 곁에 머물렀다.

❀

24절기의 열두 번째, 가장 심한 더위라는 대서가 시작된 지도 며칠이 지난 날이었다. 장마가 물러가고 불볕더위가 찾아온 탓에 구름 한 점 없이 쨍쨍한 하늘을 잠시 올려다본 정우가 나란히 걷고 있는 유주에게 물었다.

"덥지 않아? 오랜만에 스케줄 없는 날인데 그냥 쉬라니까. 피곤할 텐데."

"괜찮아요."

단정한 검은색 원피스를 입은 유주가 차분히 대답했다. 그런 그녀의 옆모습을 한참이나 바라보던 그는 다시 앞을 보고 걷기 시작했다. 말없이 그녀와 손을 마주 잡고 끝없는 언덕을 오르는 사이 어느새 눈앞에 내리막길이 펼쳐져 있었다. 아주 오랜만에 마주하는 풍경이었다.

사방에 온통 연두색 물감을 뿌려놓은 것 같았다. 절대 낮아지지 않을 것 같은 언덕을 넘고 나니 눈앞에 온갖 색의 꽃들로 가득한 낙원이 그 모습을 드러냈다. 어디선가 고요한 노랫소리가 들려오고 한쪽에는 수련이 뜬 작은 연못이 있는, 수많은 시간이 흘러도 늘 같은 모습일 것처럼 아름다운 곳이었다. 평소였다면 이미 한참 전에 예쁘다고 탄성을 질렀을 유주가 잠잠해서, 정우는 괜스레 그녀의 손을 꼭 쥐었다.

"여기야."

그 나지막한 음성에 유주는 천천히 옆에 있는 그를 올려다보았다. 지상의 것이 아닌 듯한 공간이 그의 눈에는 어떻게 보일까, 그에게는 이 아름다운 풍경이 어떤 의미일까. 오가는 말없이 두 사람은 오랜 시간 같은 곳을 바라보았다.

한참이 지나서야 두 사람은 낙원의 한가운데에 자리 잡고 있는 하얀색 대리석 돔 안으로 들어섰다. 입구를 지키고 있던 관리인을 막 지나치던 순간, 유주가 정우를 붙잡았다.

"아저씨."

"……."

"꽃."

국화를 한 아름 사 든 그녀가 다시 그와 나란히 걷기 시작했다. 건물 안에서는 사람의 그림자를 찾아볼 수 없었다. 들릴 듯 말 듯 한 노랫소리에는 조금도 귀를 기울이지 않은 채 유주는 조용히 그가 이끄는 대로 발걸음을 옮겼다. 그러다 문득 하나의 사진이 눈에 들어와 무심코 걸음을 멈췄을 때 잡고 있던 정우의 손도 스르르 그녀의 손아귀에서 빠져나갔다.

그들을 맞이한 건 단아하게 웃고 있는 여인의 사진이었다. 주변을 장식하고 있는 색색의 꽃 틈에서도 들꽃처럼 수수한 미소는 또렷이 뇌리에 남았다. 낯설지 않은 그 얼굴에 새삼 기분이 이상해져서 유주는 한참이나 사진 속의 여자와 시선을 마주했다. 그러고 나서야 그 옆으로 다닥다닥 붙어 있는 수많은 사진들이 눈에 들어왔다.

그중에, 소년의 얼굴을 한 정우가 있었다. 지금과 비슷하지만, 지금보다 훨씬 더 그늘 없는 말간 낯이었다. 그때에는 알지 못했을 것이다. 그 이후로 얼마나 많은 것들이 달라지게 될지. 어머니와 아버지 사이에서 밝게 웃는 소년의 모습이 서글프게 느껴져 그녀는 진짜 그가 서 있는 곳을 돌아보았다.

그는 여전히 어머니의 사진에 오롯이 시선을 붙박은 채 뚫어져라 그곳만 쳐다보고 있었다. 그 눈빛이 어떤 의미인지 안다. 언젠가 보았던, 아내의 옛 모습이 담긴 영상을 하염없이 바라보던 늙은 남자와 다르지 않은 눈빛이었기에.

한 발자국 떨어진 곳에서 그 눈길을 지켜보던 유주는 아까 산꽃을 조용히 그의 품에 안겨주고는 뒤로 물러나 홀로 걸음을 돌렸다. 어쩌면 그가 울어버릴지도 모른다는 생각이 들어서, 꼭 그게 아니더라도 제 앞에서는 하고 싶은 말을 다 하지 못할 것 같아서.

다시 건물 관리인을 지나쳐 밖으로 나온 유주는 홀로 언덕을 오르기 시작했다. 아까도 느꼈지만 꽤 가파른 경사였다. 더운 공기 사이로 조금씩 차오른 숨이 입술을 비집고 터져 나올 때쯤 언덕의 꼭대기를 알리는 커다란 느티나무가 보였다. 끝까지 걸어 길게 드리워진 나무 그늘의 중심까지 다다르고 나서야 그녀는 뒤를 돌아보았다.

하늘과 땅이 만나는, 탁 트인 높은 곳에 서니 언덕 아래 숨은 아름다운 경치가 한눈에 들어왔다. 유주는 아까는 제대로 살피지 못한 풍경을 천천히 눈에 담았다. 한 조각 구름조차 걸리지 않은 하늘은 시리도록 파랗다. 사람의 손이 닿지 않은 싱그러운 초록 풀잎들은 아직도 이슬을 머금고 있고, 번잡한 소음 하나 없이 풀벌레 울음소리와 작게 틀어놓은 음악 소리만이 고요를 깨뜨리는 곳이었다. 모든 게 아름다웠다. 색색으로 피어난 꽃도, 드넓게 펼쳐진 초원도, 투명하게 내리쬐는 햇살도 무엇 하나 아름답지 않은 게 없다. 조금 전까지는 익숙하기만 했던 세상이 특별하게, 혹은 낯설게 느껴지는 것 같아 그녀는 저도 모르게 중얼거렸다.

"꼭 천국 같네."

가본 적 없는 그곳이 아마 이런 모습일 거라고, 그렇게 생각했다. 그제야 아까는 언뜻 지나친 노랫소리가 귓가로 흘러 들어왔다. 투박한 듯 순수한 목소리로 여름밤에 대해 노래하는 곡이었다.

그 선율이 귀에 꽂힌 순간 걷잡을 수 없이 마음이 동요했다. 언제부터인가 이 노래만 들으면 마음 한구석에서 무언가가 뜨겁게 차오른다. 그게 무엇인지 알 수가 없는데도 자꾸만 눈물이 나올 것 같아 나무에 기댄 채 숨을 고르고 있는데, 저 멀리로 누군가가 시야에 들어왔다. 정우였다.

담담한 얼굴로 건물을 나선 그가 유주를 찾는지 주위를 두리번거렸다. 이내 조금 더 멀리 뻗은 그의 시선이 언덕 위에 서 있는 그녀에게 닿았다. 너무 떨어진 거리 탓에 정말로 서로가 서로를 바라보고 있는지 알 수는 없었지만 두 사람의 눈길은 오래도록 서로를 향해 머물렀다. 그러다 먼 여름 하늘 어디선가 더운 바람이 불어왔을 때, 북받쳐 오른 감정을 이기지 못한 유주는 마침내 높은 언덕을 단숨에 달려 내려가 정우의 품 안으로 뛰어들었다.

그녀의 나무가 거기 서 있었다. 햇빛을 가려주고, 바람을 막아주고, 기댈 곳이 되어주는. 늘 그곳에서 그녀를 기다리고 있었던 것처럼 아무것도 묻지 않은 채 정우는 자신의 품으로 날아든 유주를 꽉 안아주었다. 어느 날 갑자기 그의 삶으로 뛰어든 그녀가 깜깜한 어둠 속에서 그의 손을 잡았을 때처럼.

떨리는 손길로 그녀를 안고 머리카락을 쓸어내리던 정우가 한참이 지나서야 한숨 같은 음성으로 속삭였다.

"고마워, 나한테 와줘서."

여전히 들리는 건 오로지 풀벌레 울음소리와 소박한 노랫소리뿐이었다. 파란 물감을 옅게 탄 하늘에서는 햇살이 쏟아지고 나른한 꿈결 같은 노랫소리가 흐르는 한낮의 언덕에서, 두 사람은 오래도록 빈틈없이 서로를 안은 채 서 있었다. 서로를 우연히 마주치고, 다시 만나고, 뜨겁게 사랑하는 이 여름이 영원할 것처럼.

〈끝〉

작가 후기

안녕하세요, 정예인입니다. 겨울이 끝날 무렵 마무리한 글이 계절을 돌아 한여름에 여러분과 만나게 되었습니다. 올해 여름이 유독 무더울 거라고 하던데 파란 여름을 담은 이야기를 이 계절에 선보이게 되어서 저는 조금 설레는 기분입니다. 제가 써 내려간 글이 또다시 한 권의 책이 되어 세상에 나올 수 있도록 도와주신 모든 분들께 진심으로 감사드립니다.

막연히 이 글을 구상하고 있던 어느 겨울 늦은 밤, 우연히 들은 라디오에서 흘러나온 사연이 마음을 사로잡았습니다. 소리를 들으면 눈으로 색이 인식된다는 분의 이야기였어요. 그런 공감각 현상을 직접 경험해 보지 않은 사람으로서 제일 먼저 한 생각은 참 낭만적이라는, 어쩌면 철 없는 발상이었습니다. 하지만 곧바로 이어진 청취자들과 DJ의 말을 들으면서 머리를 세게 얻어맞은 기분이었어요. 그분들은 제일 먼저 특별한 능력에 뒤따르는 불편함에 대해 걱정하고 있었거든요. '남들과는 조금 다르다는 게 꼭 틀린 건 아니에요.'라는 주제의 글을 준비하고 있으면서도 저는 여전히 제 자신의 눈으로만 그들을 바라보려고 했던 거죠.

글을 쓰는 내내 했던 생각은, '내가 감히 이렇게 표현해도 될까?'였습니다. 글 속에서 유주가 걱정했듯이, 저 역시 저의 어설픈 상상력이 혹시나 이 세상에 있을 또 다른 '정우'들을 다치게 하는 건 아닐까 염려스러웠거든요. 사실 지금도 어떤 말을 해야 할지 조심스럽습니다. 이렇게 조심스러워하는 것조차 조심스러울 정도로요. 그렇지만 그분들께 그저 힘내라는 말 대신, 평범한 사람들이 보지 못하는 걸 볼 줄 아는 당신은 이상한 게 아니라 아주 특별하고 멋진 사람이라는 말씀을 꼭 해 드리고 싶습니다.

늘 독자분들이 원하시는 글은 뭘까, 그걸 알지 못하는 내가 앞으로 쓰는 글들이 나를 그저 그런 졸작을 쓰는 사람으로 만드는 건 아닐까, 하는 고민에 시달립니다. 그렇게 끝없이 고뇌하다가도 결국에는 제 흥에 겨워서 마음껏 쓰고 싶은 글을 쓰지만 그렇게 제멋대로 쓴 글로 제 세상 바깥의 독자분들을 만난다는 건 늘 두려운 일입니다. 누군가에게 어쭙잖은 위로를 하겠다고 쓴 글은 분명 아니었습니다. 그렇지만 제 글로 위로받으셨다는 분들이 계셔서 제가 더 큰 위로를 받았습니다. 고맙습니다.

하나의 글을 쓸 때마다 참 많은 분들을 만나고, 그분들로부터 많은 이야기를 듣게 됩니다. 그중에서도 유독 강하게 마음을 내려치는 말이 있습니다. 이 글을 쓰는 동안에도 어느 한 분의 말씀이 깊게 뇌리에 남았습니다. 남자 주인공을 두고 '신이 너무 사랑한 남자네요. 파이팅.'이라고 하셨던 말씀이 아직도 글자 하나하나까지 기억이 나네요. 이 세상의 모든, 신이 너무나도 사랑한 이들에게 감히 이 글을 바치고 싶습니다.

기적에 대해 말하고자 쓰기 시작한 글은 아니었습니다만 엔딩 장면을 쓰던 날 글 내용처럼 밤 무렵에 내리기 시작해 다음 날까지 흩날리던 눈발을 보면서 불현듯 기적이라는 게 정말 생각보다 가까운 곳에 있을지도 모른다는 생각이 들었습니다. 의도한 건 아닌데 정우와 유주, 두 사람의 이름 끝 글자를 붙이면 '우주'라는 단어가 됩니다. 넓은 우주에서 전혀 모르던 누군가를 만나 사랑에 빠진다는 건 늘 기적과도 같지만 그런 이야기를 담은 책으로 얼굴조차 모르는 고운 독자분들을 만난 것도 저에게는 늘 기적 같은 일입니다. 제가 또 언제 어떤 글로 찾아뵙게 될지는 모르겠으나 유주와 정우처럼 만날 사람은 언젠가는 만나듯이, 그렇게 또 여러분과 만나고 싶습니다.

고맙습니다. 늘 행복하세요.

누군가의 목소리가 보일 여름을 기다리며, 정예인 드림.